장서각 낙선재본 고전소설 연구

임치균: 한국학중앙연구원 어문예술계열 교수

박일용: 홍익대학교 사범대학 국어교육과 교수

장효현: 고려대학교 문과대학 국어국문학과 교수

송성욱: 가톨릭대학교 인문학부 국어국문학과 교수

장서각 낙선재본 고전소설 연구

초판 제1쇄 발행 2006년 10월 30일   초판 제2쇄 발행 2007년 10월 20일
지은이 임치균 외
펴낸이 지현구 **펴낸곳** 태학사 **등록** 제406-2006-00008호
주소 경기도 파주시 교하읍 문발리 파주출판도시 498-8
전화 마케팅부 (031) 955-7580~2 편집부 (031) 955-7584~90 **전송** (031) 955-0910
홈페이지 www.thaehaksa.com **전자우편** thaehak4@chol.com

ⓒ **임치균 외, 2006**
값은 뒤표지에 있습니다.

ISBN 978-89-5966-012-4 03810

장서각 낙선재본 고전소설 연구

임치균 · 박일용 · 장효현 · 송성욱 지음
한국학중앙연구원 엮음

태학사

머리말

한국학중앙연구원(구 한국정신문화연구원) 장서각에는 왕실 자료를 비롯한 귀중한 고문헌들이 소장되어 있다. 그 가운데에서도 소설 연구자들의 관심을 끄는 것은 이른바 낙선재본 소설이다. 이들 소설들은 정병욱 선생님께서 발굴하여 소개한 이래로 학계의 꾸준한 주목을 받아왔다. 최근에는 박사 학위의 주요 주제로 다루어지기도 하였다. 그런데도 아직까지 연구가 심화되지 않은 작품도 있고, 초기에 연구된 채 다시 조명을 받지 못한 작품도 있는 것이 사실이다. 이러한 이유로 장서각 낙선재본 소설에 대한 종합적이고 체계적인 연구의 필요성은 종종 제기되었다. 그러나 필요성에도 불구하고 작품의 분량이 만만치 않아 읽어 내기가 용이하지 않을 뿐만 아니라 자료를 접하기도 쉽지 않은 상황을 고려할 때, 누구라도 선뜻 시작할 수는 없었을 것이다. 그렇다고 언제까지 그대로 둘 수도 없는 일이었다.

이에 우리 네 사람은 낙선재본 소설을 정리하여 보자는 데 뜻을 같이 하였다. 다행히 한국학중앙연구원에서도 우리들의 취지에 공감하여 자료를 포함하여 연구에 필요한 모든 편의를 제공하였다. 이 책은 이러한 노력의 첫 번째 결과물이다. 한 연구자가 두 작품을 다루었다. 기존 연구 성과를 충실히 검토한 후 새로운 작품 분석을 시도하는 것을 기본 방향으로 삼았다.

　여기에서 연구된 작품은 대체로 세 가지 경향으로 나눌 수 있다. 첫째는 연구되지 않은 작품들이다. 「위씨오세삼난현행록」이나 「화정선행록」이 이에 해당된다. 둘째는 연구의 성과가 미미한 작품들이다. 「한조삼성기봉」, 「현몽쌍룡기」가 여기에 속한다. 셋째는 분량은 여타의 대장편소설에 비하여서는 비교적 짧지만 문제적 작품이기 때문에 재조명할 필요가 있다고 판단된 작품들이다. 「청백운」, 「천수석」, 「화문록」, 「낙천등운」이다.

　우리 네 사람은 앞으로 이러한 작업을 계속해 나갈 수 있기를 희망하고 있다. 여전히 연구자의 손길을 기다리는 작품들이 많기 때문이다.

　마지막으로 어려운 상황에서도 도움을 준 한국학중앙연구원에 고마움을 전하며, 별로 이문이 남지 않을 책을 기꺼이 출판하여 주신 태학사의 지현구 사장님과 편집실의 관계자분들께 감사드린다.

2005년 10월 30일

임치균, 박일용, 장효현, 송성욱

차 례

「한조삼성기봉」 연구

임 치 균 (한국학중앙연구원)

1. 서론

조선조 후기에는 다양한 소설 유형들이 창작되고 향유되었다. 이들 작품은 서로 향유층을 달리하기도 하지만, 상호 간에 교섭하기도 하면서 외연을 넓혀 갔다. 특히 이 시기에는 세계에서 유래를 찾기 힘들 정도의 장편 거질을 이룬 작품들도 있다. 이들 작품은 소설적 흥미 외에도 교훈적인 성격을 내포하고 있는 경우가 적지 않다는 사실이 이미 밝혀졌다. 그런데, 여기서 특징적인 것은 이들 작품들 가운데 일부가 서로 관련을 맺고 있다는 점이다. 가장 대표적인 관련 양상은 두 작품 또는 세 작품이 전·속편 등으로 이어지는 연작 형태라고 할 수 있다.

본고에서 다루려고 하는 「한조삼성기봉」 역시 대장편소설이다. 이 작품은 당나라 현종 시대의 황실을 배경으로 하여, 강왕과 위비, 조비, 설비가 인연을 맺어 가는 과정에서 겪는 여러가지 갈등을 그리고 있다. 그런데, 이 작품은 광무제의 한실 부흥 과정과 광무제·곽후·음후의 결연 과정을 그린 「옥환기봉」1)과 밀접한 관계를 가지고 있다. 강왕을 비롯한 중심 인물들이 모두 「옥환기봉」에 등장하였던 한나라 때의 인물인 광무제, 곽후, 음후, 백희 공주가 재생한 것으로 설정되어 있다. 작품 속에서 이들은 서로 일 대 일 대응을 이루고 있다. 또한 인물의 성격이나 내용상으로도 「옥환기봉」에 많이 기대고 있다. 이러한 관계로 이들 작품이 연작으로 규정되기도 하였다.2) 그러나 필자는 두 작품을 연작으로 보기에는 무리가 있다고 생각한다. 오히려 이 두 작품의 관계에서는 대장편소설에서 일반적으로 나타나는 연작 형태 이상의 문학사적 의미를 찾아낼 수 있을 것으로 기대하고 있다. 이러한 문제 의식이 본고의 출발점이다.

따라서 본고에서는 우선 「한조삼성기봉」3)과 「옥환기봉」4)과의 관계를 규명하는데 궁극적인 목표를 둔다. 나아가 이들과 유사한 관계를 보이고 있는 기타 작품들을 함께 거론하면서, 이들 작품의 관계가 가지는 문학사적 의미를 밝히고자 한다. 이를 위해서는 두 작품의 인물과 사건을 대비하는 작업이 우선 요구된다. 이 과정에서 두 작품의 구조, 주제, 지향점, 작가 의식 등에 대한 면밀한 대비와 검토가 시행될 것이며, 「한조삼성기봉」에 대한 작품 분석도 자연스럽게 이루어질 것이다. 그리고 그 결과를 바탕으로 두 작품 작가의 동일성 문제가 치밀

---

1) 「옥환기봉」의 작품 내용 및 분석은 임치균, "「옥환기봉의」 연구", 『한국사상과 문화』 18, 2002, 참고.

2) 李昇馥, "「한조삼성기봉」의 구조와 성격-前篇 「옥환기봉」과의 관계를 중심으로-", 『고전문학과 교육』 3, 2001.

3) 14권 14책. 한국정신문화연구원 장서각에 소장되어 있으며, 金起東編, 『筆寫本 古典小說 全集』 25·26, 亞細亞文化社, 1980에 영인 수록되어 있다.

4) 규장각 소장 30권 15책의 작품을 대상으로 한다. 이본으로는 김동욱 본과 조동일 본이 현존하고 있다. 그러나, 兩本은 공히 2권 2책으로 내용이 매우 축약된 상태로 되어 있기 때문에, 비교 대상에서 제외하였다.

하게 논의될 것이다.

「한조삼성기봉」은 현재 한국정신문화연구원 장서각에 소장되어 있는 것이 유일본이다. 14권 14책이며, 각 권 70~80면, 각 면 10행, 각 행 16~19자로 이루어졌다.

2. 「한조삼성기봉」 내용 개관

「한조삼성기봉」의 줄거리는 다음과 같다.

당나라 현종 년간에 위성, 조희, 지명, 설흠 네 처사는 막역한 친구 사이로 강호를 유람하다가 동정호에서 선유하던 중에 잠이 든다. 꿈 속에서 선관을 따라 옥황상제가 주재하는 조회에 참석한다. 조회에서 곽후가 전생의 원한을 술회하면서 남자로 태어나 광무제에게 복수하고자 하는 뜻을 펴자, 옥황상제는 그 뜻을 받아들여 곽후와 관련된 인물들 모두를 인간 세상에 재생시킨다. 그 결과, 곽후는 현종의 셋째 아들 강왕으로, 광무제는 性을 바꾸어 조희의 딸 수아로, 음후는 色을 바꾸어 추한 모습을 지닌 설흠의 딸 여주로, 전생에서 곽후를 두둔했던 광무제의 누이 백희공주는 위성의 딸 옥희로 태어나게 된다. 또한 전생에서 왕첩여과 윤보모에게 죽임을 당한 경왕과 경첩여를 위성의 아들 재성과 옥희의 시비 경앵으로 환생시킨다. 왕첩여는 전 병부상서 양의의 서자 재왕으로, 윤보모는 윤교란으로 재생시켜 못다한 인연을 잇게 한다. 지명에게 이 일을 잘 기록하여 후세에 이들의 전세 보응을 자세히 알게 하라는 사이에 이들은 鬼卒의 벽력같은 소리에 잠을 깬다.

후에 이들은 천상에서 정한 대로 태어나고 자란다. 양재왕이 위부와 조부에 청혼하였다가 거절당하고 분해하던 중에, 위 소저와 조 소저는 강왕의 妃로 간택되어 궁으로 들어간다. 이에 양재왕은 백운 도사의 도움으로 위 소저를 납치하려고 한다. 백운도사가 위 소저를 납치하여 돌아 올 때, 남악진군이 위 소저를 구한다. 백운 도사는 어쩔 수 없이 거지 행색이었던 윤교란을 위 소저로 변장시켜 양부로 데리고 온다. 윤교란은 양재왕과 혼인을 하였다가 본색이 탄로 날 처지에 처하였으나 남아를 생산함으로써 무마된다. 강왕은 조 소저와 먼저 혼인한다.

한편 강왕은 영청의 무리가 발호하자 토벌하러 갔다가 남악진군의 처소에 머물러 있던 남장한 위 소저를 만난다. 위 소저는 죽을 위기에 처한 강왕을 구해주고는 함께 경사로 돌아왔다가, 마침내 정체가 밝혀져 강왕과 혼인을 이룬다.

그 동안 양재왕은 조비의 납치를 꾀한다. 그러나 미리 알고 방비한 조비는 숨고, 대신 궁녀인 소옥이 잡혀 갔다가 조비인 척한다. 그리고 틈을 보아 윤교란을 회유하여 그녀의 도움으로 탈출하여서 양부의 모든 죄상을 밝힌다. 이 일로 양부의 인물들은 모두 유배를 당하고, 백운도사는 잡혀 죽을 뻔하다가 도망친다. 조비는 비로소 나타나 그간의 일을 간한다. 그러면서 위 소저가 돌아와 강왕과 혼인하는 것에 대해 질투한다.

설 소저는 얼굴이 못생겨서 설부에서 짝이 없을까 걱정하여 숨겨 둔다. 이로 인하여 오히려 대단한 여자로 소문이 나는데, 그 소문을 들은 강왕이 설 소저와의 혼인을 추진한다. 길일에 설 소저의 용모를 본 강왕은 실망을 하고, 더 이상 설 소저를 찾지 않는다.

도망친 백운은 유배지에 있었던 양재왕과 윤교란을 만나서는 그들

집이 불타는 것을 기회로, 두 사람을 경사로 데려와 조비의 어머니인 허 부인에게 소개한다. 이 때부터 허 부인을 중심으로 백운 도사, 양재왕, 윤교란에 의한 위비에 대한 모해가 심각성을 띠게 된다. 조비는 그러한 모해에 동의하지 않았으나, 윤교란이 주는 미혼단을 먹고는 중심을 잃고 위비를 모해하기 시작한다. 백운도사는 위비의 궁녀 난소의 모습으로 변하여 조비 소생인 백경을 연못에 빠뜨리고는 위비의 음모로 돌린다. 이들은 바른 말을 하는 조비 소생의 공주 선화를 죽이려고 하다가 미리 알고 대비한 위비에 의하여 미수에 그친다. 또한 조비의 침전에 妖讖物을 넣고는 이 역시 위비의 짓인 것으로 꾸민다. 이들의 모해는 계속되다가 후에, 모든 것이 탄로나면서 조비는 본궁에 유폐되고, 윤교란과 백운은 죽임을 당한다.

양재왕은 도망치면서, 이 모든 것이 조비 때문이라며 역모를 꾀하는 글을 위조하여 조부를 모해한다. 황제는 노하여 조부의 인물들을 잡아드리라고 명한다. 이 때, 벼슬을 마다하고 유람을 떠났던 조 처사가 처마 밑에서 비를 피하다가 우연히 방 안에서 양재왕이 이러한 사실을 자문자답하며 이야기하는 것을 듣고는 붙잡는다. 조 처사는 경사에 올라와 등문고를 무고함을 아뢰고 모든 사실을 밝힌다.

이후, 안록산의 난이 일어나고, 강왕은 결국 대위에 오르니, 곧 숙종이다. 숙종은 위비를 정비로, 조비를 귀인으로 삼고 조비 소생 백경을 태자로 봉하지만, 결국 백경을 동해왕으로, 조비를 동해태비로 삼아 본국으로 보낸다. 동해로 간 조비는 주야로 한하다가 죽는다.

숙종 대왕은 위비와 더불어 화락하며 태평성대를 이룩하며 만세를 누린다.

3. 「한조삼성기봉」과 「옥환기봉」의 대비

소설에서 인물과 사건은 유기적인 관계에 있다고 하겠다. 그 인물이 있기에 그 사건이 존재하기 때문이다. 따라서 이 두 요소는 같이 다루는 것이 합리적이다. 인물과 사건의 구성은 결국 그 작품이 지향하는 바를 알려주는 척도라고 할 수 있다. 특히, 관련이 있는 두 작품을 다룰 때, 이 두 요소를 대비한 결과는 두 작품의 변별성을 밝히는데 좋은 실마리를 제공 할 것이다.

「한조삼성기봉」과 「옥환기봉」은 그 인물과 사건 구성에서 큰 줄기는 매우 유사하다. 그리하여 두 작품에 등장하는 인물들은 서로 대응 관계를 맺고 있다. 또한 중심 인물들의 성격도 그다지 차이가 없다. 이는 「한조삼성기봉」이 「옥환기봉」에 등장했던 인물들이 시대를 달리하여 탄생하는 것을 전제로 전개되는 것과 밀접한 관련이 있다.

그러나, 「한조삼성기봉」은 필요에 따라 인물과 사건들을 설정하거나 맡은 역할과 성격에서 변화를 보이고 있다. 「한조삼성기봉」에서는 바로 이러한 부분에 대하여 주목할 필요가 있다. 「옥환기봉」과 대비하여, 작품의 성격을 밝히는데 매우 중요한 단서가 될 수 있기 때문이다. 그런데, 「옥환기봉」은 광무제·음후·곽후의 결연 과정과 함께 광무제의 한실 부흥 과정이 매우 자세하게 드러나고 있다. 그러나, 시대와 공간을 달리하는 「한조삼성기봉」에는 한실 부흥 과정과 관련된 부분은 전혀 드러나지 않는다. 따라서 「한조삼성기봉」을 분석하는데, 「옥환기봉」의 광무제 한실 부흥 과정에서 등장하는 인물이나 설정된 전쟁 등은 고려하지 않아도 문제가 없다.5)

---

5) 「한조삼성기봉」에서 전쟁담이 나오지 않는 것은 아니다. 강왕이 남서 지역의 영청이 반란을 일으키자 진압하기 위하여 나서는 경우에 전쟁담이 등장한다. 그러나,

이해를 돕기 위하여 두 작품에 대응하여 등장하는 중심 인물을 도
표로 제시해 보겠다.

「옥환기봉」	「한조삼성기봉」
광무제, 곽후, 음후, 백희 공주	<조비>, <강왕>, 설비, <위비>
곽주(곽후의 모친)	{허씨}(조비의 모친), <조비, 위비, 설비의 부친>
윤보모	<윤교란>
왕첩녀	<양재왕>
경첩녀	경앵(위비의 시비)
	[백운도사]

* < >: 맡은 역할이 바뀐 인물, { }: 재생하지 않은 인물, [ ]: 「한조삼성기봉」에만 등장하는 인물.

이상의 도표에서 두 작품의 인물 구성은 서로 대응하고 있으나, 몇
몇 인물에서는 적지 않은 차이가 나고 있음을 알 수 있다.

우선, 맡은 역할이 바뀐 인물에 대하여 살펴보자.

「한조삼성기봉」에서는 「옥환기봉」의 광무제와 곽후가 性이 바뀌어
서 등장하고 있고, 부부 관계가 아니었던(따라서 중심 인물도 아님)
백희 공주가 위비로 역할이 바뀌어 있으며, 궁중 여인으로 음후를 모
해하였던 왕첩녀가 일반 가문의 양재왕으로 재생하고 있다.

성이 바뀌었어도 강왕은 광무제, 조비는 곽후의 성격을 가지고 있
고,6) 양재왕 역시 끊임없이 위비를 모해하고 있다는 점에서 「옥환기
봉」과 인물의 특성이 같다. 그러나, 성이 바뀌어 곽후가 강왕으로 재

이 전쟁은 결국, 위 소저를 만나기 위한 장치로서의 역할을 한다. 따라서 전쟁담(한
실 부흥 과정)이 작품의 반 이상을 차지하는 것과는 성격이 매우 다르다.

6) 이에 대해서는 이승복, 전게논문, 210-216쪽 참조.

생하는 것은 「한조삼성기봉」이 「옥환기봉」의 곽후 중심으로 이루어질
것이라는 점을 암시하는 것이다. 이는 「한조삼성기봉」이 광무제・음
후 중심의 「옥환기봉」과는 전혀 다른 지향 의식을 가지고 있음을 보
여주는 것이다.

곽휘의 ᄌ식은 총으로 대위을 밧고미 이시리오 음후의 옥환긔봉이 삼
싱연분이 긔특ᄒ실뿐 안야 양후의 덕이 내도ᄒ므로 이에 이르미로더 음
후에 쳔ᄌ국식이 쳔하의 유명ᄒ여 당초에 샹이 그 셩화을 흠모ᄒ여 구ᄒ
든 문제 뉴명ᄒ 고로 후세에 시비 잇시이 곽쥬에 ᄎ탄한 말이 진실노 진
실노 올치 아니리오7)

광열황후 갓ᄒ니는 젼쳔고후만셰의 가히 쉽지 못ᄒ지라 우인이 젼을
지으니 일언반ᄉ도 셤개만ᄒ 허언이 아니오 실격이 아니미 업ᄂ지라8)

뉴가ᄂ 본더 빈한ᄒ고 곽시ᄂ 부귀호치ᄒᄆ 황녀롤 불워 아니 홀 거시
로더 텬연이 민인 고로 뉴가의 드러가니 삼간모옥의 믹죽으로 고모롤 봉
효ᄒ야 본부 지산을 기우려 텬하롤 도모ᄒ니 비록 텬명이 잇셔 텬하롤
어더시나 이 ᄶᄒ 곽시의 니조ᄒᆫ 공덕인들 엇지 젹다ᄒ리오마ᄂ 이러틋
무궁ᄒ 간고롤 ᄒ가지로 지ᄂ다가 나죵의 져ᄇ리물 헛신갓치 ᄒ니 곽시
의 원울ᄒ고 분예ᄒ미 엇더ᄒ리오 산비ᄒ히박ᄒ 은졍을 잇고 폐츌홈은 오
히려 샹ᄉ나 무죄ᄒ 티ᄌ롤 무고히 폐쟝ᄒ야 동희의 니치니 실노 후셰
지소의 가연홀 ᄇ라 …(중략)… 역더 졔왕을 의논ᄒ면 무신불의ᄂ 한광
뮈 웃듬이 되니니 후인이 다 기연홀 ᄇ라 비록 곽음의 연입이 텬졍이라

---

7) 「옥환기봉」 권19.
8) 「옥환기봉」 권29.

ᄒ나 더기 ᄉ적을 살필진더 신셰의 가련ᄒ미 만ᄒ니 고어의 왈 일부함원
의 오월비상이라 ᄒ니 곽시의 원민이 엇지 쳔더의 쇼멸ᄒ리오 유유이 원
을 먹음고 지셰의 한번 보복ᄒ기ᄅᆞᆯ 발원홀 시 ᄎᆞ시 대당 텬보 원년 초하
십오일 갑ᄌᆞ의 영쇼보젼의 옥황상졔 텬궁을 여러 십만 텬관과 삼십 삼
쳔 이십 팔 수와 ᄉᆞ희 팔왕을 다 모호ᄉᆞ 역더 졔왕 공신 황후 명스 셩인
을 거ᄂᆞ려 조회ᄒ니 상셔의 붉은 운은 룡누봉각의 가득ᄒ고 향풍이 진울
ᄒ더라 …(중략)… 본부 지산을 기우려 텬하ᄅᆞᆯ 도모ᄒᄋᆞ니 비록 텬명이
잇다 ᄒᄋᆞ나 쳡의 니조의 공덕인들 젹다 ᄒ리오 이러틋 간고ᄅᆞᆯ 혼가지로
지니다가 나죵의 져ᄇᆞ리ᄆᆞᆯ 헌신ᄀᆞᆺ치 ᄒᄋᆞ니 신쳡의 원억ᄒ미 엇지 범연
ᄒ리잇고 인간 윤회의 참예ᄒᄋᆞ미 실노 깃부지 아니 ᄒᄋᆞ나 구ᄎᆞ이 녀지
되지 말고 남지 되야 져로 녀지 되며 음양을 밧고와 보원홈을 ᄇᆞ라나이
다 옥졔 쪼ᄒᆞ 졈두ᄒ시고 …(중략)… 짐이 낭원(곽후)의 발원을 조ᄎᆞ 소
원더로 졔도코ᄌᆞ ᄒᄂᆞ니 너희는 각각 도라가고져 ᄒᄂᆞᆫ 곳을 원ᄒᆞ라[9]

이상의 인용문의 내용을 통하여 결국, 「한조삼성기봉」은 곽후의 雪
寃을 중심 내용으로 하겠다는 의도를 가지고 창작된 작품임을 알 수
있다. 「옥환기봉」이 음후를 중심으로 광무제·곽후·음후에 관한 역
사적 기록에 대한 인과 관계를 설정하고자 한 의도와는 전혀 다른 차
원이다. 곽후가 설원을 하고자 할 때, 가장 원수 같은 존재는 광무제
이다. 이 때, 전생의 신분인 여성으로 환생해서는 설원이 쉽게 이루어
질 수 없기 때문에 작가는 성을 바꾸면서, 광무제를 「옥환기봉」에서
의 곽후와 같은 신세로 설정한 것이다.

---

9) 「한조삼성기봉」 권1.

강목왕(광무제)의 음양을 밧고라 ᄒ시니 여러 슈명ᄒ고 유리병의 감노
슈룰 쓰려 낭원 (곽후) 강목을 밧고ᄂ 진언을 넘ᄒ니 이윽고 낭원의 작약
ᄒ 섬신이 변ᄒ야 팔 쳑 장신의 훤훤ᄒ 장뷔 되거늘 일습 건복을 입히니
작약ᄒ 부인이 경각의 간의쥰민ᄒ 호걸이 된지라 낭원이 불승대희ᄒ야 반
싱 뉴원을 썰치고 옥모의 화긔롤 먹음어 옥졔긔 머리 조야 ᄉ례ᄒ고 강
목의 언건ᄒ 장신은 경각의 변ᄒ야 뉴 쳑 향신의 젼슈ᄒ 녀지 되니 명ᄒ
야 곤의보복을 벗기고 져른 단삼과 긴 치마롤 입히니 옥모화틱 슈려ᄒ야
폐월슈화지태와 침어낙안지용을 가진 졀딕 미인이라 좌우 션관이 흡흡대
쇼ᄒ니 강목 크게 붓그려 참식이 만안ᄒ야 감히 머리롤 드지 못ᄒ고 음
후ᄂ 면여토식ᄒ야 말을 못ᄒᄂ지라[10]

이렇게 하여, 곽후는 당나라 현종의 아들 강왕으로, 광무제는 조처
사의 딸로 재생하게 된다. 후에 조소저는 강왕과 혼인을 이루지만, 강
왕이 등극한 후 폐출되는 신세가 되고 만다. 「옥환기봉」의 곽후와 같
은 경험을 하게 되는 것이다.

이렇게 되면 「옥환기봉」의 음후와 음후의 자리가 문제가 된다.

사실 「옥환기봉」에서 곽후와 음후의 관계는 실질적으로 그리 나쁘
지 않다. 곽후는 음후를 직접 모해하지 않을 뿐만 아니라, 모해에도
참여하지 않는다. 음후가 싫기는 하지만, 모해하는 것은 옳지 않다고
생각하여, 모해의 주동자인 윤보모를 타이르기까지 한다. 한때는 음후
와 사이좋게 지내기도 한다. 그리고 모든 원인을 광무제에게서 찾고
있다. 그러나 결국은 음후가 존재하였기 때문에 폐후가 되었다는 점
에서 심각하지는 않더라도 설원을 해야하는 대상이 된다. 여기서 작

---

10) 「한조삼성기봉」 권1.

가는 성의 바꿈 대신에 色의 바꿈을 이용한다.

「옥환기봉」에서는 음후의 아름다움을 이렇게 묘사하고 있다.

> 쳔셩이 유훈졍졍ᄒ고 침묵언희ᄒ여 금년이 일죽 당의 나리지 아니며
> 가인이 언소롤 드른 지 즈그디 휜화의 옥이 암실의 드러시니 광치 두우
> 의 쏘이고 난최 궁곡의 뭇쳐시나 향ᄎ를 맛춤니 감초기 어려오니 년긔
> 십습의 츈광이 더옥 셩ᄒ여 도지요요ᄒ여 풍치쇄락ᄒ 긔질이 비홀 디 업
> 시니 아춤 단장을 마치미 무릉 슘식 도홰 됴로를 씌여는 듯 뇨지 향션션
> 홰 향슈의 잠긴 듯 웃고 말ᄒ미 슘쥬 눈이 녹는 듯ᄒ고 움죽이미 홍일이
> 부상의 오른 듯ᄒ니 쳔틱만광이 긔긔졀셰ᄒ미 당셰의 독보ᄒ고 만고의 무
> 쌍ᄒ니 셩명이 쳔ᄒ의 젼파ᄒ여 구혼ᄒ 리 운집ᄒ여 미픠 문의 들네디11)

아름다움으로 남자의 사랑을 받은 여인에게 가장 큰 복수는 못생기
게 재생시켜서 남자의 사랑을 전혀 받지 못하게 하는 것 이상은 없을
것이다. 이에 「한조삼성기봉」의 작가는 음후의 색을 바꾸어 버린다.

> 일몽을 어드니 일위 션녀 운관무의로 명월픠롤 차고 치운을 멍에ᄒ야
> 나려오니 화안이 졀디 경국지싴이어놀 실 즁의 드러와 노 시롤 향ᄒ야
> 지비ᄒ고 굴오디 과인은 다른 이 아니라 한조 황후 음녀화로 광무의 버
> 금 안히러니 한졔의 은춍이 일편되고 곽후의 투협이 스스로 폐궁홈을 면
> 치 못ᄒ얏더니 이졔 윤회 보복이 나의게 도라와 강셰ᄒ미 부인 슬하의 의
> 탁고져 ᄒ오니 부인은 모로미 무의ᄒ시물 브라ᄂ이다 언파의 난디 업든
> 신령이 니다라 긔형괴셕의 가면을 가져 션녀의 낫치 쓰이니 음휘 일셩

---

11) 「옥환기봉」 권5.

인호의 우름 쇼러 급ㅎ니 노 시 쳐음은 션오의 아롭다온 모양을 깃거ㅎ더니 놀나 씨드르니 침상일몽이라 …(중략)… 십 삭만의 싱녀ㅎ니 희오의 작인이 크게 범상ㅎ야 혼 곳 볼 거시 업스니 …(중략)… 졈졈 즈라미 일홈을 여쥐라 ㅎ고 즈눈 난화라 ㅎ얏더니 슈 셰의 밋쳐 두역을 험히 ㅎ야 혼 허물을 버시니 곳곳이 얽고 붉은 졈이 밋쳐 일개 귀형이 되야시니12)

녀쥬(설 소저)눈 힝동이 노둔ㅎ야 수오납지 아닐지언졍 몸이 비둔ㅎ야 난 지 긔년의 능히 거롬을 옴기지 못ㅎ눈지라 그러나 노 시 녀오의 불미홈을 십분 민민ㅎ야 단장을 스치이 ㅎ고 지분을 과히 다스려 얽은 뺨의 메워시니 더욱 흉괴 망측ㅎ야 진납이 목욕 감겨 관 쓰임 곳투니 좌위 고면슉시ㅎ야 위오롤 못니 칭션ㅎ고 지 쳐시 한슘 지어 니르디 "위조설 삼형이 일시의 농와홀 줄은 임의 덕벽 상의셔 신몽으로 아랏거니와 조화옹이 험셩구져 추라ㅎ미 이 곳툰 용홰 되야시며 음후의 고은 식광으로 불미ㅎ미 이디도록 홀줄을 엇지 알니오13)

음후눈 너모 곱고 빗나기로 한졔의 총을 어더시니 직셰의눈 그음업눈 흉상이 되야 셜 시왼지라14)

예뻤던 음후가 흉상이 되고 그로 인해 총을 얻지 못하는, 「옥환기봉」과는 반대되는 결과를 보여줌으로써 곽후의 설원이라는 본래의 의도를 제대로 살린 것이다.15)

<hr>

12) 「한조삼성기봉」 권1.
13) 「한조삼성기봉」 권1.
14) 「한조삼성기봉」 권3.
15) 작가가 「한조삼성기봉」에서 보여주는 의식, 즉 여성은 남성으로 재생하지 않으면 설원할 수 없고, 덕이 있어도 예쁘지 않으면 사랑 받을 수 없다는 의식에 대해서는

　백희 공주를 음후의 자리였던 위비로 설정한 것도 같은 맥락에서
이해할 수 있다. 곽후의 현신인 강왕이 광무제의 현신인 조비와 음후
의 현신인 설비에게 설원하고자 한다면, 그들과 대가 되는 위치에 있
는 인물이 필요하게 된다. 이 인물로 곽후를 가장 잘 이해하였던 백희
공주를 등장시킨 것이다. 백희 공주의 현신인 위비는 「옥환기봉」에서
의 음후와 같은 역할을 하게 된다.

　결국, 맡은 역할이 바뀐 인물들이 사실은 「옥환기봉」의 인물들과
일 대 일 대응을 이루고 있음을 알 수 있다. 그래서인지, 「한조삼성기
봉」에서 보이는 이들 사이의 관계나 사건의 개요는 인물 구성의 유사
성만큼이나 「옥환기봉」과 비슷하다.

1. 강왕이 조비와 먼저 혼인을 한다.
2. 강왕이 설비와 혼인한다.
3. 강왕이 고난에 처했던 위비를 만나 혼인을 한다.
4. 위비는 뛰어난 미모와 덕성으로 강왕의 총을 얻는다.
5. 조비는 이에 대하여 시기하고 강왕을 미워한다.
6. 조비 주위의 인물들이 위비를 모해하려고 하나 조비는 달가워하
　　지 않는다.
7. 조비가 마침내 미혼단을 먹고 위비를 모해한다.
8. 결국, 폐위되어 동해로 내쳐진다.

　「옥환기봉」의 경우, 2만 빠져 있다. 이는 앞에서 이야기했지만, 곽
후와 음후와의 문제를 해결하기 위한 「한조삼성기봉」 작가의 설정이

───────────────

　좀더 천착할 필요가 있다.

다. 특히 1과 3의 경우, 실제로는 같은 날에 위비가 정비로 혼인을 할 예정이었으나, 후술할 양재왕의 모해로 혼인의 순서가 조비와 위비 순으로 바뀐 것이다. 이 역시 「옥환기봉」에서 곽후가 먼저 혼인을 하고 후에 음후가 들어오는 순서를 고려한 것이라고 할 수 있다.

이상의 결과를 놓고 볼 때, 작가의 지향 의식은 다르지만, 관계 인물들 사이에 이루어지는 궁중에서의 사건 역시 「옥환기봉」의 그것과 크게 다르지 않음을 알 수 있다. 특히, 조비가 주변 사람들이 위비를 모해하려고 하는 것을 달가워하지 않다가 미혼단을 먹고 본격적으로 모해하는 모습은 「옥환기봉」의 곽후의 그것과 매우 닮아 있다. 조비가 동해에 내쳐진 후, 그 곳에서 죽는 것 역시 「옥환기봉」과 다르지 않다. 광무제가 조비로 바뀌면서 「옥환기봉」에서 보여주었던 자신의 성격보다는 곽후의 성격을 가지고 태어난 것이다. 반면, 곽후의 현신인 강왕은 광무제의 성격을 가지고 있다.

그러나, 맡은 역할이 달라진 인물 가운데 '양재왕'과 '윤교란'의 경우는 주목할 필요가 있다. 전자는 궁중 여인의 신분이었던 왕첩여가 역시 남성인 양재왕으로 성을 바꾸어 일반 귀족 가문에 태어났으며, 후자는 일찍 부모를 잃은 여아로 설정되고 있다. 이 둘은 작품 속에서 부부가 된다. 이는 「한조삼성기봉」의 공간이 일반 귀족 가문으로까지 확대될 것임을 의미하는 것이다. 「옥환기봉」이 궁중을 배경으로 하는 것과 차이가 있다.

지왕의 젼신은 왕녀의 흥훈 넉시라 한졔롤 흠모ᄒᆞ미 깁흐나 공쥬 빅희 져룰 비쳑ᄒᆞ던 원을 아니 갑지 못홀지라 …(중략)… 위 소져룰 흠모ᄒᆞ야 간졀훈 심수룰 부모긔 고왈 쇼지 만일 위 시룰 취치 못ᄒᆞ오면 결단코 추성의 인륜을 일우지 아니리로쇼이다 한 시 지왕을 지극지즁ᄒᆞ미 장즁보

옥 ᄀᄐ야 혼 말도 어긔오미 업ᄂ지라 모즈 부뷔 일심이 되야 위 시룰
탈취코즈 ᄒ야 쳔방빅계로 싱각이 아니 미츤 곳이 업스나 결칙지 못ᄒ고
강왕의 길일이 점점 갓가이 오ᄂ지라16)

인용문을 통하여 볼 때, 앞으로의 사건 전개가 분리와 시련을 중심
으로 하는 "혼사장애"로 이루어질 것임을 예측할 수 있다.

마침내, 재왕은 강왕과 결혼하려고 궁중에 들어가 있는 위비를 납
치한다. 이는 재왕의 힘만으로는 불가능한 일이다. 이에 「옥환기봉」에
는 등장하지 않는 요법사 '백운도사'를 등장시킨다. '백운도사'는 혼
사 장애의 중심에 있다. 줄거리를 요약하면 다음과 같다.

재왕의 부탁을 받은 백운은 위비를 납치하여 오다가 神人에게 빼앗기
고는 걸식하는 윤교란을 발견하고 위비로 변화시켜 양부로 데려온다. 양
부에서는 조정에서 위비를 더 이상 찾지 않고 잠잠해지자 假위비와 재왕
을 혼인시킨다. 후에 교란은 정체가 들통이 나지만, 生男을 하게됨으로써
무마된다. 그러자 재왕은 다시 조비에게 흑심을 품고 백운을 시켜 납치
해오게 한다. 백운은 조비를 납치하러 갔지만, 조비는 미리 계시를 받아
피하고 대신 궁녀 소옥이 납치되어 간다. 이를 시기하던 교란은 소옥의
계교에 넘어가 소옥을 탈출시킨다. 소옥이 돌아와 상께 모든 것을 고함
으로써 모든 일이 밝혀진다. 위비는 남악진군의 구출을 받아 남복으로
개착한 후, 정벌 나왔던 강왕을 도와 공을 세우고, 마침내 정체가 밝혀져
강왕과 혼인을 이룬다. 재왕과 부친 양의, 모친 한 씨는 모두 유배를 당
하고, 백운은 참형을 당하려는 순간 도망친다. 떠돌던 백운은 고생하며

---

16) 「한조삼성기봉」 권2.

살고 있는 재왕 부부를 만나 데려와 조비의 모친 허 씨에게 소개시켜준
다. 이후 이들을 중심으로 하는 위비에 대한 모해가 시작된다.

「옥환기봉」과 인물이나 사건 구성에서 유사성을 보이던 「한조삼성
기봉」이 「옥환기봉」에는 드러나지 않는 혼사 장애를 거듭 보여주고
있는 것은 심상한 일이 아니다. 더욱이 그것이 일반 가정과는 별세계
로 인식되는 왕궁을 대상으로 한다는 점에서 특히 그렇다. 실제적으
로 왕궁을 대상으로 하는 양재왕의 이러한 행동은 불가능하다고 할
수 있다. 이런 점에서 이 사건은 독자들에게 더 더욱 흥미소로 작용했
을 가능성이 크다고 볼 수 있다.

「한조삼성기봉」에서 보이는 이러한 변화는 주목할 필요가 있다.

「옥환기봉」은 2권 2책으로 존재하는 이본이 2종 있다.17) 이들 2종
의 이본들은 광무제의 한실 부흥 과정보다는 광무제, 곽후, 음후의 갈
등 부분을 중점적으로 서술하고 있으면서 善惡의 구분을 더욱 명확히
하는 공통점을 가지고 있다. 이러한 형태의 삼각 관계는 일반 벌열가
의 처첩 갈등을 황실로 옮겨 놓은 것이라고 할 수 있다. 황실이라는
공간 속에서 이루어지는 남녀의 갈등은 우리나라 소설에서는 찾아보
기 힘든 소재인데, 아마도 이러한 독특함이 당시 독자층의 관심을 끌
었을 것이다. 이러한 분위기가 있었기에 이 부분을 중점적으로 다룬
이본이 자연스럽게 나타난 것으로 보인다. 이를 통해 독자들이 실상
어느 부분에 더욱 관심을 가지고 있었는지를 알 수 있다. 이들 이본의

---

17) 고려대학교 소장본과 조동일 소장본이다. 이들 이본에 대해서는 양민정,『朝鮮朝
奇逢類小說 硏究』, 以會文化社, 1995. 李昇馥, "「옥환기봉」의 이본을 통해 본 역
사소설 수용의 한 양상",『德成語文學』10, 2000에서 부분적으로 관심을 가지고
다루었다.

존재는 당시의 독자들이 「옥환기봉」에서 보여주는 교육적인 측면(역사서에 정통하였음)보다는 남녀의 결합과 혼인의 완성이라는 흥미로움에 더 경도되었다는 것을 보여준다.

「한조삼성기봉」에서 인물들의 역할을 바꾸고, 등장하지 않았던 인물을 설정하면서까지 혼사 장애 중심의 사건을 설정한 것도 같은 맥락에서 이해할 수 있을 것이다.

불최의 여러 쏠이 다 언믄 칙 (읽)기룰 죠히 아니 여기는지라 션비 미양 권흐야 보라 흐야 굴오사디 …(중략)… 소학어니 니훈 갓흔 칙은 샹샹 아니 보지 못홀 거시오 그밧 고금의 어진 선비와 측흔 겨집 이른 말과 힝실의 ᄀ히 사룸으로 흐여곰 경발홀 듯훈 거술 다 부디 즈로 볼 거시오 넉디연의 ᄀ튼 칙도 또한 맛당이 훈 두 번은 보아 젼더 치란흥망을 아라둘 것이니 그러면 거의 그 덕성을 기드리고 지식을 널일더라 이러훈 칙들을 어이 아니 보리오 이 밧긔 혼인 부귀 신션 귀신 이런 즙 니아기칙은 다 볼 거시 아니이라[18]

昭陽(癸亥, 1863) 12월, 내가 성남 直廬에 거처하며 긴 밤 잠을 이루지 못하였는데, 이웃집에서 稗官諺書를 많이 소장하고 있다는 말을 듣고 수삼 종을 빌려와 사람을 시켜 읽게 하여 들었다. 대개 한 편마다의 宗旨가 남녀의 혼인에서 시작하여 규방의 행적을 서술하였는데 서로 간에 차이는 있었으나 모두 거짓된 것으로 지리하고 번쇄하여 취할 만한 것이 없었다[19]

---

18) 『貞敬夫人李氏行錄』(최강현, "정경부인이씨행록", 『홍익어문』 12, 1993, 38~39쪽에서 재인용).

19) 歲在昭陽臘月 余寓城南直廬 長夜無寐 聞隣家多藏稗官諺書 借來數三種 使人讀

이상의 인용문에서 감지할 수 있는 것은 당시에 배척을 받기는 했지만, 남녀의 만남과 시련을 다루는 혼인 관계의 소설이 상당한 인기를 끌고 있었다는 사실이다. '역대연의'와 같은 책은 읽어야 할 책이고, '혼인, 부귀, 신선 이야기책'은 읽을 것이 못된다는 지적은 효용론의 차원에서 언급한 것이다. 그러나 이 속에서 당시 '혼인' 등의 이야기가 매우 흥미롭게 읽혔음을 감지하기란 어렵지 않다. 실제로, 이렇게 소설의 유형 분류를 할 정도라면 이에 대한 관심이 없고서는 불가능했을 것이다. 이는 서유영의 언급을 통해 재확인된다.

「옥환기봉」에 바탕을 두고 있기는 하지만, 「한조삼성기봉」이 혼사 문제를 중심에 두고 있는 것도 바로 이러한 당시의 소설 향유의 분위기를 반영한 결과라고 할 수 있다.[20]

특히, 이 속에서 위비와 조비 등이 탄생한 가문에 대한 관심이 증폭된다. 이들은 자식들의 혼인에 대하여 민감하게 반응한다. 따라서 이들의 혼인은 「옥환기봉」과 달리, 왕실의 문제에서 그치지 않고, 가문의 문제로 옮겨지게 된다.

위 션싱(위비의 부친) 초분은 대소롭지 아니터니 후분은 다복ᄒᆞ도다 일녀는 쳔승국뫼 되야 녀셔는 군왕이오 일ᄌᆞ는 부ᄆᆡ 되고 ᄌᆞ부는 만승교 이니 다복홈이 과연 타인의 십ᄌᆞᄅᆞᆯ불위ᄒᆞ리오 듯난 지 탄왈 위 션싱 복녹은 셰의 업스니 인인이 당여ᄎᆞ의 반ᄃᆞ시 셩 현비와 위 부마 ᄀᆞᆺᄒᆞ라[21]

而聽之 盖一篇宗旨 始於男女婚媾 而歷敍閨房行蹟 互有異同 蓋架虛鑿空 支離煩瑣 固無足取(서유영, 「六美堂記」 小序).

20) 위비가 남악진군의 제자가 되어 남복으로 개착한 후 전쟁에서 죽을 고비에 처한 강왕을 구해주는 사건과 「옥환기봉」의 곽주와는 달리 조비의 모친 허씨가 위비를 모해하는 중심이 되어 모든 일을 주관하는 것 역시 흥미성 강화의 연장선상에서 볼 수 있다. 전자는 위비를 여성영웅화 하는 것이고, 후자는 갈등의 정도를 더 심각하게 하는 것이다.

「한조삼성기봉」에서 혼인의 완성이 곧 가문의 영광으로 그려지는 대표적인 부분이다. 위비의 가문이 많은 사람들이 부러워하는 가문이 되었음을 보여준다. 이는 혼사의 문제를 다루었기 때문에 나타난 결과이다. 혼사는 결국 가문이 관계가 되는 것이기 때문이다.

요약하자면, 「한조삼성기봉」은 「옥환기봉」에 바탕을 두면서도, 공간을 일반 가문으로 확대하는 한편, 필요에 따라 인물의 역할을 바꾸거나, 새로운 인물을 등장시켜 흥미성을 강화하면서 작가 자신의 의도를 살려낸 작품이다.

이와 함께, 「한조삼성기봉」의 작가는 작품 곳곳에서 당시에 익숙한 유형들을 이용하여 작품에 대한 친근감을 더하기도 한다.

우선 작가는 작품 전반에 몽유록 구조를 원용하고 있다.

한담이 쳔만언이라 능히 밤이 다홈을 모로고 박비롤 즈로 권ᄒ더니 오릭지 아냐 달이 산촌의 슘고져 ᄒ고 계셩이 악악ᄒ니 셔두의 스후ᄒᄂ 동지 조으롬이 몽농ᄒ니 민망ᄒ야 고ᄒ디 강촌의 계셩이 동ᄒ고 동방이 붉아오ᄂ이다 졔인이 ᄇ야흐로 션창의 드러가 췌쉬 깁허더니 한나라 졔셩의 윤회보응이 씬롤 맛초아 급흔지라 옥누단계의 급흔 공시 나려 ᄎ야의 강심 중 췌흔 넉술 인도ᄒ야 스 인이 일시의 긔몽홀 시 …(중략)… 영쇼보젼의 옥황상졔 텬궁을 여러 십만 텬관과 삼십 삼 쳔 이십 팔 수와 스희 팔왕을 다 모호스 역디 졔왕 공신 황후 명스 셩인을 거ᄂ려 조회ᄒ니 상셔의 묽은 운은 룡누봉각의 가득ᄒ고 향풍이 진울ᄒ더라 이 젹의 위 쳐스 등 스 인이 일장 진몽을 조ᄎ 일위 션관을 ᄯ라 흔 곳의 니ᄅ니

션악이 요요ㅎ고 치운이 즁즁혼 가온디 혼 션관이 월픽셩관을 갓초고 즈슈무의롤 쓰어 표연이 나려와 읍ㅎ고 굴오디 녈위 존형은 별니후 무양ㅎ시냐 금번 옥졔 텬궁의 셜조ㅎ샤 텬하 산신 수신 역디 졔왕 신령을 모호시니 그디 등도 수호삼은의 일뉴라 인간 명니의 분쥬ㅎ미 본밧기 아니라 ㅎ샤 옥졔 특별이 명초ㅎ샤 수빅 년 밀린 공스롤 쳐치ㅎ샤 그디 등의게 맛지고즈 ㅎㄴ니 밧비 나롤 조츠 옥졔긔 조현ㅎ라 …(중략)… 언파의 스미 안으로셔 우션을 니야 스 인을 향ㅎ야 혼 번 붓치니 스 인이 ᄇ람을 조츠 구롬 스이의 비등ㅎ야 공즁의 오르니 표표탕탕ㅎ야 가는 바롤 모롤너니 혼 곳의 다닷거놀 스 인이 졍신을 슈습ㅎ야 스면을 술피니 이 곳 텬궁이라 …(중략)… 원셩이 쳘텬ㅎ니 귀신 치로 두드리며 쇼리롤 벽녁ᄀ치 지르니 그 쇼리의 놀나 ᄭI다르니 홍일이 놉핫고 강두의 어션이 분잡ㅎ고 인셩이 훤화ㅎ더라 텬샹의 긔특혼 경식이 녁녁혼 몽시 긔긔혼지라22)

입몽, 인도, 좌정, 사건, 각몽이 있는 전형적인 몽유 구조이다. 몽유 공간이 천상의 영소보전이고 「옥환기봉」에 등장하였던 인물들이 본디 천상의 인물이며, 다시 인간 세상에 나가 인연을 맺게 될 것임을 몽유 구조를 빌어 자세히 밝힘으로써 작품 내용의 전개에 대한 중요한 정보를 알려주고 있다. 또한 몽유 내용이 「옥환기봉」이라는 대상물에 대한 인식이 없이는 정확하게 이해하기 힘든 것이어서 이 몽유 구조가 교술적이라는 몽유록의 장르적 속성도 아울러 갖추고 있다고 할수 있다.

또한 위비가 위기에서 벗어난 후, 남악진군의 제자가 되어 술법을

───────────────

22) 「한조삼성기봉」 권1.

익히고 마침내 남복을 입고 천정 배필인 강왕을 죽을 고비에서 구출하고는 정체가 밝혀져 혼인을 이룬다는 내용은 여성영웅소설과도 상통한다.

이런 관점에서 볼 때, 「한조삼성기봉」은 작품 곳곳에 흥미로운 요소를 많이 배치하고 있음을 발견할 수 있다. 이러한 것들은 당시 독자들에게는 꽤 익숙하였던 것이었기에 친근하게 다가왔을 것으로 판단된다.

특히, 조선 후기로 가면서 다양한 유형의 소설 작품들이 상호 교섭하는 양상의 일단을 찾을 수 있다. 장편으로 이루어진 영웅소설이 있는가 하면,[23] 영웅소설에서도 가문소설적 요소가 함께 드러나기도 한다. 처음에는 이들 작품들의 향유층은 달랐을 것이다. 홍희복이 『제일기언』서문에서 "심지어 슉향전 풍운전의 뉘 가항의 천흔 말과 하류의 느즌 글시로 판본에 기간ㅎ야 시샹에 미미ㅎ니"[24]라는 언급에서 일단을 살필 수 있다. 그러나 소설의 상업화가 이루어지면서 서로에게 흥미로울 수 있는 부분을 받아들이면서 교섭하였을 것으로 추정된다.

결국 「한조삼성기봉」은 당시에 존재하고 있었던 다양한 작품 유형의 구조와 내용을 원용하면서 「옥환기봉」을 바탕으로 인물과 사건의 수용과 변형을 통하여 더욱 통속적이고 흥미성을 추구한 작품으로 완성된 것이라고 할 수 있다.

---

23) 「화산기봉」이 대표적이다.
24) 박재연·정규복 校註, 『제일기언』, 국학자료원, 2001, 22쪽.

4. 작가의 동일성

서로 관계되는 작품에 대한 작가의 동일성 여부를 가리기는 쉽지
않다. 현재 학계에서는 이 문제에 대하여 두 가지의 상반된 견해가 제
기되고 있다. 먼저 이 두 견해에 대하여 살펴보자.

古小說의 경우 어느 연작도 현재까지 작자가 밝혀진 것이 없기 때문
에 그것의 전·후편의 作者가 同一人인지 아닌지를 분명하게 밝힐 수는
없다. 그러나 다음과 같은 몇 가지 사실들을 놓고 볼 때 한 연작을 이루
고 있는 전·후편의 작품들은 모두 동일 작가에 의해서 창작되었을 것으
로 추정된다.25)

「현씨양웅쌍린기」(玄氏兩雄雙麟記), 「쌍천기봉」(雙釧奇逢), 「보은기우
록」(報恩奇遇錄) 등은 「청백운」에서 「천수석」까지와 같은 계열인데, 속
편이 있기 때문에 함께 다루지 않았다. 전편은 상당히 파격적인 내용을
지닌 문제작이라 하겠으나, 더 길게 늘인 속편은 그렇지 않아 인습적인
가치관으로의 복귀를 표방하고 이미 있는 사건 유형을 부연하고 복합시
키는 방향으로 나아간 점이 공통적으로 발견된다. 전편이 인기를 얻자
다른 사람이 속편을 지었기 때문에 그렇게 되었던 것 같다. 전편 말미에
다 속편을 예고한 대목은 나중에 첨가했을 수 있다.26)

이상의 두 견해는 모두 나름대로의 타당성을 가지고 있다고 하겠으
나, 실제적으로 작가의 동일성 문제는 작품마다 따져보아야 할 것으

---

25) 최길용, "연작형 고소설 연구", 전북대박사학위논문, 1989, 26~27쪽.
26) 조동일, 『한국문학통사』 3, 지식산업사, 1984, 495쪽.

로 보인다. 물론, 이상의 견해가 연작 작품만을 대상으로 하고 있어서, 본고에서 문제 삼는 「옥환기봉」과 「한조삼성기봉」의 관계에도 적용될 수 있는지도 검토해 보아야 할 문제이다. 그러나, 실질적으로 관계가 있는 작품이라면 작가의 동일성 문제가 우선 해결되어야 할 문제이다. 더구나 이 두 작품을 연작으로 보는 경우가 있어 더욱 그렇다.[27)

이런 의미에서 다음의 두 가지 전제를 설정해볼 수 있다.

첫째, 작품에 따라 작가가 동일인일 수도 있고, 별개 인물일 수도 있다.
둘째, 작가의 동일인 여부를 규명하기 위해서는 외형상의 대비보다 는 작품 내적 측면의 대비가 필요하다.

이러한 전제를 바탕으로 「한조삼성기봉」과 「옥환기봉」의 작가에 대하여 살펴보자.

「한조삼성기봉」은 「옥환기봉」에 바탕을 두고 있다. 그러나, 「한조삼성기봉」이 바탕을 두고 있는 부분은 「옥환기봉」의 일부분이다. 「옥환기봉」은 광무제가 한실을 復興하는 내용과, 광무제가 곽후·음후와 결합하는 내용으로 이루어졌다. 광무제가 한실을 부흥하는 과정은 역사서의 기록과 친연성을 가진다. 그런데, 「한조삼성기봉」은 이 가운데 광무제·곽후·음후의 결합 부분만을 바탕으로 한 것이다. 「한조삼성기봉」 곳곳에서는 「옥환기봉」 가운데 이 부분의 내용에 바탕을 두고 서술하거나, 이미 있었던 일이었다며 기억을 환기시키면서 작품을 전개하고 있다.[28)

---

27) 이승복, 전게논문.
28) 이에 대해서는 李昇馥, 전게논문, 216~223쪽에서 자세히 논의하였다.

반면 「옥환기봉」에는 두 곳에서 「한조삼성기봉」을 연상시키는 기록이 발견된다.

휘(음후―필자 주, 이하 동) 도라오시미 즁심의 기리 함한ㅎ여 동일한 상 갓트니 뎨(광무제) 보시고 쇼왈 휘 오래 노ㅎ믈 보지 못ㅎ리러니 금일 티부인 불화ㅎ믈 식이도다 타싱의 남지되믈 발원ㅎ믄 짐을 거졀ㅎ랴 홉이시나 삼싱의 면치 못ㅎ리니 쳔츄만셰의 셔로 만나즐기리라 휘 졍식 부답ㅎ시고 공쥬 등은 웃고 듣든이 <u>후셰의 상과 휘 다시 츌셰ㅎ여 슉년을 의오미 타셜의 젼ㅎ미 잇ᄂᆞᆫ이라</u> 명일 상이 등퇴 부인을 인견ㅎ사29)

맛춥니 칙을 어더 혼 번 일그미 가장 셩실ㅎ고 다 고ᄉᆞ를 의기훈 일이라 …(즁략)… 이 엇지 심상혼 글이리오 <u>쟉ᄌᆞ의 유의ㅎ미 만히 깁다 이르리로다</u> ㅎ러나 …(즁략)… 비록 폐휘나 쏘혼 쟝쳐 단쳐 간 별젼이 잇슬지니 곽후의 본지는 어이 쌘히며 음식 형뎨젼을 지으미 쏘 무슴 연고로 곽황의 젼은 짓지 아닌고 싱각건디 폐후의 별젼을 지으미 말이 즁언부언ㅎ미 지리ㅎ고 음식 음홍은 군공이 잇고 공업으로 젼을 일운 빈니 고이치 아니라 ㅎ려니와 연양 공쥬 본젼은 쏘혼 고로 쌰히고 부지기죄로다 쇼셜을 보고져 홀진디 한됴ᄉᆞᆷ셩쇠를 볼지어다
세 임ᄌᆞ 슈월일 용ᄉᆞ 견일졍 필30)

'他說'과 '小說'31)로 지칭된 것은 아마도 「한조삼성기봉」일 것이

---

29) 「옥환기봉」 권22.
30) 「옥환기봉」 권30. 임자는 1852년으로 추정된다.
31) 필자는 '他說'과 '小說'이라는 명칭도 가볍게 넘길 일이 아니라고 생각한다. 이에 대해서는 두 작품의 관계를 논의하는 항목에서 상술하겠다.

다. 그런데, 여기서 주목할 것은 「한조삼성기봉」과 관계된 이 서술이 작가가 쓴 것이 아닐 가능성이 높다는 점이다. 첫 번째 인용문 밑줄 친 부분은 문장 서술상 그 자리에 들어가는 것이 매우 어색하다. "공주 등은 웃고 듣더니, 명일 상이"로 이어지는 것이 자연스럽다. 더욱 이 「한조삼성기봉」에서는 곽후가 남자로 태어나는 것으로 되어 있을 뿐, 음후가 남자가 되어 숙연을 이루는 내용은 전혀 나타나지 않는다. 따라서 「옥환기봉」의 문맥과는 그 내용이 맞지 않는다. 작가라면 이 상황에서 밑줄 친 부분과 같은 잘못된 정보를 넣지 않았을 것이다. 그렇다면 누군가가 필요에 의해서 정보를 하나 삽입했다고 의심해볼 수도 있다. 아마도 "남자로 태어나겠다'고 발원하였다는 내용에 힘입은 바가 큰 듯하다.

두 번째 인용문은 작품에 대한 평과 함께 아쉬움을 토로하고 있다. "작자의 유의함이 깊다"는 말에서 "한조삼성쇠를 보라"는 서술 역시 작가의 것이 아니라고 보는 것이 타당할 것이다. 「옥환기봉」에 대한 약간의 아쉬움을 표하고는 그에 대한 대안으로 다른 작품을 소개하고 있는 형태이다. '조그마한 거짓도 없다'며 「옥환기봉」에 대하여 자신감을 보이던 작가가 자기 작품에 대하여 이중적인 모습을 보였다고 하는 것은 부자연스럽다.

이런 의심의 근저에는 필사기에 나타난 '용산 견일정'이 있다. '용산 견일정'은 조선 후기에 고전소설을 필사한 곳이다.[32] 그런데 이러한 필사기가 나타나는 것은 賞冊本이라고 한다.[33] 그렇다면 위와 같

---

32) 「벽허담관제언록」(25권 25책), 「양현문직절기」(24권 24책) 등도 필사하였다.(임치균, 『조선조 대장편소설 연구』, 태학사, 1996, 270쪽) 이 곳에서는 이들 작품에 대한 전문적인 필사가 이루어졌을 것이다.

33) 정명기, "세책 필사본 고소설에 대한 서설적 이해", 『古小說硏究』 12, 2001.

은 정보를 삽입한 이유를 충분히 이해할 수 있게 된다. 貰冊을 위한 정보의 제시인 것이다.

이로써 「옥환기봉」의 작가는 「한조삼성기봉」을 전혀 염두에 두고 있지 않았음이 확인되었다. 그렇다면, 「옥환기봉」이 먼저 출현하였으며 그 후 이를 바탕으로 「한조삼성기봉」이 이루어졌다는 사실도 분명해진다. 다만 작가의 동일성 문제는 차원이 다르다. 처음에 관심을 두지 않았던 작가가 후에 그 속편을 만들었을 가능성이 상존하기 때문이다.

여기서 우리가 주목해 볼 것이 창작 의도이다. 이에 대해서는 이미 앞에서 인물을 대비하면서 언급한 바 있다. 「한조삼성기봉」에서 곽후가 남자로, 광무제가 여자로, 음후가 아주 못난 여인으로 태어나는 것은 「옥환기봉」의 인물을 완전히 뒤집는 것이다. 이미 인물과 사건의 대비를 통하여 이루어진 설명과 함께 이와 같은 뒤집음을 고려할 때, 「한조삼성기봉」이 「옥환기봉」과는 다른 의도를 가지고 창작되었음은 분명해진다. 「한조삼성기봉」은 「옥환기봉」을 "뒤집어 보기"로 한 결과물이라고 할 수 있다. 그 문제의식이나 주제가 「옥환기봉」과는 전혀 다른 작품인 것이다.

「한조삼성기봉」이 「옥환기봉」의 인물이 재생한 것으로 설정한 것은 「옥환기봉」 앞 부분에 서술되어 있는 효무제 때의 戾太子와 주변 인물들이 재생하는 것에서 영향을 받은 것으로 보인다. 여태자와 주변 인물들은 江充의 모함으로 모두 죽는다. 그리고는 위황후의 소생인 여태자와 그 처자인 공손, 사량제, 사황손이 각각 광무제, 음황후, 곽황후, 태자로 윤회하게 된다. 그런데, 이들이 윤회하는 것은 「한조삼성기봉」에서와 같이 雪冤이 목적이 아니다. 미진한 인연을 완성하기 위한 것이다. 이를 통해 볼 때에도, 「한조삼성기봉」과 「옥환기봉」

은 근본적으로 다르다고 하겠다.

또한 작품 창작 방식에서도 분명한 차이가 있다. 「옥환기봉」의 작
가는 『한서』, 『후한서』 등 역사에 바탕을 두고 작품을 창작하고 있다.
그는 곳곳에서 『후한서』의 기록을 의식하거나, 반영하고 있다[34]. 가
장 적극적으로 작품 속에 역사를 수용하고 있는 것이다.

하방 셔녁희 니르러 아모디로 갈 쥴 몰나ᄒ더니 빅의노인이 노방의셔
갈로쳐 왈 심쓰라 신도군이 냥인을 위하여 직희여시니 녜셔 팔십 이라
ᄒᆞᆫ디 광뮈 즉시 달여간이 신도틱슈 엄광이 문을 여러 뭇거늘[35]

進至下博城西 遑惑不知所之 有白衣老父在道旁 指曰 努力 信都郡爲
長安守 去此八十里 光武卽馳赴之 信都太守任光開門出迎[36]

장안의 드러와 직금오의 벼술이 위의 승ᄒ믈 보시고 미양 탄식ᄒᆞ스 왈
거관의 당작 직금오는 취쳐의 음녀홰라 ᄒᆞ시니 이 두 일이 광무의 평싱
쇼원이라 드 ″ 여 이 말이 ᄉᆞ긔예 유젼ᄒᆞ여 후셰의 유명ᄒᆞ니[37]

後至長安 見執金吾車騎甚盛 因歎曰 仕宦當作執金吾 娶妻當得陰
麗華[38]

---

34) 「옥환기봉」이 역사에 바탕을 두고 있다는 사실과 그 의미는 임치균, "18세기 고
　　전소설의 역사 수용 일양상─「옥환기봉」을 중심으로", 『한국고전연구』 8(2002)에
　　상술되어 있다.
35) 「옥환기봉」 권6.
36) 『後漢書』 1, 12쪽.
37) 「옥환기봉」 권5.
38) 『後漢書』 2, 405쪽.

아주 사소한 부분이지만, 「옥환기봉」이 『후한서』를 그대로 직역하고 있음을 볼 수 있다. 그리고 "亽긔예 유젼ᄒ여 후셰의 유명ᄒ니"라고 하며 자신이 『후한서』를 참고하였음을 분명히 하고 있다. 작가는 심지어 역사가 구체적으로 기록하지 않은 빈 부분을 인과성을 가진 사건으로 채우려고까지 하였다. 그는 「옥환기봉」 창작 과정에서 항상 역사를 염두에 두고 있었던 것이다. 그 결과, 작가는 「옥환기봉」에 대하여 "우인이 젼을 지으니 일언반亽도 셥개만훈 허언이 아니오 실젹이 아니미 업ᄂ지라"[39]라고 할 정도가 되었다.

반면 「한조삼성기봉」에서는 이러한 모습을 찾을 수 없다. 중심 인물로 등장하는 모든 사람들이 허구적 인물이다. 작품에서 현종 다음 황제인 숙종이 된다는 '강왕'을 『新唐書』에서는 찾을 수 없다. 또한 숙종의 비 역시 '張皇后'와 '肅宗章敬皇后吳氏'[40]로 되어 있어 작품에서 등장하는 위비, 조비, 설비 등도 가공 인물임을 알 수 있다. 또한 양의, 양재왕 등도 모두 허구적 인물이다. 즉, 이 작품은 양귀비와 안록산이 힘을 얻었던 어지러운 시기라는 시대적 역사적 배경만을 취했을 뿐이다.

이러한 사실에 바탕을 두었을 때, 「옥환기봉」에서 「한조삼성기봉」을 대상으로 '타셜', '쇼셜'로 지칭한 서술에 대하여 다시 주목할 필요가 있다. 실제로 밀접한 관련이 있는 작품에 대하여 '他說'이라고 지칭하고 말았을까 하는 의구심이 든다. 또한 '小說'이라고 하는 명칭도 의심의 여지가 있다. 대장편소설에서 '소설'이라고 하는 말은 「성현공숙열기」에서 찾을 수 있다.

---

39) 권29, 40쪽.
40) 『新唐書』11 表箋, 中華書局, 1975, 3497~3500쪽.

니 쏘 드르니 시셔를 싫어하고 미양 쇼셜을 조하 보며 언언이 벼슬과
미녀를 닐코라 상닉의 봉구황을 쁜흘 젹이 업스니 이거시 쏘흔 가ㅎ냐[41)

이는 작품 내의 부정적 인물인 유린을 질책하는 한 대목이다. 부정
적 인물에 대해 '미양 쇼셜을 조아 보며'라고 질책한 대목에서 일반
소설에 대한 작가의 부정적 의식을 엿볼 수 있다. 그런데 특이한 것은
작가 자신이 바로 대장편소설을 쓰고 있다는 사실이다. 작가가 소설
을 쓰고 있으면서도 소설에 대해 이렇게 비판하는 것은 자신의 소설
이 일반 소설과 매우 다르다는 인식이 없이는 불가능하다.[42) 또한 권
섭의 「先妣手寫冊子分排記」에서 「소현성록」을 "大小說"로 칭한 것
역시 같은 맥락에서 이해할 수 있다. 여타의 작품과는 차원이 다르다
는 의미인 것이다.

이로써, '소설'은 같은 작품에 대해서도 다소 부정적인 의미, 또는
차원이 약간 낮은 의미로 쓰였음을 알 수 있다. 「옥환기봉」에서도 '쇼
셜'이라고 할 때의 정황을 보더라도 이러한 판단은 적합하다고 생각
한다. 「옥환기봉」에서는 우선 이 작품이 역사에 대하여 얼마나 정통
하였으며, 그것이 얼마나 대단한 것인가에 대하여 장황하게 서술하고
있다. 그리고는 문장이 끝나자 이어서 "쇼셜을 보고져홀진디 한됴습
셩쇠를 볼지어다"라고 하고 있다. 여기에는 「옥환기봉」과 「한조삼성
기봉」은 차원이 다르다는 의미가 함축되어 있다고 볼 수 있다.

이상의 근거를 바탕으로, 「옥환기봉」과 「한조삼성기봉」은 서로 관
련을 맺고 있다고 하더라도, 작가는 다른 사람이었을 것으로 추정하
는 것이 타당할 것이다.

---

41) 「성현공숙열기」 권5.
42) 임치균, 『조선조 대장편소설 연구』, 태학사, 1996, 25~26쪽.

5. 「한조삼성기봉」과 「옥환기봉」의 관계

조선 후기에 산출된 고전소설 가운데에서 우리의 관심을 끄는 현상 가운데 하나는 연작 형태로 존재하는 작품이 적지 않다는 것이다. 이들 작품은 시공과 세대를 연속하면서 전편과 속편으로 구분되어 있다. 연작 「유씨삼대록」, 연작 「조씨삼대록」, 연작 「임씨삼대록」 등을 비롯한 많은 작품들이 여기에 속한다. 이러한 경우, 전·속편 작가의 동일성에 대한 논란이 있기는 하지만 이들이 자연스러운 연작의 형태를 띠고 있다는 사실은 인정된다.

그러나, 연구 성과가 축적되면서 또 다른 형태의 작품들이 존재하고 있다는 것이 속속 밝혀지고 있다. 「소현성록」과 「영이록」, 「투색지연의」와 「여와록」, 「금화사몽유록」과 「王會傳」과 같은 대조적 형태의 작품을 예로 들 수 있다.

문제는 이들 작품을 연작이라고 할 수 있는가 하는 점이다. 관계되는 두 작품에 같은 인물들이 등장하고, 서로 비슷한 사건을 바탕으로 하고 있지만 두 작품 사이에는 적지 않은 편차가 존재하고 있다. 문제의식도 다르고, 주제도 다르다. 필자는 이들 작품에 대하여 일단 '파생작'이라고 명명해보았다.43) 이들 작품을 연작으로 보려는 연구자의 주장도 있다. 그런데 이들 작품을 연작으로 분류하는 경우에도 연구자들은 그것이 일반 연작과는 다르다는 점을 전제로 하고 있다. 송성욱은 연작의 개념을 좀더 넓게 잡아, 이러한 형태를 연작의 하위 유형

---

43) 임치균, "영이록 연구", 『古典文學硏究』8, 1993, 348쪽. 당시에는 「영이록」만을 대상으로 한 것이어서 개념 규정이나 범위에 대해서 구체적으로 논의한 것이 아니다. 다만 독특한 형태의 작품들이 있다는 사실을 밝히는 과정에서 새로운 명칭을 부여해본 것이다. 그 후, 파생작에 대한 논의가 이어졌다.(박영희, "「소현성록」 연작 연구", 이대박사학위논문, 1994)

인 "파생형 연작"으로 규정하고 있다.44) 그러면서도 송성욱은 "파생작은 파생형 연작보다 더 포괄적인 개념을 지닌다고 볼 수 있다, 따라서 파생작인 「영이록」이나 「한씨삼대록」의 경우를 그것을 파생행 연작으로 간주할 수 있는지에 대해서는 보다 많은 논의가 진행되어야 할 것이다"45)라고 하여 다소 유보적인 입장을 취하고 있다. 지연숙 역시 「여와전」 계열의 작품이 일반적인 연작의 개념에서 벗어나 있다고도 할 수 있으나, 연작의 범위를 넓게 잡는다면 여러 가지 유형의 연작을 인정할 수 있다고 하고, 이들을 '파생형 연작'으로 정의하였다.46) 이는 전적으로 송성욱의 견해를 받아드린 것이라고 할 수 있다.

그 후, 송성욱은 '대응작'이라는 개념을 제시하면서, 대응작은 일반 모작과는 달리 대상 작품에 대한 강한 반론 혹은 비판적 성격을 지니는 작품을 가리키는 것으로 정의하였다. 이러한 결과를 얻기 위하여 송성욱은 「옥원재합기연」과 「창난호연록」을 대상으로 비교하면서, 「창난호연록」이 「옥원재합기연」의 대응작이라는 결론을 내렸다.47) 소설사에서 이러한 형식의 작품이 존재한다는 사실은 매우 흥미롭다. 그러나, 「옥원재합기연」과 「창난호연록」은 두 작품에 등장하는 인물이 같은 것도 아니고, 내용도 관련된 것이 아니다. 단지 내용 구성이 유사할 뿐이다. 따라서 필자가 생각하는 파생작과는 다르다.

필자는 여기에서 파생작의 개념과 범위에 대하여 좀더 구체적으로 논의하고자 한다. 그러나 일단 연작으로 알려진 작품과 파생작으로 알려진 작품의 총량에서 많은 차이가 나고 있어서, 파생작을 연작과 대

---

44) 송성욱, "대하소설의 연작 유형에 대한 시론", 『국문학연구』, 1999.
45) 상게논문, 294쪽 각주 25) 참고
46) 池硯淑, "「여와전」 연작의 소설 비평 연구", 고대박사학위논문, 2002, 18~19쪽.
47) 송성욱, "「옥원재합기연」과 「창난호연록」 비교 연구", 『古小說硏究』 12, 2001.

등하게 놓기에는 아직 부족하다고 여기는 것이 사실이다. 그러나,「영
이록」만 문제삼던 때보다는 훨씬 관련 작품이 풍부해졌으며, 앞으로
연구가 진척될수록 많은 작품이 발견될 가능성도 훨씬 높다. 그렇다
면, 새로운 형태의 작품이 나올 때마다 힘들게 연작의 범위를 넓혀 잡
을 것이 아니라 그 형태에 적절한 용어를 부여하는 것이 바람직하지
않을까?

필자가 다시 이렇게 생각하게 된 바탕에는 본고의 연구 대상인「한
조삼성기봉」48)이 있다.「한조삼성기봉」은「옥환기봉」과 밀접한 관계
를 맺고 있는 작품이다. 이승복은 이 작품을 연작 소설로 규정하였
다.49) 그러나 위의 분석을 통하여 두 작품 사이의 편차 역시 만만치
않다는 사실이 밝혀졌다.

필자는 처음 용어를 사용했을 때보다 한걸음 더 나아가 '파생작'의
개념을 다음과 같이 정의한 바 있다.

> A작품의 인물과 사건을 일부 그대로 수용하면서, 다른 사건과 내용을
> 엮어 A와는 성격이 다른 B작품으로 존재하는 작품50)

이러한 정의가 매우 피상적인 수준에 머물고 있음은 부인할 수 없
다. 따라서 지금까지의 논의를 바탕으로 위의 정의에 좀더 구체적인
몇 가지 조건들을 제시해보고자 한다.

---

48)「옥환기봉」,「한조삼성기봉」의 관계와 유사한 양상을 보이는 작품으로「취미삼선
   록」이 있다. 이 작품 역시「옥환기봉」과 관계를 가지고 있기는 하지만, 전혀 다른
   작품으로 존재하고 있다. 이에 대한 상세한 논의는 후고를 기약한다.
49) 李昇馥, 전게논문.
50) 임치균,『조선조 대장편소설 연구』, 93쪽.

1. 파생작은 모본의 내용에 부정적인 입장을 견지한다. 따라서 전혀 다른 문제 의식을 갖는다.
2. 파생작은 모본에서 자유롭다. 따라서 시·공이 반드시 같거나 연결될 필요도 없고, 세계관이 같을 필요도 없다.
3. 파생작은 모본의 인물 평가에 구애받지 않는다.
4. 파생작은 모본과 작가가 다르다.

이와 같은 경우에 해당하는 작품을 일반적인 연작이라고 볼 수는 없을 것이다. 또한 굳이 연작에 포함시킬 이유도 없을 것이다. 「영이록」, 「여와전」, 「한조삼성기봉」은 모두 이상의 조건에 부합한다. 그렇다면, 이들 작품은 역시 '파생작'의 범주에 넣어 '연작'과는 다른 의미를 부여하는 것이 타당하리라 생각한다.

여기서 한 가지 고려해야 할 것은 "단순히 A작품에 잠시 언급되기만 할 뿐, 그 작품에서 사건에 관계하지 않거나, 자세한 소개가 없었던 인물에 대해 이 사람의 이야기를 보려고 하면 B작품을 보라"라고 하는 경우이다. 이는 특히 주인공 가문의 딸이나 아들들이 다른 가문과 혼인을 이룰 때, 그들의 이야기는 혼인한 가문의 이야기를 찾아서 보라는 식의 소개가 있는 경우가 대부분이다. 이와 같은 인물의 단순 이동은 파생작으로 볼 수 없다는 것이 필자의 기본 입장이다.

조선 후기 소설사에서 '파생작'의 존재는 당시의 소설에 대한 창작 경향과 독서 양식에 있어서의 양상을 알려 줄 수 있는 단서가 될 것이다. '파생작'이 존재한다는 것은, 당시의 작가나 독자들이 기존 작품에 대해 매우 적극적으로 대응하였다는 사실을 보여준다. 자신의 생각과 다르거나, 무언가 부족하다고 생각되는 작품을 그냥 두지 않았다는 것을 알려주는 것으로, 소설 향유층이 의식이 매우 다기로웠음을 의미한다.

6. 결론

이상의 연구를 통하여 「한조삼생기봉」은 「옥환기봉」 파생작임을 구명하였다. 「한조삼성기봉」의 등장 인물들은 「옥환기봉」의 인물들과 밀접한 관련을 맺고는 있으나, 性(gender)과 色(beauty & ugly)의 바꿈을 통하여 그 지향 의식을 달리하고 있다. 「한조삼성기봉」의 작가는 「옥환기봉」에서 불행한 삶을 산 곽후가 雪寃하는 것을 주제로 하여 내용을 구성하였다. 작가는 이를 효과적으로 드러내기 위하여 인물의 성격을 변형시키거나, 새로운 인물을 등장시키기도 하였다. 「한조삼성기봉」에서는 궁중 생활을 문제삼은 「옥환기봉」과는 달리, 가문을 의식하고 있으며, 妻妾 갈등에 관심을 집중하고 있을 뿐만 아니라, 혼사 장애 모티프를 적극 수용함으로써 더욱 흥미성을 추구하는 방향으로 나아갔다고 할 수 있다.

또한 이러한 의식의 차이뿐만 아니라, 「옥환기봉」의 작가가 『후한서』에 바탕을 두고 역사적 실존 인물을 중심으로 가급적 역사의 기록에 충실하게 작품 내용을 구성하고 있는데 반하여 「한조삼성기봉」의 작가는 철저하게 허구적인 인물을 주인공으로 하여 허구적인 내용을 중심으로 하고 있다는 사실을 고려할 때, 두 작품의 작가는 동일인이 아니라고 보는 것이 타당할 것이다.

조선 후기에는 「한조삼성기봉」과 같은 파생작이 다수 존재하고 있다. 「영이록」, 「여와전」, 「왕회전」 등이 그 예이다. 모본에 바탕을 두면서도 모본과는 다른 문제 의식을 가지고 내용을 전개하는 이들 파생작들은 우리 소설 향유층의 적극적이고 다기로운 독서 행위를 보여주는 단적인 예이다. 책을 읽는 것에 만족하지 않고, 그 내용을 뒤집어 보면서 새로운 작품을 창작하는 데까지 나아간 결과물이 파생작인 것이다. 파생작들은 모본의 인물 평가나 배경에서 자유로울 수 있으며, 그 세계관도 차이를 드러낼 수 있다.

조선 후기 고전소설에서는 연작, 파생작 등 다양한 형태의 작품들이 존재하고 있다. 이들을 통한 당시 고전소설의 향유 방식을 읽어낼 수 있을 것으로 기대하고 있다. 아울러 고전소설을 읽다보면 여러 작품에서 유사한 내용을 드러나고 있는 경우를 찾을 수 있다. 그런가 하면 '파생작'과 같이 모본을 바탕으로 하면서 작품 분위기를 전체적으로 바꾸는 경우도 있다. 일종의 '리믹스', '패러디'라고도 할 수도 있는 이러한 방식이 조선 후기에 있었던 소설 창작의 한 경향이라고 할 수 있는데, 이제는 이와 같은 부분에 좀더 관심을 기울여야 하지 않을까 한다.

「청백운」 연구

임 치 균 (한국정신문화연구원)

1. 서론

조선 후기의 소설들은 다기로운 형태로 존재하고 있다. 유형에서의 다양성은 물론이고, 개별 작품들도 각각의 특징을 가지고 있는 작품이 적지 않다. 비평서적인 성격의 작품이 산출되는가 하면, 기존에 있던 소설의 내용에 반발하면서 새롭게 창작된 파생작이 등장하기도 한다. 또한 구성이나 내용 면에서도 개인의 문제에서 가문으로 관심을 확대하기도 하고, 역사적 기록과 허구적 내용의 결합을 시도하기도 하는 등 독창적인 면을 가지고 있는 작품들이 소설사에 나타나기 시작한 때도 바로 이 시기이다.

본고에서 대상으로 한 「청백운」 역시, 이 시기의 작품으로 내용의 구성이나 전개에 있어서 독특한 면을 많이 가지고 있는 작품으로 판단된다. 이러한 특징은 「청백운」에만 한정되어 드러나는 것일 수도 있고, 조선 후기 소설 전반을 아울러 검토해볼 여지가 있는 것이기도 하다. 이에 따라 본고에서는 우선 「청백운」에서 찾을 수 있는 특징적인 면에 대하여 관심을 기울이고자 한다.

그런데, 「청백운」은 현세에서의 현달을 의미하는 청운(靑雲)과 물러나 은거의 삶을 사는 백운(白雲)이 합쳐져 제명을 이루고 있다. 따라서 제목만을 통하여 보면, 「청백운」은 속세에서의 현달과 은자의 삶을 사는 사대부의 이상적인 모습을 그린 작품으로 비칠 수 있다. 만약 작품 내용이 정말로 이렇다면 「청백운」은 철저한 현실 속에서 출세한 후 한가롭게 은거하는 남성의 삶을 중심으로 한 작품일 가능성이 높다. 그러나, 실상은 전혀 다르다. 작품 속에서 이러한 양상이 드러나지 않는 것은 아니다. 작품 속에서 남성 주인공은 현실에서 충분한 인정을 받고 난 후 은거하여 유유자적한 삶을 사는 것으로 설정되어 있다. 작품의 제명에 충실한 듯 보인다. 그러나, 실상을 들여다보면 사정이 다르다. 거의 작품 전체를 담당하고 있는 남성 주인공의 청운의 세계에서 문제가 되고 있는 것이 바로 가정의 문제이기 때문이다. 가정의 문제는 바로 처첩 갈등과 관련된다.

처첩의 문제는 남성과 여성(처와 첩) 모두에게 직접적으로 관련되는 것이다. 따라서 처첩의 문제는 누구의 시각으로 바라보느냐에 따라 평가가 달라지고 그에 따라 전체 내용의 지향점이 달라질 수 있다.

필자는 처첩 갈등을 그린 작품에서 누구 중심의 시각에서 작품을 이끌어가고 있는가는 반드시 검토해 보아야 할 문제라고 생각한다. 본고에서는 이에 대하여도 살펴볼 것이다.

지금까지 「청백운」에 대한 연구는 정병욱의 언급 이래로 최근까지 지속적으로 이루어지면서 적지 않은 성과가 축적되었다. 정병욱은 「청백운」의 두 첩이 보여주는 욕망 충족의 모습에 주목하면서, 이는 낡은 질서가 붕괴되어 가는 과정을 담고 있는 것이라고 평가하였다.[1] 그 후, 한동안 「청백운」은 연구자의 관심을 끌지 못하였다. 필자는,

이렇게 된 데에는 이 작품에 대하여 중국 소설의 번역 내지는 번안일 가능성이 제기된 것과 관련이 있을 수도 있다고 생각한다.2) 아무래도 중국 소설이라면 그만큼 연구의 의의가 떨어질 수 있다는 생각이 드는 것은 당연한 일일 것이기 때문이다.

그러나, 1980년 후반에 들어서면서 다시 이 작품은 주목을 받기 시작하면서 석사, 박사 학위 논문의 대상으로 연구되기도 하였다.3)

이들의 연구에 있어서 처첩 갈등은 매우 중요한 논의 거리였다. 특히 기첩인 나교란, 여섬요의 행위에 대하여 일정한 관심을 기울이고 있다. 이러한 경향을 이어서 가장 최근에 「청백운」에 대하여 관심을 기울인 조광국은 나교란과 여섬요의 본능과 욕망에 따른 행동 속에 드러나 있는 자의식을 탐색하였다. 그런데, 본고와 관련하여 조광국의 연구에서 주목되는 짧은 언급이 있어 주목된다. 그것은 작품 속에서 나교란, 여섬요에 대하여 부정적인 시각으로 일관하는 것이 당시 남성 양반들의 시각을 드러내는 것이라고 평가하고 있는 것이다. 이는 「청백운」의 처첩 갈등이 남성 중심의 시각으로 이루어지고 있다는 지적이라고 볼 수 있다.

한편 최근에는 「청백운」의 한문본이 발견되면서 작자와 그의 소설

---

1) 정병욱, "이조말기 소설의 유형적 특징", 『한국고전의 재인식』, 홍익사, 1981.(이는 1969년에 발표한 논문을 재수록한 것임)

2) 조희웅, "낙선재본 번역소설 연구", 『국어국문학』 62·63 합병호, 1973, 4쪽. 조희웅은 내용, 문체, 형식 등으로 미루어 「청백운」이 번역 내지는 번안일 가능성이 있는 작품이라고 추정하였다.

3) 장기정, "「청백운」 연구", 서울대학교 석사학위논문, 1987. 이승복, "처첩갈등을 통해서 본 가정소설과 가문소설의 관련 양상", 서울대학교 박사학위논문, 1995. 남상득, "「청백운」의 고소설사적 위상-「구운몽」「사씨남정기」와의 서사구조 대비 및 발전적 양상을 중심으로-", 공주대학교 대학원 석사학위논문, 1996, 이들의 연구 성과는 조광국, "「청백운」에 구현된 妓妾 나교란 여섬요의 자의식", 『정신문화연구』, 2003에 잘 정리되어 있다.

관이 탐구되기도 하였다.4)

　본고에서 대상으로 한 「청백운」은 10권 10책의 작품으로, 현재 한국학중앙연구원 장서각에 유일본이 전하고 있다.5)

2. 「청백운」 순차 단락

① 중국 송나라 때 신선의 경지에 오른 진도남 선생이, 일찍 남편 두 상서를 여의고 위주에 살고 있는 자신의 생질인 설씨를 찾아 갔다가, 그녀의 아들 두쌍아와 딸 혜화를 보고는 두 쌍아가 선적인 재질을 가지고 있음을 알고 화산으로 데려가 신선술은 물론 공맹의 도와 손오의 병법도 가르친다.

② 두쌍아는 매우 뛰어난 자질을 보이는데, 어느 날 마의 도사가 와서 두쌍아를 보고는 신선에 가깝지만 속세의 인연이 얽혀 있다고 함에 이름을 쌍성이라 고쳐 주고 자를 기냥이라고 한 후에 집으로 내려 보낸다.

③ 두쌍성이 도라 오자 설씨는 가장 이상적인 여인을 며느리로 삼고자 두루 찾다가 문파라는 매파가 추천한 호 소저(호 상서 졸, 부인 진씨가 양육)를 맞이한다.

④ 집안이 곤궁함에, 호 소저는 배 아픈 척하면서 자신은 굶으면서 남편과 시집 식구들에게만 조반을 차려 주고, 식구들을 위하여

─────────────

4) 조광국, "<청백운> 한문본 연구", 『고소설연구』 18집, 2004. 전진아, "<청백운>의 한문본과 국문본 비교 연구", 『한국고전연구』 11집, 2005.

5) 이 작품은 영인되어 보급되었다. 김기동 편, 『필사본 고전소설전집』, 아세아문화사, 1980.

머리를 잘라 팔려고 하다가 한 미인을 수놓아 팔기도 하고, 설
씨가 득병하여 위태하자 자신의 명으로 대신할 것을 하늘에 빌
어 성효에 감동한 상천의 은혜로 설 씨를 완쾌시키는 등 집안의
며느리로서의 역할을 충분히 해내자, 설 씨는 사랑하고, 두쌍성은
공경하며, 혜화는 스승처럼 따르는 등, 집안이 화기융융해진다.

⑤ 진 부인이 밭을 팔아 마련한 노자로 과거길에 오른 두쌍성은 장
원급제하여 고향으로 내려왔다가, 설 씨와 진 부인과 함께 경사
로 간다.

⑥ 두쌍성은 누이 혜화의 배필로 동방 급제한 한현진을 맞이한다.

⑦ 남방에 흉년이 극심하여 민심이 흉흉함에, 두쌍성이 안무사로 가
서 잘 해결하고는 돌아오는 길에 마고 도인을 찾아가 앞으로의
재앙에 대하여 듣고 방책을 묻자 모든 것이 마음에 달렸다며 한
봉 서한을 써서는 호 소저에게 전하라고 한다.

⑧ 한현진 누의와 호 소저 동생 호승수의 혼인을 약속한다.

⑨ 두쌍성은 임금이 주는 술을 먹고 집으로 돌아오다가 창루에 들
러 나교란, 여섬요를 만난 이후로 미혹에 빠지는데, 호 소저의
간언으로 잠간 고치는 듯하다가 번민에 사로 잡혀 병이 난다.

⑩ 호 소저가 설 부인에게 권하여 두 여인을 맞이하게 하여 별원에
두게 하니 두쌍성의 병이 쾌차하고, 이후 아무 일 없이 여러 해
를 지낸다.

⑪ 설 부인이 죽자, 교란과 섬요는 정실의 자리를 노리고 시비 풍
애와 월애와 함께 음모를 꾸미며 두쌍성을 더욱 미혹하게 하니,
두쌍성은 더 이상 호 소저의 간언도 듣지 않는다.

⑫ 교란과 섬요는 지속적으로 호 소저를 모함하고, 이에 따라 두쌍
성은 점점 호 소저를 멀리하게 된다.

⑬ 풍애와 월애가 호 소저의 패행을 관아에 거짓으로 아뢰고, 이미 내통한 초 어사가 내용을 정리하여 상소를 올림에, 상이 형부로 진상을 조사하게 하는데, 두쌍성이 남방 진무할 때 삭직 당했던 형부시랑 계억이 원을 품고 적실하다고 아뢰자, 호 소저는 복주로 진 부인은 계주로 내치게 한다.

⑭ 춘파가 호 소저와 함께 떠나면서 임신 사오 삭임을 알려주니, 두쌍성이 근심하다가 교란과 섬요에게 말한다.

⑮ 교란과 섬요는 호 소저를 압송하는 공채 임홍을 매수하고, 목평질을 시켜 호 소저를 죽이려고 한다.

⑯ 발행하여 회계 땅에 이른 호 소저는 조아의 사당에 들어가 제를 올리는데, 그 곳의 청녕이라는 여도사가 조아의 현몽이 있었다며 상사원의 묘현에게 가라고 한다.

⑰ 목평질이 불을 놓을 것이라고 하자, 임홍이 호 소저에게 알려주어 피하게 하는데, 호 소저는 그 창황 중에도 집주인에게 불탈 집 값으로 금차를 두고 간다.

⑱ 상사원에 도착하였는데, 밤에 목평질이 들어와, 묘현의 꾀로 풀로 만든 호 소저를 칼로 찌르고는 교란과 섬요에게 돌아가 일을 성사시켰다고 알린다.

⑲ 교란과 섬요는 계속 자신들을 처로 맞을 것을 두쌍성에게 간하나, 뜻대로 되지 않자 조급해하며 초 어사와 함께 한다.

⑳ 진 부인은 계주에 도착하여 한현진 내외를 만나, 그 곳에서 호 승수와 한 소저가 혼인을 하고, 호 소저는 사내아이를 낳는데, 일단 남쪽에서 낳았다고 하여 남이라고 이름한다.

㉑ 초 어사는 교란과 섬요를 얻을 생각으로 두쌍성이 두 여자를 정실로 삼겠냐며 이간질하자, 교란과 섬요가 두쌍성에게 함부로

대하는 한편, 서로 상대방을 헐뜯는다.

㉒ 상이 한현진을 다시 경사로 부르니 혜화가 돌아온다.

㉓ 황제가 연호를 고치고 호 소저와 진 부인을 사면한다.

㉔ 진 부인은 위주로 가고, 호 소저는 진 부인을 찾아 위주로 가다
　가 도적을 만나 아이를 춘파에게 맡기고 다시 만나기를 기약하
　고는 흩어진다.

㉕ 두쌍성은 점차 본성을 회복해가면서 호 소저가 교란과 섬요에게
　모함 당하였다는 사실을 깨닫고는 호 소저를 그리워한다.

㉖ 교란과 섬요는 도망치고, 두쌍성은 자신의 행동을 후회하다가
　호 소저의 행방을 모른다는 소식을 듣고는 혼절한다.

㉗ 이 때, 남방 도적이 창궐함에 두쌍성의 추천으로 한현진이 진무
　하러 간다.

㉘ 한편, 도적에게 쫓기던 호 소저는 꿈에 시아버지를 만나 여러
　명소를 지난 후 진 부인과 깨달은 두쌍성의 모습을 보고는 마
　의 도사가 준 글을 뜯어 읽는데, 수수께끼 같은 내용이 있어 궁
　금해 한다.

㉙ 결국, 호 소자와 은낭은 화산 진도남 선생에게 가서 의탁하고,
　호 소저는 의술, 은낭은 검술을 배운다.

㉚ 진 부인은 위주로 가는 길에 춘파를 만나고, 호승수는 과거에
　급제한다.

㉛ 교란은 목평질과 함께 서하로 도망가서 미색으로 서하왕을 사
　로 잡아 후궁이 되고, 목평질은 전전도독에 임명된다.

㉜ 두쌍성에게 원수를 갚고자 하는 교란의 사주로 서하왕은 중원
　을 침략하는데, 두쌍성이 출전하였다가 나교란의 꾀에 속아 독
　화살을 맞고는 죽을 위기에 처한다.

㉝ 진도남 선생의 명을 받은 호 소저가 추운사라고 하는 도사의 이름으로 나아가 두쌍성의 목숨을 구하고, 은낭은 쌍한객이라는 이름을 쓰면서 자객으로 들어온 목평질을 잡고는 두 사람 모두 위주로 간다.

㉞ 두쌍성은 자신이 죽었다고 적에게 알리게 하여 방심한 적을 대파하고 교란을 사로 잡으니 서하왕이 항복한다.

㉟ 두쌍성은 회군하는 길에 위주에 들르자, 진 부인이 호 소저의 행방을 모른다고 하고, 남아는 종질의 아이라고 하며 두쌍성을 속이던 차에 마침 호승수가 조서를 가지고 오는데, 그 속에 추운사는 호 소저, 쌍한객은 은낭임을 밝히는 내용이 있어 마침내 서로 만나고 남아의 이름을 남우라고 한다.

㊱ 한현진도 경사로 가는 길에 위주에 들른다.

㊲ 경사에 도착하여 황제에게 각각 높은 벼슬(두쌍성은 오국공, 호 소저는 현열 부인 등)을 받고는 모두 모여 즐거워한다.

㊳ 황제가 궁녀를 하사함에 두쌍성이 주저하다가 남자가 제대로만 처신하면 문제없다는 호 소저의 말을 듣고는 받아들이는데, 알고 보니 그 궁녀는 바로 섬요이다.

㊴ 두쌍성이 모르는 체 잘 대해주다가 황제게 주달하니, 황제가 잘 알아보고 처리하라고 함에 체포하여 모든 자백을 받는다.

㊵ 나교란과 여섬요, 그리고 양 시비를 모두 처형한다.

㊶ 두쌍성의 아들 남우와 한현진의 아들 연기가 부모 몰래 과거에 응시하여 급제한다.

㊷ 두쌍성이 부명을 어겼다며 결장하려 하다가 진 부인이 말림에 그친다.

㊸ 두쌍성이 점차 세상의 허한함을 느끼면서 벼슬을 사직하고 은

거하니, 이어 한현진과 호승수도 내려온다.

㊸ 진도남 선생이 내려와 도덕경을 강설하자 모든 사람들이 깨닫는다.

㊺ 하루는 청녕이 옴에, 호 소저가 도관을 지어주고 조아의 상을 그려 받들어 효행을 우감하게 한다.

㊻ 두쌍성이 6사람의 그림을 그려 후세에 전하자고 하자, 한현진이 그림을 그리면서 옛일을 환기한다.

㊼ 서로 즐기다가 두쌍성은 88세 탄일에 잔치를 하면서 부모를 생각하며 비감해한다.

㊽ 후손들이 모두 득의하고, 마침내 두쌍성 내외는 세상을 떠나는데, 사람들이 모두 시해(尸解)라고 한다.

3. 「청백운」의 몇 가지 특징

1) 처첩 갈등의 점진적 전개, 인과적 구성

앞에서도 언급한 바 있지만, 「청백운」 내용의 중심은 처첩 갈등에 있다. 작품 속에서 처첩 갈등은 점진적으로 고조되는가 하면, 그 해결 역시 점진적으로 이루어진다. 그리고는 내용 전개에 있어서는 인과성을 부여하고 있다.

「청백운」의 처첩 갈등은 첩으로 들어온 나교란과 여섬요가 몇 년이 지난 후 정실 자리에 욕심을 내면서부터 시작한다. 그런데, 작가는 이들이 이렇게 할 수 있는 이유로, 몇 년 동안 집안 분위기에 익숙해지면서 자신들의 본성이 드러났기 때문으로 설명한다.

원간 이 냥녀는 일雙 간요훈 거시오 교힐훈 즈폼이라 어려셔브터 쳥누
의셔 닉인 거시 음난훈 힝실이오 남 쇽이는 일이라 쳐음은 상셔룰 뫼시
미 말숨을 간략히 흐고 부인긔 뵈오미 눈을 드지 아니흐야 …(중략)… 일
을 삼가고 몸을 조심흐야 샹하의 기리믈 요구흐더니 가뇌의 졈졈 닉어는
상셔의 품셩이 소활하믈 알고 요호의 본셩을 잘 감초리오6)

요호의 본성이 무엇인지는 나교란과 여섬요의 대화를 통하여 구체
적으로 보여준다.

교란이 요녀드려 닐러 왈 …(중략)… 인싱이 됴로 叉투니 비록 뜻을
펴 무옵티로 쾌락흐여도 빅년이 아니니 오히려 늣거오려든 우리는 뜻을
주리치고 슘을 낫초아 스룹의 턱아릭 긔운을 바드니 엇지 가련치 아니리
오 미양 이러훌진디 뉘 쥬뮨갑뎨의 쇼실이 됴타흐리오 녯젹 누 우히셔
옥호룰 기우리고 금녕을 더지던 일을 싱각흐니 도로혀 쾌치 아니랴 …
(중략)… 우리 그 찌룰 당흐야 남면지위룰 누리면 탑하의 언싴을 용납흐
리오7)

여기서 주목할 부분은 나교란과 여섬요의 본성이 쾌락 추구에 있다
는 사실이다. 그러나 이미 한 남자의 첩이 된 현실 상황 속에서 그 쾌
락의 본성을 정실 자리를 노리는 욕심으로 바꾼 것이다. 요컨대, 정실
자리는 기생이었던 자신들이 자유로운 쾌락을 얻지 못하는 것에 대한
반대급부인 것이다.8)이를 위하여 두 여인은 「삼국지」의 도원결의를

---

6)「청백운」권3, 209~210쪽.(이하 쪽 표시는 김기동 편,『필사본 고전소설전집』
   24, 아세아문화사, 1980에 따른다. 이하 작품명 생략)
7) 권3, 210~212쪽.

본받아 자매지의를 맺으면서 정실 자리를 두고 확고하게 공모를 한다.
그리고는 호 소저에 대한 점진적인 모해를 시작한다. 여기서 우리가
주목할 것은 이들이 결코 호 소저에게는 직접 위해를 가하지 않는다
는 사실이다. 작가는 이들의 이러한 행위에 대하여서도 잊지 않고 인
과성을 설명해준다.

> 동녁으로 오나라롤 화ᄒ고 븍녁흐로 위국을 치는 거시 졔갈공명의 쵸
> 례의셔 날 젹 졔일 냥칙이니 우리 고위훈 형세 오촉의셔 더흐고 …(중
> 략)… 우리 이졔 동심합녁ᄒ야 계교롤 쓰며 꾀롤 힝ᄒ야 샹셔의 뜻을 동
> ᄒ면 부인이 비록 임ᄉ의 덕과 냥평의 지혜나 쟝춧 면치 못홀 거시니9)

상서, 즉 두쌍성만 문제삼겠다는 이들의 대화는 행동으로 지켜지는
데, 작품에서 이들은 호 소저를 내칠 때까지 두쌍성에게 호 소저에 대
해 모함하는 것으로 일관한다. 자해를 할지언정, 호 소저에 대한 물리
적인 위협을 가하지 않는다. 나교란과 여섬요는 이를 위하여 우선 두
쌍성에게 호 소저와의 관계가 매우 좋은 것처럼 꾸며댄다.

> 냥녜 샹셔의 뜻을 여으려 ᄒ야 호 부인 덕화롤 칭숑ᄒ고 향찬 것도 뒤
> 져기며 부인의 쥬신 거시라 ᄒ며 옷도 뒤져겨 이도 부인이 쥬시다 ᄒ며
> 오날은 진찬을 샹ᄉᄒ시고 어졔는 금빅을 쥬시다 ᄒ야 두 스룸의 말이
> 일츌여구ᄒ니 샹셔는 무탈훈 군지라 엇지 냥녀의 간교ᄒ믈 알이오 부인
> 의 덕이 과연 이러ᄒ야 심열셩복ᄒ므로 아라 …(중략)… 샹셰 웃고 냥녀

---

8) 이러한 본성은 작품 후반부에 나교란과 여섬요가 초어사, 목평질과 쾌락을 추구
하며 어울릴 수 있는 바탕을 제공한다.

9) 권3, 212 쪽.

의 말을 던하니 부인이 뎡식 왈 …(중략)… 오늘 첩을 기리미 다른 날 참
쇼홀 쟝본이니 군즈는 명찰하실지니이다[10]

먼저, 내쳐야 할 인물에 대하여 칭송부터 하는 것은 「청백운」만이
가지고 있는 독특한 발상이다. 이는 자신들이 앞으로 행할 음모가 결
코 모해를 위한 허위가 아니라 사실이라는 점을 두쌍성에게 확인시키
는 데 좋은 바탕이 된다. '부인을 칭송하던 저희들이 모해할 리가 있
겠습니까?'라고 하는 치밀한 계산이 저변에 깔려 있는 것이다. 이들의
계획은 그대로 맞아 들어가 두쌍성은 교란과 섬요의 말을 그대로 믿
어 호 소저에게 전하기까지 한다.

호 소저의 덕을 칭송하는 척하여 두쌍성의 믿음을 얻은 나교란과
여섬요는 그 후 술과 색으로 두쌍성을 미혹시키고는 호 소저를 내치
기 위한 계교를 진행한다. 계교는 마치 공식에 맞춘 것처럼 순서대로
전개된다. 그 내용을 정리하면 다음과 같다.

① 호 소저가 정도로 훈계하자, 자신들을 질책하였다고 하며 비단
옷을 벗고 주기(酒器)를 다 치운다.
② 호 소저가 자기가 없었으면 두쌍성은 걸식했을 것이라며 혜화에
게 원망하는 소리를 들었다고 한다.
③ 호 소저가 자신들의 밥에 모래와 돌을 넣는가 하면, 방탕객의
옷이라며 바느질도 하지 않으면서 거짓 바느질 하며 여공을 닦
는 체한다고 한다.
④ 호소저는 섬요가 임신하였다는 소식을 듣고 제호탕을 내려주었

10) 권3, 215쪽.

는데, 섭요는 심술이 나서 병이 난 호 소저가 내준 차를 마시고
는 낙태하였다고 한다.

⑤ 두쌍성이 자고 있던 별원에 불을 내고는 호 소저의 행위로 본다.

⑥ 설 부인의 제물을 불결한 것으로 바꾸어 놓는다.

⑦ 혜화가 교란과 섭요를 질책하자, 목평질을 불러 들여 혜화를 제
거하고자 하자, 목평질이 교란과 섭요와 정분이 있었던 초어사
에게 부탁하여 한현진을 계주 자사로 나가게 한다.

⑧ 교란과 섭요는 자신들을 서로 때려 상처가 나게 하고는 호 소저
와 진 부인이 자신들을 죽이려고 하였다고 모함하고, 이미 내통
한 초 어사가 풍애, 월애의 원장을 보고는 호 소저의 패행을 상
소한다.

⑨ 호 소저와 진 부인이 유배를 간다.11)

이들의 모해는 언참(言讒) → 행위 → 반대 세력 제거 → 공간 확
대의 순으로 치밀하면서도 점진적으로 이루어진다. 언참은 자신들과
관련된 것(질책)에서 두쌍성과 관련된 것으로 전개되고, 행위 역시 자
신들과 관련 된 것(모래밥과 낙태), 두쌍성과 관련된 것(불), 선비인
설 부인과 관련된 것(불결한 제물)으로 확대된다. 이러한 점층적인 모
해는 결국, 두쌍성에게 호 소저의 투기에서 시작한 개인적 행동이 부
모에 대한 불효에까지 이르게 되었음을 확신시켜주는 결과를 낳는다.
따라서 호 소저에 대하여 가진 마음도 차차 변해가던 두쌍성이 선비

---

11) 호 소저가 유배갈 때, 다음과 같은 흥미로운 서술이 나온다. "그 듕 노인이 굴오
디 그디는 쇼년이라 이런 일을 처음으로 보나 우리는 발셔 만히 지너엿느니 이 젼
의 샤 승샹 부인 하씨도 져로 ᄒ다가 복합ᄒ고 신 평장 부인 냥씨도 이쳐로 ᄒ다
가 회복ᄒ고 두 집 쳡의 간샹이 드러나 머리롤 보젼치 못ᄒ엿느니"(권4, 362쪽) 필
자는 혹시 하씨, 양씨 부인의 일이 소설이 아닐까 생각한다.

와 관련된 모해에서는 더 이상 참지 못하는 지경에 이르게 된다.

> 내 인지되야 제가치 못ᄒ야 욕이 션비긔 밋츠니 ᄌ형고신ᄒ나 블효지
> 죄롤 어이 쇽ᄒ리오 인ᄒ야 졔믈의 블결ᄒ믈 젼ᄒ고 굴오디 내 민ᄉ롤
> 다 녯일을 싱각ᄒ야 ᄎᆞᆷ으나 지어 이 일은 힉실치 아니ᄒ지 못ᄒ리라12)

그러나, 이러한 두쌍성도 혜화의 만류로 더 이상 어쩌지 못한다. 그
러자, 나교란과 여섬요는 혜화부터 제거하기로 한다. 이 때, 혜화는
한현진과 혼인한 상태이다. 결국 다른 가문의 여성이 된 것이다. 이로
인하여 모해는 두씨 가문을 벗어나기 시작하면서, 외부 인물인 초악
과 목평질이 개입한다. 공간과 인물이 역시 점진적으로 확대된 것이다.
이들이 개입하는 계기는 바로 정욕이다.

> (초악이) 우어 왈 만일 셩ᄉ훈 후 삼쳔 니 약슈의 쇼식을 젼ᄒᆯ 길이
> 업고 긔슈 믈 우희 쏫다온 인연을 닛지 못ᄒ면 헛슈괴 엇지 가쇼롭지 아
> 니ᄒ리오13)

> 이 인(나교란, 여섬요: 필자 주)이 굴오디 엇던 거술 달나 ᄒᄂ뇨 평질
> 왈 쏫다온 ᄲᆢᆷ과 향긔로온 술 곳 아니면 볼모 되지 못ᄒ리라 언파의 삼
> 인이 함쇼ᄒ더라14)

이들과 공모한 나교란과 여섬요는 마침내 한현진을 계주 자사로 내

---

12) 권3, 258쪽.
13) 권4, 284쪽.
14) 권4, 320쪽.

보냄으로써 혜화를 호 소저에게서 제거하는 데 성공한 후, 결국 조정을 움직여 자신들의 뜻을 이룬다. 물론, 이러한 일이 가능할 수 있었던 것은 두쌍성이 불명하였기 때문이다.

이와 같이 점진적인 모해가 진행될 때, 그 모해가 성공할 수 있었던 원인이 반드시 서술되고 있다는 점도 「청백운」의 특징적인 요소이다.

②의 경우에는 혜화가 두부에 와서 호 소저와 한담하고 있는 장면을 두쌍성이 목격하게 함으로써 쌍성이 나교란과 여섬요의 말을 쉽게 진실로 받아들일 수 있게 한다. 또한 ④의 경우에도 실제로 호 소저가 임신하여 몸이 불편하였던 것으로 설정하여, 심술이 나서 병이 생겼다는 교란과 섬요의 말이 마치 사실인 것처럼 보이게 하고 있다. ⑤의 화재에 대해서는 시비를 추문하겠다는 두쌍성에게, 군자가 할 일이 아니라며 호 소저가 말리는 내용을 설정하여, 두쌍성이 더욱 의심하게 한다. ⑦과 ⑧에서는 초악의 청탁을 받은 계억을 등장시킨다. 그런데, ⑦에서는 계억의 벼슬이 이부 시랑이기 때문에 한현진을 계주 자사로 추천하는 역할을 하게 한다. 그런데 ⑧에서는 계억을 형부 시랑으로 벼슬을 옮긴 것으로 서술하고 있다. 범죄 사실을 따져야 하는 내용인 점이 감안된 것으로 보인다. 그리고는 선한 인물인 형부 상서 경빈이 마침 병들어 나오지 않았기 때문에 이들의 계교가 성공할 수 있었던 것으로 설명하고 있다.

작가는 이러한 인과적인 구성을 통하여, 결국은 그러한 결과가 나타날 수밖에 없다는 필연성을 보여준다. 작가는 이를 호 소저의 액수로 결론 짓는다. 충분히 방비할 수 있는 듯하지만, 결코 막을 수 없다는 것을 강조하고 있는 것이다. 나쁜 일이 일어날 때에는 현실의 여러 일들이 그렇게 인과성을 가지고 짜여진다고 보는 것이다.

만일 경 형뷔 무고ᄒᆞ던들 족히 화롤 도로혈시로디 막비 다 호 부인의
유익ᄒᆞ미러라15)

그런데, 여기서 보이는 인과성은 모두 현실적인 것이다. 현실적인
것은 조금만 신경 쓰면 막을 수 있는 것처럼 보이기는 한다. 만약 혜
화가 없었다면, 호 소저가 임신하지 않았다면, 형부 상서가 무고하였
다면 등등의 가정이 성립될 수도 있는 것이다. 그러나, 그 가정은 여
지없이 깨지고 만다. 이 때, 독자들은 아쉬움과 안타까움을 가지게 된
다. 이러한 안타까움은 독자의 흥미를 지속시키는데 유용하다.

이 후, 호 소저가 유배 가는 도중에 겪는 위기가 이어진다. 이 위기
는 호 소저의 임신 때문이다. 호 소저의 임신 사실을 안 교란과 섬요
는 아이가 태어나면 자신들에게 이롭지 않다고 생각하여 목평질에게
호 소저를 죽이라고 한다. 이 때의 위기는 호 소저의 목숨과 관련된
것으로, 가문에서의 위기에 비해 문제의 심각성은 배가된다. 이 역시
정실 자리에서의 축출에서 목숨으로 그 위기가 확대된 것이다.16)

모해가 점진적으로 전개된 것과 마찬가지로, 그 해결 역시 점차적
으로 이루어진다. 그 해결의 단서 역시 나교란과 여섬요에게서 시작
된다. 호 소저를 내치고는 정실 자리를 노리던 그들은 두쌍성이 두 여
자를 정실로 맞이할 수 있겠느냐는 초악의 말17)로 인하여 틈이 벌어
진다.

---

15) 권4, 342쪽.
16) 그러나, 그 해결이 초월적 존재에 의하여 이루어지기 때문에 긴장감은 다소 떨어
진다.
17) 이는 두 여자(두쌍성과 틈이 벌어질 경우), 또는 둘 가운데 하나(하나만 정실이
될 경우)를 얻기 위한 초악의 계교이다.

　상셔의게 종용이 말하기롤 교란은 요랑이 그런 줄 몰낫더니 요ᄉ이 방
ᄌᄒ야 조심치 아니ᄒ니 ᄒ 디 잇다가는 얼닙기 쉬오니 어더로 올마지라
ᄒ고 셤요논 교량이 젼통ᄒ랴 ᄒ야 ᄌᆺ금 ᄲᅣ호랴 ᄒ니 조용ᄒ 디 칙워지
라 ᄒ니18)

　이후 이들은 자신들을 정실로 맞이하지 않는 두쌍성을 미워하며 함
부로 대하고 멀리하는 한편, 서로를 모함하고 헐뜯는다. 이로 인하여
주색에 빠져 있던 두쌍성은 본성을 회복할 수 있는 여유를 갖게 된다.
그러면서 차츰 호 소저에 대한 생각이 바뀌기 시작한다.

① 하루는 정당에 갔다가, 설 부인 기물과 제기가 정결하게 마련되
　어 있고, 호 소저가 의복 짓다 만 것이 있음을 보고 비로소 두
　요녀의 참소가 아닌가 의심한다.
② 계주에서 돌아 온 혜화가 한현진으로 하여금 호 소저가 머리털
　팔려고 하였던 일과 설 부인의 득병 때 몸으로 대신하려던 일을
　그림으로 그려 두쌍성에게 보여주게 하니, 두쌍성이 자신의 불
　명한 탓인가 의심한다.
③ 호 소저에 대한 두 요녀의 말이 전과 다름을 알고 깨닫는다.
④ 진도남 선생이 보낸 금단을 먹고 맑은 정신을 깨친다.
⑤ 교란과 풍애가 호 소저 내치기보다 섬요 내치기가 어렵다며, 모
　함을 위하여 서로를 때리던 일을 이야기하는 것을 듣고는 풍애
　와 월애를 잡아드려 복초를 받고 모든 사실을 안다.
⑥ 나라에서 대사면을 통하여 호 소저와 진 부인의 유배를 푼다.

18) 권6, 495쪽

다른 고전소설의 주인공이 단번에 자신의 불명함을 깨닫는 것과는 달리, 「청백운」에서는 두쌍성이 점차적으로 깨달아가는 과정을 담아내고 있다. 이는 매우 합리적인 설정이라고 할 수 있다. 실제로 본성을 회복한다는 것이 쉬운 일이 아니기 때문이다. 본성을 회복해 가는 초기 단계에서는, 두쌍성은 여전히 자신의 불명함을 모르고 호 소저만 탓을 한다.

쏘 갈오디 (호 부인이: 필자 주) 젼은 과연 현심ᄒ니 후는 어이 허믈이 만핫눈고 …(중략)… 호 시 그 ᄉ이 풍상을 만히 녈녁ᄒ여시니 힝혀 본심을 다시 어든가[19]

그러나, 한현진의 그림을 보고는 자신의 불명한 탓이 아닐까 의심한다.

(두쌍성이: 필자 주) 혼자 말ᄒ디 이 두 가지 일을 내 상시 감탄ᄒ디 친히 보지 못ᄒ엿더니 그 거동이 응당 이러하리로다 이런 효셩으로 그런 일이 어이 이시며 셜샤 잇다 흔들 엇지 듕디회기의 니르리오 이 나의 불명ᄒ민가 호 시 변셩ᄒ민고 엇진 일인고 ᄒ야 괴아키롤 마지 아니ᄒ다가[20]

아직까지 두쌍성은 교란과 섬요를 의심하지 않고 있다. 그러나, 교란과 섬요의 말이 다른 것을 알고부터 두 여인을 의심하게 되면서, 비로소 전말을 알 수 있는 계기가 마련된다.

---

19) 권6, 535~536쪽.
20) 권6, 551쪽.

> 말이 전후 상좌ᄒ고 일이 니면과 달으니 일노쎠 츄구ᄒ면 항니 셔로
> 가람기리고 ᄉ괴여 할던 거시 어이 올흐리오 흔 모흘 들으미 세 모흘 가
> 히 알나라 ᄒ야 넘녜 여괴 밋ᄎ미 ᄌ못 슈ᄎ의에 ᄎ롤 나오며 봄꿈이 싀벽
> 의 밋ᄎ᷂ ᄀ튼지라 일노 브터 뜻을 머무러 꼿츨 ᄎᄌ랴 ᄒ미[21]

호 소저 탓에서 자신이나 호 소저에 대한 의심을 거쳐 실체에 접근
하고 있는 것이다. 이처럼 「청백운」의 작가는 두쌍성의 본성 회복 과
정을 순차적으로 보여준다. 점진적인 모해의 전개에 따라 점점 실상
을 제대로 보지 못하게 되었던 두쌍성이, 단번에 실상을 파악하는 것
으로 설정할 수도 있지만, 그렇게 되면 「청백운」은 지금과 같은 합리
적인 수순을 유지하지 못하였을 것이다. 「청백운」의 작가는 점차적으
로 미혹에 빠졌던 본성은 일정한 단계를 거쳐야 회복할 수 있다는 것
을 보여주고자 한 것으로 보인다.

여기서, 두쌍성이 이미 깨달아 가고 있는 상태에서 진도남 선생의
금단이 등장할 필요가 있었을까 하는 의문이 든다.

> 샹셰(두쌍성: 필자 주) 임의 녕약을 마시미 녕명흔 본원이 도라오고
> 미란흔 긔운이 스스로 헤여져 돈연히 녯 총명이 시로온지라 왕ᄉ롤 완연
> 이 각오ᄒ고 난연이 슈괴ᄒ야 명명이 낭 녀의 요악ᄒ미 현연흔지라[22]

위 인용문에 주목할 것은 두쌍성이 비로소 '난연이 슈괴' 즉 자신
에 대하여 부끄러워하기 시작하였다는 점이다. 이전까지 두쌍성은 여
전히 남의 탓만 하고 있었던 것이다. 결국, 「청백운」의 작가는 사람이

---

21) 권6, 553~554쪽.
22) 권6, 557~558쪽.

허물이 된 모든 일을 자신의 탓임으로 알고 부끄러워하기까지가 쉽지 않다는 사실을 진도남 선생의 영약으로 설명하고자 하였던 것이다. 결국 작가는 일단 한 번 잃었던 본성 회복이 현실적인 여건만으로는 매우 어렵다는 것을 역설적으로 강조한 것이다.

이러한 과정 끝에, 두쌍성은 본성을 회복한다. 그런데, 이 해결에도 인과성의 특징이 유지된다. 예를 들어 황제가 호 소저의 유배를 풀어줄 때, 유배결정이 애매할 수 있다는 황후의 예전 말을 생각한다. 그런데 실제로 작품 속에서는 황후가 호 소저 유배 당시에 그러한 말을 하는 장면이 있다. 즉, 그 때의 것이 원인이 되어 호 소저가 해배된 것으로 설명하고 있는 것이다.

그 후, 「청백운」의 처첩 갈등은 국가의 갈등으로 다시 확대된다. 서하왕의 후궁이 된 교란이 서하왕을 충동하여 중국을 침입하기 때문이다. 여기서는 가정 내에서의 두쌍성과 마찬가지로, 서하왕이 미색에 빠지는 문제적 인물이 된다. 물론, 이는 두쌍성과 화산에서 신술을 배운 호 소저, 은낭의 활약으로 제압된다.

그런데, 이 전쟁은 철저하게 처첩 갈등이 원인이 되어 확대된 결과이다.

　　듕국을 어즈러여 흐나흔 두 샹셔의게 원을 갑고져 흐고 쪼는 녀셤요와 님별 언약을 발뵈려 흐야 날마다 하쥬의게 듕국이 무비히이흐고[23]

두쌍성에게 원을 갚기 위한 것이라는 교란의 의도가 전쟁까지 야기시킨 것이다. 국가의 전쟁에 처첩 갈등이 연관되었다는 것은 호 소저

---

23) 권7, 650쪽.

와 대화하던 두쌍성의 입을 통해서도 확인된다.

원쉬(두쌍성: 필자 주) 우왈 요히 훈ㅈ 집을 어즈릴 쑌 아니라 병홰 국
가ᄀ지 밋츠니니 괴훈ᄒ눈 무옴이 츌하리 합연ᄒᄒ야 모로고져 ᄒ눈이다[24]

이처럼, 「청백운」에서는 점진적인 내용 전개와 확대에 따른 인과성
부여가 하나의 큰 특징으로 자리 잡고 있다.[25]

2) 에피소드식 삽화 설정

「청백운」의 작가는 작품을 전개해 나가면서, 어느 부분에 있어서는
그 부분에 충실한 이야기를 설정하여 넣음으로써 기대 이상의 효과를
거두고 있다. 필자는 이를 에피소드식 삽화 설정이라고 명명하였다.
이러한 삽화는 작품 속에서 크게 두 가지 역할을 하는데, 그 하나는
흥미성의 배가이고, 다른 하나는 교양성의 추구이다.

흥미성을 배가시키는 에피소드식 삽화는 대체로 혼인과 관련되어
있다. 「청백운」에는 두쌍성과 호 소저, 한현진과 두혜화의 혼인이 매
우 중요하게 다루어지고 있다. 그 과정을 요약하면 다음과 같다.

---

24) 권9, 814쪽.
25) 사건과 결과의 인과성은 작품 곳곳에서 찾을 수 있다. 몇 가지 예를 들면 다음과
   같다. ① 목평질은 호 소저를 죽이기 위하여 호 소저가 머물고 있는 객점에 불을
   지른다. 이를 미리 알고 피한 호 소저는 객점 주인에게 금차를 주어 위로하는데,
   이 노파는 후에 호 소저가 위기에 처했을 때 도와주게 된다. ② 작품 초반에 두쌍
   성이 복주를 안무하여 그 곳 사람들에게 칭송 받는 내용이 있는데, 다시 그 곳 주
   민들이 도적으로 화했을 때 호 소저만큼은 두쌍성의 부인이라 하여 안전하게 지낼
   수 있는 근거가 된다.

① 설 씨는 시비 춘파를 호부에 보내어 호 소저에 대하여 알아보게 한다.

② 춘파가 진 씨에게 갔다가 호 소저를 보고자 하여 동산 구경을 하다가, 매파의 말과는 다른 한 여인(호 소저의 시비 은낭)을 보고 그 곳 시비에게 묻자, 생각 없이 호 소저라고 함에 그런 줄 알고 돌아와 괜찮다고 하자 혼인을 약속한다.

③ 다른 매파가 호 소저는 다리 저는 병신이고, 문파가 본 것은 비자인 은낭이라는 소문을 내는 바람에 설 씨가 걱정한다.

④ 혼인하는 날에 보니 호 소저는 매우 비범한 인물이다.

① 한현진이 혜화를 보고는 마음에 들어 그림을 그려 놓고는 두쌍성에게 보여주면서 꿈속에서 신선이 구하라고 보여준 여자를 그린 것이라고 거짓말한다.

② 두쌍성이 놀라 돌아오자, 호 소저가 이미 한현진의 장난임을 알려준다.

③ 두쌍성이 한현진에게 그림 속의 여자는 호 소저가 데려온 양가 여자로 이미 다른 사람에게 시집을 갔다고 속이고는 누의와의 혼인을 약속한다.

④ 두쌍성이 집안 식구를 단속하여, '누의는 못생겼고, 은낭이라는 시비는 예쁜데 변방으로 시집갔다'는 소문이 한현진에게 들리게 하니, 한현진이 매우 낙담한다.

⑤ 한현진은 혼인하는 날, 속은 것을 안다.

두 번의 혼인은 작품 전개에서 필수적이다. 두쌍성의 혼인은 작품 전체의 핵심이며, 한현진의 혼인은 가문 연대의 바탕이 되기 때문이다. 이와 같은 성격의 혼인은 여타의 작품에서도 흔히 볼 수 있다. 그러나, 「청백운」에서는 혼인 과정을 매우 자세하게 다루고 있다는 특징을 보인다. 작품 전개에 필요한 혼인 이야기이지만, 두 번의 혼인에 모두 '속이기'를 설정함으로써, 더욱 그 부분을 부각시키고 있는 것이다.

이러한 속이기는 혼인에 대한 독자의 관심을 배가시킨다. 여타의 대장편소설에서는 선남선녀가 만나 예정된 수순에 따라 혼인을 이루는 과정을 거의 천편일률적으로 다루고 있는 것이 실상이다. 그런데, 혼인은 일종의 유쾌한 축제라고 할 수 있다. 「청백운」의 작가는 독자들에는 정보를 제공하지만, 작품 내의 관련 인물들은 전혀 모르게 한다. 자신은 알고 보고 있는데, 모르는 사람이 속는 것은 축제의 유쾌함을 더하는 것이다. 따라서 독자들은 등장인물의 행위를 관심 있게 바라보게 된다. 그리고 마지막에 가서 등장인물들 역시 한바탕 웃으면서 대미를 장식한다.

> 익됴의 문패 왓거눌 부인(설 씨: 필자 주)이 술을 쥬어 왈 그디 말 곳치 샹ᄒ노라 ᄒ고 츈파의 그릇 봄과 간언의 속던 바롤 닐너 대쇼ᄒ니[26]

한현진의 경우도, 혼인하는 날 혜화 소저를 본 후 "ᄇ야흐로 절절이 속으믈 알고 동탁슈려ᄒᆫ 풍신의 만면 희긔"를 띠면서 서로 즐거워하며 그 간의 속은 일을 이야기 나누는 것으로 되어 있다.

이처럼 「청백운」의 작가는 혼인과 관련된 에피소드를 설정하여 삽입함으로써 작품이 전개되는 과정에서 주는 것과는 다른 흥미소를 제공하고 있는 것이다.

---

26) 권1, 52~53쪽.

그런가 하면, 에피소드가 독자들에게 교육적 또는 교양적 효과를
노리기도 한다.

작품 속에서, 두쌍성의 집은 매우 빈한하다. 호 소저는 두쌍성에게
시집와서는 빈궁함 속에서도 자기의 역할을 충분히 해낸다.

> 셩이 본더 셩픔이 쇼활ᄒᆞ야 가산을 유의치 아니ᄒᆞ니 호 시 ᄯᅩᄒᆞᆫ 무어
> 시 업ᄉᆞ며 무어시 이시믈 부즈로 ᄒᆞ여금 모르게 ᄒᆞ야 지쵹어동의 결환이
> ᄀᆞ장 신고ᄒᆞ더니 혼 희 흉황ᄒᆞ기 심ᄒᆞ야 ᄲᆞᆯ 혼 말의 돈 쳔 닙흘 쥬ᄂᆞᆫ지
> 라 셩뇌 더옥 군ᄒᆞ야 미양 됴셕을 겨유 니우고 즈가ᄂᆞᆫ 남 모르게 궐ᄒᆞᄂᆞᆫ
> ᄣᅢ 만터니[27]

이상은 대부분의 고전소설에서 볼 수 있는 설명적 서술과 큰 차이
가 없다. 그러나, 「청백운」의 작가는 뒤이어 이상의 서술을 뒷받침해
주는 하나의 구체적인 에피소드를 삽입한다.[28] 그 내용을 요약하면
다음과 같다.

① 조반을 준비한 호 소저는 자신은 복통이 났다며 밥을 먹지 않
　는다.
② 설 부인이 촉냉하여 병이 났는가 하면 주비에게 따뜻한 밥을 가
　져 오게 한다.
③ 주비가 밥그릇을 가져오는데, 가볍다고 느낀 설 부인이 뚜껑을
　열어보니 빈 그릇이다.
④ 설 부인이 밥이 부족하였다는 사실을 알고 울며 비감해 하자,

---

27) 권1, 57쪽.
28) 순차단락 ④가 모두 에피소드식 삽화라고 할 수 있다.

호 소저가 황송해 한다.

⑤ 이 후는 한 그릇 음식이라도 반드시 나누어 먹는다.

비장한 분위기를 가지고 있는 이 에피소드에는 가난한 환경에도 불구하고 정성을 다하는 며느리와 그 며느리를 사랑하는 시어머니의 모습이 그대로 담겨 있다. 이러한 에피소드는 교육적 성격이 짙다고 할 수 있다. 「청백운」에서는 이러한 성격을 가진 에피소드가 적지 않게 드러나고 있다.

또한 고난에 처한 호 소저가 꿈속에서 시아버지의 안내로 모부인 진 씨와 깨달은 남편의 모습을 보는 내용이 있다. 그런데, 그 꿈속에서는 호 소저가 중국의 명승지를 여행하는 에피소드가 있다.

지나는 바의 한 고조의 댱낙궁이 이시니 너룬 능묘와 굴헝의 들곶치 눈의 극ᄒ고 동의ᄂ 조밍덕의 동쟉티 이시니 쟝쉬 스스로 흐르ᄂ던 낭월이 ᄎ지 못ᄒ고 븍으로 향ᄒᄆᆡ 거춘 쳥산을 줍고 쇠ᄒᆞᆫ 플이 평산의 무몰ᄒᆞᆫ 연 소왕의 황금티오 ᄯᅩ 좌녁흐로 먼 들이 망활ᄒ던 ᄒᆫ 기동이 졍졍이 홀노 셔 엄ᄒᆞᆫ 셔리와 춘 이슬과 가는 비와 오는 바람의 고금을 열녁ᄒ기ᄂ 졍녕위 도라오던 화표쥬라 공이 일일이 지시ᄒᆞ야 왈 고조ᄂ 슁상의 ᄒᆫ 졍쟝으로 삼쳑을 집고 니러나 즉시 쵸픠의 익흔 비되야 홍문의 슬ᄒᆡᆼᄒ고 셔쵹의 옴겨 봉ᄒ니 가히 곤ᄒ다 닐으리로다 밋 물머리ᄅᆞᆯ 동으로 ᄒᆞᄆᆡ 마춤ᄂᆡ 초ᄅᆞᆯ 버히고 텬하ᄅᆞᆯ 통일ᄒᆞ야 ᄉᆞ희의 슐쥰으로 태공의 헌슈ᄒ고 만승의 놉흐믈 누리며 ᄉᆞ빅 년 업을 드리오니 엇지 그리 쟝ᄒᆞ뇨 밍덕은 난셰간웅으로 텬하ᄅᆞᆯ 규기ᄒ고 연됴 아미ᄅᆞᆯ 져 가온디 두고 공명번화ᄅᆞᆯ 스스로 ᄌᆞ랑ᄒ니 가히 즐겁다 닐을 거시로디 오러지 아니ᄒ야 명향을 난ᄒ며 의총이 니러나고 후손이 조ᄎ 블초ᄒᆞᄆᆡ 남은 지혜ᄅᆞᆯ

발뵈지 못ᄒ야 종시 기리 쩌러지니 엇지 그리 슬프뇨 소왕은 집을 짓고
악의롤 마쟈 뷔롤 쪄 디졉ᄒ야 졔나라 칠십여 셩을 ᄒᆞᆫ 북의 항복 바드니
그 찌 군신의 만남과 남ᄋᆞ의 수업이 엇더ᄒ리오마ᄂᆞᆫ 소왕의 묘쵀 밋쳐
ᄌᆞ라지 못ᄒ야 한단의 창황ᄒᆞᆫ 길흘 면치 못ᄒ야 아춤의 널토롤 누리ᄃᆞ가
져녁의 도망ᄒᆞᆫ 신히되니 젼은 어이 그리 영화롭고 후ᄂᆞᆫ 어이 그리 욕져
오뇨 이졔 빅디 진젹이 다시 잇ᄂᆞᆫ 거시 업고 오직 문허진 긔디와 빈 터
만 기쳐 이셔 들시 깃드리며 호리 왕ᄂᆞᆨᄒ니 ᄉᆞ실을 의논ᄒᆞ미 죡히 슬플
빈 이시나 그러나 화표의 우던 학ᄃᆞ려 보라ᄒᆞᆯ진디 흰 버들 누론 비의 ᄒᆞᆫ
우흠 흙되기ᄂᆞᆫ ᄒ가지라 댱춧 무어시 셩ᄒ며 무어시 귀ᄒ며 뉘 어드며
뉘 일흐믈 아지 못ᄒ리니 이 그 팔빅 셰 후의 다시와 네 귀 글노 인민이
다ᄅᆞᆷ믈 됴상ᄒᆞ미라 셰ᄉᆞ의 무샹ᄒ기 이러ᄒ니 엇지 죡히 개회ᄒ며 인ᄉᆡᆼ
의 홀홀ᄒᆞ미 이러ᄒ니 ᄯᅩ 가히 가ᄇᆡ얍게 ᄒ랴[29]

이 부분은 시아버지가 자결하려고 하던 호 소저를 깨우치는 대목이
다. 물론, 마지막 부분에 "셰ᄉᆞ의 무샹ᄒ기 이러ᄒ니 엇지 죡히 개회
ᄒ며 인ᄉᆡᆼ의 홀홀ᄒᆞ미 이러ᄒ니 ᄯᅩ 가히 가ᄇᆡ얍게 ᄒ랴"는 언급이 있
어 그 역할을 하는 것으로 보인다. 그러나, 전체 내용은 우리가 흔히
알고 있는 중국의 인물과 명소와 관련된 역사적 사실로 가득 차있
다.[30] 이는 호 소저의 부탁으로 이루어진 것으로 되어 있다.

(호 소저) 고왈 아히 일즉 간쳑의 경모ᄒᄂᆞᆫ ᄆᆞ음이 깁ᄉᆞ더니 시방 지
나민 잠간 쳠비ᄒ야 고풍을 우럴고져 ᄒᄂᆞ이다[31]

---

29) 권7, 603~606쪽.

30) 바로 앞부분에서는 순임금이 붕한 곳, 오자서 사당, 굴원의 사당(초굴평), 이비의
행적, 조아의 행적, 녕균의 충성 등에 대하여도 설명하고 있다.

이에 시아버지는 '가는 길이 바쁘니 지연할 수 없다'고 답하면서도 장황하게 설명해준다. 이는 작품 전개가 시급하지만은 독자들에게 이러한 사실을 알려주지 않을 수 없다는 작가의 변으로 치환할 수 있다. 여기서 언급된 인물과 명소는 고전소설에서 흔히 찾아볼 수 있는 상투적인 것들이다. 따라서 당시 소설을 향유하던 사람들은 그리 낯설게 여기지 않았을 것으로 판단된다. 그러나, 독자들이 그와 관련된 역사적 사실을 아느냐의 여부는 별개의 문제가 된다. 「청백운」의 작가는 비록 작품 전개와는 밀접한 관련이 없지만, 이 곳에서 그 것들에 대하여 분명하게 설명한다. 이 대목을 읽은 독자들은 더 이상 그 명소나 인물들과 관련된 내용들에 대하여 궁금해 하지 않아도 되었을 것이다.

아울러, 「청백운」의 작가는 한 장면을 묘사하는데 있어 그와 관련된 모든 것을 총동원하려는 경향을 보이기도 한다. 그 가운데 하나를 예로 들어 본다.

목을 가다듬아 쇼리롤 어울너 훈 곡 조응문곡을 알외니 그 쇼리 원흐는 듯 스모흐는 듯 굿치이는 듯 니이는 듯 쳑 부인이 한단의 비파롤 알외여 고황의 지모지비롤 위로흐는 듯 동쟉의 기성이 셔릉의 훈되이 블너 눈믈을 화흐야 조아만의 넉술 먹이는 듯 당 무종의 밍지인이 챵ᄌ 끈허진 쇼리로 아만ᄌ 일 곡을 나오믈 쳥흐는 듯 님공의 탁문군 빅두롤 을퍼 냥인의 무졍을 흐흐는 듯 셩종의 ᄋ녜 화기화락을 보고 늙기 쉬온 홍안을 앗겨 우는 듯비졀쳐쵸흐야32)

---

31) 권7, 598~599쪽.

32) 권5, 433쪽. 「청백운」에는 호 소저의 모습에 대하여서도 '—듯'으로 묘사하는 등, 이와 같은 방식이 적지 않게 나온다. 사실, 필자는 이번의 연구를 통하여 「청백운」

'—듯'으로 계속 이어지는 묘사는 마치 판소리에서 보이는 "장면의 극대화"와 같은 양상이다. 이는 에피소드는 아니지만, 역시 그 장면에 충실하려고 한다는 점에서는 상통한다고 할 수 있다.

3) 내용의 총정리

내용의 총정리는 「청백운」에서만 찾아볼 수 있는 특징이 아니라, 조선 후기 대장편소설에서 흔히 볼 수 있는 것이다.[33] 그럼에도 불구하고, 본 항을 설정한 것은 「청백운」에 드러나고 있는 내용 총정리의 양상을 살피면서 아울러, 그 결과를 조선 후기 대장편소설에서 보이는 내용 총정리가 갖는 의미가 무엇인지에 대하여 대입해볼 수 있는 기틀을 마련해보기 위해서이다.

「청백운」에서는 곳곳에서 표, 초사, 상소, 대화 등의 방식으로 그 때까지의 내용을 정리하고 있다. 「청백운」에서 보이는 내용의 총정리는 ① 고생하던 두쌍성이 과거에 급제한 후 남방 순무사가 되어 일을 잘 처리하고 온 후 올린 표(권2), ② 나교란과 여섬요의 입장에서 호 소저를 모함하기 위하여 쓴 상소(권4), ③ 두쌍성이 모함임을 알고 두 시비에게 받은 복초(권6), ④ 유배 길에 겪은 호 소저의 고초에 대하여 고한 공채 남홍의 복초(권7), ⑤ 서하에서 교란과 목평질을 잡은 후에 받은 초사(권8), ⑥ 본성을 회복한 두쌍성이 호 소저를 만나서

이 우리의 소설이 분명하다는 확신늘 가지게 되었다. 묘사나 서술에서 여타의 우리 고전소설과 크게 다르지 않다는 것을 확인하였기 때문이다. 교란과 섬요가 사통(그 것도 작품 속에서 그러한 사실을 알려주기는 하나 묘사는 전혀 없는)을 통하여 일을 추진하는 것이 다소 이상하게 보일 수는 있으나, 이는 이미 「사씨남정기」에서도 찾아 볼 수 있는 소재이기 때문에 문제가 되지 않는다.

33) 임치균, 「조선조 대장편소설 연구」, 태학사, 1996.

그 동안의 일에 대하여 문답하던 대화(권8), ⑦ 궁녀로 들어갔다 정체가 탄로난 여섬요의 복초(권9)이다.

내용의 총정리가 가지고 있는 효용 가운데 우선 생각할 수 있는 것은 기억 환기의 기능이다. 대장편소설은 분량의 방대함 때문에 한 번에 다 읽기도 용이하지 않고, 또 다 읽었다고 해도 그 내용을 모두 기억하기가 쉽지 않다. 대장편소설에는 상당히 많은 인물들이 등장하고, 그에 따른 사건 역시 다양하기 때문이다. 게다가 조선 후기 소설의 향유에 있어서, 독자가 거질인 대장편소설 한 작품 전체를 구비해놓고 차례대로 읽어나갔을 것으로 보기는 어렵다. 조선조의 대장편소설은 모두 필사본으로 이루어져 있는데, 필사본은 대량으로 생산해낼 수 없고, 그에 따라 유통에서도 한계를 가지게 되었을 것이다. 따라서 제 때 필요한 작품을 구해서 읽는다는 것이 사실상 불가능할 수도 있었을 것이다. 그렇다면, 조선 후기 소설의 독서 경향은 간헐적이었을 가능성이 매우 높다. 작품 분량의 특성상, 한꺼번에 보아도 다 기억하기 힘든 작품을 일부분을 먼저 읽고, 어느 정도 시간이 흐른 뒤에 또 한 부분을 읽는다고 할 때, 가장 중요한 것은 그 전 내용을 기억해내는 일일 것이다. 이 때, 작품 중간 중간에 있는 내용 총정리는 전에 읽었던 내용을 환기시키는데 효과적일 수 있다. 「청백운」의 경우, 우연인지는 모르지만, 대체로 2권의 간격으로 내용을 총정리하고 있다는 특징을 발견할 수 있다. 이 정도의 간격이라면 독자가 조금 틈을 두고 읽더라도 그 전 내용을 기억해내는데 전혀 무리가 없을 것이다.

「청백운」에 드러난 내용 총정리는 사건 단위을 구분해주는 기능을 한다. 공통적으로 「청백운」은 하나의 사건이 일단락 되는 곳에 내용의 총정리가 이루어진다. 그 각각에 대하여 자세히 살펴보면 다음과 같다.

①에서는 본격적인 처첩 갈등이 일어나기 전까지의 사건을 정리한다.

②에서는 호 소저에 대한 교란과 섭요의 모해가 성공하기 전까지의 과정을 그녀들의 입장에서 정리한다.

③에서는 호 소저에 대한 교란과 섭요의 모해가 이루어진 후, 그 전모가 밝혀지는 과정에서 그 동안의 사건을 중심으로 정리한다.

④에서는 목평질이 호 소저를 죽이려고 했던 사건을 중심으로 정리한다.

⑤에서는 교란과 목평질의 서하에서의 행적을 중심으로 정리한다.

⑥에서는 전쟁과 화산에서의 호 소저 행적을 중심으로 정리한다.

⑦에서는 여섭요의 궁중 생활을 중심으로 정리한다.

필자가 '중심으로 정리한다'는 서술을 한 이유는, 이들 내용 총정리 속에서 그 전 사건에 대해서도 언급이 없는 것은 아니지만, 새롭게 일어난 사건을 중점적으로 요약하고 있기 때문이다.

> 요비(나교란: 필자 주)의 초스룰 니여보며 제말을 드른더로 대동소이 호고 …(중략)… 쏘 셔하의 드러온 이후스룰 즈시 무를시 …(중략)… 드 디여 성명을 곳치고 후궁이 되야 모용층을 춤쇼호야 니치고 하쥬룰 쇠야 홍병호던 일을 일일이 복초호니34)

> 평질과 교통호야 초악과 쳐결호며 평장을 농낙호며 부인을 잡으며 한 부인을 몬져 조츠며 진 부인을 쎠 힉호던 일과 나종의 악시 픠히민 교녀 로 더브러 이리이리 언약호고 원낭을 여츠여츠 속여 궁금까지 드러가 은

---

34) 권8, 735~736쪽.

명을 엇고 ᄌ쳐ᄒ랴 ᄒᄃ가 만일지망을 두어 모몰ᄒ고[35]

앞의 인용문은 전쟁에서 잡힌 교란이 복초한 내용이고, 뒤의 것은 여섬요가 잡히면서 복초한 내용이다. 교란이 복초한 내용에서는 이미 정리된 내용은 '대동쇼이'ᄒ다는 말로 요약되고, 서하에서의 일만이 좀더 장황하게 정리되고 있다. 여기서는 내용의 총정리가 교란이 서하에서 있었던 일을 중심으로 하고 있는 것이다. 그것이 도망친 후의 나교란이 중심이 된 사건이었기 때문이다.

여섬요의 복초는 그 서술이 '해하던 일과 그 뒤의 일'로 양분되고 있다. 나중의 일은, 여섬요가 일이 발각됨에 두부를 도망쳐 나와 궁인 백원랑의 도움으로 궁녀가 된 후, 황제의 은총을 받으려고 시도하다가 두쌍성에게 하사되는 바람에 수포로 돌아가게 된 사건이다. 이 복초한 내용을 보면, 내용 총정리가 나중의 일을 중심으로 이루어지고 있다는 것이 쉽게 확인된다. 앞의 사건은 여러 가지인데, 단 한 구절로 요약하고 있는 반면에, 나중의 일은 한 사건인데 좀더 길게 정리하고 있는 것으로 알 수 있다. 이 역시 나중의 일이 여섬요와 직접 관련되는 또 다른 사건이기 때문인 것이다.

이러한 총정리의 경향에서 우리는 「청백운」의 작가가 하나의 사건을 단위로 묶어 보려는 의도를 가지고 있음을 간파할 수 있다.

이상, 「청백운」에 드러나고 있는 내용의 총정리가 가지고 있는 기능을 두 가지 측면, 즉 기억 환기 기능과 사건 단위 구분 기능으로 살펴보았다. 이러한 기능은 「청백운」뿐만 아니라 대장편소설 전체로까지 논의를 확대할 수 있을 것으로 기대된다.

---

35) 권9, 872쪽.

4. 「청백운」에 드러난 여성 시각

조선 시대는 처첩이 용인되던 시기이다. 한 남성을 둘러 싼 두 여성, 그 것도 분명한 위치가 있는 여성들 사이에서는 항상 갈등이 야기될 여지가 존재한다. 이러한 처첩 갈등은 여성의 시각에서 바라볼 때와 남성의 시각에서 바라볼 때, 그 원인이 달리 보일 수 있다.

그런데, 조선 후기는 상층 남성 중심의 지배 이데올로기가 사회 전체를 주도하던 시기이다. 따라서 처첩을 바라보는 공론 역시 남성의 처지가 강조된다. 이는 곧 여성의 순종과 미덕을 강요하는 결과를 낳는다. 그리고, 이러한 것들은 모두 도덕적인 당위로 포장되었던 것이 사실이다. 결국, 이 시기의 여성들은 남성 중심의 이데올로기에 의하여 강요된 도덕적 삶을 살아 갈 수밖에 없었다. 그렇다고, 처첩 갈등에 관한 여성의 시각이 없었다고는 할 수 없다. 그러나, 이 시기에는 여성들이 자신들의 생각을 공개적으로 표출하기가 쉽지 않았던 것이 사실이다.

이러한 상황 속에서 조선 후기 소설에서 가장 흔하게 볼 수 있는 소재가 처첩 갈등이라는 사실은 흥미롭다. 여기서 우선, 조선 후기 소설사에서 나타나는 여러 현상 가운데 두 가지를 경향에 대하여 주목해보자. 하나는 소설의 상업화이고, 다른 하나는 여성 독자층이 소설의 중심 향유층이 되었다는 것이다. 아마도, 돈을 주고 소설을 읽어 나갔던 이들 여성 독자층에 있어서 처첩 갈등은 실제 생활에서 체험하였거나 목격할 수 있었던, 생활 속의 화젯거리인 것이다. 따라서 그만큼 그들에게는 처첩갈등이 관심의 대상이 될 수 있었을 것이다.

이러한 흐름 속에서, 조선 후기 소설에서 처첩 갈등에 대한 여성의 시각이 드러날 가능성은 매우 높다고 하겠다. 사회적으로 공론화하지

는 못하지만, 소설이 남성 중심의 시각과는 다른 목소리를 낼 수 있었던 길이 될 수도 있기 때문이다.36)

소설에 드러나고 있는 여성의 시각에서도 처 또는 첩 가운데 누구의 입장에 서있는가에 따라서도 차이가 날 수 있다. 악독한 본처에 의한 선한 첩의 피해를 그릴 수도 있을 것이고, 그 반대일 수도 있을 것이다.

만약, 처, 또는 첩의 입장에서 처첩 갈등을 서술한다고 하였을 때, 그 작품의 무게 중심에 여성이 위치한다는 사실은 동일하다. 그렇다면, 여성의 시각이 드러난 처첩 갈등을 중심으로 작품을 살핀다는 것은 결국 작품 전체를 관통하고 있는 여성 중심의 서술을 분석하는 데까지 범위를 확대할 수 있다는 의미가 되기도 한다. 이는 작품 전체가 처첩 갈등과 해결을 주요 내용으로 할 경우에는 더욱 타당성이 높다.

여기서, 먼저 「청백운」이 누구의 시각으로 처첩의 문제를 풀어나갔는지에 대하여 살펴 볼 필요가 있다. 그래야만, 그 시각이 작품 전체의 내용에 어떻게 작용하였는지를 고찰할 바탕이 마련되기 때문이다.

「청백운」이 남성 중심의 시각에서 서술되었다면, 이 작품은 당시 남성들의 인식을 충실하게 구현하였을 것이다.

이 문제를 해결하기 위하여서는 우선 처첩 문제에 대한 당시 남성들의 시각에 대하여 검토하는 것이 시급하다. 당시 남성들의 시각은 사회에서 준수해야 할 규범적 성격을 갖는다고 할 수 있다. 여성들의 공개적 입장도 여기에서 벗어날 수 없는 것이 사실이다.37)

---

36) 이는 조선 후기의 소설에서 그리고 있는 처첩 갈등 속에 남성의 시각에 따른 서술이 없다는 것을 의미하는 것이 아니다. 여성 중심의 시각만을 대상으로 할 때, 이렇다는 것이다.
37) 일례로 조선 후기에는 「계녀서」 류의 서적들이 다수 등장한다. 필자는 이러한 서적들은 바로 남성의 시각에 따른 여성의 순종을 요구하는 결과물이라고 생각한다.

　　남편이 첩을 두는 것은 부인 자신이 고질이 있어 집안일을 손수 하지

못하거나 혹은 오래도록 아들이 없어 제사를 받들 수 없는 데서 연유한

다. 남편이 설령 첩을 두고자 하지 않더라도 옛날 어진 아내들은 반드시

그 남편을 권하여 널리 현숙한 사람을 구해서 그녀를 잘 가르쳐 자신의

노고를 대신하게 하였으니, 어느 겨를에 질투했겠는가? 설사 자신이 병

도 없고 아들도 두었건만, 남편이 여색을 탐해서 첩을 많이 두어 성행을

상실하고 그녀들에 미혹되어 부모를 돌보지 않고 가산을 탕진한다 할지

라도, 모름지기 정성어린 말로 간곡히 만류하고 따라서 흐느껴 울되, 그

만류하는 처사가 남편을 진정으로 사랑하는 심정에서 그런 것이요, 질투

에서 그런 것이 아님을 분명히 보인다면, 어찌 남편이 감오하지 않을 리

가 있겠는가.[38]

　　철저하게 남성의 입장에서 처첩의 문제를 바라본 이덕무의 견해이

다. 그러나, 이 것은 당시 사대부 남성들이 가지고 있던 보편적인 인

식이라고 해도 크게 실상에서 벗어나지는 않을 것이다. 실제로, 우암

송시열이 시집가는 자신의 딸에게 준 「계녀서」에서도 이와 비슷한 입

장을 볼 수 있다.

　　여자가 부군을 섬기는 일 가운데 투기를 아니하는 것이 으뜸가는 행실

　이니 일백의 첩을 두어도 본체만체 말하지 말고, 妾을 아무리 사랑하여

이 때, 여성들이 공개적으로 「계녀서」의 내용에 반발할 수 없었던 것은 물론이다.
38) 李德懋, 「靑莊館全書」 권30, 「士小節」 권6, 婦儀, 1, 性行.(「국역 청장관전서」,
　　민족문화추진회, 1983, pp. 115~116 및 원문 p. 43) "夫主之置側室, 緣吾之有痼
　　疾, 不親家務, 或久而無子, 不可以承祭祀也. 夫主雖不欲有之, 古之賢妻, 必勸其
　　夫, 廣求良淑, 敎之有式, 代吾勞也, 何暇妬之哉. 或吾無疾又有子, 而夫主貪色, 廣
　　置姬人, 喪性虧行, 蠱惑迷溺, 不顧父母, 家産蕩敗, 當須務積誠意, 丁寧勸戒 繼之
　　涕泣, 明示其出於愛惜, 不出於妬也, 則豈無感悟之理."

도 성낸 기색을 나타내지 말고, 더욱 공경하여라. 너의 부군은 단정한 선
비라 여색에 빠져 들어감이 없을 것이요, 너도 투기할 사람이 아니지만
오히려 경계하니 너뿐만 아니라 네가 딸을 낳아도 제일로 인사를 가르치
도록 하여라. 고금 천하에 투기로 망한 집이 많으니 투기를 하면 백가지
아름다운 행실이 모두 보람 없이 되느니라. 깊이 경계하여라.39)

이러한 인식은 처첩의 문제에 있어서 야기되는 모든 갈등이나 분란
이 본처에게 달려 있다는 말이다. 위에서 이덕무가 지적한 것과 같이
'남편이 비록 두고자 하지 않아도 현명한 처는 남편에게 첩을 두라고
권하는' 내용은 「사씨남정기」를 비롯한 우리의 고전 소설에서 쉽게
발견할 수 있는 것이다. 대체로 이러한 설정을 가진 고전소설은 남성
적 시각이 지배적인 작품일 가능성이 높다. 이런 관점에서 「사씨남정
기」를 완전한 처첩이 공존하는 가족 제도를 이상적으로 구현한 남성
중심의 윤리관에 입각한 작품으로 해석40)한 것은 정곡을 찌른 것이다.

남성적 시각의 특징은 처첩 문제에 있어서는 결코 남성이 책임질
일이 없다고 보는 것이다. 설령 남자에게 문제가 있어도 여자만 잘하
면 다 해결된다는 것이다. 모든 열쇠는 본처가 쥐고 있다는 식이다.

그러나, 남성 또는 첩에게도 분명한 책임이 있을 수 있다. 물론, 앞
에서 말한 바와 같이 남성에 의하여 주어진 도덕률에 따라 살아갈 수
밖에 없는 현실 속에서 본처가 공개적으로 '남성 또는 첩에게 문제가
있다'는 식으로 말하기는 어려울 것이다. 이런 목소리를 낼 수 있었던
곳이 바로 소설인 것이다.

---

39) "남편 섬기는 도리라", 「우암선생 계녀서」, 정음사, 1986.
40) 장효현, "중세 해체기 소설에 나타난 처첩의 형상", 「한국 고전소설과 서사문학」,
집문당, 1998.

그런데, 첩은 근본적으로 남성을 통하지 않고서는 정실을 어쩌지 못한다. 남성이 바르지 못할 때 첩의 악행이 통할 수 있는 것이다.[41] 전적으로 남성의 책임인 것이다.

남성에게서 원인을 찾을 때, 문제가 있는 여성을 등장시켜서는 이야기가 성립될 수 없다. 여성은 여성으로서의 역할을 완벽하게 다하는데도 처첩 사이에 문제가 생기는 경우에만, 갈등을 야기시키는 장본인으로 남성을 설정할 수 있는 것이다.

「청백운」은 첩으로 인하여 주색에 빠진 채 본성을 잃었던 한 남성이, 완벽한 성품과 행동을 가진 정실 부인에 대하여 어떻게 오해하였다가 어떤 방식으로 깨달아 나가는가를 정면으로 다룬 작품이다. 작품 속에서는 지속적으로 주인공 두쌍성에게 문제가 있음을 적시하고 있다. 이는 작품 말미에 나오는 여섬요의 직초를 통하여 분명하게 확인된다.

    므터 므터 쵸실ᄒ고 ᄶ 고왈 만일 노야의 일일 신쳥ᄒ시미 아니면 비록 간졍을 품어시나 엇지 이럿톳 극진ᄒ기의 니르리오[42]

여섬요의 목소리를 통하여 작가는 이미 깨달은 두쌍성에게 다시 한번 모든 것이 두쌍성 자신으로부터 말미암은 것임을 재천명한 것이다. 그리고는 그 것을 전체 남성의 문제로 확대한다.

---

41) 남성과는 관계없이 첩이 정실에게 직접 위해를 가하는 경우가 있을 수 있다. 이 때에는 작품 전체의 면밀한 검토를 통하여 서술 시각을 살펴야 할 것이다. 그러나, 3-1에서 밝혔듯이, 「청백운」에는 호 소저를 축출할 때까지 첩에 의한 직접적인 모해가 드러나지 않고 있다.

42) 권9, 872~873쪽.

간인이 혼번 집을 어즈러이미 히 아니 밋는 곳이 업스니 범빅 군즈는
여긔 볼지어다43)

셰간 쥬식의 침혹ᄒᆞ는 군지 그 가히 진계홀진져44)

물론, 남성들에게서 처첩 갈등의 원인을 찾는다고 하여 그것이 모
두 여성의 시각이 될 수는 없다. 남성들이 자기 갱신을 통하여 더욱
안정되고 이상적인 처첩 사회를 구현할 수 있다는 의식을 표출한 것
일 수도 있다. 그러나, 다음과 같은 작품 내의 진술과 내용을 통하여
「청백운」이 전혀 그렇지 않다는 것을 알 수 있다.

강보를 나와 신ᄋᆞ롤 ᄲᅡ 누이고 희왈 우리 샹공을 이처로 달환 지 어제
ᄌᆞ더니 어니 스이 이런 옥동이 삼겨시니 엇지 귀치 아니리오 너는 ᄌᆞ라
나셔 부디 잡즛 말나45)

싱(호승수: 필자 주)이 본디 일터 아미롤 거두고 십원 미인을 치오미
원이러니 부인 계실 졔는 싱의치 못ᄒᆞ고 하셰 후는 비록 일야 희신나 등
하의셔 슈고로이 안히롤 위ᄒᆞ야 힘뼈 도ᄋᆞ시던 일을 싱각ᄒᆞ야 죵신토록
일개 희첩을 ᄌᆞ초지 아니ᄒᆞ니라46)

첫 번째는 호 소저가 남아를 낳자 춘패가 한 말이다. '자라서 잡짓

43) 권3, 267쪽.
44) 권4, 317쪽.
45) 권6, 466~467쪽.
46) 권6, 528쪽.

하지 말라'는 것은 바로 첩을 두지 말라는 암시이다. 두 번째는 호승수가 부인 한 씨와 내기 바둑을 두면서 자신이 지면 희첩을 두지 않겠다고 약속하였다가, 모부인 진 씨의 훈수로 부인 한 씨에게 지자 결국 희첩을 두지 않았다는 내용이다. 여성들이 합력하여 남성의 희첩 두는 것을 막은 것이다.

또한 「청백운」에서도 「사씨남정기」에서의 설정과 비슷하게, 마지막 부분에 다시 첩을 들이는 내용이 있다. 황제가 두쌍성에게 후궁을 하사하기 때문이다. 두쌍성은 황제에게 자신이 제가를 잘못하여 희첩 때문에 집안이 그리 혼란스러웠는데 다시 둘 수 없다며 사양하지만, 황제는 이를 받아들이지 않는다. 두쌍성은 이 때문에 매우 난감해하면서 호 소저에게 의논을 하는데, 이 때 호 소저는 남성이 현명하면 문제될 것이 없다고 한다.

> 부인이 츄연 왈 아모리 요샤흔들 부지 본심을 일치 아녀 계시더면 그
> 쟉용이 그디도록 흐리잇가[47]

이 역시 처첩의 문제는 남성에게 달려 있다는 의식이다. 여주인공인 호 소저의 입을 통하여 이런 식의 결론을 내린 것은 의미하는 바가 크다. 어쨌든, 이렇게 하여 두쌍성은 다시 희첩을 갖게 된다. 여기까지는 「사씨남정기」와 유사한 면이 없지 않다. 그러나, 「청백운」의 작가는 후궁을 여섬요로 설정한다. 이는 결국 첩이라고 하는 것은 그 바탕이 여섬요와 같은 존재일 수밖에 없다는 의식의 표출이다. 이로 인하여 결국, 「청백운」에서는 두쌍성이 첩을 들이지 않는 것으로 결

---

47) 권9, 856쪽.

론을 내리고 있다. 이는 결국 첩이 필요하지 않다는 것에 다름 아닌 것이다.

이렇게 됨으로써 원래부터 첩을 두지 않았던 한현진을 비롯하여, 「청백운」에 등장하는 중심인물들은 모두 첩이 없는 상태가 된다. 그리고 이 상태에서 모두 현세의 영달을 뒤로한 채 은거의 삶을 살게 된다.

「청백운」에서는 첩에 대하여 지극히 부정적인 의식을 드러내고 있다. 「청백운」에서는 나교란과 여섬요의 신분이 본래 기생이었다는 점을 강조하면서 그들 행위에 대하여 비판적인 입장을 견지한다. 아울러, 그들의 인물됨에 대하여도 부정적인 평가로 일관하고 있다48). 심지어는 시비들에 대하여서도 분명하게 그 차이를 둘 정도이다.

풍이와 월이로 ᄒ여곰 졍당 시비를 달니여 반ᄃ시 심복의 스룸 ᄒ나흘 엇고져 ᄒᄃ 졍당 시비 늙으며 어리 니를 의논치 말고 다 …(중략)… 별원(나교란, 여섬요의 처소: 필자 주) ᄒᆫ 곳은 남북을 격ᄒᆫᄃ시 가히 가지 못ᄒᆯ ᄃ로 알고 풍월비들이 혹 만나 져희 졍의를 펴고져 ᄒ면 스스로 쳔히 ᄃ졉ᄒ야 변변이 응답도 아니ᄒ고 혹 죠흔 노리기를 부러 ᄌ랑ᄒ며 짐즛 빌니고져 ᄒ면 눈을 흘긔여 보며 ᄋ오ᄃ 당당ᄒᆫ 졍당 시비와 엇지 측실의 비ᄌ로 더브러 셔로 빌니며 보치기를 잘 ᄒ리오49)

당당한 정당 시비는 측실의 시비와 어울릴 수 없다는 식의 사고는 처와 첩의 분명한 차이를 인정하고 있는 것이다.

이상의 논의를 근거로 할 때, 「청백운」이 여성적 시각에서, 특히 정

---

48) 이러한 사실은 나교란과 여섬요의 자의식을 탐구한 조광국도 인정하고 있다. 조광국, 전게 논문 참고.

49) 권3, 236~237쪽.

실의 시각에서 처첩의 문제를 다루고 있다는 사실은 의심의 여지가
없다.

「청백운」이 여성 중심 시각의 소설이라는 사실은, 작품 곳곳에서
친정 어머니에 대한 여성의 효와 여성의 친정이 강조되고 있는 것에
서도 읽을 수 있다. 남성 중심의 적통을 문제삼았던 조선 후기에는 시
집을 간 여성들은 출가외인이라는 말과 함께, 이미 남의 집 사람이 된
것이라는 의식이 지배적이었다고 할 수 있다. 그러나, 실제로 여성들
의 속내는 어떠했을까? 그들에게 친정 어머니와 친정은 그리움의 대
상이었을 것이다. 친정 어머니에게 효도를 하고 싶고, 친정 가까이에
서도 살고 싶었을 것이다. 「청백운」에서는 이 두 가지가 모두 담겨 있
다. 호 소저는 친정 어머니인 진 부인에 대하여 항상 효를 생각한다.
이 효가 작품 속에서 차지하는 비중이 결코 작지 않다. 「청백운」에서
이를 상징적으로 보여주는 것이 바로 조아의 사당이다. 조아는 동한
때의 효녀로, 익사한 아버지의 시체를 찾지 못하자 밤낮으로 울다가
강물에 투신하여 죽은 인물이다. 두부에서 축출된 호 소저가 처음 제
를 올리는 곳이 조아의 사당이다. 이 후, 조아의 사당과 관련된 인물
인 청녕이 호 소저를 도와 위기에서 벗어나게 한다. 작품 말미에는 호
소저가 백원관이라는 도관을 지어주고 청녕으로 하여금 조아의 상을
그려 받들어 모시게 한다. 여성의 친정 부모에 대한 효행의 바람을 조
아로 형상화하고 있는 것이다. 또한 호 소저는 애초부터 친정과 이웃
하며 살았고, 나중에도 그렇게 산다. 호 소저는 협문을 통하여 친정과
왕래할 수 있을 정도이다.

그런데, 이러한 여성 중심적 시각에도 불구하고 「청백운」에서는 두
쌍성의 정실인 호 소저를 당시의 도덕률에 매우 충실한 인물로 그리
고 있다. 이 것이 남성적 시각이 아닌가 의심할 수도 있다. 그러나, 이

에 대해서는 앞에서 충분히 해명하였다고 생각한다. 당시의 여성들은 도덕률에서 자유로울 수는 없었다. 그렇게 강요되었고, 그렇게 살아왔기 때문이다. 따라서 호 소저의 행위는 도덕률에 충실한 것이 자연스럽다. 「청백운」은 남성 중심의 틀 속에서 지내고 있는 여성들의 의식을 읽어낸 것이다.

이러한 예로 「한조삼성기봉」을 들 수 있다. 「한조삼성기봉」은 「옥환기봉」의 남성 주인공인 광무제를 여성으로, 광무제에게 내침을 당한 곽후를 남성으로 환생시켜 복수하게 하는 것을 중심 내용으로 한다. 「옥환기봉」에 드러나고 있는 남성 중심의 시각에 반발하면서 여성의 입장에서 작품에 구현한 것이다. 그러나, 남성으로 환생한 여성의 삶과 가치 기준 역시 당시의 남성의 삶과 가치 기준에서 벗어나지 못하고 있다. 결국, 「한조삼성기봉」 역시 당시의 가치관 속에서 '남성도 여성으로, 또는 여성도 남성으로' 살아 보았으면 하는 여성들의 의식을 담은 것이다.[50]

여기서 우리가 주목할 만한 작품 내의 서술이 있다.

춘패 왈 냥반의 녜법은 바르기도 홀샤 우리 곳트면 션길노 바로 가셔 매롤 마자나 욕을 드르나 흉둥의 분훈 소셜이나 일장을 쾌히 흐지 엇지 흔쩐들 춤으리오[51]

이는 나라에서 해배의 명을 받은 호 소저가 군자의 영이 없어서 구가로 가지 못한다고 하는 말에 춘파가 응대한 말이다. '양반의 예법은

---

50) 이에 대하여는 필자가 2003년 봄에 여성고전문학회(이화여자대학교)에서 발표하였다.

51) 권6, 517쪽.

바르기도 하다'는 춘파의 언급은 「청백운」이 대상으로 하고 있는 여성 계층을 추론해낼 수 있는 단서가 되지 않을까 한다.

「청백운」이 남성작가의 작품임은 틀림이 없다. 그럼에도 불구하고 이와 상이한 여성 중심적 시각이 드러난다는 것은 매우 주목할 만한 특징이다.

5. 결론

지금까지 논의된 것을 요약하는 것으로 결론을 대신하고자 한다.

첫째, 10권 10책으로 이루어진 「청백운」 내용의 중심은 두쌍성, 호 소저, 나교란, 여섬요 사이에 야기되는 처첩 갈등에 있다. 작품 속에서 처첩 갈등은 점진적으로 고조되는가 하면, 그 해결 역시 점진적으로 이루어진다. 그리고 내용 전개에는 인과성이 부여된다. 이 때, 특징적인 것은 정실에 대해서 직접적인 위해를 가하지 않고 남성을 통하여 모해를 완성하려고 하였다는 점이다. 이 갈등의 해결은 남성 주인공의 본성 회복에 따라 이루어진다. 그런데, 「청백운」의 작가는 작품 속에서 본성 회복의 과정을 단계적으로 보여줌으로써, 한 번 잃었던 본성을 다시 찾기가 쉽지 않다는 것을 강조하고 있다. .

둘째, 또한 「청백운」에는 작품 전개에 있어서 특정 부분에 에피소드식 삽화를 설정하여 흥미성을 제고하기도 하고 교양이나 교육적인 면을 강조하기도 한다. 이와 함께 '장면의 극대화'와 유사한 묘사가 드러나고 있다.

셋째, 「청백운」에서는 기억 환기 기능 및 사건 단락 구분 기능으로 내용의 총정리가 이루어지고 있다. 물론, 이 것이 조선조 대장편소설 전반에 걸쳐 보이고 있는 '내용 총정리'가 가지고 있는 기능과 관련을 가질 수 있는지의 여부는 앞으로의 연구 과제이다.

넷째, 「청백운」은 남성작가의 작품임에도 불구하고 처첩 갈등이 원인이 여성에게 있다는 당시 남성들의 의식과는 달리, 남성에게 문제가 있을 수 있다는 상층 여성의 시각에서 창작된 작품이다. 그리고, 작품 속의 남성 주인공 가운데 한 명도 첩을 두지 않는 것으로 설정함으로써 부부 관계에 첩은 사실상 필요 없다는 의식까지 내비치고 있다. 특히, 「청백운」을 관통하고 있는 여성의 시각은 처첩의 갈등뿐만 아니라, 시집간 여성의 부모와 친정에 대한 문제 등에 있어서도 당시 여성들의 속내를 대변하고 있다.

「청백운」은 매우 독특한 작품이라고 할 수 있다. 그러나, 조선 후기에는 다양하고 독창적인 내용을 가진 소설들이 창작된 시기이다. 이는 소설 창작 역량이 그만큼 축적되었다는 것을 의미한다. 「청백운」역시 그러한 바탕 위에서 산출된 작품이다. 「청백운」 연구를 통하여 필자는 조선 후기 소설 창작 및 향유의 다양성에 대하여 심각하게 고민하게 되었음을 밝힌다.

「현몽쌍룡기」의 창작 방법과 작가의식

박 일 용(홍익대학교)

1. 서론

「현몽쌍룡기」는 18권 18책의 장편 가문소설로서 장서각에 소장되어 있으며, skillend에 의하면 권13과 14가 한 책으로 묶여 있는 이본이 일본의 동양문고에 소장되어 있다고 한다.[1] 또, 이 작품은 적어도 1872년 이전에는 작성되었을 것으로 추정되는 『언문책목록』과[2] 모리스 꾸랑의 『한국 서지 목록』에 제목이 실려 있다고 한다.[3] 한편, 정신 문화 연구원에서는 이 작품을 장서각 소장 고소설 자료집의 첫 번째 자료로 장서각 소장본을 영인하여 임치균 교수의 해제와 함께 출판을 하여 연구자들이 본격적인 연구를 할 수 있는 발판을 마련하여 주었다.[4]

---

1) W. E. Skillend, 『古代小說』, School of Oriental and African Studies, University of London, W.C. 1, 1968, 239쪽.
2) 姜銓爕, "언문책 목록 소고", 『한국서사문학사의 연구』, 중앙문화사, 1995, 2027쪽.
3) W. E. Skillend, 위의 책, 239쪽 참조.
4) 임치균 해제, 『현몽쌍룡기』, "장서각소장 고소설자료집 1", 한국정신문화연구원, 1998.

그리고, 이 작품에 대해서는 일찍이 김기동 교수가 소개적인 논문을 쓰면서 가정소설로 규정한 뒤,[5] 임치균 교수가 이 작품의 기본적인 서지 사항, 작품의 전체적인 경개 등을 소개하고, 이 작품과 「조씨삼대록」이 연작 관계에 있음을 밝혔으며, 이 작품의 거시적 갈등구조의 특징을 분석하였다. 그 결과 이 작품이 비슷한 유형의 구조가 반복되는 형태를 지니는 한편, 작품의 전반부에는 가정내의 혼사 갈등이 병렬적으로 설정되다가 후반부에 이르러 갈등의 집약화가 이루어지면서 가정 외적으로 갈등이 심화 확대되어 나간다고 해석하였다.[6] 이러한 김기동, 임치균 교수의 작업을 통해서 「현몽쌍룡기」의 개괄적인 모습은 드러났다고 생각한다.

그러나 이들의 연구는 작품의 서지 사항 및 연작 관계 등의 기초적 사실과, 작품의 경개 및 갈등구조의 기본적인 특징 소개에 그치고 있다. 그렇기 때문에 작품의 성격을 제대로 이해하기 위해서는 작품의 갈등 구조에 대한 보다 섬세한 분석, 그리고 이러한 갈등 구조를 통해 표출되는 작가의식, 그것을 통해 느낄 수 있는 독자들의 미의식 등 여러 문제가 다양한 시각에서 해명될 필요가 있다고 생각한다. 이러한 생각에서 본고에서는 작품의 구성을 분석하여 그것의 창작 방법을 추정하고, 그것에 표현된 작가 의식을 추출하기로 한다.

「현몽쌍룡기」를 읽으면, 김기동 교수가 가정소설로 규정을 하고, 임치균 교수가 그것의 갈등구조가 '비슷한 유형의 반복', '가문 내에서 갈등이 전개되다가 가문 밖으로 갈등이 심화 확장되는 것' 등으로 해석한 것처럼, 일반 대하 장편 소설 또는 가정소설의 갈등 구조를 답습한 느낌이 드는 것도 사실이다. 그런데, 이 소설에는 표면적으로는

---

5) 김기동, 『한국고전소설연구』, 교학연구사, 1983.
6) 임치균, "위의 논문".

유사한 유형이 반복되는 듯이 설정되면서도 기실 상호 대립적인 성격의 갈등 구조가 대조적인 형태로 병치되는 모습을 보인다. 또, 이 소설에서는 작품의 주된 배경을 이루는 조씨 가문의 가부장 조숙과 그의 부인이 조씨 가문의 질서를 잡는 한편, 조숙의 모친까지 생존하여 가문 내적 질서에 관여를 하는 것으로 그려진다. 그 결과 이 작품에 설정된 갈등은 가문의 존립과는 무관한 것으로 여겨지는 동시에, 두 쌍의 부부 사이에 등장하는 갈등이 부부 문제 그 자체로서 선명히 부각된다.

본고에서는 현몽쌍룡기에 설정된 이러한 대조적 병치 형식을 보이는 두 쌍의 주인공 부부의 문제에 초점을 맞추어, 작가의 창작방법과 그것에 투영된 작가의식을 분석하여 이 작품에 반영된 소설 향유층의 미학을 살펴보기로 한다.

2. 「현몽쌍룡기」의 창작방법

1) 유사 형태의 반복적 병치

「현몽쌍룡기」는 붉은 기 둘이 두 마리 용으로 변하여 조씨 가문의 가부장 조숙의 부인 위씨에게 달려드는 꿈을 꾸고 얻은 쌍둥이 형제 조무와 조성의 태몽[7] 내용을 제목으로 설정한 작품이다. 작품의 제목과 서두에 설정된 태몽의 내용으로 미루어 볼 때, 작품의 구성이 용으로 상징되는 바 뛰어난 능력을 펼쳐 나가는 이들 쌍둥이 형제의 삶을

---

7) 홍긔룰 어로만져 즈시 보니 두 긔 문득 화ᄒᆞ여 만여장이나 ᄒᆞᆫ 황뇽이 되여 여의주룰 물고 산악갓흔 긔셰룰 발하여 부인의게 ᄃᆞ라드니…, 『현몽쌍룡기』 권지일, 3쪽.

중심으로 전개될 것임을 짐작할 수 있다. 그리고 작품의 제목에 비범한 두 인물을 제시하는 것을 보면, 이들 형제의 삶을 반복적으로 병치시키는 서사 구조를 취할 것임을 짐작할 수 있다. 실제로 이들의 삶을 개괄해 보면 다음과 같이 유사한 형태를 지님을 알 수 있다.

1) 용 태몽 후 조무가 탄생한다. 2) 태몽에서 예언한대로 금환을 지닌 정소저를 구출하여 정소저와 결혼을 한다. 3) 태부인의 명으로 과거에 급제하여 차석으로 합격한다. 4) 박수관의 계교 때문에 금선공주와 결혼한다. 5) 거란의 난을 평정하고 돌아온다. 6) 연소저를 불고이취한다. 7) 동진과 서초의 모반을 평정한다.

1) 용 태몽 후 조성이 탄생한다. 2) 태몽에서 예언한 대로 옥환을 지닌 연소저와 결혼을 한다. 3) 부인의 명으로 과거에 장원으로 급제한다. 4) 늑혼에 의해 왕소저와 혼인을 한다. 5) 광동자사로 가서 광동을 안돈시킨다. 6) 윤소저와 혼인을 한다. 7) 역모의 모함을 받았다가 풀려난다. 8) 동진과 서초의 모반을 평정한다.

거시적으로 보면 이들 쌍동이 형제는 태몽에서 예언한 대로 자신들의 탁월한 능력을 발휘하여 조씨 가문을 번성시킴으로써, 「조씨삼대록」으로 이어지는 조씨 가문의 부귀를 보다 확고하게 다지는 역할을 하는 인물들로서, 유사한 삶의 역정을 거치는 것으로 그려진다.

그런데, 이들의 태몽 내용은 단순히 그들의 능력을 상징할 뿐만 아니라, 그들의 결연과 관련된 내용을 포함하고 있다. 이들 쌍동이 형제의 부모는 꿈에 이들이 금환과 옥환을 가진 여인들과 인연이 있다는 예언을 듣는다.8) 그리고, 앞으로 이들과 결혼을 할 여성 주인공 정소저와 양소저의 부모 역시 이와 동일한 태몽을 꾼 뒤 출산을 한다. 그리고 이들 두 쌍의 남녀는 태몽의 예언대로 이 금환과 옥환을 매개로 하여 결혼을 하게 된다.9) 이러한 태몽 형태로 설정된 남녀 두쌍의 혼인 계기와 혼인 과정을 보면 애초 「현몽쌍룡기」란 제목은 작품의 구성이 단순히 남성 주인공의 삶의 역정을 중심으로 하여 전개되는 것이 아니라, 태몽에 예시된 바 예정된 여인들과의 결연과 그 이후의 삶에 초점이 맞추어질 것이며, 그것들 역시 반복적 병치 형태로 제시될 것임을 짐작할 수 있다.

  1) 정소저가 조무와 결혼을 한다. 2) 계모 박씨가 재산 때문에 모해를 한다. 3) 금선공주로 인해 친정에 간다. 4) 박수관과 모의한 양세가 납치하려 할 때, 정소저는 시비 벽난과 옷을 바꿔 입고 외가인 석부로 피하여 화를 면하고 대신 납치 당한 벽난은 자살한 것으로 위장하고 탈출한다. 5) 아우 정공자가 아비를 죽이려는 패륜 혐의를 받고 위기에 처하자 정

---

8) 긔 우희 빗날 슈즈와 쇠금즈와 구슬 옥지 완전하니 타일 혼스룰 당흐여 금옥으로 월환을 민드라 금곡 한 雙을 각각 그 짝을 난호게 흐느니 금환 한짝 가진 재 대원슈의 부인이요 옥환 한짝 가진재 태흑스의 텬졍 가위라 빗날 슈즈는 대원수의 졈세 잠연이니 비록 천흐나 명吶 수吶 든 이 잇거든 원흐여 셤김을 막지 말라 흐고 슈중의서 금옥환을 니어 공을 주어 왈 텬긔 비밀흐니 금옥을 밀밀히 쟝하여 타일 혼스룰 일우고 사람을 미리 뵈디 말나…, 『현몽쌍룡기』 권지일, 3쪽.

9) 남주인공들의 부친 조숙은 정소저의 부친 정세숙이 무식하고 천하다고 여겨 결연을 하지 않으려다가 정소저가 금환을 지니고 있다는 사실을 알고 조무와 혼인을 시킨다. 또, 양소저의 부친은 조성이 "그 풍신 용화가 기특홀 뿐 아니라 샹셕의 달샹과 복중에 공밍의 도덕을 댱하여 고금에 무雙한지라 미우에 녕녕한 광휘룰 보미 아 심히 기울었으되 우예흐는 바는 죠샹국이 즐겨 오가롤 구치 아닐듯흐고 또한 옥환 일사룰 발구치 못흐여 브야흐로 번민하는비라"라고 하여 조성과의 양소저의 결혼이 치우치다고 인식한다. 그렇기 때문에 팔왕을 내세워 늑혼 형식을 빌어 혼인을 하게 되는데, 이러한 혼인이 이루어지는 것은 양소저가 옥환을 소지하고 있기 때문으로 그려진다.

소저가 등문고를 쳐 천자께 혈서를 올려 구한다.

1) 양소저가 조선과 혼인을 한다. 2) 동생 양세가 재산 때문에 모해한다. 3) 금선공주로 인해 폐출된다. 4) 양세와 모의한 박수관이 납치하고자 할 때, 양소저는 시비 섬낭과 옷을 바꿔 입고 숙모댁인 순부로 피하여 화를 면하고, 대신 납치당한 섬낭은 자살한 것으로 위장하고 탈출한다. 5) 조성이 역모 모함으로 위기에 처하자 양소저가 등문고를 쳐서 황제께 혈서를 올려 구한다.10)

위에 인용한 요약 내용에서 볼 수 있는 바, 이들 두 여인의 삶은 선행 연구에서 '유형적 반복'의 원리를 들어 지적한 대로, 표면적으로는 "줄기에 있어서는 거의 같아 동일 사건을 반복하면서 디테일 상 약간의 차이를 두고 있을 뿐"인 것처럼 보인다.11)

이처럼 이 작품이 「현몽쌍룡기」라는 제목을 통해 두 쌍동이 형제의 삶을 중심으로 구성이 전개될 것임을 암시하는 한편, 그들의 상대역인 두 여인의 행적을 비슷하게 그리는 것은, 작가가 작품을 구상하면서 유사한 형태를 병치하는 창작 방법을 취했기 때문이다.

한편, 이 작품에서는 여성주인공들이 겪는 고난의 원인이 모두 자신의 친정 식구들 때문인 것처럼 설정되고 있다. 조무의 처 정씨의 계모 박씨는 재산을 탐내 자신의 친정 조카 박수관으로 하여금 정씨를 취하도록 부추기고, 박수관은 끊임없이 정씨를 탈취하기 위해 계교를 꾸미는 한편, 고모 박귀비의 딸 금선공주가 조무와 결혼하도록 한다. 이로써 정씨는 조씨 가문 안과 밖에서 갖은 고난을 겪게 된다. 마찬가

10) 임치균, "위의 논문", 17쪽.
11) 같은 주석.

지로 조성의 처 양씨의 남동생 양세는 자기 집안의 재산이 조성에게 돌아갈까 봐서 양씨와 조성을 이간시키려한다. 그리하여 차정인 강후신 등과 짜고 누이인 양소저가 부정한 짓을 하는 것처럼 위조 편지를 꾸며 조성의 눈에 띄게 하거나, 양소저의 침실에서 외간 남자가 나오는 것처럼 꾸민다. 이처럼 두 여인이 겪는 고난이 친정의 계모, 친정 동생 등과 같이 조씨 가문 밖 존재의 모해 때문에 야기되는 것으로 설정된다. 그리고 그로 인해 조씨 가문에서 축출되어 모진 고난을 겪으며, 몸종으로 하여금 자신의 역할을 하게 하여 위험을 피하는 한편, 등문고를 울려서 남편 또는 남동생을 구하는 등 이들 여주인공의 행적이 유사하게 설정된다. 이처럼 여성 주인공이 겪는 고난과 그 원인도 유사 형태의 병치 방식을 취한다.

한편, 작품에서 차지하는 비중이 이들 보다는 작은 것이지만 여성 주인공의 친정 가문이 겪는 위기의 형태에서도 유사한 구조가 되풀이 되는 형식을 취한다. 양소저의 친정 동생 양세는 양소저를 음해하던 자신의 행적이 탄로가 나자, 차정인·강후신과 짜고 자신의 부친인 양임을 죽이고 그 죄를 조성에게 씌우려는 계교를 꾸민다. 그러나 그것이 탄로가 나게 되어 양임이 먼저 양세를 잡으려 하는데, 양세는 아비의 상투를 잡고 뺨을 치고 달아난다. 이에 양임은 상소를 올려 양세와 부자지의를 끊음으로써 멸문지화를 막으려 한다. 이러한 여주인공의 처가에 나타나는 부자 갈등은 정소저의 친정에서도 비슷한 형태로 되풀이 된다. 정소저의 계모 박씨는 정소저의 동생 정천희를 불러 강후신으로 하여금 죽이려 하는데 정천희가 집에 왔다가 다시 외가인 석부로 돌아가는 바람에 정천희의 자리에서 자던 서동을 찌르는 한편, 술에 취한 정소저의 부친 정세숙마저 찌르고 달아난다. 그런데, 정세숙은 강후신을 자신의 아들 정천희로 오인을 하게 되며 그의 처 박씨는 법부에다가 정천희를 강상죄인으로 고소하여서 정천희가 죽을 위기에 몰린다. 이처럼 여주인공 정소저나 양소저의 친정에 설정된 부자갈등도 유사한 형태로 그려진다.[12]

이상에서 살펴본 것처럼 「현몽쌍룡기」에는 남성주인공의 삶, 여성주인공의 고난, 여주인공이 겪는 고난의 원인, 친정에 등장하는 갈등 등 대부분의 구성 요소들이 병치 형식을 취하고 있다. 이처럼 비슷한 유형 구조를 반복적으로 병치하는 방식은 홍부전처럼 민담에 근원을 둔 소설에서 볼 수 있는 것으로서, 단선적 구성을 복합적 구성으로 변화시킬 때 사용하는 창작 기법이다. 그런데 이들 민담에 기반을 둔 소설에서는 이러한 병치가 선후 관계로 나타나는 것이 일반적이다.

그러나, 「현몽쌍룡기」에서는 이러한 병치가 동시 진행적 형태로 나타난다. 이처럼 「현몽쌍룡기」에서 동시 진행적 병치 관계를 갖는 것은 이 작품의 서사 세계가 모방담과는 달리 대단히 복잡한 구성을 지니기 때문이다. 「현몽쌍룡기」를 구성하는 조무와 조성 부부의 행적을 따로 떼어서 살펴본다 할지라도 그것들은 독자들이 쉽게 떠올리기 힘들 정도로 복잡하다. 그러기에, 만일 이들이 비슷한 구조를 지니지 않는다면, 그것들의 구성은 상호 교차되어 더욱 복잡한 형태를 지니게 될 것이다. 그런데, 「현몽쌍룡기」에서는 18권 18책이라는 결코 적지 않은 분량의 장편 가문소설의 창작 방법으로 이러한 동시 진행적 병치의 구성 방식을 취함으로써, 서로가 상호 조명을 하게 하여 구성의 인식도를 높이는 효과를 거두고 있다. 이를 통해 작가는 작가 스스로의 창작 과정에서 소설의 구성을 선명하게 인식하여 구성적 통일성의 심도를 높이는 한편, 개별 사건의 전개 과정에 함몰하다 보면 전체의

---

12) 「현씨양웅쌍린기」에서도 이 작품처럼 현수문과 현경문이라는 뛰어난 두 남주인공 형제를 주인공으로 설정하여 반복적인 형식을 취한 것을 볼 수 있다.

구성 파악에 혼란을 겪게 될 독자들에게 구성의 흐름을 일목요연하게 환기시켜주는 효과를 연출한 것이다.

2) 상반된 내용의 대조적 병치

앞에서 살펴본 바 「현몽쌍룡기」에 등장하는 주요 인물들의 삶과 그들의 삶의 형식을 결정하는 갈등 요소들은 유사한 형태가 반복적으로 병치되는 모습으로 형상화된다. 그런데, 이처럼 동일한 유형의 반복은 독자로 하여금 구성의 흐름을 잊지 않고 쉽게 파악할 수 있게 해주는 장점이 있는 반면, 독자를 지루하게 만들 위험도 있다. 그러므로 이러한 반복적 병치는 대부분, 형태의 측면에서는 유사하지만 의미의 측면에서는 상반된 내용을 대조적인 형태로 병치한다. 예컨대, 흥부와 놀부, 혹떼러 갔다가 혹붙이고 오는 사람 이야기 등은 행위 구조는 동일하지만 행위 동기와 결과를 상반되게 설정함으로써, 행위의 의미를 선악의 형태로 선명하게 부각시키는 것이다.

「현몽쌍룡기」에 설정된 영웅적인 인물 조무 조성 형제의 삶과 수난을 겪는 그들의 처의 삶도 이들처럼 형태상으로는 유사하지만, 실제적으로는 상반된 모습을 지님으로써 부부 관계가 대조적으로 제시되는 것을 볼 수 있다. 예컨대, 조무와 조성은 용으로 상징되는 바 뛰어난 능력의 실현이란 점에서 공통적인 성격을 지닌다고 할 수 있다. 그러나, 그들은 애초 태몽에서 각기 문·무(文武)의 다른 능력과 운명을 타고 나서 조무는 천하대원수 도총병 벼슬을 하고, 조성은 대승상 용두각 태학사를 하는 것으로 설정된다.[13] 그리고 그들의 성품은 '크게

---

13) 좁은 바 긔 둘을 쥬거늘 경혹ᄒ여 바다보니 긔의 뼈시되 쳔하대원슈도총병조뮈라 ᄒ얏고 또 한 긔의ᄂ 대승샹뇽두각태혹사죠셩이라 ᄒ야 젼쟈로 역역히 뼛거늘…, 『현

상반하여' 조무는 '천고 영웅의 기상을 발하고', 조성은 '정대 군자의 풍'이 있다고 설정된다.14) 이처럼 작품에 등장하는 핵심 인물들을 문과 무, 그리고 '도덕'과 '재기 발호'한 성격을 지닌 상반된 인물로 설정한 것은 초기 가문소설의 하나인「유효공선행록」의 유연과 유홍의 경우처럼 가문소설에 등장하는 인물의 성품을 대조적으로 설정하는 창작 방법 일반을 수용한 것이다. 그러면서도「유효공선행록」에서와 달리 이 작품에서는 이들을 '쌍룡'의 범주로 묶는 데서 볼 수 있듯이, 이들의 성품과 행동에 대한 대립적인 가치 평가적 시각을 표면에 드러내지 않는다. 그러므로 이들 남성 주인공의 삶을 거시적으로 개괄해 보면, 큰 편차가 드러나지 않는다. 그렇기 때문에 앞에서 살펴본 것처럼 동일 유형 구조를 반복적으로 병치한 것처럼 느껴지는 것이다.

그런데, 여기서 눈여겨보아야 할 것은 앞에서 요약한 바 이들 남성 주인공의 짝인 여성 주인공들의 삶은 이들 남성 주인공의 삶과 달리 결말부분을 제외한다면 삶 전체가 고난과 그것의 극복 과정으로 이루어진다는 점이다. 이는 이 작품이 표면적으로는 쌍룡으로 상징되는 바 남성 주인공들의 삶을 중심으로 하여 전개되는 듯한 형식을 취하면서도, 실상 고난을 겪는 여성의 삶과 관련하여, 이들 부부 관계를 형상화하는 데 서술의 초점을 맞추고 있음을 뜻하는 것이다.

그런데, 앞에서 살펴본 대로 조성과 조무는 보통 사람보다 빼어난

몽쌍룡기』, 3쪽.

14) 성품인즉 동복 쌍티로 크게 상반흐야 대공즈는 희식 풍용 화려흐고 졔미 졔셔모와 회회 낭자할 뿐 아니라 방외에 논즉 사람과 갈애옴 하고 울 괴로이 보최여 스스로 발월흔 기상을 당축지 못흐야 호호히 고운 야학 굿고 재주가 일취월댱하야 한 번 눈에 지는 것을 외고 귀에 지나면 니즐거시 업셔 천고 영웅의 긔상이오 추공즈는 문장 재훅이 쵸졔흐며 사행 셩훅 싱이지지하여 아시로부터 좌립의 예되 진즁하고 언논이 졍대흐야 입을 연즉 공밍의 도덕이 나타나고 몸을 움즉이매 졍대 군즈의 풍이 이시니 샹하 노리 칠팔셰 쳑동으로 보지 못흐니.『현몽쌍룡기』권지일, 9쪽.

능력을 지닌 인물로서 전체적으로 보아 모두 서술자에 의해 긍정적으로 형상화되는 인물이다. 그리고, 그들의 짝이 겪는 고난은 모두 자신의 친정 식구들의 모해로 인해 겪는 것으로 그려진다. 그렇기 때문에 이들의 고난은 비슷하게 보인다. 그러나, 앞에서 살펴본 바 조성과 조무는 대조적인 성격을 지닌 인물로서, 이러한 대조적 성격은 그들의 여성에 대한 태도에도 그대로 연장된다. 그러므로 이들의 부부 관계를 미시적으로 차분히 분석해 보면, 각각의 부부 관계는 대조적인 모습을 지님을 알 수 있다.

예컨대, 장자 조무는 "영웅적 기상과 재기가 발호한" 인물로, 차자 조성은 "정대 군자"의 풍모를 지닌 인물로 설정되는데, 이러한 이들의 성품은 여성에 대한 태도에서도 그대로 드러나 조무는 풍류호남적 성격을 지닌 것으로 그려지고, 조성은 도덕군자형 성격을 지니는 것으로 그려진다. 작가는 이러한 이들의 대조적인 대 여성적 성격을 구체화하기 위해 작품의 서두 부분에 "앵혈" 사건을 설정한다. 예컨대, 조무의 서모인 화씨가 시비들에게 앵혈을 가져다가 주점을 하다가 장난으로 조무에게 앵혈로 주점을 찍어 놓는다. 이에 조무는 이 앵혈을 없애기 위해 집안에 있는 창기 수앵을 강압적으로 친압한다. 이를 안 조성이 충고를 하자 조무는 "현제는 공맹 안증을 법하고 우형은 손오와 제갈 같기를 원한다" 하면서 충고를 물리치고 수앵과 관계를 계속하다가 부친에게 발각되어 크게 치죄를 당한다. 작가는 서모 화씨로 하여금 남자인 조무에게 앵혈을 찍게 하는 장난적 사건을 설정하여 소설 독자층에게 기발한 사건을 빌미로 한 웃음을 제공하면서도, 조무가 조성과 달리 풍류남아로서 방탕한 기질이 있음을 천명한 것이다.

현몽쌍룡기의 작가는 이처럼 조성과 조무가 문과 무라는 각기 다른 능력을 갖추고, 그리고 정인군자와 풍류호남의 대조적 성격을 지닌

인물로 설정하고, 이에 상응하여 그들이 펼치는 대 여성 관계를 대조
시켜 형상화한다. 그리고, 작가는 모든 사건이 전개될 때마다 이들 두
형제 사이의 담화 장면을 설정하여 상대방의 행위에 대한 견해를 표
출하게 함으로써 여성 관계에 이들의 대조적 태도를 부각시킨다. 이
를 통해 작가는 가부장제적 부부관계에 나타날 수 있는 다양한 형태
의 갈등을 제시하는 한편, 유가적 이념에 입각한 이상적인 부부 관계
의 전형이 무엇인가를 선명하게 제시한다.

한편, 이 작품에서는 작품의 주된 배경이 조씨 가문과 작중에 등장
하는 여성 주인공의 친정들을 대조하여 형상화하는 한편, 친정 가문
도 상호 대조적으로 형상화함으로써 가부장제에 입각한 치가의 이상
을 드러내려 한다. 예컨대, 작품의 주된 배경으로 설정된 조씨 가문에
서는 문제가 되는 남성 주인공 조무와 조성의 부부 갈등이 나타나기
는 하지만, 가부장인 조숙과 그의 처 그리고 조숙의 어머니인 태부인
이 가문 내의 문제를 치우침 없이 처리함으로써 가문의 구성원이 역
모죄에 얽혀드는 위기에 직면하여서도 가문내의 핵심 구성원이 분열
하지 않고 이를 극복하여 가문의 안정을 회복하는 것으로 그려진다.
이와 대조적으로 조무와 조숙의 처가에서는 무도한 자식과 후처의 존
재로 인하여 가문 내적 갈등의 극단적 표상이라 할 수 있는 강상죄가
발생함으로써 가문의 위기를 맞는 것으로 그려진다.

또, 조씨 가문과 비교했을 때는 비슷한 것처럼 보이는 이들 정씨와
양씨 가문의 질서가, 이들 서로를 비교해 보면 대조적인 것을 알 수
있다. 정씨 가문에서는 가부장의 간악한 후처 박씨가 재산을 차지하
기 위해 시집간 전처 소생 정소저를 모해하는 한편, 전처 소생의 아들
정천희를 죽이려는 음모를 꾸민다. 그런데, 이처럼 간악한 박씨가 악
행을 하는 것은 가부장 정세숙이 용렬하기 때문으로 그려진다. 예컨대,

박씨가 강후신을 시켜 정천희를 죽이려는데, 강후신이 정세숙을 정천희로 알고 죽이려 하다 죽이지 못하고 도망을 가자, 술에 취한 정세숙은 강후신을 자기의 아들인 정천희라고 주장을 하여 정천희를 강상죄인으로 만든다. 이에 가문의 일족들이나 법부의 관리들이 정세숙의 용렬함을 나무라고 부모를 위해 스스로 죄를 덮어쓰는 정천희를 변호하며, 정소저는 등문고를 쳐서 정천희를 구한다. 반면, 양소저의 친정에서는 역으로 무도한 아들 양서가 자신의 누이를 모해하는 한편, 아버지인 양임을 죽이려 함으로써 갈등이 일어난다.

그러나, 현명한 양임은 아들 양임을 폐출하는 상소를 올리는 용단을 내림으로써 멸문지화를 미리 막는 것으로 그려진다. 이처럼 양씨 가문과 정씨 가문은 표면적으로는 가문의 질서가 훼손되어 위기를 맞는 한편, 그로 인해 여주인공들이 수난을 겪는 것처럼 그려져서 유사한 모습을 지닌다. 그러면서도 이러한 가문적 갈등에 대응하는 가부장의 태도를 대조적으로 설정함으로써 서술자가 지향하는 바 안정적인 가문적 질서 유지의 방안이 무엇인가를 효과적으로 형상화해낸다.

이상에서 살펴본 바 「현몽쌍룡기」에는 쌍동이 남성 주인공의 삶, 여성 주인공의 고난과 부부 관계, 그리고 여성 주인공의 고난의 원인, 고난의 원인을 제공하는 친정의 가문적 질서와 갈등 등 모든 구성요소가 표면적으로는 유사한 모습을 지니는 것처럼 그려지면서도, 그것들의 실제적인 내용은 대조적으로 그려진다. 그리하여 서술자가 생각하는 바 가문내적 질서 유지를 위한 가부장의 이상적인 치가의 도, 그리고 그것의 보다 구체화된 항목으로서 남편의 아내에 대한 이상적인 태도를 선명하게 부각시킨다.

3. 「현몽쌍룡기」의 갈등구조와 작가의식

1) 표면적 갈등구조와 여성 수난의 의미

앞에서 살펴본 것처럼 「현몽쌍룡기」는 표면적으로 남성 주인공 조무와 조성의 빼어난 일생을 그린 것처럼 보이지만, 구성의 대부분은 그들의 짝인 정소저와 양소저가 겪는 수난에 초점이 맞추어진다. 그리고 그러한 고난이 친정 식구들 때문인 것처럼 그려진다.

예컨대, 조무의 처 정소저는 친정 계모의 모략 때문에 고난을 겪는다. 정소저와 그의 동생은 모친이 죽은 뒤 외가에 가서 살고 있었는데, 계모인 박씨가 그들을 제거하고 재산을 독차지하기 위해서 집으로 데려와 정소저와 자신의 조카 박수관을 결혼시키려 한다. 그러나 이를 눈치챈 정소저가 남복으로 옷을 갈아입고 탈출을 하여 숙모집으로 도망을 하다가 박수관 일행에게 쫓겨 강물에 뛰어들게 되고, 마침 그곳을 지나던 조무 조성 형제에게 구출되어 조무와 혼인을 하게 된다. 그 후 박수관이 조무와 정소저를 갈라놓기 위해 박귀비를 움직여 박귀비의 딸 금선공주와 조무를 결혼시키며, 정소저를 무고하여 폐출시킨다. 그리고, 다음에는 그를 처로 맞아들이려는 양소저의 아우 양세 때문에 고난을 겪는다.

또 조성의 처 양소저는 자신의 친정동생 양세 때문에 고난을 겪는다. 양세는 조성의 인물이 뛰어난 것을 보고 자기 집 재산이 모두 조성에게 돌아갈까 두려워서 강후신과 차평자 등을 움직여 조성과 양소저를 멀리하게 만든다. 즉, 조성으로 하여금 양소저가 강후신과 만나 부정한 짓을 저지르는 것으로 오인하게 하기 위해 음란한 편지, 강후신과 만나는 장면 등 여러 간계를 연출한다. 그리고 박수관으로 하여

금 상소를 올리게 하여 양소저를 폐출시킨다. 그리고 박수관으로 하여금 양소저를 처로 맞아들이게 하여 양소저를 위기에 빠뜨린다.

한편, 전반부에는 이러한 표면적 갈등이 여성 주인공들의 수난과 관련된 것으로 그려지는데, 후반부에는 그것이 박수관, 차평자, 오윤화, 초왕 등의 조정의 신료들과 조성, 및 양소저와 정소저 사이의 갈등으로 확산되는 한편 조성의 수난으로 이어지는 데, 이의 해결을 통해 모든 갈등이 해소되는 과정을 겪는다. 이처럼 가문 내적 갈등을 가문 외적 갈등으로 확대시키는 한편, 그것의 해소를 통해 가문내적 갈등을 해소시키는 방식은, 일반적인 가문소설 갈등구조의 전개 방식을 수용한 것이다.

「현몽쌍룡기」의 주된 독자층인 상층 사대부 부녀들은 이 소설을 읽으면서 연속되는 교묘한 계교 앞에 노출된 여주인공들의 위험과, 그것을 아슬아슬하게 피해 나가는 과정에서 긴장감과 안도감을 느꼈을 것이다. 이처럼 작품에 설정된 표층적 갈등구조는 여주인공들이 겪는 수난을 통해 소설적 긴장감을 강화시켜 독자층의 흥미를 유발시키기 위한 것임을 짐작할 수 있다. 요조숙녀인 주인공들이 그들을 훼절시키려는 온갖 계교를 피해 자신의 정절을 지키면서, 등문고를 치고 혈서를 황제에게 바쳐서 위기에 빠진 남편이나 부친을 구하는 모습에 소설 독자들은 자신을 투사시켜 카타르시스를 맛볼 것이기 때문이다.

그런데, 문제는 여성이 주 독자층이라 할 수 있는 이 작품에서 왜 이처럼 표면적 갈등의 원인을 여성의 친정으로 설정하는가가 문제이다. 더욱이 이 작품에 설정된 이러한 표면적 갈등의 계기나, 갈등의 진행 과정은 비현실적인 것으로 느껴지기도 한다. 아무리 계모라 할지라도 시집을 간 딸에게, 또는 시집을 간 누이에게 재산을 빼앗길까봐서 그들을 모해한다는 것은 조선후기 상속제도로 보아 현실성이 높지 않아 보이며, 단순히 미모가 있다는 이유만으로 남의 집 처를 자신의 처로 맞아들이려고 지속적으로 계교를 꾸민다는 것도 현실성이 그리 높지 않아 보이기 때문이다. 한편, 이 작품에서는 여성 주인공의 시부모나 시조모, 시서모, 시누이 등 시댁 식구들은 두 여성 주인공을 끔찍이 아끼며, 그들의 고난을 동정하는 한편 그녀들의 고난 해소를 위해 모든 노력을 기울이는 것으로 그려진다. 이 또한 정도가 지나쳐 현실적 통념으로는 설득력이 그다지 강하게 느껴지지 않는 것이라 할 수 있다.15)

이러한 의문을 해소하기 위해 먼저 조무와 정소저의 결혼 과정을 살펴보기로 한다.16) 서술자는 여기서 사돈이 될 정세숙의 인품과 그의 후처 박씨의 됨됨이로 보면 이 결혼이 성립되지 못할 것이지만, 정소저의 인품과 태몽에서 지시한 신물 때문에 혼인이 이루어지는 것으로 설정하여, 조무와 정소저의 혼인이 현실 보다도 치우친 양혼임을 강조한 것이다. 그리고 여기서 나아가 박씨가 정소저가 자신을 죽이려 했다고 모해를 하여 정소저 남매가 어쩔 수 없이 외가로 피신할 수밖에 없게 그려지며, 또 박수관이 정소저를 납치하려는 사건이 설정되어 정소저가 남복을 하고 도망을 하다가 강에 뛰어들어 조무 형

---

15) 이는 「창란호연록」, 「옥원재합기연」, 「명주기봉」, 「양현문직절기」 등 옹서 대립 모티프를 매개로 하여 부부 갈등을 다루는 작품들 대부분에도 해당하는 문제라 할 수 있다. 양민정, "창란호연록에 나타난 옹서, 고부간 갈등과 사회적 의미", 『한국 가문소설 연구논총 2』, 이수봉 외, 경인문화사, 1999; 한길연, "사대부가 여성독자 의 시각에서 번 옹서대립담의 의미와 그 유형", 고소설학회 59차 학술대회 발표요 지, 2002. 10. 26.

16) 죠씨 쇼 왈 몽사는 허탄ᄒᆞ니 취신티 못ᄒᆞ려니와 ᄯᅩ한 신몽이 이셔 두 ᄋᆞ를 나ᄒᆞ시미 금환이 이시니 이 엇디 텬의 아니타 ᄒᆞ리오 넘컨터 뎡공이 인인 군지 아니며 기 쳐 박씨 숙녜 아니라 마ᄎᆞ내 어려운 일이 이실가 두리나 ᄎᆞ마 스티 못하는 바는 사데의 출인 굉걸혼 긔샹으로 이뎡아 같은 슉녀를 노코 다시 득지 못홀가 하미라. 『현몽쌍룡기』 권지일, 25쪽.

제에게 구원을 받는 것으로 그려진다. 그리고, 조무 형제와 조숙에게 정소저의 이러한 사정이 알려지도록 설정된다. 이러한 정황은 애초에 설정한 바 시댁보다도 친정이 기울어진 혼사의 균형을 더욱 심화시키는 것이라 할 수 있다.

그렇기 때문에 정소저는 저의 아비와 계모를 변명하면서 자신이 효를 다하여 감화 시키지 못하고 처녀로서 남복을 하고 집 밖으로 나와 위험에 처하였다가 외간 남자에게 구원을 받게 된 것을 부끄럽게 여기면서, 아비 몰래 혼인을 하는 것을 도리가 아닌 것으로 여겨 극력 사양하게 된다. 그러나 이를 안 조무의 부친 조숙은 그녀의 외조부 석시랑에게 "격절 탄상 왈 정씨의 인사 처신이 여중 군자이니 차는 다 현형의 높은 교훈을 힘 입음이로다 소제 이같은 며느리를 얻으니 어찌 친옹의 불인함을 탄하리오. 이는 신부다려 의논할 말이 아니니 현형이 주장하소서" 라고 하면서 혼사를 이룬다.

이에 대해 정소저는 심규의 여인으로서 친정집의 상황 때문에 도로에 유리하여 외간 남자에게 구원을 받은 뒤, 자신을 구원해준 사람과 결혼을 해야하는 자신의 처지를 비참해 하면서도 어쩔 수 없이 결혼을 하게 된다.[17]

이처럼 애초 정소저와 조무의 결혼은 그녀의 덕성과 절의를 인정하는 조씨 가문 구성원의 비호가 없었다면 이루어질 수 없는 것으로 설정된다. 그렇기 때문에 만일 가부장 조숙을 비롯한 조씨 가문 구성원

---

17) 규녀의 도리 여러번 다토기도 요란ᄒᆞ고 부모롤 속이고 나와 모로게 성친ᄒᆞ니 인류의 구ᄎᆞ함과 효의 휴손ᄒᆞ며 또 죠공ᄌᆞ롤 새로 만나 그 손으로 ᄌᆞ기를 건지던 바롤 생각ᄒᆞ쟈 마음이 셔늘하고 모골이 송연ᄒᆞ니 빙옥 절개 도로혀 사롬의 나리 여기미 될가 천스 만념의 비길터 업스니 백가지 비회 교집ᄒᆞ여 식반을 믈리치고 머리롤 봉침에 더져 날이 맛도록 울읍처황ᄒᆞ여 세상에 ᄆᆞ옴이 업사니 된다.『현몽쌍룡기』권지이, 53쪽.

이 정소저의 절의와 덕성을 의심한다면 이들의 결혼은 그것을 지탱시키는 유일한 근거가 사라지는 것이라 할 수 있다. 이렇게 볼 때, 현몽쌍룡기에서 조씨 가문의 구성원들이 지나치리만큼 정씨의 절의와 덕성을 칭찬하면서 그녀를 비호하는 것은 조무와 정소저의 결혼 관계를 지속시키기 위한 기본적인 전제에 해당하는 것이라 할 수 있다.

그러나 이러한 조씨 가문 구성원의 비호에도 불구하고 조씨의 내면에는 앙혼에서 야기된 친정 콤플렉스를 느낄 수밖에 없다. 이처럼「현몽쌍룡기」및 여타 용렬한 장인과의 옹서갈등을 매개로 하여 부부 갈등을 형상화하는 여러 가문소설들에는, 비슷한 문벌끼리 혼인을 하여 가문간의 결속을 강화하려던 조선후기 상층 사대부들의 일반적인 세태 속에서 앙혼 형태로 이루어진 혼인 관계에서 느끼는 부녀층의 친정 콤플렉스가 투영된 것이라 해석할 수 있다. 이러한 친정 콤플렉스는 이후 전개될 남편과의 부부갈등의 한 요소로 작용하게 되는데, 소설 독자층은 정소저와 조무 사이에 나타나는 부부 갈등에 이러한 앙혼 콤플렉스를 투사하여 내면에 쌓인 억압을 해소하는 것이다.

한편, 양소저와 조성의 결혼은 양임의 장인 팔왕이 중매를 서고 양임의 누이가 옥환을 소지하였음을 숙모뻘이 되는 조씨 가문의 태부인에게 알려 성사된다. 이렇게 볼 때 비록 양임이, '아심이 기울었으되 우예하는 바는 조상국이 즐겨 오가를 구치 아닐 듯하고 옥환 일사를 발구치 못하여 바야흐로 번민하는 배라'고 하여 양씨 가문이 기우는 것처럼 이야기하지만, 실상은 합당한 가문끼리 혼례를 한 것이다. 그렇기 때문에 양소저의 결혼 생활에서 앙혼 컴플렉스가 나타날 이유가 없다. 그리고, 누이와 매부를 이간하려는 양세의 계교가 몰래 시행되기 때문에 양소저는 왜 자신에게 그러한 일이 일어나는가 알지 못하고 두려움에 떨며 병이 드는 것으로 그려진다. 그러다 후반부에 이르러 양세의 죄가 탄로되자 양소저가 '가형의 일을 붓그려 한잠을 일우지 못하니 상서가 약질에 병이 날까 관위하고 근근 위극한 정이 무궁하거늘'18)이라고 친정 문제에 대해 근심하는 모양을 간단하게 서술한다. 이는 정소저가 자신의 친정 집안 문제로 콤플렉스를 느끼는 것과는 상황이 완전히 다름을 뜻하는 것이다.

양소저를 모해하는 양세는 "학문은 천지 두자를 모르고 말은 변변한 한훤을 일우지 못하나 성도가 시험 포려하여 만복에 쌓인 것이 흉독한 의사뿐인" 인물로 그려진다. 이러한 양세가 양소저와 조성을 이간하려고 마음을 먹은 것은 그의 부친의 말을 엿들었기 때문이다.19)

그런데 요순의 사례를 들어 자신의 후사를 사위인 조성에게 맡기겠다는 양임의 말은 재산이나 봉사권을 사위에게 상속하지 않는 조선후기의 일반적인 관행과는 거리가 있다. 이는 작품의 후반부에 설정된 부자간의 살육극과20) 그로 인해 임금에게 상소를 올려 부자지의를 폐하는 것에 대응되는 것으로서, 사실 반영적 측면보다는 양소저에 대한 모해를 유도하기 위해 설정된 소설적 허구가 확대된 것으로 이해할 수 있다.

그렇다면, 친정 동생을 극단적인 악인형 인물로 설정하여 누이를

---

18) 『현몽쌍룡기』 권지십이, 335쪽.
19) 하늘이 오문을 믜이 여기샤 져런 역지 나시니 오문을 망할 거시라 요슌 가툰 셩군도 자식이 불쵸ᄒ믹 대위룰 샤위와 신하로ᄡ 맛디니 챠라리 이가톤 거시 업스면 여아룰 셩혼ᄒ여 신후 의탁을 죠생으로 하미 맛당하리짜. 『현몽쌍룡기』 권지이, 67쪽.
20) 양세가 자신의 죄가 탄로나자 자신의 아비를 죽이려 하고, 그것을 안 양임이 "문을 널고 다라드러 먼저 칼을 앗고 그 상토룰 잡고 노복을 부르니 ᄎ 강은 나ᄂᄃ시 다라나고 셰는 잡히매 눈올 부룹쓰고 학스룰 밀쳐 왈 일홈이 부지나 젼셰 원업이라 무슴 일로 나룰 잡ᄂ냐 양공이 칼로 지으려 ᄒ나 부ᄌ지졍에 차마 못하고 약을 머겨 죽이려 혼 즉 …(중략)… 겨우 진졍하여 크게 혼 소리 지르고 칼을 드러 자문코져 ᄒ니 졔복이 울며 급히 칼을 아ᄉ"서 살아나게 된다. 현몽쌍룡기 권지십이, 338쪽.

모해하게 한 이유는 무엇일까. 이는 양소저의 고난이 정소저의 고난과 대조적으로 병치되어 있다는 사실을 인식했을 때 제대로 이해할 수 있다. 앞에서 살펴본 바 정소저의 앙혼 컴플렉스를 형상화하면서 정씨의 숙덕을 보장하기 위해 조숙 부부나 태부인 등 가부장권을 행사하는 인물들이 모두 치가의 법도를 지키는 것으로 그려질 수밖에 없음을 살펴보았다. 그렇기 때문에 양씨의 고난이 조씨 가문의 가부장제적 질서와 관련된 것으로 그려질 수는 없을 것이다. 한편, 앞에서 살펴본 바 양씨의 남편 조성은 풍류호남인 조무와 달리 정인 군자로 그려지는 존재이다. 그러므로 그는 어떠한 경우에도 부인 양씨를 고난에 빠드리는 빌미를 제공할 수 없을 것이다. 이처럼 조씨 가문 내에서는 양소저의 고난을 야기할 인물들이 존재할 수 없다. 그렇기 때문에 어쩔 수 없이 양소저의 고난을 야기할 존재로서 친정 동생이 설정된 것이다.

가문소설에서 혼인한 부녀자가 겪을 수 있는 고난은 치가의 법도를 지키지 못하는 가문 내적 존재로 인해 야기되거나, 아니면 친정 식구로 인해 야기될 수밖에 없다. 긍정적인 모습으로 그려질 사대부 부녀자는 가문 내적 인물이나 친정의 인물 외에는 관계를 맺을 수 없기 때문이다. 즉, 양소저가 도덕군자인 조성의 부인으로서 외간 남자와 사통을 했다는 치명적 음해를 입어 고난을 겪게 된다는 구성적 필요성 때문에 친정 동생을 악인으로 설정한 것이다. 그렇다면, 통념상의 부자연스러움을 무릅쓰고 서술자가 친정 동생의 누이 모해 모티프를 설정한 이유는 무엇일까. 이는 부인이 외간 남자와 사통을 하였을지도 모른다는 정황을 인지하면서도 그것을 밖으로 드러내지 않고 부부 관계를 원만하게 유지하여 끝내 의심을 푸는 조성의 치가의 법도를 드러내기 위한 것이다.

2) 대조적 부부 관계의 형상화와 작가 의식

「현몽쌍룡기」는 가문 밖의 요인에 의해 여성이 겪는 수난을 형상화
하는 한편, 그러한 아내의 수난에 대하여 그들의 남편이 어떻게 반응
하는가를 대조적으로 그려냄으로써, 작가가 생각하는 바 이상적인 부
부관계를 부조해내고 있다.

조무는 금환을 가진 정소저와 결혼을 한 뒤, 박수관의 계교에 의해
박귀비의 딸인 금선공주와 늑혼을 하게 되며, 거란을 평정한 뒤에 유
배를 가 있던 연권의 딸 연소저와 불고이취하여 결혼을 한다. 그리고,
연소저와의 결연담을 들은 상이 최소저를 사혼하여 네째 부인으로 삼
게 한다. 그런데, 이들 네 처 가운데 정상적으로 결연을 한 것은 첫째
부인 정소저 뿐이라 할 수 있다. 나머지는 악인의 계교, 불고이취, 황
제의 즉흥적 사혼 등과 같이 비정상적인 계기로 맺어진 부부 관계인
것이다. 이렇게 볼 때, 이 작품에서는 첫째 부인 정소저와 조무 사이
의 부부 문제를 형상화하기 위해 나머지 세 처와 조무 사이의 결연
관계를 설정하였음을 짐작할 수 있다.

조무와 그의 처 정씨 사이의 갈등은 결혼에서 딸로서의 예를 지키
려는 정씨의 부부관과 풍정을 앞세우는 조무의 부부관 차이 때문에
비롯된다. 정씨는 계모 박씨의 계교 때문에 도망을 하다가 조무 형제
에게 구원을 받은 뒤, 외조부 석시랑의 주혼으로 결혼을 하는데, 정씨
는 비록 용렬한 아비이지만 아비에게 결혼 허락을 받지 않았기 때문
에 조무와의 합근을 거절한다. 정씨는 실질적으로는 예를 갖추어 결
혼을 하였지만 형식상으로는 부모 몰래 결혼을 하였기 때문에 부모에
게 혼인 사실을 알린 후 합근을 하려 한 것이다. 조무는 이러한 정씨
의 뜻을 이해하지만 오랜 동안 합근을 하지 못하는 것에 대해 불평을

한다. 조무의 이러한 태도는 그가 거란을 평정하고 돌아오면서 연소저를 불고이취 하여 셋째 처로 맞아들이는 것과 대응되는 것으로서, 예보다는 풍정을 앞세우는 조무의 태도를 반영한 것이다.

이러한 조무의 부부관은 둘째 처인 금선공주를 맞으면서 문제적인 형태로 구체화된다. 박귀비의 늑혼으로 결혼을 한 뒤 조무가 금선공주를 박대하자 그의 부모와 조성이 걱정을 한다. 그러자 조무는 "우형의 명되 기구하여 무측천을 만나니 당 고종이 아니라 어찌 능히 대접할 의사 있으리오 내 비록 정씨를 후대하나 본성이 화려하여 위의 가잔 처첩은 열이라도 사양치 아닐 뜻이 있으되 만일 어질진대 어찌 박대하여 위로 군의를 저바리고 아래로 치가를 어지럽게 하리오"라고 말하며 금선공주를 박대한다. 이에 대해 조성은 "공부 비록 외모가 아름답지 못하시나 형장의 수복이 만리에 벌였으니 어찌 일 여자의 상을 인하여 형장께 유해하리오 공주 비록 박복하고 심사 불현하시나 아직 나타난 과실이 없으니 너무 박대하심이 취화할 기틀이라 군자가 충효를 먼저하고 후에 다른 염려를 하리니 소제의 소견을 저를 관접하여 궁인 소시나 중인 소견에 박대하는 줄 모르게 하시고"라고 하여 조무와는 달리 천자와 부친, 그리고 정씨 및 가내의 모든 관계가 편안하게 이루어질 수 있도록 금선공주를 박대하지 말라고 권유한다.

그러나, 조무는 이러한 조성의 권유를 듣지 않고 금선공주를 박대하다가, 금선공주의 계교로 최음약을 복용한 뒤에는 금선공주에게 빠지게 되어 보다 심화된 갈등을 초래한다. 비록 약을 복용한 상태이긴 하지만 조무가 금선공주에 빠져서 헤어나지 못하면서 정씨를 박대하는 모습은 자못 심각한 것이다. 심지어 조무는 정씨가 모해를 입어 폐출되어 나가면서 아이들과 이별을 하는 장면에서도 정씨를 박대하는 모습을 보임으로써 가내의 모든 사람에게 꾸중을 듣는다. 조무의 이

러한 모습은

　　형댱의 근리 힝식 타인은 모르오나 쇼뎨는 아옵나니 비록 황여를 공경
ᄒ나 엇디 굿하야 쥬야 니실에 잠겨 군부의 부ᄅ심 곳 아니면 나오실 쥴
을 니ᄌ시고 궁듕 쇼쇽을 보시면 혼연ᄒ 우음을 먹음어 깃거워ᄒ심을 주
리실 줄 모르고 슐을 때없이 취ᄒ샤 신관이 환탈ᄒ시고 의뎌롤 바로 ᄒ
시믈 끼둧지 못ᄒ시니 쇼제 두어번 간ᄒ뎌 효험이 업고 이제 수쉬의 힝
식이 인심에 감동ᄒ 것이어눌 불평지ᄉ와 박졀지식을 방인의 이목을 휘
티 못ᄒ시니 아디 못게라 형쉬 무슨 득죄ᄒ 일이 잇ᄂ니잇가[21]

라고 한 조성의 말에 압축적으로 표현되어 있다. 금선공주에게 빠진
조무의 이러한 모습은 '군자 수신제가는 치국평천하지 본이라 요사이
형장 처사는 사람으로 하여금 가르쳐 웃기를 마지 아니하는지라'고
비판 받는 것처럼, 색에 탐닉하여 인간의 도리를 잊은 인물의 전형에
해당 하는 것이라 할 수 있다. 작품에서는 조무의 이러한 태도가 미혼
약을 먹었기 때문으로 그려지지만, 그러한 조무의 태도 때문에 고난
을 겪는 정소저의 입장 또는 정소저의 처지에 자신을 투사시켜 연민
을 느끼는 소설 독자층에게는 이러한 조무의 모습이 부부 문제를 일
으키는 부정적 인물의 전형으로 보일 수밖에 없는 것이다.
　조무의 이러한 성격은 이후의 여성 관계에서도 분명하게 형상화된
다. 그는 거란을 평정하고 귀환하는 길에 북해에 유배중인 이부상서
연권의 딸을 보고 반하여 그녀를 불고이취하여 돌아온다.[22] 미색에

---

21) 『현몽쌍룡기』 권지육, 174쪽.
22) 마음에 황홀ᄒ야 ᄉ각ᄒ되 텬하에 엇지 이런 미식이 잇ᄂ고 뎡시 비록 식광이 초
체ᄒ나 추인의게 오히려 불급ᄒ리니 아지못게라 내 팔척 장부로 ᄉ군 보국ᄒ야 뎡

홀리지 않고 오히려 미색 뒤에 감추어진 요사함을 혁파하여 공업을 성취한 조성과 대조적으로, 조무는 자신의 공업을 미색을 취하는 발판으로 삼아 부모의 허락도 받지 않고 여인을 맞아들이는 것이다. 이 때문에 그는 부친 조숙에게 태장을 맞게 된다. 그리고 그 후 악행이 발각되어 유배를 갔다가 돌아온 금선공주를 홀대하여 금선공주로 하여금 가란을 일으키게 하며, 정소저의 부친 일을 거론함으로써 정소저와도 갈등을 일으킨다. 이처럼 조무는 작품의 서두에서 "앵혈" 사건을 빌미로 창기와 관계를 맺고 부친으로부터 꾸중을 들은 일에서부터 시작하여, 시종 부부 문제 때문에 동생 조성의 충고를 듣는 한편, 부친으로부터 벌을 받는 것으로 그려진다.

이처럼 「현몽쌍룡기」에서 장자 조무는 영웅호걸이면서도 색에 대해서는 절제력을 갖지 못한 인물로 그려진다. 이렇게 볼 때 앞에서 살펴본 바 조무의 처 정씨가 친정의 계모 때문에 고난을 겪게 되는 것처럼 그려지지만, 기실 조무와의 부부 관계 때문에 겪는 고난이 정씨의 실질적 고난이라고도 할 수 있다. 표면적으로 정씨가 그녀를 처로 맞아들이려는 박수관의 모해 때문에 고난을 겪는 것으로 그려지지만, 그것은 조무와 정씨 사이의 실질적 관계를 매개해주는 것이라 해석할 수 있는 것이다. 정씨를 처로 맞으려는 박수관의 추적 때문에 정씨는 조무 형제의 구원을 받아 결혼을 하게 되며, 정씨와 조무의 사이를 갈라놓기 위해 금선공주와 조무를 결혼시키는 박수관의 계교는 조무와 금선공주 그리고 정씨 사이의 부부 처처 갈등을 매개해 주기 때문이다. 이렇게 볼 때, 「현몽쌍룡기」의 작가는 표면적으로는 친정의 계모 때문에 여주인공 정씨가 고난을 겪는 것처럼 그리면서도 실질적으로

만스회ᄒᆞ니 슉여미쳡을 갓쵸와 지엽을 널리리니 엇지 일쳐로 늙으리오 뎡시의 슉녀스덕으로써 젹인을 죡히 화동하리라. 『현몽쌍룡기』 권지십사, 418쪽.

는 가부장으로서 부부 문제를 이상적인 형태로 이끌지 못하는 부덕한 조무와 정소저 사이의 갈등을 통해 앙혼으로 인해 친정 콤플렉스를 지닌 여인의 부부 갈등으로 인한 고난을 형상화하고 있는 것이다.

한편, 조무의 쌍동이 동생 조성의 부부 관계는 이와 대조적인 모습으로 형상화된다. 조성은 모두 세 처를 얻는다. 그는 옥환을 가진 양소저와 결혼을 한 뒤 금선공주의 계교로 인해 양소저가 폐출 당하고 죽은 줄 오인을 한 상태에서 늑혼에 의해 왕소저와 결혼을 하며, 후에 양소저와 자매지의를 맺은 윤소저와 혼인을 한다.

첫째 부인 양소저와 조성의 관계는 고난에 처한 양소저에 대한 조성의 태도를 통해 구체화된다. 조성은 팔왕의 주선으로 양소저와 결혼을 하는데, 양소저의 동생 양세는 조성에게 재산을 빼앗길까 봐서 시비 계월과 내통하여 음란한 편지를 양소저의 침실에 놓아 조성의 눈에 띄게 하고, 계월로 하여금 양소저로 변하게 하여 강후신과 만나는 장면을 조성이 보게 한다. 그런데 조성은 양소저의 행실에 대해 단정을 하지 않는 한편 이들 사건을 공개하지 않고 다만 양소저와 거리를 둘 뿐이다. 그러다가 조모와 부친의 걱정을 듣고는 양소저를 관대하는 것으로 그려진다. 예컨대, 양소저가 음행을 한 것으로 모해를 당하여 폐출되는 장면에서도 그는 진심으로 양소저를 위로하고 목숨을 부지할 것을 재삼 당부한다. 양소저가 혹시 자살을 할까 걱정이 되어 위로를 한다.23)

---

23) 나는 부인의 누명을 신빅기 젼이라도 부인을 죄인이라 아니ᄒ고 나라히 인연을 혹싱은 부인을 원비로 위ᄒ여 유지이 격쟝이 될 거시오 그 아들이 잇고 생의 ᄆ옴이 이런 후는 부인이 만니 시외에 쳐ᄒ셔도 이 조ᄉ원을 밋고 반셕ᄀᆺ흔 지심의 아니로 알며 ᄯᅩ 존당 부모와 슉미의 은의ᄒᆫ 졍이 …(중략)… 민일 부인이 죽는 날이면 이 곳 ᄉ원의 쳐지 아니라 싱이 또한 복졔롤 아닐 거시오 시신도 너 집 션영의 용납디 아니ᄒ리니 싱의 챠언이 부인의 ᄉ셩 쳐변을 경히 홀까 심국을 니ᄅ미

외간 남자와 사통을 하였다는 모함을 받고 폐출되는 양소저의 처지에서 자신의 무고함을 알아주면서 이처럼 위로하는 남편의 말은 뼈속 깊은 감사를 느끼게 하는 것이라 할 수 있다. 또 조성이 여러 차례 양소저가 음행을 하였음을 의심함직한 사건을 목격하였음에도 그것을 입 밖에 내지 않으며, 나아가 음행의 모해를 입어 폐출 당하는 장면에서도 아내를 위해 이처럼 당부를 하는 장면을 읽으면서, 양소저에게 자신을 투사시켜 연민의 정을 느끼는 여성 독자들은 감격을 하지 않을 수 없을 것이다. 이러한 조성의 태도는 앞에서 살펴본 조무의 태도와 대조되어 독자층의 가슴을 치는 것이다. 만일 이러한 경우를 조무가 당했다면 조무는 황제에 의해 폐출되기 전에 이미 스스로 그의 처를 축출하거나, 그것을 발설하여 처로 하여금 죽음에 이르게 하였을 것이기 때문이다.

한편, 이러한 조성의 부부 관계는 그의 둘째 처 왕소저에 대한 태도 그리고 세째 처 윤소저와의 결혼 형태를 통해서도 구체화된다. 왕소저는 양소저가 축출된 후 늑혼으로 인해 맞아들인 부인인데, 양소저가 다시 조부로 돌아오게 되자 양소저에 대해 투기를 하는 것으로 그려진다. 그러나 조무는 투기를 하는 왕소저를 나무라지 않고 관대하게 타이르면서 양소저와 왕소저를 차별하지 않고 대한다. 가부장으로서 어느 한 처에게 치우치지 않는 한편, 잘못을 저지른 사람을 덕으로 감화하려는 것이다. 그러나, 왕소저가 시부모의 앞에서도 투기를 하게 되자 조무는 엄격하게 다스려 투기를 하려는 마음을 먹지 못하게 한다.

또, 윤소저와 조성의 결혼은 양소저가 윤소저의 집에 피난을 하여

___

니 부인은 등한히 듣지 마르쇼셔. 『현몽쌍룡기』 권지육, 185쪽.

목숨을 구한 인연 때문에 이루어지는 것으로 그려진다. 윤소저의 부친 윤시랑은 꿈에 자신의 딸이 조가와 결혼을 하게 될 것이며, 양소저의 아들을 구할 것이라는 꿈을 꾼다. 그리고 꿈대로 양소저를 구하여 딸 윤소저와 자매의 의를 맺게 하며, 양소저의 아들을 구한다. 그 후 양소저의 부친 양임은 윤소저와 조무를 맺어주려 하지만 조무의 조모가 반대를 하자 명숙황후에게 아뢰어 그들을 결혼시킨다. 서술자는 도덕군자인 조성이 스스로 다른 처를 맞아들이지 않고 타의에 의해 처를 맞아들이는 것처럼 상황을 설정한 것이다. 그러면서도 새로 맞은 처를 첫 번째 처의 은인이면서 의자매로 설정함으로써 두 처가 아황과 여영처럼 투기를 하지 않고 가정의 화목을 유지하는 모습을 형상화한 것이다. 서술자는 조성의 세 처를 통해 처들 스스로, 또는 관후한 조성의 덕에 감화되어 투기를 하지 않고 다처제적 가문을 유지해 나가는 형상을 전형화 하여 제시한 것이다.

　한편, 조성과 조무의 이러한 대조적 성격은 그들의 입공 삽화를 통해서도 선명하게 드러난다. 작가는 조성이 광동 지방의 변고를 해결하여 공업을 성취하는 것으로 그린다. 그런데, 이 광동지방의 변고는 관부의 요괴 설화와 같은 것으로서, 광동지역에 요괴가 나타나 수많은 사람이 죽을 뿐 아니라 부임하는 자사들도 모두 요괴에게 홀려서 죽게 되어 관부가 폐허로 바뀌는 사태가 일어난 것으로 그려진다. 그런데 조성이 광동 자사로 부임하여 요괴를 물리치는데 이 요괴는 미녀로 변신한 천년 묵은 구미호로 설정된다. 작가는 색에 미혹되지 않는 조성의 정인 군자적 풍모를 부각시키기 위해 원혼 설화인 관부의 요괴 설화를 구미호의 탈혼 설화 형태로 탈바꿈한 것이다.

　이상에서 살펴본 바 작가는 이 작품에서 조성의 부부 관계를 통해 악인의 간계로 인해 파탄의 상황에 직면하는 경우에도 가부장인 남편의 덕성으로 인해 부부 관계가 회복되는 경우를 형상화하는 한편, 조무의 부부 관계를 통해서는 악인의 관계로 인해 위기에 직면한 부부 관계가 남편의 풍정으로 인해 그 위기가 확대 강화되는 경우를 형상화하고 있다. 이를 통해 독자들로 하여금 앙혼으로 인한 친정 콤플렉스를 부부갈등에 투사시켜 해소하게 하고 가부장제에서 나타날 수 있는 부부 갈등의 문제점을 각성하게 하는 한편, 현실적 부부 관계에서 느끼는 억압을 낭만적인 형태로 해소하게 하는 것이다.

4. 결론

이상에서 살펴본 바 현몽쌍룡기는 조성 조무 두 쌍동이 형제의 부부 관계를 형상화한 작품이다. 작가는 이러한 두 쌍의 부부 관계를 대조적인 형태로 형상화함으로써, 가부장제의 틀 안에서 상정할 수 있는 바 이상적인 부부 관계가 어떠한 모습이어야 하는가를 제시한 것이다. 그런데, 특기할 점은 이 작품에는 두 쌍의 부부 관계를 형상화하면서 부부 갈등이 여성 주인공의 친정 식구들 때문에 야기되는 것으로 그려지며. 시댁 식구들은 정도 이상으로 여성 주인공들을 관대하는 것으로 그려진다는 점이다. 이 작품의 주된 독자층이 사대부 부녀층이었음을 감안한다면 오늘날의 통념으로 본다면 이러한 현상은 쉽사리 이해가 되지 않는 점이라 할 수 있다.

그러나, 이 작품에서 문제삼고 있는 것이 부부 갈등이라는 점을 고려한다면 이러한 사정을 쉽게 이해할 수 있을 것이다. 가부장제 이념이 강고하게 유지되던 조선 시기에 사대부 부녀층에게 있어서 부부 갈등을 드러내놓고 문제삼는 것은 쉬운 일이 아니었으리라 생각할 수 있다. 그렇기 때문에 작중에 설정된 여주인공의 도덕적 정당성을 훼손하지 않으면서 부부갈등을 문제삼기 위해서는 여성주인공이 속한 가문의 가부장이 그들 여성 주인공들의 도덕적 정당성을 인정하는 것으로 형상화할 수밖에 없는 것이다. 현몽쌍룡기에 조씨 가문의 구성원들이 여성 주인공의 정절을 인정하면서 각별히 관대하는 것으로 그려진 것은 이 때문이다. 이처럼 조씨 가문의 구성원이 여성주인공의 정당성을 인정하는 것으로 그리는 경우, 여성 주인공의 고난을 야기시키는 원인은 친정 식구들로 설정될 수밖에 없다. 친정의 가문이나 시댁 가문 밖에서 여성 주인공이 겪는 고난의 원인을 설정한다는 것은 가문소설의 성격상 상상할 수 없기 때문이다.

이 작품에서는 이렇게 하여 설정된 친정 식구의 모해가 성격이 다른 두 남성 주인공과 결합되면서 각기 상이한 기능을 담당하게 된다. 그것들은 조무와 정소저의 경우 앙혼으로 인한 친정 콤플렉스를 지닌 여주인공과 가부장의 윤리를 지키지 않는 남주인공 사이에 나타나는 부부 갈등의 표면적 원인으로, 조무와 양소저의 경우 여성이 의심을 받을 만한 상황에도 남성 주인공이 관대한 덕성을 발휘하여 이상적인 부부 관계를 구현할 수 있는 구성적 계기로 작용한다. 그리하여 전자의 경우에는 친정 콤플렉스를 갖는 정소저의 고난을 매개로 독자층이 부부 갈등에 대한 문제의식을 각성하게 되는 효과를 연출하며, 후자의 경우에는 양소저의 고난을 가부장의 덕성으로 감싸는 조성의 행위를 매개로 독자층이 현실에서 느끼는 부부 갈등의 해소를 바라는 낭만적 소망의 성취감을 맛보게 되는 것이다.

여성 향유층과의 관계에서 본 「낙천등운」(落泉登雲)의 형상화 방식

박 일 용 (홍익대학교)

1. 서론

「낙천등운」(落泉登雲)은 장서각에 소장된 작자와 창작 연대가 미상인 5권 5책의 필사본 한글 소설로, 총 12회의 회장체 형식을 지닌 작품이다. 일찍이 정병욱 교수는 「천수석」, 「화문록」, 「청백운」, 「보은기우록」 등의 낙선재 소장 작품들과 함께 이 작품을 분석하여 이 작품이 '소재와 구성이 다양하면서도 신분구조의 붕괴 과정, 화폐경제시대의 가치관의 형성 등 사회 변동 과정에 대한 문제의식을 예각화하여 표현하는 한편, 청빈 겸허 지조 의리 등과 같은 집단적 가치를 추구하던 관점에서 상행위, 사채, 회뢰(賄賂) 등과 같은 이윤추구를 목적으로 하여 개인적 욕구 달성을 지향하는 가치관으로 변모되는 모습을 보여주는' 작품이라 평가하였다.[1]

---

1) 정병욱, "조선조 말기 소설의 유형적 특징", 『한국고전의 재인식』, 홍성사, 1979,

그 후, 이상택 교수는 정병욱 교수의 견해를 수용하여 이 작품은 '권선징악을 대전제로 하면서도 이에 대한 안티테제적 인물군을 통하여 강렬한 세속주의의 대두 현상을 보여주고 있다'고 지적하면서, 작품에 나타나는 화폐경제적 제현상과 가치관, 경제능력에 따른 신분구조의 재편 기운, 성의 노출 등의 양상을 보다 구체적으로 분석하여, 이 작품이 '신성사회에서 세속사회의 중간지점에 위치하여 그것의 변이 과정을 보여주는' 작품이라 평가하였다.2) 또한, 이 작품을 '혼사장애담'의 '발전형'으로 파악하여 '남성의 영웅성을 확인하는 절차로서의 의미를 지니고 있던 혼사장애의 원형적 발상이 결합의 의례인 동시에 분리의 의례이기도 한 혼사 자체의 속성으로 이행되는 징조를 보여주는 작품'이라고도 해석하였다.3)

한편 김기동 교수는 이 작품을 영웅소설로 분류하였으며,4) 조동일 교수는 이 작품이 '장풍운전 계열과 유사한 귀족적 영웅소설로, 주인공이 겪는 고생을 일시적 액운으로 다루지 않고 금전적 이익을 다투는 세상이 되었다는 데 역점을 두고 새로운 세태를 다각도로 실감있게 나타내는 것으로 작품의 실질적인 내용을 삼았다'고 해석하였다.5) 그 뒤 조춘호 교수는 이러한 연구 성과들을 받아들여 이 작품이 '영웅의 일생구조와 남녀 이합에 의한 여성 수난의 구조가 병합된 것으로서, 고난의 제기와 극복이 현실적 차원에서 이루어지고 군담이 목적이 아니고 수단으로 활용되며, 모든 사건들이 일원론적 세계관에서 진행되면서도 이원론적 세계관의 요소가 일부 발견되는 구성상의 특

171~202쪽.

2) 이상택, "낙천등운고", 『낙천등운』, 이화대학출판부, 1971, 7~16쪽.

3) 이상택, "낙선재본 소설연구", 『한국고전소설의 탐구』, 중앙출판, 1981, 308~310쪽.

4) 김기동, 『한국고전소설연구』, 교학사, 1981, 454~456쪽.

5) 조동일, 『한국문학통사 3』, 지식산업사, 1994, 540~541쪽.

징을 지니고 있다'고 해석하였다. 한편, 이수봉 교수는 이 작품을 기문소설로 분류하였으며,6) 김재웅 교수도 이러한 견해를 받아들여 이 작품을 가문소설로 파악하여 갈등 구조와 문체의 특징을 해석하였다.

이상의 「낙천등운」의 연구사를 통해 보면 이 작품이 남주인공 왕석작의 일생구조를 근간으로 하면서도 남녀의 혼사 장애 문제를 핵심 제재로 택하는 작품임을 알 수 있다. 그런데, 이 혼사 장애 문제가 여타 고전 소설들에서와 유다르게 성과 인신매매가 자행되는 창가를 중심으로 해서 전개되고 있다는 점이 특징적이다. 특히 서술자가 '금백(金帛)이 귀신도 사는지라'라고 표현하였듯이, 이 작품에는 창가를 중심으로 해서 자행되는 '돈을 위한 납치와 인신매매, 성 매매, 고리대 행위, 회뢰(賄賂) 행위' 등이 혼사 장애의 배경 상황으로 설정되어 조선시대의 소설에서 그 예를 찾기 힘들 정도로 생생하게 묘사되고 있다. 그래서 이 작품을 소개한 정병욱 교수의 분석이래 모든 연구에서는 주인공이 처한 환경의 현실적 의미 분석에 초점이 맞추어져 왔으며,7) 이 작품이 조선시대 소설의 일반적 흐름과는 다른 독특한 면모를 보인 것으로 이해되었다.

이들 선행 연구의 지적처럼 이 작품에서는 작품의 배경에 물질적 가치를 무엇보다 앞세우는 근대로의 이행기적 세태가 생생하게 부각

---

6) 이수봉, 『가문소설연구』, 형설출판사, 1978, 22~30쪽.

7) 이 문제에 대해서 이상택 교수가 '종래의 작품들에서 인물간의 대립 갈등은 주로 충신과 간신 사이, 또는 어진 전실 소생과 간악한 계모 사이 또는 어진 본처와 교악한 첩 사이… 등과 같이 지극히 유형적이고 관념적인 선악의 대립이었음에 반하여 이 작품에서는 주로 경제적인 문제나 본능적인 충동과 애욕의 처리 문제를 날카롭게 파고드는 새로운 인간군이 등장하고 있'으며, '등장하는 인물들이 종래의 고대 소설에서는 흔히 만나볼 수 없으리만큼 충격적일 뿐 아니라 그 발상법도 극히 인상적이고 생동적이어서 짙은 인간 체취를 느낄 수 있다'고 지적한 바 있다. 이상택, "낙천등운고", 『낙천등운』, 이화대출판부, 1971, 10쪽.

되면서, 주인공들이 겪는 수난 양상이 조선시대 소설들과는 다른 모습으로 그려지고 있다. 그래서 이 작품이 중국 소설의 번역 작품이 아닌가 하는 의문이 강력하게 제기되기도 하였다.8) 그러나, 선행 연구들에서 '중국의 역사적 사실을 바탕으로 한 허구적 창작, 한국 고사의 인용, 작품에 등장하는 혼속, 과거제도 등의 조선적 특징, 작품에 등장하는 한국의 속담, 여타 조선시대 소설과의 모티프 공유 양상'9) 등 여러 요소들을 근거로 이 작품이 조선의 창작 소설임이 역설되어 왔다. 이들 선행 연구자들이 분석한 논거들을 볼 때 설혹 이 작품이 중국 작품과 연관이 있다 할지라도, 그것은 조선 시기 소설자의 자장 안으로 흡수되어 조선시대 소설사의 흐름을 반영하여 형상화되었을 것이라 생각한다.

이러한 생각에서 본고에서는 이 작품을 조선시대 소설사의 흐름 위에 놓고 이 작품이 보여주는 형상화 방식의 특징과 의미를 해석해 보고자 한다. 이 작품을 이처럼 조선시대 소설사의 맥락에서 파악하려 할 때, 선행 연구들에서 이 작품을 '영웅소설'로 분류하거나 혼사장애 주지를 형상화한 작품으로 파악하는 시각이 지배적이듯이, 이 작품은 영웅소설의 범주로 분류될 수 있을 것이다. 이 작품은 남주인공 왕석작의 고난과 그것의 극복과정, 그리고 여주인공 동예아의 수난과 그

---

8) 그렇기 때문에 일찍이 조희웅 등에 의해서 이 작품을 위시한 다수의 낙선재본 소설들이 번역소설일 가능성에 대한 문제가 제기되기도 하였다. 그러나 이 작품을 소개한 정병욱 교수 이래 이상택, 조춘호 교수 등에 의해 삼국 사기 기사의 활용, 우리 고유의 속담 활용, 과거제도, 혼사제도 작품의 배경이 되는 명나라의 사실과 작품의 사건 비교 등을 통해 이 작품이 조선의 창작소설임을 입증하려는 노력이 제기되어 이 작품을 조선의 창작품으로 이해하려는 경향이 일반적이다. 조희웅, "낙선재본 번역소설 연구", 『국어국문학』 62·63합병호, 국어국문학회, 1973.; 정병욱, 이상택, 조춘호 앞의 논문.

9) 정병욱, 이상택 교수의 논의를 이어 조춘호 교수의 논의에서 이러한 점이 보다 상세하게 논의되었다. 정병욱, 이상택, 조춘호 앞의 논문.

것을 극복하고 왕석작과 결연을 성취해 나가는 과정을 구성의 기본
축으로 설정하기 때문이다. 그런데, 앞에서 이야기했듯이 물질적 가치
를 무엇보다 우선시하는 근대적 세태가 작품의 배경으로 생생하게 묘
사되고 있다. 그렇기 때문에 이를 바탕으로 많은 대부분의 선행 연구
자들은 이 작품이 근대적 가치관을 표현한 작품으로 해석해 왔다.10)

　이처럼 이 작품은 기본 구성과 작품의 배경에 나타난 이념 지향이
어느 소설보다도 대극적인 형태로 나타나는 소설임을 알 수 있다. 이
렇게 보았을 때 「낙천등운」의 해석에서 가장 문제점으로 부각되는 것
은 작품의 기본 골격인 영웅소설 또는 혼사장애 주지의 구현적 갈등
축에서 표현하는 바의 이념과 작품의 배경으로 설정되는 현실적 세태
의 이념 사이에 나타나는 대극적 지향성의 차이를 어떻게 해석할 것
인가 하는 점이라 할 수 있다. 선행 연구들에서처럼 작품의 배경을 적
출하여 그것을 작가의식으로 해석하는 경우 주인공들의 삶을 통해 표
출되는 이념 지향은 도외시 될 수밖에 없기 때문이다.

　한편, 이 작품의 의미를 해석하면서 특별히 고려해야 할 점은 이
작품이 영웅소설의 구조를 지니면서도 시정에서 향유된 여느 통속적
창작영웅소설과 달리 낙선재에서 향유되었다는 점이다. 통속적 창작
영웅소설의 향유층이 시정의 중하층 남성이었던 데 반해 이 작품의
향유층은 상층 사대부 부녀층으로 추정되는 것이다.11) 그런데도 이

---

10) 그러기에 대부분의 연구자들은 이 작품을 해석하면서 작품의 기본 구성축에 초점
　을 맞추기보다는 이 작품에 독특하게 형상화된 배경에 초점을 맞추어 이 작품이
　근대적인 이념 지향을 드러내는 것으로 해석해 왔다. 그 결과 작품에 등장하는 남
　녀 주인공의 행동은 박제화된 "인간부재"의 형상으로, 그리고 작품의 기본 골격에
　해당하는 주인공 남녀의 고난과 그것의 극복 과정은 상투적인 도식에 그치는 것으
　로 이해되었다. 작품의 기본 구성만을 추출해 본다면 그것은 선행 연구에서 지적되
　었듯이 '福善者必有餘慶'과 같은 고전소설의 유형화된 구성의 틀을 벗어나지 않기
　때문이다. 이상택, 앞의 논문.

작품에는 사대부 부녀층의 삶이나 이념 지향과는 전혀 상반되는 창가의 세태와 인신 매매 등 시정의 바닥 세태가 진진하게 묘사되고 있다. 얼핏보기에 독자층과는 전혀 어울리지 않는 이러한 시정 세태의 묘사가 이들 독자층이 이 작품을 향유하는데 어떠한 기능을 담당하였을까 하는 문제는 이 작품의 의미를 해석하는데 가장 중요한 문제라 생각되기 때문이다. 이러한 점을 고려하여 본고에서는 「낙천등운」의 작품 구조와 배경 사이에 나타나는 이념 지향의 양극화 양상을 이들 상층 사대부 부녀층의 미의식과 관련하여 해석해보고자 한다.

이 작품에서는 남녀 주인공이 성적 순결을 잃을 수밖에 없는 험악한 창가에 떨어져서도 온전하게 자신들의 성적 순결을 지켜 오롯한 결합을 성취하는 남녀 주인공의 행적을 부각시키는데 온 힘을 기울인다. 작가는 이러한 남녀 주인공의 고난과 그것의 극복 과정을 핍진하게 그려냄으로써 독자를 사로잡으려 한 것이다. 작가가 작품의 갈등을 통해 새로운 이념을 탐색하기보다는 험악한 세태의 파고 속에서 주인공들이 겪는 고난과 그들이 그것을 극복해 나가는 양상을 극명하게 그림으로써 소설 독자층의 통속적 흥미와 카타르시스를 제공하려한 것이다. 이렇게 보았을 때 이 작품이 지닌 이념 지향의 양극적 요소는 작가의식의 측면에서 해석하는 것보다는 독자층의 미의식과 관련시켜 해석했을 때 보다 효과적으로 해석될 수 있으리라 생각된다. 이러한 생각에서 본고에서는 「낙천등운」을 영웅소설 유형이 상층 사대부 부녀층에게 수용되면서 나타난 작품으로 보고, 이 작품을 영웅소설 유형의 변이 양상의 측면에서 해석해 보고자 한다.

---

11) 대다수의 선행 연구자들이 이 작품을 영웅소설로 분류하는데도 이수봉, 김재웅 교수 등이 이를 가문소설로 분류한 것은 이 때문이다.

2. 「낙천등운」의 구성과 갈등구조

「낙천등운」의 구성은 영웅소설 유형에 속하는 것으로 볼 수 있다.12) 예컨대, 남성 주인공 왕석작은 예부상서를 지낸 왕도의 아들로서 명산대찰에 기자치성을 드린 후 출생을 하는 것으로 그려지고, 어린 나이에도 부친의 정적 엄숭 일당의 학정을 예견하여 부친으로 하여금 정계를 은퇴하게 하는 바와 같이 탁월한 능력을 지닌 것으로 그려진다. 그리고 어려서 부모와 외숙 양계성을 여의고 정적 엄숭의 모해로 감옥에 갇혔다가 유모 정마란의 도움으로 탈출을 하며, 정적 엄숭의 추적을 피해 창가에 숨어서 살다가 여주인공 동예아와 결혼을 한 뒤 그곳을 벗어나 숱한 고난을 겪는 것으로 그려진다. 그러다가 모든 영웅소설에 등장하는 원조자적 인물 왕지현의 조카 행세를 하면서 과거에 급제하여 한림편수시어사가 된다. 그 뒤 정적 엄숭, 그리고 황귀비의 늑혼을 거절하다가 온갖 고난을 겪으면서 외적을 평정하여 국가에 공을 세우고 정적을 제거한 뒤 예부상서 겸 문연각태학사가 되어 팔순까지 부부가 해로하는 것으로 그려진다. 이처럼 남주인공 왕석작의 생애를 간략하게 추출해 보면 그것은 전형적인 '영웅의 일생 구조'를 구현한 것이다.

그리고 그 가운데 남주인공 왕석작이 창가에 떨어져서 고난을 겪는다는 점에 초점을 맞추고 보면 남주인공의 하층 체험이 확대되어 나타난다는 점에서 「장풍운전」 계열의 영웅소설과 흡사하다고 할 수 있다.13) 그러나 주인공의 부친이 정적 엄숭 일당과 대립하고 이어 그가 의탁하던 숙부 양계성이 엄숭과의 대립 때문에 죽고, 또한 주인공이

---

12) 조동일, 조춘호, 김재웅의 앞의 논문,
13) 조동일, 『한국문학통사 3』, 지식산업사, 1994, 540~541쪽.

엄숭 일당에 의해 도적의 누명을 쓰고 하옥되어 고난을 겪게 된다는 측면을 고려하면 이 작품이 주인공과 정적 사이의 갈등을 설정함으로써 갈등의 긴장감을 강화시키는 「유충렬전」 유형의 영웅소설과 흡사하다고도 할 수 있다.

그렇다면, 이 작품이 이처럼 주인공의 하층 체험을 강화시킨 「장풍운전」 계열의 소설 형식을 지니면서도, 「유충렬전」 유형의 소설처럼 작품 속에 주인공의 정적이 설정된 이유는 무엇일까. 이는 작품에 그려진 주인공처럼 뛰어난 능력을 지닌[14] 주인공이 타락한 비인간적 행태가 자행되는 창가에서 기식을 하게 되는 역설적 상황의 구성적 필연성을 확보하기 위한 것으로 해석할 수 있다. 남주인공 왕석작은 어려서부터 정치 정세를 분명하게 파악을 하여 정적으로부터 부친을 구는 바와 같은 뛰어난 사리 판단 능력을 지녔고, 엄숭 일당에게 도적 누명을 쓰고 잡혀가는 순간에도 사촌형에게 '쇼제 흔 몸의 감당흐리니 형은 급히 가묘룰 품고 안신홀 곳을 엇'으로 이야기하여 '문호를 보전하려' 하는 것처럼 의기와 효우 관념이 탁월한 인물로 그려진다. 그처럼 뛰어난 사리 판단 능력과 효우 관념을 갖춘 인물이 포주의 양아들이 되어 창가에서 기식을 한다는 것은 설득력이 떨어지는 것이다. 그렇기 때문에 주인공이 당대의 권력자인 엄숭 일당으로부터 도둑의 누명을 쓰고 쫓기는 상황이 설정된 것이다. 이처럼 도적의 누명을 쓰

---

14) 「낙천등운」에서 남성 주인공 왕석작은 "낭성이 품어 보낸 기린 같다" 하여 아명을 성동이라 할 정도로 뛰어난 자질을 갖추고 태어나 오류세에 이르러서는 엄숭이 농권함을 보고 부친께 시작을 버리고 귀향하여 때를 기다리라고 권할 정도로 뛰어난 예지를 갖추며, 부모와 숙부 양계성이 죽은 뒤 십삼세에는 '신장이 칠척이오 기질이 호상하고 재기가 빼어나서' 보는 이들이 모두 비상하게 여길 정도로 뛰어난 재질을 갖춘 인물로 설정된다. 이처럼 빼어난 주인공의 재질을 두려워하여 정적 엄숭이 그를 도적으로 몰아 감옥에 가두는 것으로 설정된다.

고 쫓기는 상황에서 자신의 이름을 드러내지 않고 생활할 수 있는 안전한 곳으로 창가가 선택된 것이다.[15]

이처럼 이 작품에서 정적 엄숭의 존재는 남녀 주인공이 창가에 떨어져서 유랑을 할 수 밖에 없는 구성적 계기로서의 기능을 담당한다. 그렇기 때문에 작품의 중반인 7회에 엄숭은 추어사의 상소로 삭직을 당하여 권력을 상실하는 것으로 그려진다. 그리하여 왕석작이 자신의 이름으로 정계에서 활동하는 작품의 후반부에는 엄숭과의 대립이 나타나지 않는다. 대신 이 작품의 후반부에서는「조웅전」「유충렬전」등의 경우처럼 주인공 왕석작과 엄숭의 대결이 작품의 중심 갈등 축으로 부각되지 않고,[16] 이질녀인 호소저와의 늑혼을 강요하는 황귀비와 갈등을 하는 것으로 그려진다.

이렇게 보았을 때 작품의 표면에 설정된 주인공과 주인공의 부친, 그리고 그의 숙부 양계성, 동전책 등과 엄숭 엄세번 등의 정치적 대립은 주인공이 겪게 되는 고난의 계기로서의 기능을 담당하며, 이 작품에서 구성의 초점은 실제 남녀 주인공이 창가 및 창가를 탈출하면서 겪는 고난에 놓인 것임을 짐작할 수 있다. 그런데, 이러한 남녀 주인공의 고난 과정에서는 주로 여성 주인공의 고난에 초점이 맞추어진 것을 볼 수 있다.

예컨대, 이들이 겪는 고난 과정의 갈등은 동예아를 창녀로 만들려

---

15) 이 작품의 서술자는 왕석작이 어려서 창기인 유모를 좇아서 "시사를 외우고 가무를 닉이며 훈 일을을 드르면 백가지럭 스굿추니" 부친 왕공이 기이하게 여겼다고 서술한다. 서술자는 작품의 서두부터 주인공이 뛰어난 능력을 지닌 인물이면서도 창가에 떨어져서 고난을 겪을 인물임을 암시한다. 「낙천등운」 20쪽.

16) 주인공 왕석작이 과거에 급제하자 엄숭이 아들 엄세번의 딸과 왕석작을 혼인시키려고 하지만 이 때 왕석작은 왕석작으로서가 아니라 왕지현의 조카로 행세할 때이다.

는 후선 초마, 후마 등의 포주 부부와 동생, 그것을 막으려는 남주인
공 왕석작과 여주인공 동예아 사이의 갈등이 기본축을 이룬다. 이러
한 기본 갈등 축은 주인공을 도와 동예아가 창녀로 전락하는 것을 막
는데 기여하는 남주인공의 유모 정마란, 여주인공이 순결을 지켜 나
갈 수 있도록 도와주는 화연, 혜랑, 하선 등의 창가의 여인들, 남녀 주
인공을 도와주는 선량한 상인 유삼옹 유은 등과 동예아를 창가에 팔
아넘기는 동전채, 그녀를 사들이는 가능난 등의 부정적인 인물들이 개
입하여 갈등이 보다 핍진한 모습으로 그려진다. 그리고 이들이 남녀
주인공이 창가에서 탈출하여 겪는 고난 과정은 남복을 한 동예아, 여
장을 한 하선, 그리고 남주인공 왕석작을 성적 대상으로 성적 욕구를
충족하려는 정허관 비구니, 농민의 딸, 번급사의 총첩, 호생, 방 영각
노의 아들과 같이 호색한 남녀의 군상과 남녀 주인공 및 그를 도와주
는 하선, 원매 등의 희생적인 여인들 사이의 갈등 형태로 구체화된다.

그런데, 이러한 고난 과정에 설정된 남주인공 왕석작의 창가 생활
은 그가 정적의 모해를 입어 자신의 뜻을 펼치지 못하고 창가에서 기
식을 한다는 관점에서 본다면 수난이라 할 수도 있는 것이지만, 창가
의 생활이 정적의 추적을 피해 몸을 숨기면서 미래를 준비하는 과정
이라 생각한다면 창가는 가장 안전한 도피처라 할 수 있는 곳이다. 이
는 왕석작의 창가 생활과 관련한 포주 후원의의 다음과 같은 이야기
를 통해 확인할 수 있다.

내 그디롤 보니 긔뷔 빅셜 갓고 기상이 쮜여나 풍아의 웃듬이 되얌작
ㅎ디 시운이 불힝ㅎ여 화당의 누리지 못ㅎ고 풍진의 뉴락ㅎ여시니 반드
시 정ㅎ 쥬의 이시미라 고디 고문 긔환의 사룸으로 엇지 연화롤 보고져
ㅎ여시리오무는 인간 만시 혜아리기 어려오니 욕되믈 견디여 이 노챵을

슉모라 부르고 긔긔 필부롤 대인이라 ᄒ니 그더 실로 감심ᄒ는도다 괴로오믈 ᄎ마 원슈롤 피ᄒ고 풍운을 기다려 ᄯᅳᆺ을 펴고져 ᄒᄂ니 그더의 마음이 이러ᄒ냐 만일 이러ᄒ진더 남녀의 졍이 ᄀᆺ타더 몸이 다르므로 져리코 잇다가도 ᄇ람을 만나 상산의셔 ᄑ람ᄒ고 구름을 어더 ᄒ듕의셔 등천ᄒ여 만니의 비양ᄒ려니와 …(중략)… 그더 곳다온 나히 장ᄒ야시니 냥가녀를 듯보아 ᄎᆔᄒ여 그 가온대 훼졀 아니ᄂ니 졍녜러니 죵시 버리지 말고 후일 득의ᄒᆫ 후의 후문쇼져를 취하고 비쳡으로나 두라17)

비록 왕석작을 내세워 양가의 처녀를 유인하여 창녀로 만들려는 속셈을 갖고 있지만, 욕됨을 견디고 괴로움을 참으며 창가에 몸을 숨겨서 원수를 피하고 풍운을 기다리라는 이와 같은 포주 후원의의 말은 왕석작의 마음을 그대로 대변한 것이다. 그렇기 때문에 이에 대해 왕석작은 '말마다 ᄌ가 심격을 다 이르고 져희 실졍을 베퍼 극히 유리ᄒ지라 샤례 쇼생이 위연이 창루의 분분ᄒ믈 보고 세졍이 어려오믈 튼하더니 쥬모의 붉힌 가르침을 어드니 당돌ᄒ 죄롤 샤ᄒ쇼셔' 하면서 감사하는 것이다.

반면, 창가에 떨어진 여인의 처지는 이와는 상반된 것이다. 남성인 왕석작의 처지와 대비시켜 이야기하는 창녀의 운명에 대한 후원의의 말에는 창가에 떨어진 여인의 고난이 선명하게 부각된다.

창녀는 쳐엄의 남의게 팔니거나 빙폐롤 탐하야 부뫼 그릇 부셔롤 마ᄌ 몸을 ᄒ번 일흔 후의 그 원슈롤 갑고져 ᄒ여 ᄎᆞᆷ고 죽지 못ᄒ여 ᄒ 번 그 뉴의 들면 사흘의 션져 ᄯᅳᆺ을 직희지 못ᄒ고 모든 챵뉘 넝쇼ᄒ며 비방ᄒ

---

17) 「낙천등운」, 41~42쪽.

여 져희는 졍녀 녈녜다시 ᄒ고 의식을 간고히 ᄒ여 훈곳의 드리쳐 두고 쥬육 가무로 즁졍을 흔드러 희쇼 환락으로 졍욕을 동케 ᄒ니 져 녀지 슈절 ᄒ쟈 ᄒ니 발셔 두 사롬의게 몸을 허럿고 죽쟈ᄒ니 일흠이 업셔 출하리 져 뉴의 섯겨 만일 인연이 잇는 댱부롤 만나면 이 원슈롤 갑흘가 마지 못ᄒ여 가무 쥬육으로 날을 보니여 셰상을 남의 우희 언져 두고 금슈의 의복으로 번화이 이셔 몸의 향연이 어릭고 침셕의 희롱이 시로아 날마다 신인을 만나 밤마다 원슈 ᄀ치 보최이니 이에 니론 후는 다른 의식 업셔 다만 쳔인을 보아도 쳔인이 다 ᄉ랑코쟈 ᄒ고 긱관의 돈 만흐니롤 웃듬을 삼아 일야의 낫빛츨 다듬고 교퇴롤 닉여 남의 그림쟈롤 조챠 싱니롤 자뢰하니 이 듕읨들 엇지 빅희와 뎡희의 뉴 업스리오마는 바들 가지 ᄀᄂ라 힘이 업손 디 보임이 모지니 시러곰 ᄒ 쌔도 쉬지 못ᄒ미니라[18]

후원의는 이처럼 창가에 떨어진 여인이 처음에는 정절을 지키려 하지만 정절을 잃고 난 후에 어떻게 창녀로 전락해 가는가가 섬뜩할 정도로 사실적으로 이야기하며, 설혹 정절을 지켜내는 여인이 있다 할지라도 그것을 지키기 위해 얼마나 모진 고난을 겪어야 하는가를 선명히 부각시킨다.

이러한 포주 후원의의 말처럼 자신을 양자로 삼고 친애하여 서책을 권하는 후원의의 후의를 받아들여 왕석작은 주육을 먹지 아니하고 삼년 동안이나 문 밖에 나가지 않으면서 색을 가까이 하지 않는 생활을 지속하다가 여주인공 동예아를 만난다. 그리고 나서 동예아로 하여금 위에 인용한 바 예사 창녀들과 같은 길을 걷지 않게 하기 위해 자신을 돌보아준 후원의 일당과 갈등을 빚는 한편 그들로부터 도망을 하

─────────────

18) 「낙천등운」, 41쪽.

면서 고난을 겪는다. 이렇게 보았을 때, 「낙천등운」에 설정된 갈등은 선행 연구에서 지적된 바처럼 남녀 주인공의 혼사 장애 문제에 집중되어 있으며,19) 그 가운데서도 특히 창가에 떨어져서도 순결을 지켜내며, 창가에서 벗어난 뒤에도 그러한 창가 경력으로 인해 겪게 되는 동예아의 혼사 장애로 인한 고난에 초점이 맞추어지고 있음을 알 수 있다.

여성주인공 동예아의 고난에 집중된 「낙천등운」의 갈등 형식은 작품의 후반부에 설정된 군담의 형식과 기능에도 큰 변화를 초래한다. 이 작품에는 여느 영웅소설처럼 남주인공 왕석작이 출정을 하여 외적을 평정하거나 변방을 진무하는 사건이 5회에 걸쳐 이루어진다. 그런데, 이 작품에서는 여느 영웅소설에서처럼 실제의 군담이 등장하지 않고 출정 사실만이 간략하게 보고되는 형식을 취한다. 대신 주인공의 출병이 단순히 그의 입공 계기로 설정되는 데 그치지 않고 여성 주인공의 고난의 계기, 또는 남주인공 왕석작의 동예아에 대한 애정 확인의 지표, 갈등 해결의 계기 등의 기능을 수행하는 형태로 탈바꿈되고 있다.

첫 번째 출정은 "슝이 져를 위태한 쓰희 가게 ㅎ고 빌기룰 기다리더니"처럼 자신의 손녀와의 혼인을 거절하는 왕석작을 위험한 곳에 보내려는 엄숭의 계교 때문에 출정하는 것으로 설정된다. 그러나 결국 왕석작은 새북으로 출정을 하여 공을 세우고 황제 이하 모든 사람의 존경을 받게 되는 것으로 그려진다. 뿐만 아니라, 왕석작은 공을 세우고 돌아오다 부친의 제자이자 왕지현의 처남인 추웅룡 어사를 만나 추어사로 하여금 엄숭을 탄핵하는 상소를 올리게 하여 엄숭 일당

---

19) 이상택, 앞의 논문.

을 축출한다.

두 번째 출정명령은 왕석작이 유모 정마란을 만나기 위해 자신이 거주하던 수광현에 들렀을 때 받는 것으로 그려진다. 정마란을 만나려던 왕석작은 초마를 만나 하선과 화연 그리고 동예아를 데리고 도망간 죄수 취급을 받는데, 그 가운데 정서순무도어사의 명을 받아 그들이 떠난 뒤 화연을 사갔던 가생, 후원의가 첩으로 삼았던 석묘랑, 후원의의 처인 초마, 왕석작을 후원의가 죽였다고 주장하는 정마란 등의 얽히고 설킨 송사 사건을 해결하고 정마란과 동전채를 구하여 후일 이 둘을 혼인을 시키는 계기를 마련한다. 그리고, 귀경을 하여 황제로부터 사부가의 딸과 혼인하라는 명을 받지만 그것을 거절하고 출정하는 것으로 그려진다. 한편, 서번을 정벌하고 머물러 있는 동안 왕석작은 황제로부터 귀경하라는 명과 함께 호동헌의 딸 호소저와 혼인을 하라는 명을 받는데, 동예아는 이러한 황제의 명이 내리자 왕석작이 호소저와의 혼사를 받아들이라는 편지를 남기고 숨는다. 한편, 왕석작은 출병을 하여 왜적을 평정하여 그 공을 척계광에게 돌리고, 미복으로 원성에 들러 이전에 도움을 받은 유웅을 구해준다. 즉, 두 번째 출정은 왕석작으로 하여금 그가 창가에서 겪었던 고난의 역정을 명쾌하게 정리할 수 있는 기회, 그리고 동예아와 왕석작이 겪게될 새로운 고난의 계기로서의 의미를 지닌다.

세 번째 출정 명령은 왕석작이 미복으로 동소저를 찾으러 다니는 중에 받는다. 왕석작은 요동 진무의 명을 받지만 칭병을 하며 사양하고 동소저를 찾는다. 왕석작은 동부인을 찾아내어 함께 지내면서 거듭되는 출정 명령을 받고 결국 태의와 왕태상이 파견되어 귀경을 하고, 황귀비의 주장대로 출정을 할 수밖에 없게 된다. 그리고 더불어 동예아는 하옥을 당하게 되어 새로운 고난의 길을 겪게 된다. 즉, 세

번째 출정은 왕석작의 동예아에 대한 애틋한 사랑을 확인시키는 계기로, 그리고 새롭게 시작되는 동예아의 고난의 계기로서의 의미를 지니고 있다.

네 번째 출정에서는 황귀비의 무고로 인해 동부인이 관비가 되고 왕어사는 백의종군을 하는 것으로 그려진다. 이 때 동부인과 하선은 대신 잡혀간 화연의 도움으로 남복을 하고 왕석작과 함께 출정을 하며, 왕석작은 남경에서 가권을 만나고 청주에서 후가의 송사 문제를 완전히 해결해주며, 동전채의 아들을 만나 같이 귀경을 하는 것으로 그려진다. 한편, 이때 동예아 대신 옥에 갇힌 화연은 황제를 만나 지금까지의 일을 모두 황제께 사뢰어 동부인을 사면시킨다. 이처럼 네 번째 출정은 왕석작과 동예아의 고난의 계기이면서 한편으로는 그간에 겪은 고난의 역정을 모두 정리하는 구성적 계기로서의 기능을 수행한다.

이처럼 「낙천등운」에 설정된 군담은 군담 그 자체의 흥미를 위한 것이라기보다는 주로 여주인공 동예아가 겪게 되는 고난의 계기로, 또는 남주인공 왕석작의 동예아에 대한 사랑을 확인하는 계기로 설정된다. 그리고 한편으로는 그들이 겪어온 고난의 역정을 해소시키는 기능을 담당한다. 하층 남성층에 의해 수용된 통속적 창작 영웅소설에서 군담이 주인공의 입공 계기로서, 그리고 아울러 군담 그 자체가 지니는 진진한 흥미소로서의 의미를 가졌던 것과는 사뭇 다른 모습이라 할 수 있다. 이는 앞에서 살펴본 바 이 작품의 구성이 창가에서 겪는 여주인공 동예아의 고난과 그것의 극복 과정에 구성의 초점이 맞추어진 것에 상응하는 것으로서, 작품에 설정된 여주인공의 삶의 역정에 긴장과 환호를 보내던 부녀층 중심의 소설 독자층의 취향에 부응한 변화 양상이라 해석할 수 있는 것이다.

3. 창가에서 지킨 순백의 순결과 여주인공 동예아의 형상

앞에서 살펴본 것처럼 「낙천등운」은 여주인공 동예아의 기구한 행적에 초점을 맞춘 작품이다. 「낙천등운」의 서술자는 황천(黃泉)으로 표현된 바 돈에 대한 탐욕과 성욕이 지배하는 타락한 현실에서 앵혈(鸚血)로 표현된 바 눈처럼 하얀 순결을 지켜내는 동예아의 의지를 선명하게 형상화하는 한편, 왕석작에게 늑혼을 강요하는 엄숭, 호귀비 등의 억압을 피해 왕석작과 헤어져서 겪게 되는 동예아의 눈물겨운 고난을 생생하게 그려냄으로써 소설 독층에게 연민과 동정을 유발하였던 것이다.

동예아는 주사 동전책의 외딸로 태어나 부친이 엄숭의 모해로 유배를 간 뒤, 숙부 동전채에게 의탁하고 있다가 왕석작과의 결혼 형식을 빌어 창가에 팔려가는 신세가 된다. 왕석작을 돌보아주던 포주 후원의의 동생 후마는 왕석작의 "쇼년 풍뉴로 미녀룰 속여 지물 엇기룰 꾀후여 냥가 천가의 두루 듯보아 가가호호의 돈말을 훗트니 후마의 소힝을 알니 만흔지라 부모 가쟌 쟈는 의심후야 허치 아니후고 허락후느니 이셔도 지란후니 여러날의 엇지 엇지 못후여 초조 후다"[20]가 동예아의 숙부 동전채에게 많은 빙폐를 제시하면서 동예아와 왕석작의 혼인을 주선한다. 이에 동전채는 빙폐를 받을 욕심으로 동예아에게 시집가기를 강요한다. 바야흐로 여주인공 동예아는 창녀로 전락하는 과정을 밟을 위험에 직면한 것이다.

그러나, 동예아는 왕석작에게 오백금의 빙폐를 요구하여 그만한 빙폐를 선뜻 내놓을 수 있는 집안의 자손인지를 확인하며, 50편의 시사

---

20) 「낙천등운」, 42쪽.

를 지어 보낼 것을 요구하여 왕석작의 시사를 확인한 뒤 결혼을 허락
하는 것으로 그려진다. 더욱이 그녀가 오백금의 빙폐를 요구하는 것
은 왕석작의 문벌을 확인하려는 목적 외에 숙부를 구하려는 효심 때
문으로 그려진다. 비록 호색하고 방탕한 존재일지라도 자신을 맡아
길러준 숙부가 빚 때문에 감옥에 갇혀 고초를 겪는 것을 그대로 보지
못하여 오백금의 빙폐를 받아서 숙부를 방면시키기 위해 혼사를 자청
한 것이다. 이러한 동예아의 형상은 서술자가 다음과 같이 설명하는
바 여느 창가의 세태와 선연히 대조되어 눈부시게 빛나는 것이다.21)

　　쵸민 냥가녀롤 사다가 졍녈ᄒ니 이시면 모질이 보치고 큰 미로 쳐 못
　　견디여 죽ᄂ니 이시디 후션이 셔역의 가 효약을 어더 오니 양긔롤 돕는
　　지라 은쥬 일비예 타 먹고 일야롤 지닌 후의 믄득 쟝샤 셩셰ᄒ고 나가
　　열아문 날을 아니 와 그 사이 분두롤 좌우의 두어 됴셕의 유희ᄒ야 일삭

---

21) 동예아는 빙폐에 눈이 멀어 자신을 창가에 팔아 넘기려는 숙부 동전채의 계교를
　알아차린 뒤 자살을 기도하여 순결을 지키려 한다. 그런데, 후마가 왕석작과 동예
　아를 상면시키기 위해 "녜ᄉ 겨른 녀랑이 횡ᄉᄒ디 타졍 아니ᄒ 남지 겨뎌 이시면
　즉시 씨난'다고 거짓으로 이야기하여 동예아와 왕석작이 상면을 하게 된다. 그리하
　여 왕석작은 동예아의 절개를 확인하게 되고 그녀를 진심으로 맞아들일 마음을 갖
　게 됨으로써 창가에서 맺은 인연이지만 그것을 진심으로 서로를 원하는 만남의 형
　태로 바꾸어나갈 수 있는 계기를 창출한다. 그리고 동예아가 왕석작과 결연을 할
　수밖에 없는 상황을 설정하고 또한 그 결연을 동예아의 의지에 입각하여 이루어
　나가는 것으로 그린다. 예컨대 동예아의 숙부 동전채가 빚을 많이 얻어 쓰고 변상
　할 길이 없어서 관가에 잡혀가게 된다. 동예아가 왕석작의 도움을 받을 수밖에 없
　는 상황에 처한 것이다. 그래서 동예아는 숙부의 빚을 갚고 왕석작의 근본을 알아
　볼 생각으로 왕석작에게 오백금의 빙폐를 요구한다. 그리고 자신의 시사(詩詞)에
　차운을 한 왕석작의 시를 보고 왕석작의 사람됨을 의심하지 않고 혼례를 허락하는
　것이다. 그리고, 빚을 갚지 못하여 곤장을 맞고 옥에 갇히어 곤욕을 치르는 숙부
　동전채를 만나 왕석작에게 받은 빙폐로 빚을 갚은 뒤 문서를 작성하여 풀려나게
　해주고 왕석작과 혼인을 이룬다. 그러면서도 그녀는 자신이 아직 부친의 허락을 받
　지 않았음을 들어 합근을 거부하고 순결을 고수한다.

니예 그 녀ㅈ 실행 아니리 업고 쏘 나롯 업손 한ㅈ로 녀장하야 알퓌 두
어 술 풀기룰 식이고 원의 업손 쎠ᄂ 초민 통간ᄒ고 사오ᄂ 냥가녜 원롤
위ᄒ여 슈졀 ᄒ나니 이시면 초민 사룽ᄒᄂ 체 ᄒ고 쎠쎠 약을 먹이고 한
ㅈ로 상직ᄒ여 잘쎠의 더러이게 ᄒ니 한ㅈ의 사통이 이곳의 익은지라 이
튼날 초민 드러와 한ㅈ의 ᄉ통을 보고 거줏 놀나 나오ᄂ 체ᄒ고 무든 분
뒤 쎠룰 니리면 다 순죵ᄒ여 손을 디졉ᄒ니[22]

　　선행 연구에서 '한 양가 여인이 창녀로 전락되어 가는 슬픈 역정
뿐 아니라 실의와 자조 속에서 자신의 버려진 생을 스스로 학대하며
몸부림치는 창녀들의 인간상이 한 폭의 사실화 같이 부각되'어 있다
고 평가되면서, '경제적인 문제나 본능적인 충동과 애욕의 처리 문제
를 날카롭게 파고드는 새로운 인간군'의 형상화 형태로[23] 파악되어
거듭 인용된 이 대목에 그려진 창가의 세태는, 물론 새롭게 대두되는
조선후기의 현실과 밀접하게 연관된 것으로 볼 수 있다.[24] 그런데, 이
러한 세태 묘사는 '강렬한 세속주의의 대두현상을 보여주는 것'이면
서도 그러한 세속주의적 세태 속에서도 순결과 정절을 고수해 내는
동예아의 행위를 선명하게 부각시키기 위해 그것을 극단화하여 형상
화한 것이다. 동예아는 이러한 세태와는 선명하게 대조되는 행로를
밟는 것으로 그려지기 때문이다.[25]

22) 「낙천등운」, 38쪽.
23) 이상택, 앞의 논문, 10쪽.
24) 조광국, 『기녀담 기녀등장소설 연구』, 월인, 2000.
25) 동예아는 빙폐에 눈이 멀어 자신을 창가에 팔아 넘기려는 숙부 동전채의 계교를
　　알아챈 뒤 자살을 기도하여 순결을 지키려 한다. 그런데, 후마가 왕석작과 동예
　　아를 상면시키기 위해 "녜ᄉ 겨믄 녀랑이 횡ᄉ흐ᄃ 타졍 아니흔 남지 겨태 이시면
　　즉시 쎠난"다고 거짓으로 이야기하여 동예아와 왕석작이 상면을 하게 된다. 그리하
　　여 왕석작은 동예아의 절개를 확인하게 되고 그녀를 진심으로 맞아들일 마음을 갖

즉, 대부분의 창가 여인들이 자신의 의지가 꺾인 뒤 신세를 자탄하면서도 서서히 창가의 세태에 동화되는 모습을 보이지만, 동예아는 자신이 처한 상황을 능동적으로 바꾸어 나가는 것으로 그려진다. 그녀를 창녀로 전락시키려는 포주 후마의 계략 때문에 그녀가 왕석작과 결혼을 하게 된다는 점에서는 여느 창가 여자들과 동일한 상황에 직면하였다고 할 수 있다. 그러나, 그녀는 창가의 포주로서는 선뜻 내놓기 힘든 오백금의 빙폐를 요구하며, 50수의 시사를 요구하여 상대가 단순한 창가의 남자가 아님을 확인한 후 허혼을 함으로써 자신이 처한 상황에 능동적으로 대처하는 모습을 보이며, 더욱이 자신을 맡아준 숙부에 대한 효를 실현하기 위해 어쩔 수 없이 허혼을 하는 것으로 그려진다.

효(孝)를 실현하기 위해 오백금의 빙폐를 요구하면서 스스로를 창가에 내맡기는 이러한 동예아의 모습은 조선시대 소설사 또는 서사문학사에서 낯설지 않은 것이다. 조선 후기 수많은 문헌에 다양한 모습으로 연변되어 전재된 홍순언 고사에 등장하는 바 창가의 의녀의 형상과 동예아의 형상은 동궤의 것이다. 물론 아버지를 구하기 위해 또

게 됨으로써 창가에서 맺은 인연이지만 그것을 진심으로 서로를 원하는 만남의 형태로 바꾸어나갈 수 있는 계기를 창출한다. 그리고 동예아가 왕석작과 결연을 할 수밖에 없는 상황을 설정하고 또한 그 결연을 동예아의 의지에 입각하여 이루어 나가는 것으로 그린다. 예컨대 동예아의 숙부 동전채가 빚을 많이 얻어 쓰고 변상할 길이 없어서 관가에 잡혀가게 된다. 동예아가 왕석작의 도움을 받을 수밖에 없는 상황에 처한 것이다. 그래서 동예아는 숙부의 빚을 갚고 왕석작의 근본을 알아볼 생각으로 왕석작에게 오백금의 빙폐를 요구한다. 그리고 자신의 시사(詩詞)에 차운을 한 왕석작의 시를 보고 왕석작의 사람됨을 의심하지 않고 혼례를 허락하는 것이다. 그리고, 빚을 갚지 못하여 곤장을 맞고 옥에 갇히어 곤욕을 치르는 숙부 동전채를 만나 왕석작에게 받은 빙폐로 빚을 갚은 뒤 문서를 작성하여 풀려나게 해주고 왕석작과 혼인을 이룬다. 그러면서도 그녀는 자신이 아직 부친의 허락을 받지 않았음을 들어 합근을 거부하고 순결을 고수한다.

는 아버지의 상례를 치르기 위해 천금을 요구하면서 스스로 창가에
몸을 던진 후 의인을 기다려 자신의 뜻을 이루고 후에 고관의 처가
되어 은혜를 갚는 홍순언 일화에 등장하는 여인의 형상은 의를 행하
는 남성과 여성의 국적이 달라서 서로의 결연 상대가 되지 않는다는
점에서는 동예아의 경우와 차이를 보인다. 그러나 효의 이념 실현을
위해서 어쩔 수 없이 스스로를 창가에 내맡긴다는 점에서는 동예아의
모습과 동일한 것이라 할 수 있다. 물질적 가치 추구가 만연되어 가는
조선후기 세태 속에서 자기 희생을 통해 가족애를 실천하려는 비극적
숭고미를 구현하는 이들 여인의 형상은 조선후기 문학사에서 하나의
전형을 얻은 것이었다. 그렇기 때문에 홍순언일화가 「이장백전」, 「계
씨보은록」, 「마원철록」, 「홍언양의 연천금설」 등 다양한 소설로 재창
작되었으며,26) 부모를 위해 여인이 스스로를 창가에 던지는 모티프는
「구운몽」의 계섬월과 적경홍을 위시하여 「채봉감별곡」 등의 기녀 수
절형 소설에 등장하는 기녀의 형상 그리고 심지어 근대소설인 이광수
의 「무정」에까지 이어졌던 것이다. 그리고 창가를 대상으로 한 것이
아니라는 점에서는 차이를 보이지만 주인공이 상업적인 이윤을 위해
인신매매를 서슴지 않는 집단에게 자신의 몸을 팔아 효를 실천한다는
점에서는 심청전의 주인공 심청의 형상도 동예아의 형상과 맥을 같이
하는 것이라 할 수 있다.27)

---

26) 정명기, "홍순언이야기의 변이 양상과 의미",『한국야담문학연구서』, 보고사, 1966,
   66~67쪽에는 17종의 문헌에 등장하는 홍순언고사가 조사되어 보고되어 있다. 박
   일용, "홍순언 고사를 통해서 본 일화의 소설화 양상과 그 의미",『국문학연구』5
   호, 국문학회, 2001, 참조.

27) 이익을 위해 인신 매매도 서슴지 않고, 이익을 위해 사람의 목숨을 가볍게 여기고
   성욕을 충족시키기 위해 최소한의 인간적 윤리도 돌아보지 않는 세태 속에서 효
   (孝)를 위해 자신을 창가에 던지는 주인공들의 행위, 또는 효를 위해 자신의 목숨
   을 초개같이 버리는 행위는 그러한 비윤리적 세태가 강화될수록 숭고함을 더하여

이처럼 「낙천등운」의 작가는 조선후기 서사문학사에서 형성된 창가와 관련된 자기 희생적 인물 형상을 취하여 여주인공 동예아의 모습을 형상화하고 있다. 그러면서도 이러한 자기 희생적 인물 형상의 모습을 선연히 부각시키기 위해 창가의 세태를 선명하게 묘사하고, 극적 긴장감을 고조시키기 위해 여주인공이 창가에서 순결을 지켜 나가는 과정에서 겪게 되는 숨막히는 고난을 섬세하게 그려낸 것이다.

예컨대, 동예아는 왕석작과 결혼을 한 후 왕석작과 따로 잠자리를 하는데 창모인 후마가 들어와 자신의 몸을 만지면서 "창가의 규구롤 이르며 교퇴를 가르쳐 추악 망측훈 말을 흐니" 소지하고 있던 칼을 가지고 자살을 기도하지만 왕석작의 만류로 목숨을 부지한다. 그 뒤 후원의가 왕석작을 데리고 흥판(興販)을 하러 떠나자 동예아는 불안한 마음 때문에 병이 든다. 그리고 후마에 의해 강제로 미혼단을 먹고 창녀 되기를 강요받다가 몸종 화연과 혜랑이라는 창녀의 도움으로 남복을 하고 창가에서 도망을 하여 유랑하다가 왕생을 만나게 된다. 그후 왕석작과 함께 영남 해변에서 적거하던 부친을 만난 뒤 부친의 명으로 비로소 왕석작과 합근을 하게 되어, 창가에서 지켜온 순결의 징표인 앵혈이 제거된다.

한편, 이들 주인공이 맺은 인연의 형식은 이후 여주인공 동예아가 겪는 고난의 원인이 된다. 왕석작이 과거에 급제한 뒤 그를 탐낸 황귀비는 '동예아가 그의 숙부에게 맡겨 있다가 하북의 장사에게 팔려 서방맞아 가고 사대부와 혼인한 적이 없다'고 상소를 올려 왕석작과 이질녀인 호동헌의 딸 호소저를 혼인시키려 한다. 그러자 황제는 왕석

보석처럼 빛나게 된다. 현실적 문맥으로 보아 딸을 파는 비정한 부친 심봉사를 위해 스스로 목숨을 던지는 심청의 숭고한 행위가 영원한 민족문학의 원형적 형상으로 자리잡은 이유가 여기에 있다.

작이 설혹 혼인을 하였다할지라도 애초 혼취할 때에 부모의 명과 매작이 없었음을 들어 호소저와 혼인하라 명한다. 이에 동예아는 이 소식을 듣고 부친을 대하여 다음과 같이 말하고 깊은 산 속으로 숨어버린다.

> 쇼녜 명되 긔험ᄒᆞ여 연화의 ᄲᅢ져 왕낭을 조차미 구구히 미미ᄒᆞ기롤 만나미오 존당과 존숙이 아지 못한 일이니 셩지 실노 졍당ᄒᆞ신지라 이제 황귀비 ᄉᆞ속이 업고 질녀롤 권ᄋᆡᄒᆞ야 브ᄃᆡ 혼ᄉᆞ롤 일우려 본토의 가 근본을 ᄉᆞ문ᄒᆞᄂᆞᆫ 지경의 니ᄅᆞ니 일이 그만ᄒᆞ여 마지 아닐지라 왕낭이 만일 소녀로 구ᄋᆡᄒᆞ여 명을 좃지 아니면 냥가 화란이 젹지 아니리니 아직 자최롤 그쳐 깁히 숨어 져 혼ᄉᆞ롤 일우게 ᄒᆞ고 친측을 뫼셔 아ᄌᆞ롤 기르고 여년을 맛고져 ᄒᆞ나이다[28)]

그러나, 왕석작이 동부인을 찾아가서 머물면서 요동 진무의 명을 칭병을 하면서 사양하고 동부인과 함께 지내고자 하는데, 동부인은 왕석작과의 잠자리를 거절하면서, 만일 호씨를 거부하면 자신이 "뉴리ᄒᆞ리니 그 ᄯᅢ 요힝으로 완명을 보젼ᄒᆞ나 몸의 주픠 업ᄉᆞ니 ᄆᆞ옴을 헤쳐보지 못ᄒᆞ고 ᄇᆡᆨ년 신셰어찌 븟그럽지 아니리오"라고 말하며 호씨와 혼인을 하기를 거듭하여 간절하게 부탁한다.

동예아가 이처럼 왕석작에게 호씨와 혼인하기를 간절히 비는 것은 자신의 말처럼 자신과 왕석작과의 인연은 창가에서 맺은 것으로서, 그것은 원죄처럼 따라다니면서 그들을 괴롭힐 것임을 알기 때문이다. 더욱이 이제 자신의 순결을 증명해 줄 주표마저 사라져서 그녀가 다시

---

28) 「낙천등운」, 261쪽.

왕석작과 헤어져 유랑을 하게 되면 왕석작에게 조차 자신의 절개를 떳떳이 증명하기 어렵게 된 것이다.[29]

한 여성으로서 창가에서 만단의 위험을 거쳐 순결을 지켜 맺은 남편과의 관계를 홀홀히 버리고 산 속으로 들어가 홀로 살겠다고 선언하면서, 남편에게 자신이 아닌 다른 연인과 혼인을 하여 살기를 간곡히 요구할 수밖에 없는 여주인공 동예아의 처지는 특히 여성 독자층에게 한없는 연민과 동정을 유발하여 눈물샘을 자극할 만한 것이다. 그러면서도 소설 독자층은 왕석작이 이러한 동예아의 간곡한 요청을 받아들이기를 것을 원치 않았으리라 짐작할 수 있다. 그 경우 동예아는 남편 왕석작의 사랑조차 잃어버리는 가련한 처지가 될 것이기 때문이다. 이처럼 눈물겨운 상황 속에서 작가는 동예아의 고난에 대한 예측에도 불구하고 남편 왕석작의 동예아에 대한 사랑을 확인하는 쪽을 택하여 독자들의 긴장을 더욱 강화시킨다. 남편의 사랑을 위해 스스로 자초한 동예아의 고난은 더욱 깊은 연민을 자아낼 것이기 때문이다.

즉, 왕석작이 호소저와의 혼인을 거절함으로써, 스스로 예견했던 바처럼 그녀는 더욱 가혹한 고난을 겪게 된다. 황귀비는 동예아가 창가

---

29) 서술자는 여주인공 동예아의 순결 증명에 대단한 관심을 기울이고 있다. 예컨대, 그녀가 왕석작과 합근을 하기 전에는 주표로써 그것을 증명하는데, 주표를 할 때 "잉혈이 혼 되나 훗지라 녀〇롤 블너 일졈을 잉도ᄌᆞ치 직고 좌비상의 쓰더 모년 월일의 셩미촌 분장으셔 ᄂᆞ니 명은 예아오 즈는 명원이라 ᄒᆞ엿더라"고 하여 앵혈로 그의 출신과 이름까지를 적는 것으로 서술한다. 그리고, 합근을 한 뒤에는 실상 왕석작과 동예아가 헤어져 있을 때는 동예아는 그녀의 순결을 지켜주는 동시에 그의 순결을 증명해 줄 하선과 동행을 하는 것으로 그리며, 왕석작과 헤어져 있을 때에는 대체로 그녀의 원조자, 부친 등 그녀를 보살펴 주는 인물과 같이 기거하거나, 심지어 변복을 하고 왕석작과 같이 행군을 하는 것으로까지 그린다. 이는 그녀가 순결을 지켰다는 것을 명시적으로 드러내려는 서술자의 의도가 개입된 것으로 볼 수 있다.

의 여인이었음을 들어 거듭 동예아를 모해하여 위기에 빠드리며 동예
아를 겁간하게 하여 그녀가 음녀인 것을 증명하여 왕석작과 그녀를 분
리시키려 한다. 예컨대, 창녀로 모함을 받아 하옥되는 고난, 도망을 하
다가 자식을 잃고 촌가 노인의 첩의 음심 때문에 겪는 고난, 왕각노의
사위가 될 위기에 처해 첫째 사위 때문에 겪는 고난, 음란한 창녀의
누명을 쓰고 황귀비궁의 노비가 되어 창녀가 될 위기에 처한 고난 등,
거듭하여 창녀로 전락될 위기에 처하고 또한 창가로 모함을 받는 고
난이 이어지는 것이다.30) 그러나 이러한 거듭된 고난 속에서도 동예
아는 고스란히 순결을 지켜서 왕석작과 완전한 결연을 성취하게 된다.

이러한 여주인공 동예아의 역정은 심규에서 생활을 하던 「낙천등
운」의 독자층에게 호기심과 함께 두려움의 형태로 각인되어 충격적으
로 다가왔으리라 짐작할 수 있다. 동예아의 행적에서 볼 수 있는 바
이 작품에서는 여성이 자의든 타의든 심규 밖을 나서기만 하면 인신
매매 또는 성적 폭력의 대상이 되어 창가로 전락하는 것으로 그려진
다. 이는 당대의 현실을 반영한 것이기도 하지만, 심규에 갇힌 여성

---

30) 동예아는 황귀비의 계교로 옥에 갇히게 되자 대신 옥에 갇힌 시녀 원매의 도움으
로 탈출하지만 자식 등윤을 잃어버린다. 그리고 남복을 한 동예아에게 음심을 품은
촌가 노인의 첩 때문에 고초를 겪는다. 그리고 동예아으로 변장한 원매는 감옥에서
겁간 당할 위기에 처하여 동예아가 아님이 밝혀진다. 그 뒤 왕각노 집에 의탁을 하
던 동예아는 왕각노의 둘째 사위가 될 상황에 처하는데, 왕소저가 동예아와 사통을
하고자 하는데 왕각노의 재산을 탐낸 첫째 사위가 동예아를 가장하여 왕소저와 사
통을 한 뒤 동예아를 죽이려 하는 상황이 벌어져서 동예아는 도망을 하다가 자살
을 기도하며, 우연히 왕석작을 만나 구원을 받는다. 그리고 그 뒤에도 또다시 황귀
비의 계교로 정부실의 지위가 바뀌고, 왕각노의 첫째 사위가 이전에 자신이 죽이려
했던 자가 동예아임을 알고 자신이 동예아와 사통하였다고 하면서 동예아가 애초
창가의 여자로서 음행을 일삼는 여자인데도 왕석작이 그것을 속이고 부인으로 취
했다고 무고하여 왕석작은 백의종군을 하게 되고, 동예아는 시비 화연의 도움으로
피난을 하며 대신 화연이 옥에 갇혀 재물과 색으로 옥리를 매수한 뒤 탈출하여 변
장을 하고 왕석작 모르게 왕석작과 행로를 같이 한다.

독자층들의 심규 밖의 세계에 대한 두려움을 반영하여 전형화된 것이다. 독자층은 이를 통해 자신들이 체험해 보지 못한 심규 밖의 세계를 두려움과 호기심 어린 눈으로 바라보는 한편, 거듭되는 동예아의 고난 과정을 손에 땀을 쥐고 바라보면서 연민과 동정의 한숨을 쉬다가, 그 고난이 극복되는 것을 보고 동예아가 지켜낸 순결에 환호의 박수갈채를 보냈을 것임은 추측하기 어렵지 않다.

이처럼 「낙천등운」은 조선후기 문학사에 하나의 전형을 자리잡은 '효의 실현을 위해 스스로 자신을 창가에 던지는 비극적이며 숭고한 여인의 형상'을 취하여 비극적 숭고미를 구현하고 있다. 그러면서 여느 서사문학에서와는 달리 이윤을 위해 성 매매를 서슴지 않는 타락한 창가의 세태를 생생하게 묘사하여 주인공이 지켜낸 순결을 선명하게 부각시키는 동시에, 여주인공이 겪는 창가의 고난을 생생하게 묘사하여 극적 긴장감을 유발한다. 그리하여 스스로를 고난의 세계에 던져 넣을 수밖에 없는 여주인공의 고난을 통해 연민과 동정을 유발하여 독자들을 작품에 몰입시키는 한편, 그것의 극복 양상을 통해 독자들에게 낭만적인 해방감을 제공하는 것이다.

4. 결연 형식을 초월한 믿음과 사랑의 구현자 왕석작의 형상

「낙천등운」에서는 앞에서 살펴본 바 갈등의 초점이 왕석작과 동예아의 혼사장애, 특히 여성 주인공 동예아의 고난에 초점이 맞추어지면서, 남주인공 왕석작의 모습이 동예아의 구원자의 형상으로, 그리고 만단의 수난을 겪으면서도 창가에서 만난 여인에 대한 신의와 사랑을 구현해 내는 지순한 연인의 형상으로 그려진다.

　왕석작은 애초 창기였던 유모 정마란의 도움으로 감옥을 탈출하여
포주 후원의의 양아들이 되어 창가에 기식을 한다.[31] 포주 후원의는
양가 처자들의 부모에게 돈을 주고 그들의 딸과 왕석작을 혼인시키는
형식으로 처녀들을 창가로 유인을 한다. 이처럼 이 작품에서 왕석작
은 창가에서 기식을 하면서 양가녀를 창녀로 전락시키는데 이용되면
서도 전혀 주색에 눈을 돌리지 않고 고결한 풍모를 유지하는 것으로
그려진다. 기실 창가에서 그가 행하는 역할은 양가의 처녀를 유인하
여 그녀들의 순결을 빼앗아서 창녀로 전락시키는 것으로서 무뢰배나
다름없는 일을 하는 것이다. 그러면서도 색의 바다에 빠지지 않고 자
신의 의지를 지켜나가는 왕석작의 모습은 앞에서 살펴본 바 창가에서
순결을 지켜나간 동예아의 순결한 형상에 그대로 대응되는 것이다.

　그러나 그는 후원의가 그를 내세워 사들이는 여인들을 거들떠보지
도 않다가, 어사 동전책의 딸 동예아의 얼굴과 시사를 보고는 '정신이
황홀하여' 후원의의 돈을 빌어 동예아의 숙부 동전책을 구해주고 그

---

31) 그는 창가에서 '마음을 정히 하여 밖에 나가지 아니하여 삼년이 지나니 창기 중
　　협객이 오지 아니한 날이면 다투어 그가 있는 곳으로 와서 온가지로 교태하여 사
　　랑함을 견디지 못하되 그는 항상 못보는 사람' 같이 행동한다. 그러다가 후원의가
　　그를 장사하는 배에 데리고 다니면서 그를 내세워 빙폐를 주고 여인을 사들여 두
　　미인을 그와 같이 있게 하니 그는 신류(新柳)로 제한 시를 써서 자신의 신세를 강
　　개한다. 이에 후원의는 그를 달래어 창가의 여자 중에도 정녀가 있으니 후일 뜻을
　　이룬 뒤 후문(候門)에서 처를 취하고 비첩으로 삼으라 위로하면서, 또다시 그를 내
　　세워 동예아를 사들이려 한다. 왕석작은 그녀가 잔실로 동전책인지 아닌지 의심스
　　러워서 빙폐 친영을 하지 않겠다고 거절하는데, 후원의는 만일 그렇다면 후일 첩으
　　로 삼으면 되고 진실로 동전책의 딸이면 백년해로 하면 될 것이라고 설득을 하여
　　그의 마음을 돌린다. 그러다가 동예아가 자살을 기도하는 사건이 일어나서 동예아
　　를 보고는 '소생이 일생 맺힌 삼사가 있어 성색(聲色)에 뜻이 없더니 대인이 매양
　　소아를 가리어 보내시고 모든 미녀 대객 여가에 다투어 희학하여 친하기를 구하되
　　종시 마음을 허치 아녔더니 한 번 숙녀를 본 후는 비로소 마음의 맞도다'고 하면서
　　허락을 한다.

녀와 혼인을 한다. 그러나 동예아가 부친의 허락을 받지 않았음을 들
어 합근하기를 거절하자 그녀를 조금도 침범치 않고 고금의 문장을
강론하면서 부부의 정의를 두터이 한다. 그리고 그는 자신을 따르려
는 혜랑과 하선을 여성으로 대하지 않으며,[32] 은애는 깊이 표현하면
서도 동예아의 소원대로 그녀의 순결을 지켜주면서 그녀에 대한 애틋
한 사랑과 신의를 지켜 나간다.[33]

　　쇼제 잠을 깊히 든 체 ᄒ니 싱이 다시 만져보고 님은 오슬 벗겨 편히
고쳐 누이고 슈건과 씌과 바지 민거슬 글너 ᄉ미 속의 너코 자긔 웃오슬
버셔 ᄯᅩ 덮고 쇽 옷만 닙고 나가다가 도로와 나못출 드러 암혈 밧긔 내
여 노코 가니 그 듕의 칼이 이시미라 쇼제 자는 체 하고 …(중략)… 돌흐
ᄇᄃ이져 죽을 거시라 ᄒ야 누어셔 머리를 취혀 드러 돌흐 밀치니 졍박
이의 샹토 총흔 털이 만하 츄군츄근ᄒ고 상치 아니ᄒ고 어즐흘만 ᄒ거늘
게유 니러 안쟈 머리를 푸러 격게 트니 노 ᄌᄒ야 질긘지라 두 손의 감
아 여러 볼목의 민고 비러 ᄀᆯ오대 모로미 신녕은 슈이 죽기를 허ᄒ쇼셔
ᄒ더라 싱이 암혈 밧긔 나와 먼니 가지 못ᄒ고 하선이 믈가의 가며 오믈
보더니 한풍이 밉고 츤 셔리 날니니 셕상의 한녕ᄒᄆ믈 숭각ᄒ고 밧비 드
러와 몬져 낫출 만져보니 두발이 산난ᄒ야 손의 문득 걸니거늘 헤쓸고
보려ᄒ니 만흔 머리 길나믄 거술 다 푸러 흐터시니 안고 나와 둘빗치 보

<hr>

32) 예컨대 자신과의 혼인 형식을 빌어 후원의에게 팔려온 하선이 자신을 따르려는 뜻
을 밝히자 그는 "내 본대 남자 풍정이 적으니 브절업시 타일을 바라고 청춘을 져
바리지 말라"고 타이르며, 창가에 떨어진 혜랑이 자신이 동예아의 순결을 지켜줄
터이니 후일 첩으로 받아달라 청하자 난색을 표한다.
33) 서술자는 이러한 상황을 '왕공자 동소제와 만나므로브터 소년 남ᄌ녀 절대 미애
항녀의 도를 일워 백세 사라롤 매자대 졍소를 어엿비 넉여 ᄎ마 핍박지 못ᄒ여 은
졍으로 셔리담아 ᄯᅳᆺ을 쳘셕가치 직희대 일념의 매치여 해듕 풍파의 죽을 곳의 이
르러도 오히려 심니의 방치지 못ᄒ다' 라고 이야기하고 있다. 「낙천등운」, 142쪽.

려 ᄒ니 불셔 돌의 브드이져 쥭엇ᄂ가 겁ᄒ여 더욱 팔이 져리고 힘이 업
셔 계웃 그어 나와 자시 보고 빅분 이상ᄒ야 눈물을 흘니며 두관을 푸러
닉여 거두어 미고 안아 드러오니 오히려 온긔 잇ᄂ지라 이 ᄶ의ᄂ 하션
보ᄂ 듸의 셥심ᄒᄂ ᄆ음이 다 스러져 하션을 블너 소제의 슈죡을 쥠ᄆ
르라 ᄒ고 옷슬 글너 품 쇽의 안아 셕상 촌 긔운을 빙비ᄒ더라[34]

위의 인용 대목은 동예아가 창가를 벗어나 도망을 하다가 자신이
왕석작과 하선에게 짐이 될까보아 굶어 죽으려다 성공하지 못하고,
다시 칼로 자살을 하려다가 왕석작에게 칼을 빼앗긴 뒤, 바위에 머리
를 부딪쳐 죽으려 장면이다. 자살을 기도하는 동예아의 처절한 모습
이 눈에 보일 듯이 묘사되는 한편, 그녀를 구하기 위해 노심초사하는
왕석작의 마음과 행동이 더 이상 핍진할 수 없을 정도로 생생하게 그
려지고 있다. 그녀를 살리기 위해 하선을 옆에 둔 채로 옷을 벗고 자
신의 몸으로 동예아의 몸을 덥히는 왕석작의 행위는 가부장제 사회에
서 애틋한 사랑 표현 행위에 목말라 하던 여성 독자층에게는 충격적
으로 느껴질 만큼 강렬한 것이라 할 수 있다.

나아가서 그는 황명을 거역하면서까지 아내 동예아에 대한 애틋한
정을 드러낸다. 예컨대 왕석작은 동예아의 부친의 허락을 받고 부부
관계를 맺은 후에는 동예아가 창가에서 맺은 관계임을 들어 황제를
움직여 늑혼을 강요하는 엄세번과 황귀비의 억압에 맞서, 동예아가
조강지처임을 내세워 목숨을 걸고 그녀와의 혼인을 지켜내려 한다.
이러한 왕석작의 동예아에 대한 사랑과 신의는, 심지어 그가 동예아
와의 이별을 아쉬워하여 황제의 출정 명령을 위배하는 것으로까지 그

---

34) 「낙천등운」, 162~163쪽.

려진다.

어스 이 때 성연 남즈로 생스 이별을 격ᄒᆞ야 오매 사복하다가 처음으
로 은하룰 건너 작교룰 이루고 녕과의 최행을 당ᄒᆞ니 비록 남자의 강장
이나 엇지 능히 참으리오 천문의 새복이 자로 동ᄒᆞ되 니러날 뜻이 업서
날이 임의 밝았난지라 쇼제 민망ᄒᆞ여 백단 개유하고 게유 니러나 소셰ᄒᆞ
매 어사 칭병ᄒᆞ고 일일을 머물려 하난지라 소제 천만 간해하되 어새 듯
지 아니ᄒᆞ고 군문의 분부ᄒᆞ여 명일노 발행하여 일야의 배도ᄒᆞ리니 각각
행장을 준비ᄒᆞ고 녕문과 현정의 빈객을 드리지 말나[35]

인용 내용은 왕석작이 엄숭의 늑혼을 거절한 뒤 황제로부터 북정의
명을 받고 발행을 늦추는 장면이다. 이러한 장면은 왕석작이 황귀비
의 늑혼을 거부하고 요동 진무의 명을 받은 뒤에도 되풀이되는데, 그
가 출정을 하지 않고 심산에 숨은 동예아를 찾아가 거듭 출정명령을
위배하면서 동예아와 지내다가 어의가 파견되는 사태까지 벌어진다.
그러자 그는 어쩔 수 없이 아내 동예아를 데리고 출정을 하려 하다가
황제의 명을 받고 홀로 출정하는 것으로 그려진다.

여기서 왕석작은 아내와의 이별을 아쉬워하여 출정을 미루는 반면,
아내 동예아는 왕석작에게 명분 뿐 아니라 그 결과가 가져올 현실을
들어 출정을 간곡히 권한다. 이러한 동예아의 모습은 당대의 이념을
구현하는 이상적 부녀상이라 할 수 있다. 그러나, 기실 독자층인 사대
부 부녀층은 표면적으로 이러한 관념적 부녀상을 이상으로 내세우면
서도, 내면적으로는 황명을 거역하면서까지 아내와의 이별을 아쉬워

---

35) 「낙천등운」, 223쪽.

하는 왕석작처럼 아내에게 무조건적 애정을 보이는 남편상을 갈구하고 있다고 추측할 수 있다. 그러면서도 그러한 욕구를 직접적으로 표출할 수 없는 이율배반적인 상황에 처해 있었다고 할 수 있다. 그러기에 이들 향유층은 자신들이 갈구하는 새로운 남성상에 대한 욕구를 대리적으로 충족시켜줄 수 있는 왕석작과 같은 인물 형상을 창출한 것이다.

한편, 왕석작은 황귀비의 늑혼 요구를 거역하다가 황제의 명을 거역할 수 없어 끝내 호소저와 혼인을 하게 된다. 그러나 왕석작은 호부인의 방을 찾지 않다가 황귀비에 의해 호부인과 동부인의 정부실의 지위가 바뀌게 되고, 동부인이 창녀 출신으로서 음행을 일삼고 왕석작이 창녀의 색에 빠져 황명을 거역하였다고 무고를 당하여 동부인은 관비가 되어 옥에 갖히고 왕석작은 백의종군을 하게 된다. 그렇지만 왕석작은 동부인에게 도미의 아내 고사를 이야기하면 동부인을 더욱 애틋하게 여긴다. 엄숭이나 황귀비가 거듭 주장한 것처럼 통념적인 시각에서 본다면 기실 여주인공 동예아는 창가의 여인으로서 정실 부인이 될 수 없는 여인이라 할 수 있다. 그런데도 왕석작은 그러한 여인에게 자신의 목숨, 그리고 가문 회복이라는 절대 명제까지 포기하면서 동예아에 대한 사랑과 신의를 지켜낸다.

이러한 왕석작의 태도는 여느 영웅소설에서는 찾아보기 힘든 것이다. 국가가 환란에 처했는데도 아내와의 이별을 아쉬워하여 군무를 소홀히 한다는 것은 유가적 질서에 위배되는 것으로서, 여느 통속작 영웅소설의 이념 지향과는 상반되는 것이기 때문이다. 이처럼 왕석작은 여느 영웅소설에서와 소설에서와 달리 작품의 표면에 설정된 이념을 위배해가면서까지 자신의 이상에 부합되는 여성에 대한 사랑과 신의를 지켜나가는 것으로 그려진다. 그리고 자신이 선택한 여인에 대하여는 '황홀하여' 이성을 잃을 정도로 정렬을 가졌으면서도, 자신의 순결을 지켜주기를 바라는 여성의 요구를 고스란히 지켜주는 고결한 품성을 지닌 것으로 그려진다.

이러한 동석작의 모습은 조선시대 소설에 등장하는 바 색에는 전혀 눈을 돌리지 않는 도덕군자 형의 관념적 남성상, 또는 도덕적으로는 크게 타락하지 않으면서 남녀의 풍정을 즐기는 풍류호남형 남성상과는 다른 새로운 인물 형상이다. 그러기에 그의 모습은 가부장제 사회에서 인간적 사랑 표현을 목말라 하던 「낙천등운」의 향유층인 사대부 부녀층의 내밀한 욕망에 신선한 충격을 던져주었을 것으로 생각된다. 왕석작의 인물 형상은 가부장제 사회의 질곡 아래서 새로운 남성상을 갈망하던 사대부녀 부층에게 대리 만족을 제공하기 위해 창출된 것이다.

5. 결론

「낙천등운」(落泉登雲)은 남주인공 왕석작과 여주인공 동명원이 황천(黃泉)으로 비유된 바 창가에서 만나지만 신의와 절의를 오롯이 지켜 창가를 빠져나와 청운(靑雲)으로 비유된 바 부귀와 영화를 누리는 세상을 만나게 된 과정을 형상화한 작품이다. 작가가 스스로

　　왕상셰 화란 여성으로 여러 번 수지의 싸지되 츙효와 신의를 일치 아니ᄒ야 가도를 오르기 하야 나라 명신이 되고, 동부인이 처음의 그 슈부 무례홈과 후마 초마의 다뢰옴과 호셩의 쑬애오매도 몸을 직희여 ᄆᆞ춤내 절개를 나타닉고 부귀를 안향하니 그 험악이 뉘 업스며 영화 바드미 뉘

업숨과 절 잡으미 뉘 업숨과 은혜 갑흐미 뉘 업스믈 칭찬치 아니리 업[36]

다고 이야기하고 있듯이 이 작품의 흡인력은 비인간적인 창가의 세태를 배경으로 하여 간악한 음모 속에서도 신의와 정절을 지켜 나가는 남녀 주인공의 순결한 행적이 보여주는 흑백적 대비, 그리고 황천과 청운으로 비유된 바 창가에서 겪은 갖은 고초와 그것을 극복하고 오롯이 이루어 낸 자신들의 결합과 부귀 영화의 대비에 있음을 알 수 있다. 이러한 주인공의 순결한 모습과 타락한 세태의 대비는 소설사에서 '류(類)가 없을' 정도로 선연한 것이다.

이처럼 작품의 초점이 창가에서 지켜낸 순결과 신의에 맞추어져 있기 때문에, 이 작품은 영웅소설의 형식을 지니면서도 하층 남성들이 향유하던 일반적인 통속적 창작 영웅소설들과 인물의 형상화 방식, 그리고 배경의 형상화 방식에 있어서 변별성을 지니게 된 것으로 해석할 수 있다. 작품에 표면적 갈등 요인으로 설정된 정적과의 갈등은 실제의 갈등을 유발시키는 기능적 역할만을 담당하는 것으로 바뀌고, 통속적 창작소설 일반에 등장하는 군담은 대부분 남녀 주인공의 고난을 유발하는 계기로 바뀐 것이다. 대신 남녀 주인공이 겪는 고난은 창가라는 강렬한 배경과 관련하여 보다 섬세하고 구체적으로 형상화되고 있으며, 그러한 고난 속에서 지켜내는 순결과 신의는 눈부실 정도로 선연하게 형상화되고 있다.

그러기에 이 소설의 주된 독자층으로 추정되는 여염 사대부 부녀층에게는 적나라하게 펼쳐지는 창가의 세태 및 그 속에서 지켜내는 순결의 이러한 대비가 충격적으로 다가왔으리라 짐작할 수 있다. 특히,

---

36) 「낙천등운」, 12회.

소설의 독자층인 사대부 부녀층은 서술자가 "왕상세 화란 여싱으로 여러 번 스지의 빠지되 츙효와 신의롤 일치 아니ᄒ야"라고 이야기 했듯이, 남주인공 왕석작이 창가에서 만난 여인 동예아에게 지킨 신의와 사랑에 감명을 받고 갈채를 보내는 한편, 왕석작을 새로운 이상적 남성상으로 받아들이면서 가부장제적 부부 관계가 지배하는 당대의 현실을 새삼스레 되돌아 보는 계기를 마련했으리라 추정할 수 있다.

「화정선행록」 연구

장 효 현 (고려대 문과대 국어국문학과)

1. 머리말

조선 후기 장편소설 연구가 최근 학계에서 활발히 진행되고 있으
나, 「화정선행록」은 아직 본격적인 연구가 이루어지지 않은 작품이다.
김기동에 의해 줄거리 소개와 간략한 평가가 이루어졌으며,[1] 「화정선
행록」에 등장하는 보조인물 매홍·매섬에 대한 평가가 다른 장편소설
에서의 보조인물에 대한 평가와 더불어 한길연에 의해 이루어졌을 따
름이다.[2] 이 글에서는 「화정선행록」의 書誌 및 서사 전개, 인물 형상,
작가의식 등에 걸쳐 그 특징적인 면모에 대하여 개괄적으로 살펴 보
고자 한다.

* 본 논문은 한국정신문화연구원의 2002년도 연구비 지원으로 이루어졌음.
1) 김기동, 『한국고전소설연구』, 교학사, 1981.
2) 한길연, "대하소설의 능동적 보조인물 연구-「임화정연」, 「화정선행록」, 「현씨양
웅쌍린기」 연작을 중심으로-", 서울대 석사학위논문, 1997.

2. 「화정선행록」의 書誌

현재 확인되는 「화정선행록」의 이본은

① 정문연(장서각) 소장본. 전 15책 完帙. 표제는 '花鄭善行錄' R3
   5N-000098.

② 정문연(장서각) 소장본. 落帙 1책. 권7(권1~6 및 권8 이하 缺).
   표제는 '和靜善行錄' R35N-000094-6.

③ 러시아 동방학연구소(상트페테르부르그) 소장본. 전 15책 完帙.
   표제는 '和靜善行錄'.

의 세 종류가 있다.

문헌 기록으로는 모리스 꾸랑의 『韓國書誌』의 873번에 '화정선힝
록(華鄭善行錄)'이 적혀 있으며,3) 가람본 『언문칙목녹』에도 '화정선힝
녹'이 들어 있다.4) 가람 이병기의 「조선어문학명저해제」에도 여타의
작품과 함께 이병직 소장의 '華鄭善行錄' 15책이 거론되어 있다.5)

玩月會盟(雲峴宮 藏, 2백 책), 삼국지(洪宅柱 장, 39책), 수호지(洪宅
柱 장, 35책), 서유기(李秉直 장, 25책, 1책 落), 西廂記(홍택주 장, 2책),
西周演義(封祥演義; 홍택주 장, 25책), 西漢演義(封祥演義; 홍택주 장, 16
책), 唐傳演義(封祥演義; 홍택주 장, 19책), 南宋義(이병직 장, 7책), 大
明英烈傳(홍택주 장, 8책), 劉氏三代錄(홍택주 장, 14책), 華鄭善行錄(홍

---

3) 모리스 꾸랑, 이희재 역, 『한국서지』, 일조각, 1994, 301쪽.
4) 강전섭, "언문칙목녹 소고", 『한국서사문학사의 연구』, 중앙문화사, 1995, 2027쪽.
5) 『문장』 19호, 1940. 10.

택주 장, 15책), 明行精義錄(홍택주 장, 70책), 私恩奇遇錄(홍택주 장, 7
책), 蘇老泉三代錄(홍택주 장, 2책), 薛仁貴傳(홍택주 장), 張風雲(홍택
주 장, 3책), 蘇賢聖傳(홍택주 장, 15책), 麟鳳韶(홍택주 장, 3책), 韓氏
壽筵雙龍奇逢(홍택주 장, 2책), 今古奇觀(홍택주 장, 8책), 陳泰方傳(홍
택주 장, 1책), 玉蘭奇緣(홍택주 장, 26책), 取勝樓(이병직 장, 2책), 華
鄭延錄(이병직 장, 50책)

그런데, 18세기 후반에 이루어진 서울대본 「옥원재합기연」에 필사
되어 있는 장편소설 목록이나, 19세기 전반에 이루어진 홍희복의 『第
一奇諺』서문에 들어 있는 장편소설 목록에는 이 「화정선행록」의 서
목이 나타나지 않는다. 「화정선행록」의 현존 이본이 적고, 이들 목록
에도 이름이 보이지 않는 것으로 보아, 「화정선행록」의 형성은 장편
소설로서는 늦은 시기인 19세기에 들어서 이루어진 것이 아닐까 생각
해 볼 수 있겠다. 그러나, 서울대본 「옥원재합기연」과 홍희복의 『第一
奇諺』서문이 모든 작품을 포괄한 목록은 아니기에, 그 형성 시기에
대하여 확정적으로 얘기하기는 어려운 문제이다. 이에 대하여는 앞으
로 꾸준한 考證의 노력이 필요할 것이다.

작품의 표제는 이본 및 기록에 따라 각기 '花鄭善行錄', '華鄭善行
錄', '和靜善行錄'으로 달리 나타난다. 「화정선행록」은 자칫 花氏·
鄭氏 양 가문에 얽힌 내용으로 오해될 수 있으나, '화정선생 충방의
善行'을 주제로 한 작품이라는 의미를 지니므로, 그 표제로는 '和靜
善行錄'이 가장 타당하지 않은가 한다. 작품의 제목을 「화정선행록」
으로 하게 된 까닭이 권15의 끝 부분에 기록되어 있다.

산인 화청유는 본디 옥쇼동 스룹으로 우연이 왓다가 추경을 목도ᄒ고

신긔코 아롬다이 너겨 이에 머므러 이에 션셩긔 문후ᄒᆞ고, 그 셔긔 화첩
은 쏘흔 쳥유션셩 친족 셔얼인 고로 일긔흔 거슬 슬펴 아롬답고 긔이흠
과 션셩의 놉흔 졀개 송듁 ㅈᄐᆞ여 종시 쳥현화직을 물니치고 고현쳐ᄉᆞ로
몰셰ᄒᆞᄆᆞᆯ 츠탄ᄒᆞ야 이에 그 ᄉᆞ젹을 일워닐시, 셔긔 쏘흔 이공쥬의 아롬
다오미 황영의 지미 업슨 고로, 셔로 일ᄏᆞᆯ 의논ᄒᆞ고 <u>젼을 일워 슈졔화</u>
<u>뎡션힝이라 ᄒᆞ믄 션셩의 도흑대졀을 본ᄒᆞᄆᆞ니</u>, 후인이 엇지 좀 공명문달
을 탐ᄒᆞ야 화뎡션셩 현의고졀쳥심을 효측지 아냠죽ᄒᆞ리오.6)

정문연(장서각) 소장본과 러시아 동방학연구소(상트페테르부르그)
소장본은 전 15책 완질본으로서, 표기의 미세한 차이가 있을 뿐 동일
한 이본이다. 이 글에서는 정문연(장서각) 소장본을 대본으로 하여 논
의를 진행하기로 한다.

3. 「화정선행록」의 敍事 展開

「화정선행록」이라는 題名은 작품 끝 부분의 기록에 따르면, 화정공
주 충효혜의 아버지로서 화정선생이라는 호를 황제로부터 하사 받은
'충방의 善行'을 주제로 한 작품이라는 의미를 갖는다.

화정공주 충효혜는 處士 충방의 딸로서, 남주인공 임창연과 定婚
하였으나, 화순공주가 賜婚됨으로 해서 자칫 불운한 처지에 빠질 위
기에 처한다. 김성광의 劫迫을 피해 물에 투신했다가 남해 용왕에게
구출되고 영주 태보산 니허진인의 문하에 들어가 뛰어난 將略과 道術

---

6) 「화정선행록」 권15, 94~95쪽.

을 익혀, 장차 전장에서 임창연을 구하고 송나라 仁宗의 양녀가 되어 화정공주라는 이름을 갖게 되고 임창연에게 賜婚된다. 뒤이어 전개되는 다사다난한 사건 속에서 화정공주 충효혜는 중요한 대목마다 神異한 능력을 발휘해 사건을 해결해 나간다. 이런 점에서 「화정선행록」은 실은 '화정선생의 선행'이 아니라 '화정공주의 선행'을 주제로 한 작품이라고 할 수 있다.

산림처사 충방의 세 아들과 딸 충효혜, 산림처사 임포의 세 아들인 임창연·임경연·임성연과 두 딸 임성아·임정염, 추밀사 소죽헌의 아들 소홍문과 재종제 소경문. 이렇게 充府·林府·蘇府의 인물들을 중심으로 결구된 점에서 보면, 「화정선행록」은 충부·임부·소부의 번영을 구가하는 家門小說의 유형에 드는 작품이라 하겠다. 그러나 「화정선행록」은 등장인물들간의 복잡한 結緣과 離合, 악인형 인물들이 끊임없이 일으키는 宮中과 가정 내의 갈등, 그리고 軍談과 道術의 話素 등이 흥미롭게 삽입되어 복잡하게 전개되는, 조선 후기의 다양한 소설 유형이 복합된 장편소설이다.

「화정선행록」의 서사 전개 양상을 큰 단락을 지어 보이면 다음과 같다. 「화정선행록」의 전체 줄거리가 김기동에 의해 정리된 바 있으나, 人名을 비롯하여 다소간 오류가 눈에 띈다.

1) 임창연과 충소저의 定婚. 화순공주의 賜婚

宋나라 眞宗 天禧년간에 항주 청성산 옥소동에 임포라는 한 은사가 있어, 서호처사라 일컬었다. 부인 진씨에게 3자 2녀를 두었는데, 장자 창연이 가장 뛰어나고, 차자는 경연, 3자는 성연이라 한다. 임창연이 13세 되는 해에 종남산에 사는 태허선생 충방이 찾아와 그 딸

효혜와 정혼을 하고, 玉佩와 玉鴬을 서로 信物로 주고 받는다. 仁宗
즉위 후 베풀어진 과거에서 임창연이 좌장원으로 급제하여 비서각태
우가 되고 소죽헌의 아들 소흥문은 우장원에 급제한다. 황제가 임창
연을 곽황후의 소생인 화순공주의 부마로 간택하고, 임·충 양 처사
에게는 退婚하라고 한다.

　이 때, 형초 지경에서 교동국이 모반하니 병부상서 소죽헌이 자원
하여 출전하고 임창연도 자원하니, 황제가 소죽헌으로 이부총재 겸
금문대도독 平楚대원수에, 임창연으로 대장군대사도 부원수에 임명해
출전하게 한다.

2) 김성광의 行惡

　임포와 정혼하였던 충방은 3자 1녀를 두었는데, 딸 효혜는 임창연
과 정혼하고, 맏며느리는 낭중 적순의 딸을 취하고, 둘째 며느리는 시
랑 김환의 딸을 취하였다. 김환이 죽은 후 그 부인 호씨가 두 아들을
의지해 사는데, 장자 성광은 불량하고 차자 성린은 덕이 있다.

　김성광이 충효혜를 흠모하고, 그 누이도 성광을 도와 계교를 세운
다. 김성광이 일부러 집에 放火하고 충소저를 구출해 주는 척하니, 충
소저가 이를 뿌리치고 달아나다가 연못에 투신하고 侍婢인 매홍·매
섬도 따라 투신한다.

3) 허소저의 존재

　황제의 명을 따라 임포는 경사로 올라온다.
　소죽헌·임창연이 교동국을 평정하고 회군할새, 소죽헌이 水路로

회군하다가 屍身을 건지는데, 학사 허정유[7]의 딸과 그녀의 시비 황파이다. 허정유가 황제에게 직간하다가 유배를 당하매, 부인과 허소저가 고향인 소주로 내려가 있었는데, 허소저 모친의 조카인 채원중이 허소저를 흠모하여 납치하려 하매, 피하여 달아나다가 강물에 투신한 것이었다. 이에 소죽헌은 허소저와 父女之義를 맺고서 회군한 후 데려가겠다 하고는, 그동안 黃陵廟에 몸을 피해 있으라고 한다.

황제는 회군한 소죽헌을 西平侯에, 임창연을 이부상서 겸 홍문관 태학사 태자태부로 삼는다. 국혼을 거행하여 임창연이 화순공주를 취해 화순궁에 거하니 금실이 좋다. 임포의 맏딸 성아는 소죽헌의 아들 홍문과 혼인한다. 소죽헌의 딸 월주는 임성아를 따른다.

4) 여성영웅으로서 충소저의 활약

임포는 남문 밖 취벽산에 집을 지어 산다.

이 때에 사천후 유길, 운남왕 연평이 모반하여 협공해 들어오니, 임창연이 平南대원수 제로도총관병, 소홍문이 병부상서 대도독 부원수에 임명되어 출전한다.

앞서 충소저와 매홍·매섬이 강물에 투신했으나, 남해 용왕이 구출하여 용궁으로 데리고 가서 보호하고 있다가 육지로 내보낸다. 용왕은 충소저가 천상 문창진군의 짝인 규목랑이 적강한 것임을 안다. 충소저와 매홍·매섬은 영주 태보산 니허진인의 도관으로 인도되어 병법과 도술, 華陀의 묘술을 익힌다. 하루는 니허진인이 선계의 인연이 다하였으니 하산하여 陣中에서 득병하여 죽어가는 임창연을 구출하

---

7) 그 이름이 앞 부분에서는 '허유'로, 뒷 부분에서는 '허정유'로 기록되어 있다.

라고 한다. 이 때, 출전한 임창연이 敵陣에서 운청법사의 요술에 걸려
죽으니 초혼을 하려고 하는데, 충소저가 나타나 월청도사라 자칭하면
서 회생단을 써서 임창연을 소생시킨다. 충소저가 운청법사를 사로잡
고 사천후 유길을 죽이니, 운남왕도 항복한다. 임창연은 월청도사가
충소저의 모습과 비슷하여 의심을 품는데, 충소저는 이를 간파하여
밤중에 陣中을 나와 피신한다. 회군하는 길에 남창현에 이르러 소흥
문은 황릉묘에 있는 義妹 허소저를 데리러 가고, 임창연이 홀로 회군
한다. 황제가 임원수를 서령백, 소흥문은 이부상서 겸 홍문관 태학사,
월청도사를 西平侯로 봉하고, 월청도사의 소재를 찾도록 분부한다.
소죽헌은 추밀사로 승품한다.

5) 충소저에서 화정공주로 상승

한편 陣中을 벗어난 충소저는 산수를 찾아 유람하는데, 자기를 탈
취하려던 김성광이 절친한 채원중에게, 허소저가 황릉묘에 머문다는
소문을 알려, 채원중의 무리가 황릉묘에 있는 허소저를 납치하려고
한다는 密談을 객점에서 듣고는, 먼저 황릉묘로 가서 허소저를 구출
한다. 매홍·매섬이 도술을 부려 김성광과 채원중을 욕보이고 매를
때린다.

함께 남장을 하고서 허소저를 데리고 상경한 충소저는 外舅가 되
는 집금오 장세현을 찾아가, 자신은 충소저의 남동생이고, 허소저는
소경윤이라 속이고서 함께 지낸다. 장세현의 부인 조씨는 황족으로서
황태후의 총애를 입어 의양군주에 봉해진 인물인데, 식견이 매우 뛰
어나다. 충소저의 남동생이라고 한 이가 곧 충소저임을 간파하고는
시비 매홍을 불러 추궁하여 충소저의 신원을 확인한다. 이에 조부인

이 입궐하여 황태후에게, 전장에서 임창연을 구출한 월청도사가 바로
그의 약혼녀 충소저인데, 지금 자신의 집에 있음을 아뢴다. 황태후로
부터 이 소식을 들은 황제가 하교하여 충소저를 양녀로 삼아 화정공
주의 직첩을 내리고, 임창연의 우부인으로 맞이하도록 하면서, 화순공
주로 하여금 한 살 위인 화정공주를 형으로 섬기도록 한다.

소홍문은 허소저를 찾던 길에 시랑 이현의 딸과 佳約을 맺었으나
혼례는 미루었는데, 이현이 편지를 소죽헌에게 올려 혼인을 간청하니
소죽헌이 허락한다. 蘇府에서 허소저를 張府로부터 데려온다.

황제는 충방을 황태사 안국공에 봉한다. 화정공주는 임창연과의 관
계를 거부한다. 화순공주는 쌍둥이를 낳으니, 아들은 봉린, 딸은 봉희
로 이름 짓는다.

6) 여씨 가문의 갈등. 채원중의 行惡

이 때 수 년째 謫居하고 있던 허정유가 딸의 溺死 소식을 듣고서
丈人인 여급사에게 자기 아내(여급사의 차녀)의 잘못을 아뢰니, 여급
사가 딸을 착거하여 데리고 와서 비실에 가둔다. 여급사의 장녀가 채
시중에게 출가하였다가 喪夫하고, 홀로 아들 원중을 데리고 사는데,
그 성품이 매우 불량하다. 할아버지 채계윤이 원중을 꾸짖으나 채원
중은 祖父를 가두고 금은보화를 훔쳐 도망한다. 전임 우부도어사인
채계윤이 상소하여 손자의 悖戾함을 아뢰니, 황제가 허정유의 무죄를
깨달아 解配시켜 우부낭중을 삼는다. 謫所에서 상경한 허정유는 蘇府
로 가서 허소저와 상봉한다. 소죽헌이 허정유에게 부인을 다시 맞이
할 것을 권하나 받아들이지 않고, 허소저는 어머니의 일로 근심하여
병세가 위독해진다. 화순공주와 화정공주가 함께 황제와 황후에게, 허

소저를 임창연에게 사혼할 것을 간청하나 받아들이지 않다가, 이윽고 허락한다. 황제가 허정유를 불러 허소저를 임창연에게 賜婚하였음을 알리고, 여부인을 데려와 부부가 復合할 것을 권한다. 허소저는 부친에게 모친 용서할 것을 눈물로 호소한다. 여부인이 돌아온 후, 임창연과 허소저의 혼례를 치른다. 임창연은 그동안 잠자리를 거부하던 화정공주와 비로소 동침한다.

7) 이소저를 둘러싼 갈등

임포의 둘째 아들 경연은 좌승상 이항의 딸과 결혼한다. 소죽헌의 딸 월주는 충방의 셋째 아들 원경과 결혼한다. 소흥문과 결혼한 임성아 소저가 아들을 낳는다. 앞서 소주에 사는 형부시랑 이현이 소흥문이 그 지역을 지난다는 소식을 듣고서 찾아가 자신의 딸 명아소저와의 혼인을 간청하여 약속을 얻어 낸다. 이현은 본래 부인 표씨와의 사이에 2자 1녀를 두었는데, 표씨가 일찍 죽은 후, 곽씨를 재취하여 딸을 하나 두었다. 이현이 명아소저로써 소흥문에게 구혼하니, 곽씨는 시기하여 여종 취월을 명아소저로 가장시켜 소흥문의 방에 들여보내 信物을 달라 하나, 뜻을 이루지 못한다.

이듬해에 이현이 병으로 죽으니, 곽씨는 은자 오백 냥을 받고 이소저를 산동의 富商인 장설영의 며느리로 팔려고 한다. 병든 것으로 가장하고서 이소저로 하여금 묘향사에 가 발원하게 하고는 장설영에게 납치하도록 한다. 이소저가 이 음모를 눈치채고 유모 정파와 짜고 시비 계섬을 이소저로 가장시켜 가마에 타게 한다. 이소저는 유모 정파, 시비 소앵과 함께 남복을 하고 가다가 채원중의 집에 묵게 된다. 이소저는 자신을 이현의 셋째 아들 이운경이라고 소개한다. 채원중은 몸이 아픈 이운경을 위해 나귀를 빌려 주어 타고 가게 하면서, 그 값은 이운경의 집에 가서 형들에게 받겠다 한다. 소흥문과 약혼한 이소저의 소문을 들은 채원중은 이소저를 취하고자 하는 욕심에서 이현의 집을 찾아간다. 계섬은 장설영에게 납치되어 가서 이소저의 행세를 하며 그 아들 장섭의 유혹을 물리치고 있다가, 우연히 그 곳에 찾아 온 김성광과 함께 도망하여 김성광의 아내가 되어 산다. 이현의 집으로 찾아온 채원중을 보고 곽씨가 그 소생 혜아소저로써 구혼하는데, 채원중은 명아소저인 줄 알고 당장에 허락한 후 喪中이므로 후일을 기약하고 돌아온다. 채원중과 김성광은 계섬(남복하여 유청이라 속임)과 함께 경사로 향한다. 채원중을 千金을 걸고 잡는 榜文이 길에 붙어 있으니, 이름을 여원홍이라 한다. 경사에 온 김성광이 옛 집에 머물며 누이(충방의 둘째 며느리)를 불러 계섬을 이소저라고 소개한다. 채원중은 이모8) 여부인을 찾아가 숨어 지내며, 임창연의 셋째 부인이 된 허소저를 연모하여 겁취할 틈을 엿본다.

양태사의 손녀 양귀비가 인종의 정궁이며 화순공주의 어머니인 곽후와, 귀인으로서 동궁이 있어 서궁후에 봉해진 소후를 시기하여 없애고자 한다. 채원중은 허소저를 겁취하고자 개가죽을 쓰고 잠입하였다가 매홍에게 들켜 크게 욕을 본다. 채원중이 능운자라는 妖徒를 만나 김성광에게 소개하니, 김성광이 양귀비에게 데려간다. 능운자가 채원중의 부탁을 받고 허부인을 납치하러 갔다가, 매홍의 도술에 걸려 혼이 나서 돌아온다.

이 때 蜀의 민심이 흉흉하니, 포증을 서촉초토대원수, 소흥문을 안

---

8) 작품에서는 '숙모'로 기록되어 있으나, 여급사의 장녀가 채시중에게 시집 가 채원중을 낳은 것이고, 여급사의 차녀가 허정유에게 시집 가 허소저를 낳은 것이므로, 채원중에게 허소저의 어머니는 '이모'로 표기되는 것이 맞을 것이다.

럼부원수로 삼아 순무케 한다. 장섭이 걸인 행색으로 다니는 소흥문에게 이소저를 찾는 사연을 얘기하니, 이소저는 이부상서요 서촉안렴사로 파견된 소흥문의 정혼녀이니, 소흥문을 찾아가 발원하되, 이소저를 보내 주려다가 도적이 탈취하여 갔다고 아뢰도록 일러준다. 장섭이 소흥문을 찾아가 발원하니, 軍功을 세울 인물이라며 막하에 두고 총애한다.

8) 주소저의 존재

소흥문이 西로 향하다가 서주의 태위 주복의 집에 머문다. 앞서 이소저는 유모·소앵과 더불어 경사로 향하다가 산에서 만난 호랑이의 인도를 따라 경사로부터 수천 리 떨어진 서주에 이르고, 태위 주복의 집에 머물게 된다. 주복은 멀리 出遊하고 없는 터에, 근처에 사는 이지강이라는 탕자가 절도사인 외삼촌의 위세를 빌어 주복의 딸 요주소저에게 청혼하니, 두 오빠가 이소저(男服하여 이운경이라 함)에게 요청하여 許婚을 받은 후 이지강의 청혼을 거절한다. 이지강이 분노하여 무뢰배를 동원하여 朱府를 침입하니, 이소저가 주소저를 구하여 도망한다. 이소저와 주소저는 尼姑인 능운자가 웅거하는 山寺에 들어갔다가, 능운자의 제자가 되기를 거부하여 석항에 갇히는데, 포증·소흥문이 나타나 구출하고 산사를 불태운다.

채원중이 이현의 三喪 지난 후 소주에 가서 혼례를 올리는데, 추물인 혜아소저를 보고는 행패를 부리다가, 곽씨의 재물 많음을 알고서 初夜를 치르고 경사로 올라온다.

9) 악인들의 발호와 몰락

화정공주와 허소저가 아들을 낳는다. 화정공주는 매홍을 분부하여 蜀에 가서 소홍문을 보호하고 이소저를 구하라 한다. 또 부친 충방에게 궁중의 禍를 방지하도록 한다. 조정에서 設科하매, 김성광·채원중(여원홍으로 행세)이 장원과 탐화로 급제하여, 김성광은 한림학사, 채원중은 한림편수가 된다. 양귀비가 능운자가 준 도봉잠을 음식에 타 황제에게 먹이니, 황제는 양귀비만을 총애한다. 양귀비가 태후와 곽후의 침소 주위에 요예지물을 묻고는 소후의 짓으로 꾸미니, 황제가 소후와 태자를 冷獄에 가둔다. 능운자가 仙官의 모습으로 나타나 기치창검 가득한 임창연의 집을 幻影으로 보여주며 임창연과 소홍문이 역모를 꾀한다고 황제에게 아뢰니, 蘇府와 화정궁을 뒤져 역모문서와 기치창검을 찾아내고는, 임창연과 소죽헌을 옥에 가두고, 화순공주와 화정공주는 본궁에 가둔다. 구준으로 대원수, 김성광으로 초토사, 채원중으로 副使를 삼아 서촉에 가 도적을 막고, 포증·소홍문을 잡도록 한다. 능운자가 소홍문으로 변신하여 대궐을 침입하나, 화정공주의 부작으로 인해 면목이 탄로나 달아난다. 태자가 화정공주의 丹藥을 황제에게 먹여 혼미했던 정신을 돌아오게 한다. 한편 蜀에 가 있던 매홍은 장섭과 함께, 촉으로 와 소홍문을 죽이려는 능운자를 사로잡아 함거에 가둔다. 구원수가 포증·소홍문을 잡아 함거에 가두어 경사로 압송한다. 김성광·채원중은 능운자를 구해 내려다 구원수에게 들켜 함거에 갇혀 능운자와 함께 경사로 압송된다. 황제가 능운자의 招辭와 양귀비 시녀들의 초사를 받아 사실이 드러나매, 임창연·소죽헌·포증·소홍문을 모두 풀고 자신의 허물을 크게 뉘우친다. 능운자가 탈출하여 양귀비에게 독약을 먹이고 끌고 가다가 화정공주에

게 사로잡힌다. 양귀비는 독약으로 인해 죽고, 능운자는 효시된다. 김
성광·채원중은 북방에 充軍하게 하되, 김성광은 10년 후 放生하게
한다. 김성광은 계섬과 함께, 채원중은 상경한 혜아소저와 함께 北으
로 향한다.

10) 充府·林府·蘇府의 번영

임창연은 영릉후에 봉해진다. 임정염(임포의 차녀)과 소경문(소홍문
의 재종제)이 결혼한다. 임정염의 성정이 엄숙하여 和樂을 누리지 못
한다. 황제가 화정궁을 지을 것을 명하니, 화정공주는 화순궁 좌편의
仙境에 궁을 짓고 은둔하여 살고자 한다. 화정궁 안의 태호에서 船遊
하면서, 화순공주와 화정공주가 하나가 되어 임성아(임포의 장녀로 소
홍문의 부인)와 임창연을 놀리니, 임창연이 노하여 궁녀를 죄 주려 하
나, 임포가 꾸짖어 家道를 다스린다.

이소저(명아소저)와 주소저가 같은 날 소홍문과 결혼한다. 임성연
(임포의 三子)과 단경요(옥소동 처사로서 임창연의 스승인 단세경의
딸)가 결혼한다. 임성연이 장원, 임경연(임포의 次子)이 탐화에 급제
한다. 소경문이 둘째 부인으로 한고유의 딸을 맞이하나, 한소저도 성
정이 엄숙하니, 소경문이 창녀 매영을 얻어 총애하다가 부친에게 笞
杖과 냉옥에 갇히는 징계를 받는다. 병 든 소경문을 임정염이 간병하
면서 금슬이 회복된다.

호왕 한철영이 叛하매, 임창연의 삼형제와 소홍문·소경문이 출전
하여 호왕을 사로잡고 백성을 무휼한다. 임창연은 위왕에, 소홍문은
동평후에 봉해진다. 충부·임부·소부의 자녀들이 모두 成婚하여 많
은 자녀를 낳고 부귀와 번영을 극진히 누린다.

이상에서 볼 수 있는 것처럼, 임포의 맏아들 임창연과 충방의 맏딸 충효혜(나중에 화정공주가 되는)의 結緣을 중심축으로 하여, 充府·林府·蘇府의 많은 인물 및 주변 인물들이 등장하여 다양한 갈등을 엮어 나간다. 특히 악인형 인물인 김성광·채원중·양귀비·능운자 등의 行惡이 작품의 서사 전개의 중간 중간에 끼어 들어가 여러 갈등을 일으키며 작품의 홍미를 유발시킨다. 그리고 작품의 마지막 부분에서 이들 악인형 인물들이 한데 결합함으로써 갈등은 최고조에 달했다가 해결의 대단원에 이르는 양상을 보여준다.

4. 「화정선행록」의 人物 形象

「화정선행록」은 전 15책의 방대한 분량 속에 다양한 인물 群像이 등장하여 서사를 이끌어간다. 이 작품에 등장하는 인물 군상은 선인형의 인물과 악인형의 인물로 크게 대별되며, 또한 보조적 인물들이 이들을 돕게 된다.

작품의 주역인 남주인공 임창연과 여주인공 충효혜, 그리고 남주인공을 가까이에서 돕는 소홍문 등이 선인형의 인물들인데, 이들의 형상은 才德을 겸비하였으며 유교적 이념에도 충실한 모습으로 그려진다. 조선 후기 장편소설에 등장하는 典型的 주인공의 모습이라 할 것이다. 그런데 특별히 주목되는 존재는 賜婚妻인 화순공주의 형상이다.

남주인공 임창연은 과거에 급제한 후 황제(송나라 仁宗)의 마음에 들어 화순공주의 부마로 결정된다. 그런데 임창연은 이미 충방의 딸 충효혜와 정혼한 터이기에, 처음에 임창연과 그 아버지 임포는 극히 사양하는 태도를 취한다. 그러나 황제의 명을 거스를 수는 없는 것이기에 마지 못해 받아들이게 된다.

그런데 사혼처인 화순공주의 형상은 비할 데 없는 才德을 겸비한 현숙한 모습으로 그려진다.

공쥬의 빅년 용홰 오치 녕형ᄒᆞ야 눈이 현황커눌, 팔ᄌᆞ 아미의 덕긔 현
츌ᄒᆞ고 츄파 雙셩은 효셩의 말근 빗츨 나모라며, 나죽흔 거동과 다ᄉᆞᆫ
긔운은 양일이 온화ᄒᆞ야 만물을 빗초이는 듯, 겸손ᄒᆞ난 거동과 녜더ᄒᆞᄂᆞᆫ
긔상이 정신이 취ᄒᆞ이고 눈이 어리니(권2, 83쪽)

사혼처 삽화는 많은 장편소설에 등장하고 있거니와, 사혼처의 대부분은 교만과 위엄을 내세우다가 남편에게 사랑받지 못하고, 급기야 남편의 사랑을 독차지하기 위해 다른 부인들을 謀害하다가 남편과 媤家로부터 懲治되고 이윽고 悔改하는 식의 類型性을 보여준다. 사혼처가 선하게 그려지는 경우는 극히 드문데, 「구운몽」의 난양공주와 「유씨삼대록」의 진양공주를 대할 수 있을 따름이다. 사혼처가 이렇게 선하게 그려지는 경우, 王權과 臣權과의 갈등은 첨예하게 그려지지 않고 君臣 간의 조화로운 질서가 부각될 따름이며, 그만큼 봉건적 질서의 모순에 대한 문제 제기는 축소될 수밖에 없다. 「화정선행록」을 이끌어가는 갈등은 다른 곳으로부터 나온다. 이런 측면에서 「화정선행록」의 한계가 지적될 수 있을 것이다. 「화정선행록」의 서사적 갈등을 이끌어가는 주 인물은 악인형 인물인 김성광·채원중·양귀비·능운자이다. 그 밖에 교동국과 사천후·운남왕의 모반에 따른 갈등 같은 것들이 중간에 끼어 들어가지만, 기본적으로 악인형 인물인 김성광·채원중·양귀비·능운자의 行惡이 일으키는 갈등이 「화정선행록」의 서사 전개에서 흥미를 유발시키는 주 動因이 된다. 그리고 작품의 마

지막 부분에서는 이들 악인형 인물들이 한데 결합함으로써 갈등은 최고조에 달한다.

김성광은 충방의 둘째 며느리의 남동생이다. 충방이 둘째 며느리로 시랑 김환의 딸을 취하였는데, 김환이 죽은 후 그 부인 호씨가 두 아들을 의지해 사나, 장자 성광은 성품이 매우 불량하다. 김성광은 충방의 딸 충효혜를 흠모하여 계교를 꾸미고, 그 누이도 이런 성광을 도와주는데, 김성광이 일부러 집에 불을 지르고 소저를 구출해 주는 척하니, 충소저는 이를 뿌리치고 달아나다가 연못에 투신하게 된다.

김성광은 이후 채원중과 동류를 이루고 양귀비와도 결탁하여 一國을 濁亂하는 惡行을 계속한다.

채원중은 자기 이모의 딸인 허소저를 흠모하여 劫迫하다가 투신하게 만들며, 황릉묘에 숨어 있는 허소저의 소재를 김성광에게 듣고는 그리로 가 다시 劫取하려 한다. 이같은 채원중의 悖戾함을 그 祖父 채계윤이 꾸짖으니, 조부를 "안아드가 후당의 드리치미" 문을 걸어 가두고 보물을 훔쳐 달아난다.

치노공이 대로대분ᄒ야 ᄌ부를 엄칙ᄒ고 손ᄋ로 불너 명젼의 ᄭᅮ니미 그 죄상을 닐너 슈죄ᄒ고 "일고 독쥬로 고요히 명을 ᄆᆞᆺ챠 아비 어진 덕과 조선 청덕을 츄락지 말나." 하니, 치공ᄌ 원듕이 노혼ᄒ 흐아비 엄칙을 두리믄 업고 마치 쥬린 범이 늙은 기ᄅᆞᆯ 보고 쇼래치고 다라듬 ᄀᆞᆺ치 크게 쇼리질너 조부ᄅᆞᆯ 업누ᄅᆞ고 발악ᄒ니, 공이 놀나고 ᄯᅩ한 대로하야 쥬먹외로 난간을 쳐 왈, "츠는 난륜픽상ᄒᄂ 역지니, 아조 버혀 죽여 후환을 덜리라." 인ᄒ야 장검을 들고 공ᄌᄅᆞᆯ 버히려 ᄒ니, 원듕이 표연이 드리드라 조부의 잡은 칼을 아ᄉ 더지고 조부ᄅᆞᆯ 안아드가 후당의 드리치미 문을 걸고 너외ᄅᆞᆯ 뒤여 금은보화ᄅᆞᆯ 거두어 싯고 쳥녀ᄅᆞᆯ 치쳐 도쥬ᄒ

미 간 곳이 업순지라.(권6, 3~4쪽)

작품의 후반부에서는 김성광·채원중·양귀비·능운자의 악인형 인
물들이 한데 결합하여 작품의 갈등은 최고조에 달한다. 이들이 곽황
후와 소후 및 화정공주(충소저)를 멸하고 허소저를 탈취하고자 함께
모의하는 장면을 보이면 다음과 같다.

> 귀비 더옥 신통이 너겨 쳔셔만단으로 화슌궁을 멸ᄒ고 태ᄌ와 소후롤
> 졔어ᄒ고 뎡궁을 다시 업시ᄒ고 위롤 쳔ᄒ야 누년 품은 혼을 풀고져 ᄒ
> 니, 능운이 웅낙고 머물너 한담ᄒ다가 슈일 후 은신법으로 나오니, 김 채
> 냥인이 마챠 궐듕 쇼문을 무러 져 뜻이 마ᄌᄆᆯ 암희ᄒ야, 김싱이 화뎡을
> 셜치코져 ᄒᄆᆡ 쳔만당부ᄒ야, "유인ᄒ야 오라." ᄒ고, 채싱은 "허시롤 도
> 젹ᄒ야 오라." ᄒ니, 능운이 녕낙ᄒ고 몸이 변ᄒ야 한 쎼 구롬이 되야 허
> 부의 몬져 니르러 가만이 텸하의셔 여어 보니(권9, 4쪽)

이와 함께, 「화정선행록」에서 홍미로운 존재가 선인형 인물을 돕고
악인형 인물을 懲治하는 역할로 나오는, 충소저의 侍婢 매홍·매섬이
다. 매홍·매섬은 처음부터 뛰어난 능력을 지닌 인물로 나오는 것은
아니다. 주인인 충소저와 함께 김성광의 흉계에 빠져 죽을 고비를 넘
기고 난 뒤 영주 태보산 니허진인에게 도술을 익힌 후 비범한 능력을
지닌 인물로 변모한다.

매홍·매섬이 악한 인물들을 징치하는 역할은 화정공주(충소저)의
명을 따라, 황릉묘에 숨어 있는 허소저를 김성광·채원중의 무뢰배들
로부터 보호하는 부분부터 시작된다. 화정공주(충소저)가 자신을 겁탈
하려 했던 김성광과 그의 동료 채원중이 황릉묘에 숨어 있는 허소저

를 劫取하려는 것을 미리 알고서 자신의 시비인 매홍·매섬을 보내어
두 악인으로부터 허소저를 보호하도록 하는데, 매홍·매섬은 도술로
써 김성광·채원중의 무리를 호되게 욕보인다.

> 홍이 쇼리롤 정히 ᄒ야 굴오디, "김가 튝싱을 오늘날 머리업손 귀신을
> 만들고져 ᄒ더니 우리 쥬인의 명을 역지 못ᄒ야 살싱을 못ᄒ나 ᄒ번 곤
> 욕을 뵈여 한과 분을 셜ᄒ리라. 텬디일월은 츠 냥인의 가살지죄를 아ᄅ
> 실지니 쇼비 미홍 미셤의 당돌ᄒᄆ를 용샤ᄒ쇼셔." 제적을 향ᄒ야 진언을
> 넑고 긔운을 뿜으니 모든 적이 동ᄒᆫᄃ시 셔셔 움작이지 못ᄒ고 눈이 멀
> 거ᄒ니 셧난지라. 홍이 셤을 도라보아 왈, "오날눌 형뎨 명을 밧줍고 이
> 비의 엄교를 밧ᄌ와시니 냥젹 여당은 협종이니 쳐결ᄒ 후 도라보니려니
> 와 ᄒ 번 경계ᄒ면 마지 못ᄒ리라." 셤이 맛당ᄒᄆ를 일ᄏᄅ니 홍이 놉히
> 교위에 좌ᄒᄆ 성광을 향ᄒ야 즐왈, "니 텬명을 봉승ᄒ야 여등의 십악대
> 죄를 다ᄉ리ᄆ 슈형이 남지 못ᄒ 거시로디 아쥬의 호싱지덕이 젹즈챵싱
> 의 밋ᄎᄆ 네 목슘을 앗기ᄂᆫ 고로 쇼져의 교명을 밧ᄌ와 별곤을 더으ᄂ
> 니 ᄲᆯ리 죄를 밧고 싱심도 아쥬의 원혼을 비방티 말지니 텬하의 무륜픽
> 지 너 일인만 너겻더니 채튝의 방ᄌᄒᄆ 너의게 ᄂ리지 아니니 너와 일
> 톄로 다ᄉ리ᄂ니 하나리 쇼쇼ᄒ나 술피ᄆ 쇼쇼ᄒᄆ를 알나."(권4, 60~62쪽)

인륜과 예의를 모르는 김성광과 채원중은 매홍에 의해 '人間畜生'
으로 격하되며, 그들을 혼내 주는 매홍·매섬은 "놉히 교위에 좌ᄒ"
여 그들을 꾸짖는다. 매홍·매섬은 김성광·채원중 일행을 질책하며
황건역사를 불러 철편으로 때려 皮肉이 떨어지고 腥血이 낭자한 지
경까지 두 사람을 혼내 준다.

언파의 고성왈, "황건녁스는 어더 잇느뇨?" 공중으로셔 흉장흔 신녕이 느려오니 머리털이 붉고 푸론낫치 검고 황건을 쓰고 붉은 단령을 입고 프른 씌를 밠긋지 쓰을고 손의 쳘편을 들고 느려와 텽녕ᄒ니 냥셩이 졍신이 비월ᄒ야 발악고져 ᄒ미 턱이 쎗쎗ᄒ고 도망코져 ᄒ미 발이 ᄯᆞ히 브터시니 ᄒᆞᆺ갓 멀건 두 눈으로 눈믈만 흘니고 셔로 도라보고 썰며 울 ᄲᅮᆫ이러니, 신쟝이 다라드러 이인을 쓰어 업즈ᄅ고 쳘편으로 이십식 밍타ᄒ니 피육이 졈졈이 ᄯᅥ러지고 셩혈이 낭즈ᄒ니 졔젹이 황황망극ᄒᆞ미 비홀 ᄃᆡ 업더니(권4, 62~63쪽)

매홍이 악한 인물들을 징치하는 두 번째 대목은, 채원중이 자신의 이모인 여부인을 꾀어 자신의 계획에 방해물이 되는 매홍을 쫓아내고서 허소저를 겁탈하려 하는 것을 막는 부분이다. 매홍은 채원중의 간계를 미리 간파하고 허소저의 侍婢인 가월로 변모하여 채원중의 음모를 저지한다.

채원중은 자신의 계획에 가장 큰 장애물이 되는 매홍을 허부에서 내쫓았다고 믿고 안심하면서 이모9) 여부인까지 술에 취하게 만들어 놓은 뒤, "가인을 오날놀 됴히 겹취ᄒᆞ야 원을 일우리라"며 좋아한다. 그러나 채원중은 뜻밖에 짖어대는 개에 놀라 엉겁결에 마루 밑에 있는 개가죽을 뒤집어 쓰게 된다.

원듕이 규시ᄒ고 암희ᄒ더니 초야의 가만이 옷슬 버셔 더지고 즈론 옷슬 닙고 낫치 개면을 표표히 쓰고 슉모을 보치여 여취토록 먹고 가만가만 거러 뒤청스로 말미암아 쇼져팀쇼의 니ᄅ니, '젹년계교를 갈진ᄒᆞ야 상

―――――――――――

9) 각주 8) 참조

스ᄒ던 가인을 오날놀 됴히 겁취ᄒ야 원을 일우리라.' 흔흔ᄌ득하야 스스로 몸이 나라 하늘긔 도츅ᄒ고 가만이 긔여 쳥말노 긔여 갈 시, ᄶ 모로는 져 개는 인젹을 보고 도젹인가 ᄒ야 좌우로 니다ᄅ 즈ᄌ니 원듕이 민망ᄒ야 구셕으로 더드머 업디여 보니 마초아 마루 구셕의 ᄒ낫 가족궤 잇거늘 깃거 등으로셔 ᄂ리ᄊ니 시험ᄒ야 긔여 ᄃ니미 여러 도젹을 직희던 개 졔 뉴로 알고 즛지 아니ᄒ니 묘ᄒ야 ᄉᆡᆼ각ᄒ디, '이 ᄯᅩᄒᆞᆫ 하날이 ᄶᅢ를 빌녀 쳣 효험을 뵈시난도다.' ᄒ고 몸을 힐욱여 후당 창하의 니ᄅ러 긔여올나 업디여 보니(권9, 17~18쪽)

이어 온갖 망신을 당하는 풍자적인 장면들이 이어지면서 허소저를 몰래 겁탈하려던 채원중은 점점 더 우스운 모습이 된다. 채원중은 매홍의 계략과 도술에 의해 "튝ᄉᆡᆼ"의 무리로 전락하고, 매홍은 채원중에게 "긔심슈죨"할 것을 경계하며 심판하는 위치에 선다.

시비 쳥녕 후 나오미 ᄉᆡᆼ각 밧 시비 후문을 말믜암아 드러가며 셔편 후창을 열티니 원듕이 젼혀 무심듕 문ᄯᅡᆨ의 닷티니 알푸미 심ᄒ디 놀나오미 과ᄒ미 알픈 줄을 잇고 국슭그려 엉금엄금 긔여 마루밋ᄐ로 긔여 드러가니 과연 황구와 일뉘라. 시비 자셔히 술피미 업손 고로 즉시 도라와 부인긔게 안온ᄒ시믈 고ᄒ니 쇼졔 비로쇼 쇼촉을 쟝외로 닉고 팀금의 고요히 나아가 유모와 시비 다 줌이 깁허 실듕이 고요ᄒ야 쇼ᄅᆡ 업스니 원듕이 다시 긔여 황구피를 됴됴히 미여 닙고 개면을 다시금 만져 ᄡᅳ고 문 틈으로 여어 방듕의 들믜 침침ᄒ야 알 길이 업스디 앗가 자셔히 보앗눈 고로 더드머 쇼져 침금의 나아가니 쇼졔 줌이 깁허 슘쇼ᄅᆡ도 업산지라, 심듕의 ᄉᆡᆼ각ᄒ디, '예셔 거읫다가눈 쇼ᄅᆡ 곳 ᄒ면 큰 일이 날 거시니' 바로 입을 ᄲᅡ 치 니블의 마라안고 니다라 ᄇᆞ로 화계 우희 가 표도 가ᄌ 밋힝 니르러 월식이 여쥬훈 곳의 니블을 힉티고 오욕고져 본즉 이 믄득 쇼졔 아니오 초인을 믿드라 의복을 닙혀 단졍이 누엇는지라. 속은 줄 알고 황겁ᄒ야 급히 드줌 쥬어 덩당을 긔여 드리 닷더니 무어시 발의 걸니거늘 도라보니 각별 것틸 거시 업스니 ᄯ오 긔고져 홀 젹 허리 우흐로 조ᄎ 훈 눗 홍망이 느려져 일신을 얽으니 힉음업시 몸이 졋바진지라 젼면으로 조ᄎ 횃불이 조요ᄒ며 유뫼 렴하의 셔고 가월이 겻희 셧더라.(권9, 19~21쪽)

이 장면은 판소리계 소설 「배비장전」에서 배비장이 방자와 애랑의 꾀에 속아 애랑을 취하러 개가죽을 쓰고 가다가 망신을 당하게 되는 장면과 상당히 유사한 양상을 보인다.[10] 대화가 이어지는 해학적인 장면을 대화 부분을 드러내 인용해 보이면 다음와 같다.

유뫼 쇼리ᄒ여 왈,

"우리 쇼졔 쥬역팔괘를 산 두어 대익이 당젼ᄒ엿다 ᄒ고 몸을 피ᄒ시고 초인으로ᄡ 젹을 잡으라 ᄒ시더니 계교로ᄡ 도젹을 잡으미 이 믄득 스롬이 아니니 필연 원듕의 뉴특훈 바 구미호의 뉘니 너희 등이 그 ᄶ오리를 상고ᄒ라."

훈 창뒤,

"이 즘싱이 몸은 개털이오 머리는 개면을 ᄲ엇고 ᄶ오리는 업스니 이 무슴 즘싱인고?"

가월이 굴오디,

"이는 여이 아녀 동경개니 녯젹의도 개가 여의졍녕의 홀녀 변해 불측 터라 하니, 그 개면을 ᄡ미 등한티 안닌 계ᄌ니 용이히 쳐티치 못ᄒ리니

10) 한길연, 앞의 논문 참조.

가히 신병귀졸노 흐여곰 잡아 음부지옥의 가도리라."

원등이 미인을 엇쾌라 즈득흔 흥이 시긱이 넘지 못흐야 이 욕을 당흐니 분홉과 익다룸믈 이긔지 못흐야 쇼리흐야 왈,

"나난 귀신도 아니오 쏘 즘성도 아녀 스람이니 너희 맛당이 샤흐야 노흐라."

유뫼 왈,

"그 즘성이 말을 흐는괴야."

가월이 쇼왈,

"유모는 잠잠흐라. 스룸이나 즘성이나 니 쳐티흐리라."

인흐야 몸을 니러 흔 번 흔드러 미홍이 본면이 도라오는지라. 원등이 개면 속으로 보고 낙담 상혼흐여 왈,

"츠인은 됴히 박츌흐엿더니 어디 잇던고?"

심시 요란흐야 이걸왈,

"홍낭아 원컨디 대즈대비흐야 날을 샤흐라. 츠후 악심을 곳치고 불의지스를 힝치 아니흐리라."

홍이 쇼리를 ㄴ작이 흐여 왈,

"이 튝싱아. 니 당초의 너를 아조 육장을 민들 거시로디 허부인이 일명을 남겨 네 집 멸망흐믈 보지 말녀흐미 됴히 도라보너여시니 긔심슈졸흐야 어믜 젼졍을 위로홀 비오, 늙은 하나븨 여년을 됴히 위로홀 거시어눌 다시 요계흉스로 감히 이런 거조를 흐니 네 망명여싱으로 흔번 텬졍의 밧티면 니 상급을 타고 네 슈형을 보젼티 못흐리니 이제 너를 죽여 후환을 덜 거시로디 네 인명인쥴 앗겨 샤흐ᄂ니 삼가 회심슈졸흐고 다시 망녕된 거조를 짓지 말나."

인흐야 진언을 념흐니 공중으로조차 흉녕흔 귀졸이 니ᄅ거눌, 홍 왈,

"츠인을 결박흐야 원문 밧긔 닉치고 이후 이곳의 직희여 흉인의 츌입

을 업시ᄒ라."

　　귀졸이 쳥녕ᄒ고 원듕을 물이 못나게 결박ᄒ야 ᄯ어다가 원문 밧긔 니
치니 원듕이 넉시 업셔 반싱반ᄉ하엿거ᄂᆞᆯ 맛초아 능운지 오ᄃ가 보고 ᄎ
악ᄒ야 업어 도라가 김부니 셔당의 노ᄒ니(권9, 21~25쪽)

　　매홍은 또한 西蜀으로 출정한 소흥문을 해치려는 妖徒 능운자를
잡는 대목에서 뚜렷한 활약을 보인다. 심야에 침입하여 소흥문을 업
고 달아나던 능운자는 그것이 한갓 草人임을 알고는 내던지고 다시
소흥문을 치려 하는데, 매홍이 나타나 꾸짖자, 매홍에 대하여 "츙씨
요녀의 적은 비자(婢子)"[11])가 촉훼한다며 큰소리를 친다. 그러나 결
국 매홍의 홍망에 잡혀 경사로 압송된다.

　　이처럼, 侍婢인 매홍·매섬은 작품 속에서 선인형의 주인공을 돕는
보조인물이면서 뛰어난 능력과 적극적인 태도로 악인들을 징치하는
역할을 해 나간다.

　　시비의 신분으로서 작품 내에서 중요한 역할을 하는 또다른 존재가
계섬이다. 계섬은 이현의 딸 명아소저를 섬기는 시비로서, 이현의 繼
室인 곽씨가 명아소저를 富商 장설영에게 오백 은자를 받고 팔려 하
매, 이소저의 복색을 하고서 이소저를 대신한다. 이소저가 곽씨의 음
모를 눈치채고 유모 정파와 짜고 시비 계섬을 자신으로 가장시켜 가
마에 타게 하니, 계섬은 장설영에게 납치되어 가서 이소저의 행세를
하며 그 아들 장섭의 유혹을 물리치고 있다가, 우연히 그 곳에 찾아
온 김성광과 함께 도망하여 김성광의 아내가 되어 산다. 계섬은 김성
광을 꾸준히 회개시키려고 노력하고, 또 채원중과 함께 김성광이 큰

───────────

11) 「화정선행록」 권12, 26쪽.

죄를 짓지만 황제 전에 나아가 김성광을 변호한다. 계섬의 노력으로
인해 김성광은 免死하고 북방에 充軍하되 10년 후 放生하게 되는 행
운을 얻는다. 자신이 이소저가 아니라 그 侍婢인 것을 알리고는 자결
코자 칼을 내어 찌르나 주위의 구호로 살아나는데, 황제는 "계섬을
어약방의셔 구호ᄒ야 병이 ᄒ리거든 튱비문(忠婢門)을 셰워 그 일흠
을 표ᄒ"12)도록 명한다.

중세 시기에 신분적으로 낮은 하층 여성인 매홍·매섬·계섬같은
인물을 이같은 모습으로 형상화하는 것은, 신분 문제와 여성 문제에
대한 작가의 진전된 의식으로 평가할 수 있을 것이다.

5. 「화정선행록」의 作家意識

「화정선행록」은 다양한 인물 군상에 의한 복잡한 서사 전개로 이루
어져 있으나, 작품 전체를 일관하고 있는 작가의식은 비교적 선명하
게 설명될 수 있다. 다음과 같은 意識上의 二元性을 「화정선행록」은
잘 보여 준다.

1) 處士의 삶과 將相의 삶

「화정선행록」에는 處士의 삶을 지향하는 의식이 작품의 底流에 깔
리면서 동시에 將相의 삶을 지향하는 의식이 작품의 表層에 나타난다.
「화정선행록」의 주인공 임포는 실존인물인 宋代의 林逋를 대상으

---

12) 「화정선행록」 권12, 101쪽.

로 하여 허구화시킨 것이다. 임포는 錢塘 사람으로서, 자는 君復이며, 西湖處士로 불리었던 인물이다. 「화정선행록」에서도 주인공 임포는 '서호처사'로 불린 것으로 나온다.13)

작품에서 아버지 임포는 處士의 인물형상을 대표하며, 그 맏아들 임창연은 將相의 인물형상을 대표한다.

顯達과 豪奢를 꺼리는 隱逸處士 임포의 모습은 여러 대목에서 보인다. 자기의 맏아들 임창연이 화순공주의 부마가 되어 화순궁에 거처하게 되매 그 호사를 꺼려 戰慄謙退하는 임포의 모습이 누차 묘사된다.

이에 화순궁을 둘너 보미 분댱과 난함이 참치아라ᄒᆞ니 공이 공구젼뉼ᄒᆞ야 바로 보지 못ᄒᆞ니 … 공이 빈미왈, "셩탕도 궁실의 셩ᄒᆞ믈 근심ᄒᆞ니 니 엇디 화당난실을 근심티 아니리오. 혼긔롤 디니고 밧비 도라와 모려의 혼가히 이시믈 원ᄒᆞ고 슈달난창을 오리 보디 아니리라."(권2, 35~36쪽)

쳐ᄉᆞ는 젼뉼ᄒᆞ야 근심이 슈미롤 잠가 겸퇴ᄒᆞ미 날노 더으더라. … 쳐ᄉᆞ는 갈싸록 공구젼뉼ᄒᆞ야 외람훈 황은을 황감쳔만ᄒᆞᄂᆞ 말쌈이 놉고 말 그며 엄ᄒᆞ고 슉연ᄒᆞ야 부마의 부공인 줄 알니라.(권2, 73~76쪽)

쳐ᄉᆞ의 일단 위구훈 심녜 날노 고향을 ᄉᆞ렴ᄒᆞ야 귀심이 살ᄀᆞ트니(권2, 97쪽)

처음에는 고향으로 돌아가길 희망했으나, 현실적으로 여의치 않아

---

13) 김기동은 임포를 '林彪'로 誤記하고 있다.

취벽산에 새 거소를 마련하게 되는데, 완연한 山林處士의 거소에 부
합하는 것으로 묘사되어 있기도 하다.

　　스면으로 죽봉고악이 두토아 샏혀나 옥암청벽이 운텬의 님니ᄒᆞ야 농
이 셔리고 봉이 츔추는 듯 만믹이 징췌ᄒᆞ고 청뇌 흘흘ᄒᆞ야 창창훈 송듁
과 총잡훈 녹홰 비단뫼ᄅᆞᆯ 둘넛거ᄂᆞᆯ 정묘한 당시 뫼ᄅᆞᆯ 등지고 물을 님ᄒᆞ
야 반공의 소ᄉᆞ시니 소쇄쳥아ᄒᆞ야 이 진짓 은인의 쳐쇼오 산님의 거체
라.(권3, 9~10쪽)

임포의 謙退하는 자세는 임창연을 부마로 정하는 天子의 詔書를
받고서 올리는 表文에 구구절절히 잘 드러난다.

　　"미신 님포난 초야의 업디여 황공돈슈ᄒᆞ와 샹표ᄒᆞᄂᆞ이다. 성샹의 인ᄌᆞ
후덕ᄒᆞ샤미 사히팔황의 ᄋᆞ동주졸이 격양의 노리ᄅᆞᆯ 화하오나 미신이 불튱
불민ᄒᆞ와 보좌할 덕이 업ᄉᆞ오미 다ᄉᆞᆺ 번 듕죄ᄅᆞᆯ 범ᄒᆞ오디 성은이 여텬ᄒᆞ
샤 용ᄉᆞᄒᆞ시니, 기리 님하의 여셩을 안과하여 화봉인의 쳔츄ᄅᆞᆯ 효측ᄒᆞ옵
더니, 쳔만 의외의 황됴ᄅᆞᆯ 밧ᄌᆞ오니 불승황공ᄒᆞ야 부지쇼향이로쇼이다.
불초ᄌᆞ 챵연이 외람이 셩은을 입ᄉᆞ와 일흠이 쳔인의 머리지어 장원의 고
등ᄒᆞ고 다시 쟉위 숀복홀 경계오니, 훈번 드ᄅᆞ미 미신이 한츌쳠비ᄒᆞ옵거
ᄂᆞᆯ 다시 화슌도위ᄅᆞᆯ 뎡ᄒᆞ시니 옥쥬는 동궁태ᄌᆞ 버금으로 졔왕의 위ᄅᆞᆯ 가
져 텬총과 민망이 텬하의 쟈쟈ᄒᆞ니 부마ᄅᆞᆯ 간션ᄒᆞ시미 고문대가의 현인
군자ᄅᆞᆯ 퇵ᄒᆞ실디니 챵연이 힝혀 분면홍슌이 누츄키ᄅᆞᆯ 면ᄒᆞ오나 이 불과
미인의 홍티ᄅᆞᆯ 암연ᄒᆞ오니 댱부 긔샹이 아니웁고 가마괴 그리ᄂᆞᆫ 좀 지죄
잇ᄉᆞ오나 엇디 다ᄉᆞ의 웅문거필을 ᄇᆞ라리오. 여ᄎᆞ 용둔ᄒᆞ미 녀염 쇼쇼
녀ᄌᆞ의 쪽도 불가커ᄂᆞᆯ 황녀ᄂᆞᆫ 텬ᄌᆞ의 귀한 가지로 농의지치라. 뉘 감히

봉황가지의 졉ㅎ는 외람ㅎ믈 당ㅎ리잇고? 신의 누누한 쟈최로 감히 샹알
티 못ㅎ여 오직 모옥의 줌겨 침상의 딕죄롤 주ㅎ옵ᄂ니, 복원 셩샹은 지
상 문미의 어진 낭지롤 틱ㅎ시고 챵연의 부지박덕으로 쏘 다시 가실이
이시믈 녀렴ㅎ쇼셔. 튬녀는 밍약이 굿고 빙믈의 신이 오라오니 비록 나
히 어리믈 녀렴ㅎ야 녜랄 못 일윗시나 츳난 초야 근튬의 고인이어놀 챵
연이 조고만 일홈이 농문의 걸니고 빈쳔의 뜻을 옴기믹 조강 불하ㅎᄂᆫᆫ
죄인이 되온 즉 신이 하 면목으로 스룹의 아비 되야 스류의 츕슈ㅎ오며
닙어셰샹ㅎ리잇고? 더욱 무식불의호 챵연을 됴항의 용납ㅎ리잇가. 신이
쇼위 여츳ㅎ오믹 딘달ㅎ옵ᄂ니 셩쥬는 됴지롤 환슈ㅎ시고 다시 부마 간
션의 더러이지 말으쇼셔. 튬녀는 종시 거졀ㅎ라 ㅎ시면 신이 머리롤 농
젼의 헌ㅎ고 실신무의ㅎ믈 원티 아니ㅎᄂ이다.”(권2, 23~26쪽)

이러한 處士로서의 삶을 견지하고자 하는 아버지 임포의 형상과,
出將入相을 거듭하고 두 공주를 포함한 세 부인을 거느려 부귀영화
를 극진히 누리는 아들 임창연의 형상은, 한 작품 속에서 다소 不調
和한 모습으로 共存하고 있다. 그럼에도 이 두 형상은 어느 한 면이
다른 면을 압도하는 것이 아니라 시종 강하게 견지된다.

處士로서의 삶을 견지하고자 하며 ‘화정선생’의 호를 황제로부터
하사받는 충방의 형상과, 도술로써 전쟁에서 승리를 이끌고 西平侯에
봉해지기까지 하는 여성영웅 충효혜의 형상 또한 임포와 임창연의 대
조적 형상과 軌를 같이 한다.

쳐시 몸의 학창의롤 착ㅎ고 두상의 운니건이 반만 기우럿ᄂᆫᆫ디 용뫼 크
게 비쇽ㅎ야 샹녜롭지 아니터라.(권5, 38쪽)

이같이 묘사되는 處士 충방은 그 딸 충효혜가 공로를 세워 서평후
에 봉해지고 천자의 양녀가 되매 황태사 안국공에 봉해지는데, 끝까
지 이를 거절하고자 하니 천자가 이는 나를 인정치 않는 것이라 하여
傳位하겠다며 궐문을 나서려 하기까지 한다.

> 공이 다만 복디읍혈ᄒ야 죽기로ᄡᅥ 스양ᄒ온디 샹왈, "경이 종시 이러
> ᄒᆞᆫ 짐의 박누ᄒᆞ믈 ᄭᅥ리미니 짐이 당당이 어진 종족의 아롬다온 이롤
> 굴ᄒᆡ여 셰워 ᄡᅥ 위롤 전코져 ᄒᆞ노라." ᄒ시니, 쳐시 더욱 황황진뉼ᄒ야
> 다만 디하의셔 쳥죄ᄒ야 법을 안ᄒ시믈 쳥ᄒᆞᆫ디, 샹이 옥교롤 두루혀 궐
> 문을 나려 ᄒ시ᄂᆞᆫ지라.(권5, 45쪽)

이처럼, 處士로서의 삶을 견지하고자 하는 아버지 임포·충방의 형
상과, 出將入相하며 비길 데 없는 부귀영화를 구가하는 임창연·충효
혜의 형상은, 한 작품 속에서 다소 부조화한 모습으로 共存하면서 시
종 강하게 견지된다. 이는 理念과 現實의 兩面에서, 理想的인 모델을
점유하고자 하는 작가의 욕망을 반영하는 것이 아닌가 여겨지며, 조
선 후기 소설 장르를 향유하는 독자의 욕망이기도 할 것이다.

2) 儒教的 理念과 道教的 幻想性

「화정선행록」은 儒教的 理念에 충실한 주인공들의 형상과 그에 따
른 이념적 승리의 서사적 결말이 작품의 뼈대를 이룬다. 그러면서, 작
품의 도처에서 삽화를 풍성하게 하며 흥미를 고조시키는 역할로서의
道教的 幻想性이 交織되어 있다. 이런 면은 여타의 고전소설에서도
어느 정도 비슷한 사례를 찾아볼 수 있는 부분이나, 「화정선행록」의

道敎的 幻想性의 요소는 상당한 비중을 차지한다.14)

여주인공 충소저는 무뢰한인 김성광의 劫取를 피하려다가 연못에
투신하여 용궁 세계로 들어간다. 남해 용왕과 왕비는 충소저를 보고
는 그녀가 천상 문창성군의 천정 원앙채로 인간에 적강한 규목랑임을
알아 본다. 그리하여 수졸을 시켜 용궁으로 인도하여 회복시킨 후, 충
소저의 미래에 대하여 예언해 준다. 백세 인연을 만나고, 천가의 귀한
몸이 될 것이지만, 일시적으로 毒害를 당하기도 할 것이라 예언하면
서, 육십년 후를 기약하고 충소저를 용궁에서 떠나 보낸다.15)

물으로 나온 충소저는 동쪽으로 향하여 전진하다가, 영주 태보산
니허진인을 만나게 된다. 니허진인은 충소저와 그 시비 매홍·매섬을
장략과 도술의 달인으로 훈련시키며 역시 충소저의 미래를 예언하고
대비시켜 준다. 충소저가 니허진인을 처음 만났을 때, 니허진인은 이
미 과거와 미래를 훤히 꿰뚫어 보면서 충소저와 매홍·매섬을 훈련시
킬 계획을 실천해 나간다. 니허진인은 다음과 같이 말한다.

> 빈인은 셰상을 하직ᄒ고 텬하의 오유ᄒ니 셩명을 감초아 다만 스룸이
> 브르기를 영쥐 태보산 니허진인이라 ᄒᄂ니, 그디 엇지 듯지 못ᄒ여시리
> 오? 니 집히 암둥의셔 셩슈랄 혜아리미 규목낭이 스년 익이 비상ᄒ고 겸
> ᄒ야 부모동긔롤 더지고 희둥의 츌몰ᄒ야 이 ᄯ히 뉴우홀 쥴 짐작ᄒᄆ
> 빈도의게 ᄯ 일년 연분이 잇ᄂ 고로 마ᄌ라 왓ᄂ니 그디ᄂ 만스롤 물외
> 의 더지고 날노 더브러 암둥의 도라가미 엇더ᄒ뇨(권3, 52~53쪽)

---

14) 이 점에서 「옥루몽」의 그것과 비교될 수 있다. 이에 대하여는 상세한 비교 고찰이
　　필요할 것이다.
15) 「화정선행록」, 권3, 45~49쪽.

그리하여 니허진인이 天理星宿와 地理通運, 六韜三略, 兵法神術
과 華陀의 醫術까지 가르친다. 그런데 충소저는 처음에 여자의 도리
가 아님을 들어 사양코자 한다.

> 첩이 존人의 지휘롤 듯ᄌ오디 흔 일도 녀ᄌ의 힝이 아니라. 장니 첩으
> 로 ᄒ여금 남ᄋ의 ᄉ업을 나토고 ᄉ희팔황을 어ᄒ야 진신명공이 되라 ᄒ
> 시ᄂ니잇가(권3, 55쪽)

또한 도술을 익힘으로 해서 모든 조화를 다 부릴 수 있게 되자, 충
소저는 깊이 근심하며 詩書에 잠심코자 한다.

> 쇼졔 다만 식이는 디로 비호미 반년지니의 못 통ᄒ며 못 씨칠 곳이 업
> ᄉ니 문득 풍운을 브리고 몸이 화ᄒ야 되고져 ᄒ미 못홀 조홰 업ᄉ니 문
> 득 놀나고 근심ᄒ야 왈, “야야의 놉흔 쟈최 텬하의 유명ᄒ시디 오히려 이
> ᄎ지 못ᄒ시거놀 나는 무용의 녀ᄌ로 이런 남활혼 작시 이시니 야얘 아
> ᄅ시면 즐기지 아니시리니 엇지 다 시험ᄒ리오. 이러툿 혜아려 침잠고요
> ᄒ야 방슐의 뜻을 두지 아니ᄒ고 시셔의 잠심ᄒ야시니, 냥 시비 쇼져의
> 뒤흘 니어 착착히 씨ᄃᄅ미 쏘흔 구외의 니여 니ᄅ미 업셔 일월을 보닐시,
> 비쥬 삼인이 낫인죽 시셔의 잠심ᄒ고 근심이 업슨 듯ᄒ더(권3, 56~57쪽)

이제 將略과 道術을 통달한 충소저와 매홍 · 매섬에 의해 작품 내
에서의 도교적 幻想性은 거침없이 도처에 흔적을 남기게 된다. 이와
아울러 악인형의 妖徒로 등장하는, 사천후 유길을 도와 모반에 가담
하는 운청법사(진탁)와, 尼姑로서 도술을 배워 仙官의 모습으로 나
타나 황제를 미혹시켜 국가를 濁亂케 하는 능운자는, 神異하고 妖邪

한 술법을 종횡으로 행함으로써 작품 내에서 도교적 환상성을 드높여준다.

이처럼 「화정선행록」은 작품의 도처에 道敎的 幻想性이 交織되어 있다. 儒敎的 理念에 충실한 주인공들의 형상과 그에 따른 이념적 승리의 서사적 결말이 작품의 뼈대를 이루는 가운데, 도처에 개입되는 이 도교적 환상성은 작품 내에서 삽화를 풍성하게 하며 흥미를 고조시키는 역할로서 기능한다. 그러면서도 道術을 달갑게 여기지 않으며 詩書에 잠심하는 충소저와 매홍·매섬의 태도에서 보듯, 그것이 유교적 이념을 압도하지는 못한다.

이 점 역시 조선 후기 주요한 대중의 독서물로 성립한 소설의 흥미 요소를 담보하면서, 동시에 조선 후기 사회에 드리워져 있는 이데올로기로서의 유교적 이념에도 충실하고자 하는 작가의 욕망을 반영하는 것이 아닌가 여겨지며, 이는 또한 조선 후기 소설 장르를 향유하는 독자의 욕망이기도 할 것이다.

6. 맺음말

조선 후기 장편소설 연구가 최근 학계에서 활발히 진행되고 있으나, 「화정선행록」은 아직 본격적인 연구가 이루어지지 않은 작품이다. 이 글에서는 「화정선행록」의 書誌 및 서사 전개, 인물 형상, 작가의식 등에 걸쳐 그 특징적인 면모에 대하여 개괄적으로 살펴 보았다.

현재 확인되는 「화정선행록」의 이본은 정문연(장서각) 소장본(전 15책 완질), 정문연(장서각) 소장본(권7의 1책, 낙질), 러시아 동방학연구소 소장본(전 15책 완질)의 세 종류가 있을 뿐이다. 18세기 후반에 이루어진 서울대본 「옥원재합기연」에 필사되어 있는 장편소설 목록이나, 19세기 전반에 이루어진 홍희복의 『第一奇諺』 서문에 들어 있는 장편소설 목록에는 이 「화정선행록」의 서목이 나타나지 않는 점에서, 「화정선행록」의 형성은 장편소설로서는 늦은 시기인 19세기에 들어서 이루어진 것이 아닐까 생각해 볼 수 있겠으나, 그 형성 시기에 대하여 확정적으로 얘기하기는 어려운 문제이다.

「화정선행록」이라는 題名은 작품 끝 부분의 기록에 따르면, 화정공주 충효혜의 아버지로서 화정선생이라는 호를 황제로부터 하사 받은 '충방의 善行'을 주제로 한 작품이라는 의미를 갖는다. 그러나, 「화정선행록」은 충방의 딸로서, 남주인공 임창연과 定婚하였으나, 화순공주가 賜婚됨으로 해서 자칫 불운한 처지에 빠질 위기에 처하다가, 영주 태보산 니허진인에게 뛰어난 장략과 도술을 익혀 장차 전장에서 임창연을 구하고 송나라 仁宗의 양녀가 되는 여주인공 '화정공주(충효혜)의 선행'을 주제로 한 작품이라고 할 수 있다.

산림처사 충방의 세 아들과 딸 충효혜, 산림처사 임포의 세 아들인 임창연·임경연·임성연과 두 딸 임성아·임정염, 추밀사 소죽헌의 아들 소홍문과 재종제 소경문. 이렇게 充府·林府·蘇府의 인물들을 중심으로 결구된 점에서 보면, 「화정선행록」은 충부·임부·소부의 번영을 구가하는 家門小說의 유형에 드는 작품이라 하겠다. 그러나 「화정선행록」은 등장인물들간의 복잡한 結緣과 離合, 악인형 인물들이 끊임없이 일으키는 궁중과 가정 내의 갈등, 그리고 軍談과 道術의 話素 등이 흥미롭게 삽입되어 복잡하게 전개되는, 조선 후기의 다양한 소설 유형이 복합된 장편소설이다.

「화정선행록」에 등장하는 인물 군상은 선인형의 인물과 악인형의 인물로 크게 대별되며, 또한 보조적 인물들이 이들을 돕게 된다. 작품의 주역인 선인형의 인물들은 才德을 겸비하였으며 유교적 이념에도 충실한 모습으로 그려진다. 그런데 특별히 주목되는 존재는 賜婚妻인 화순공주의 형상이다. 화순공주는 비할 데 없는 才德을 겸비한 현숙한 모습으로 그려진다. 많은 장편소설에 등장하는 사혼처의 대부분은 교만과 위엄을 내세우며 다른 부인들을 謀害하다가 남편과 媤家로부터 懲治되는 類型性을 보여준다. 사혼처가 이렇게 선하게 그려지는 경우, 王權과 臣權과의 갈등은 첨예하게 그려지지 않고 君臣 간의 조화로운 질서가 부각될 따름이며, 그만큼 봉건적 질서의 모순에 대한 문제 제기는 축소되는 한계를 지닌다.

「화정선행록」의 서사적 갈등을 이끌어가는 주 인물은 악인형 인물인 김성광·채원중·양귀비·능운자이다. 그리고 작품의 마지막 부분에서는 이들 악인형 인물들이 한데 결합함으로써 갈등은 최고조에 달한다. 이와 함께, 「화정선행록」에서 흥미로운 존재가 선인형 인물을 돕고 악인형 인물을 懲治하는 역할로 나오는, 충소저의 侍婢 매홍·매섬이다. 매홍·매섬은 처음부터 뛰어난 능력을 지닌 인물로 나오는 것은 아니며, 주인인 충소저와 함께 김성광의 흉계에 빠져 죽을 고비를 넘기고 난 뒤 영주 태보산 니허진인에게 도술을 익힌 후 비범한 능력을 지닌 인물로 변모한다. 중세 시기에 신분적으로 낮은 하층 여성인 매홍·매섬, 그리고 계섬(이소저의 侍婢)같은 인물을 뛰어난 모습으로 형상화하는 것은, 신분 문제와 여성 문제에 대한 진전된 의식으로 평가할 수 있을 것이다.

「화정선행록」에는 處士의 삶을 지향하는 의식이 작품의 底流에 깔리면서 동시에 將相의 삶을 지향하는 의식이 작품의 表層에 나타나며, 또한, 儒敎的 理念에 충실한 주인공의 형상과 그에 따른 이념적 승리의 서사적 결말이 작품의 중심축이되, 작품의 도처에 삽화를 풍성하게 하며 흥미를 고조시키는 道敎的 幻想性이 交織되어 있다.

處士로서의 삶을 견지하고자 하는 아버지 임포의 형상과 出將入相을 거듭하고 두 공주를 포함한 세 부인을 거느려 부귀영화를 극진히 누리는 아들 임창연의 형상, 그리고 處士 충방과 그 딸인 여성영웅 충효혜의 형상이 다소 부조화한 모습으로 共存하면서도 시종 강하게 견지되는 것은, 이념과 현실의 兩面에서, 理想的인 모델을 점유하고 자 하는 작가의 욕망을 반영하는 것이 아닌가 여겨지며, 이는 조선 후 기 소설 장르를 향유하는 독자의 욕망이기도 할 것이다.

한편, 용궁세계의 용왕과 왕비, 영주 태보산 니허진인의 술법, 그리 고 충소저와 매홍·매섬에 의해 펼쳐지는 도술, 악인형의 妖徒인 운 청법사(진탁)와 능운자에 의한 神異하고 妖邪한 술법 등 도교적 幻想 性이 도처에 개입되는 바, 이는 작품 내에서 삽화를 풍성하게 하며 흥미를 고조시키는 역할을 한다. 그러면서도 그것이 유교적 이념을 압도하지는 못한다. 이 역시 조선 후기 주요한 대중의 독서물로 성립 한 소설의 흥미 요소를 담보하면서, 동시에 조선 후기 사회에 드리워 져 있는 이데올로기로서의 유교적 이념에도 충실하고자 하는 작가의 욕망을 반영하는 것이 아닌가 여겨지며, 이는 또한 조선 후기 소설 장 르를 향유하는 독자의 욕망이기도 할 것이다.

이상에서 살핀 것처럼, 「화정선행록」은 복잡한 서사 전개와 다양한 인물 군상이 그려내는 조선 후기 장편소설의 한 名篇으로 평가될 수 있을 듯하다. 특히 이념과 현실의 兩面에서, 이념과 소설적 흥미의 兩 面에서, 그 모두를 점유하고자 하는 조선 후기 소설 작가의 욕망과 독자의 욕망을 읽을 수 있는 하나의 보기가 될 작품이 아닌가 한다.

「화문록」의 여성 형상과 작가의식

장 효 현(고려대 문과대 국어국문학과)

1. 머리말

「화문록」은 현재 藏書閣에 소장되어 있는 7책 분량의 唯一本이 전하는 조선 후기 소설의 한 작품이다.[1] 「화문록」에 대한 연구는 정병욱의 작품 소개가 있은 이후, 몇 편의 논고가 이어졌다.

정병욱은 장서각 낙선재본 소설을 발굴하여 그 개략을 소개하였고,[2] 그 중 몇 작품을 한데 아울러서 낙선재본 소설의 성격을 논하는 자리에서 「화문록」에 대한 분석을 기하였다. 이 작품이 형식면이나 내용면에서 새로운 것을 발견할 수 없으나, 인물의 성격 표현에 있어서는 새로운 가능성을 보여 준 작품이라고 하였다.[3]

---

1) 대본은 藏書閣 소장의 7책 유일본.(양서각 영인본, 1974) 아울러 활자로 옮긴 『엄시효문청힝녹 · 화문녹』(한국정신문화연구원, 1982)을 참고하였다.
2) 정병욱, "낙선재 문고 목록 및 해제", 『국어국문학』 45 · 46 합병호, 국어국문학회, 1969.(『한국고전의 재인식』, 홍성사, 1979. 재수록)
3) 정병욱, "조선조 말기 소설의 유형적 특징", 『문화비평』 1-1, 아한학회, 1964.(『한국고전의 재인식』, 홍성사, 1979. 재수록)

이수봉은 「화문록」을 가문소설이라는 관점에서 검토하여, 그 주제를 '충효열을 바탕으로 한 가문창달'이라고 하였다. 구조와 작중인물의 성격을 분석하면서, 특히 화경에게 반하여 첩으로 들어간 호부인에 대해 간악하고 애정에 차 있지만 절개가 있는 성격의 소유자로 평가하였다. 「화문록」의 인물성격 묘사가 기존의 단순한 권선징악을 벗어나, 신소설과 현대소설로 이어지는 교량적 역할을 했다는 의의를 부여하였다.[4]

두창구는 「화문록」이 「사씨남정기」와 유사한 사건 전개를 보이고 있으나, 표현기교나 구조적 특징에서는 근대의식이 보인다고 하였다.[5] 김도경도 이 작품의 근대성에 동의하여 입체적인 인물의 갈등구조를 통해 새로운 인간상을 구현하는 데 성공한 작품으로 평가하였다.[6]

강인범은 「화문록」이 서술기법에 있어 강한 현실성을 지니고 있다고 보면서, 특히 부부갈등에 주목하여 그 의미를 살폈다. 가문소설 내부에 다양한 층위의 소설이 존재하고 있는데, 「화문록」은 계후의 문제나 가부장권의 확립과 같은 남성 중심의 가문소설과는 다른, 가문원으로서의 여성의 문제에 관심을 두었던 작품으로 그 성격을 파악했다.[7]

이 같은 일련의 성과로 해서 「화문록」의 작품 성격과 특징에 대한 논의는 상당히 축적된 감이 있다. 본고에서는 작품 해석의 시각을 보다 좁혀서, 「화문록」에서 가장 중요한 의미를 갖고 있다고 여겨지는 여성 형상을 통해 작가가 표출하고자 하였던 의식이 어떤 것이었는지

---

4) 이수봉, "화문록 연구", 『개신어문연구』 1, 충북대, 1981.
5) 두창구, "화문록연구", 『관동어문학』 4, 관동대, 1982.
6) 김도경, "화문록연구", 세종대 석사학위논문, 1989.
7) 강인범, "화문록의 서술기법과 주제의식", 고려대 석사학위논문, 1994.

를 살펴 보고자 한다.

2. 「화문록」의 敍事 展開

「화문록」은 中世의 閥閱家인 花家에서 벌어지는 妻妻갈등을 축으로 하여 다양한 사건이 전개되는 家門小說의 한 작품이라고 할 수 있다. 작품에 대한 이해를 위해, 전체 서사의 전개 양상을 먼저 살펴 보면 다음과 같다.

1) 화경과 이소저의 定婚 / 화경과 호소저의 戀慕

明나라 成化 연간에 문현각 태학사 겸 九錫 좌승상 화운은 부인 한씨와의 사이에 늦도록 자식이 없었으나 뒤늦게 아들 화경(자는 문룡)을 낳는다. 아이가 聰明 穎悟하여 4세에 문자를 해석하고 10세에 四書三經과 諸子百家에 통달한다. 공부상서 이공의 딸이 성품과 용모가 뛰어나매 請婚한다. 이공은 화경의 기상이 방탕한 것을 걱정하지만, 부인 한씨는 딸의 능력을 믿어 염려하지 않는다.

어느날 화경은 外舅 한어사의 집에 갔다가 그곳에 머물고 있던 각로 호빈의 딸 호소저(홍매)를 보게 되고, 두 사람은 서로 반하여 戀慕의 정을 품게 된다. 화경은 즉시 청혼하지만 호부인은 화경이 이미 定婚했음을 들어 거절한다.

호소저의 미모에 반한 화경은 집에 돌아가 호소저와의 婚事를 이루기 위하여 부모에게 거짓 꿈 얘기를 한다. 꿈에 한 노인이 나타나 이소저와 혼인하면 자신의 命을 보전치 못할 것이라고 얘기했다며,

이소저와의 定婚을 破棄할 것을 주장한다. 그러나 화경의 부모는 오히려 화경을 꾸짖는다.

호소저도 화경을 만난 후 戀慕의 情을 품는다. 호소저는 화경에게 이미 정혼한 사람이 있음을 알지만, 再室이라도 좋으니 화경을 섬기겠다는 뜻을 시비 약난에게 말하고, 약난이 한부인께 알려 한부인은 호각로에게 알린다. 호각로가 화운에게 請婚하나, 이소저와 정혼한 사실을 들어 거절한다.

2) 화경과 이소저 · 호소저와의 婚姻

화경은 이소저와 혼인하면서 이소저의 外貌가 빼어남을 보고 기꺼워하지만 호소저를 향한 戀慕의 情 때문에 이소저와의 첫날 밤을 이루지 않고 홀로 지낸다. 이소저는 이소저대로 화경의 방탕한 성정을 간파하고는 첫날 밤을 이루지 않은 것에 대해 마음 속으로 다행하게 여긴다. 호부인이 호소저에게 다른 곳에서 혼처를 구하겠다고 말하지만, 호소저는 화경의 再室이 될지언정 화경 이외의 남자에게는 시집가지 않겠다고 결연한 결심을 얘기한다. 화경이 마침 外舅 댁에 이르러 호소저를 다시 만나 보고는, 盟約詩를 주고 받아 호소저를 맞이할 것을 굳게 약속한다.

화경이 15세에 과거에 장원 급제하여 한림서길사를 除授받으니 호각로는 정식으로 화경에게 청혼하고, 이소저의 아버지 이상서는 적극적으로 화경의 再娶를 권유한다. 화경과 호소저는 드디어 婚禮를 올리고, 첫날 밤 화경과 호소저는 즐거움을 극진히 누린다. 이소저의 빼어남을 본 호소저는 자신의 處地에 불안감을 느끼면서 이소저에 대하여 謀害할 것을 결심한다. 화경은 호소저에게 깊이 沈惑되어 이소저를 멀리한다.

3) 호소저의 이소저 謀害 / 호소저 黜去

호소저는 이소저의 侍婢 난화를 매수해, 화승상의 생신일에 이소저
가 올리는 술잔에 독을 타게 한다. 화승상이 昏絶했다가 해독약에 의
해 깨어난다. 이 일로 인해 화경은 이소저에게서 더욱 멀어지고, 이소
저는 後園의 별당으로 옮겨 기거한다. 호소저는 다시 개용단을 써서
이소저가 외간 남자와 사통하는 것처럼 꾸민다. 이로 인해 호소저가
正室의 자리를 차지한다. 이소저가 아들 천보를 낳자, 호소저는 시비
난소를 시켜 이소저와 아이를 납치해 강물에 버리게 한다. 마침 하북
절도사로 가던 이소저의 외삼촌 유세광이 이소저와 아이를 구하고,
하남 순무차 지나던 이관이 이소저를 능주 본댁으로 보내 그 곳에 머
물게 한다.

장사 여영 등지에서 癘疫이 발생하여 화경이 순무차 그곳에 가게
된다. 화경은 우연히 양진이라는 書生을 만나 개용단에 대해 알게 되
고 호소저를 의심하게 된다. 화경이 집에 돌아와 있던 중 우연히 이화
당에서 호소저와 그 시비들이 이소저 母子를 謀害하는 계획을 듣게
된다. 화경은 시비 난화를 잡아 문초하려 하나 호부에서 그녀를 숨긴
다. 이 일로 인해 화경은 사건의 진상을 알게 되고, 호소저를 花家에
서 축출한다. 호소저는 친정으로 쫓겨가, 그 곳에서 화경과 이소저에
대한 새로운 모해를 계획한다.

4) 화경과 이소저의 和樂

화경은 이소저의 집으로 찾아가 사죄한다. 화경은 처남들에게 속아, 살아 있는 이소저를 죽은 冤鬼로 착각하고, 이소저에게 용서를 빈다. 이소저는 심하게 화를 내고 재결합의 의사가 없음을 밝힌다. 처남들은 화경이 술 취한 틈을 타 醜女 녹섬과 同寢케 한다. 화경이 거짓 병든 체 하여 이소저의 마음을 돌려 놓으려 하나 이소저는 단호히 거절한다. 다시 재결합의 기회를 엿보던 화경은 이소저가 화경을 간호하다가 잠이 든 상태에서 威力으로 동침하고, 이후 和樂하게 된다.

5) 호소저의 음모에 따른 화경과 이소저의 고난

호소저는 후궁 만귀비를 움직여 태아공주를 화경에게 賜婚한다는 교서를 내리게 한다. 황제가 화경에게 이부인을 副室로 삼고 공주를 再娶할 것을 명한다. 화경은 상소를 올려 賜婚에 불복한다. 이에 황제는 이소저와 화경을 각기 다른 곳으로 定配한다. 이소저는 配所로 가던 중 호소저가 보낸 水賊 후영에게 죽을 위기를 맞이하자 강물에 몸을 던진다. 마침 이 곳에서 船遊하던 소창의 도움으로 목숨을 구하고, 이소저는 이 곳에서 둘째 아들 천린을 낳게 된다. 이소저는 이 곳에서 귀양 가던 부친을 상봉하게 된다. 한편 화경은 配所에서 後學을 양성하면서 지낸다. 이때 조정은 만귀비의 弄權으로 태자가 쫓겨나고 황후는 내궁에 유폐된다. 조정에는 奸臣만이 득세하여 정치를 어지럽힌다. 호각로가 난화를 妾으로 삼자, 만부인과 호소저는 난화를 시기하여 그녀를 죽이고, 이 사건에 놀란 호각로도 충격으로 죽는다.

6) 政局의 전환과 花家의 회복

황제가 昇遐하자, 태자가 황제로 즉위하여 정치를 바로잡는다. 새 황제는 각지에 흩어져 있는 충신들을 불러 모으고, 간신들을 추방한다. 이에 호가의 만부인과 아들은 화를 면치 못할 것을 알아 자결하고, 호소저와 시비 약난은 화를 피해 도주한다. 약난의 사촌 영영에 의해 失節 위기에 놓인 호소저는 강에 投身하고, 이때 마침 이 곳을 지나던 예운암 주지 청원의 도움으로 살아나 중이 된다. 유배에서 풀려난 이소저는 상경 도중 예운암에 이르러 하룻밤 머물게 된다. 예운암에 이소저가 머무는 것을 알게 된 호소저는 이소저의 寢所에 불을 지른다. 그러나 이소저는 위기를 모면하고, 호소저를 위해 금백을 하사한 후 상경한다. 화경은 상경하던 중 이소저의 시비 난앵을 만나 후영이 이소저를 모해하려 했음을 듣고, 후영을 잡아 죽인다. 이때 난앵은 자신의 남편이 된 후영이 죽는 것을 보고 먼저 자결한다. 이소저는 호소저가 위기 가운데에서도 貞節을 잃지 않았음을 들어 화경에게 호소저의 복귀를 요청하나, 화경은 이를 강력히 거부한다. 이소저의 넓은 아량을 본 호소저는 자신의 잘못을 뉘우치고 화경의 칼로 자결을 시도한다. 호소저는 청원의 도움으로 살아나고, 화경은 호소저를 다시 花家의 일원으로 받아들인다.

「화문록」은 남주인공 화경을 중심에 두고, 두 여주인공 이소저와 호소저가 妻妻葛藤을 벌이는 내용이 중심 서사를 이루고 있다. 이런 점에서, 앞선 연구에서도 지적되었듯이, 유연수를 중심에 두고 사정옥과 교채란이 갈등을 벌이는 「사씨남정기」와 일견 견주어 볼 만하다. 그렇지만 인물의 성격 창조에서 볼 때 「화문록」은 「사씨남정기」와 현저히 구별된다.

「화문록」의 남주인공 화경은 용모와 재능이 뛰어나지만, 성정이 放蕩한 인물로 그려진다. 正室인 이소저가 화경을 못내 달가와하지 않는 것도 이 방탕한 성정 때문이다. 화경은 호소저의 미모에 매혹되어 기어코 그녀를 副室로 맞아들이고 극진한 사랑을 베풀지만, 정실인 이소저에게는 전혀 마음의 끌림이 없다. 이소저의 미모가 뛰어난 까닭에 때로 성적 충동이 일기도 하지만, 이소저에게 참된 연정을 느끼는 것은 아니다. 화경의 이러한 방탕한 성정은 작품 후반부에서 처남들에게 逢辱을 당하는 원인이 되기도 한다. 처남들은 화경이 취한 틈에 醜女 녹섬과 同寢하도록 계교를 꾸민다.

화경의 방탕한 성정이 「화문록」의 기본 갈등을 일으키는 素因이라고 하겠지만, 화경의 인물형상을 통해서 어떤 뚜렷한 주제와 작가의식이 드러나지는 않는다. 「화문록」의 진정한 가치는 두 여주인공의 인물형상을 통해 드러나며, 여기에 작품의 주제 및 작가의식의 요체가 있다고 하겠다.

3. 호소저의 형상과 작가의식

「화문록」에서 특히 주목되는 것이 惡女 호소저의 형상이다.

빼어난 外貌와 氷雪같은 志操를 갖춘 이소저를 끊임없이 질투하고 모해하는 호소저는 妻妻間 혹은 妻妾間 갈등을 그린 爭寵型 소설에 흔히 나오는 惡人型 인물의 하나로 일견 보일 수 있겠으나, 「화문록」에서의 호소저를 바라보는 시각에는 조금 다른 관점이 필요할 듯하다.

화경과 호소저는 첫 만남을 우연히 가진 이후 서로 애틋하게 戀慕

하여 기어코 결혼에 이른다. 화경이 外舅 한어사의 집에 찾아갔다가
우연히 호소저와 만나 애정을 싹 틔우는 다음 장면은 才子佳人小說
에서 흔히 볼 수 있는 아름다운 만남의 장면에 다름 아니다.

　　일일은 화공지 외구(外舅) 한어스 부중의 니르러 현알ᄒ고 표형(表兄)
　　등을 ᄎᄌ 셔당으로 갈ᄉᆡ 길이 후원으로 말믜암더니, 홀연 드르니 누상
　　(樓上)의셔 미인의 옥셩이 낭낭ᄒ여 쇼약난(蘇若蘭)의 직금도(織錦圖)를
　　닑는지라. 거름을 멈츄고 보니 누상의 쥬렴(珠簾)을 반권(半捲)ᄒ고 일위
　　미인이 션슘인디로 옥슈(玉手)의 산호필을 들고 직금(織錦)을 ᄎ운(次韻)
　　ᄒ니, 혼난훈 식티 눈의 황홀ᄒ고 졍신이 비월(飛越)ᄒ여 어린 드시 셔셔
　　보니, 문득 일진향풍이 구슬발을 썰쳐 미인의 금ᄎᆡ(金釵) ᄯᅡ히 ᄂᆞ려지거
　　눌, 미인이 놀나 급히 금ᄎᆡ(金釵)를 줍고져 ᄒ다가 성으로 눈이 마됴쳐
　　반향을 슉시ᄒ여 보건디, 관옥지모와 냥뉴지풍(楊柳之風)이 황홀ᄒ고 단
　　ᄉ쥬슌(丹砂朱脣)과 츄파봉안이 텬지 됴화롤 아올ᄂᆞᆺ고 미우(眉宇)의 산
　　쳔졍긔롤 거두어 팔치영농ᄒ여 티을진군(太乙眞君)이 옥경(玉京)의 비회
　　홈ᄀᆞᆺ훈지라. 미인이 아연이 넉술 일코 암암이 졍이 뉴동ᄒ여 화용이 빗
　　츨 변ᄒ고 잉슌의 말이 업셔 냥구슉시(良久熟視)ᄒ니, 셩이 미인의 유졍
　　ᄒ믈 보믹 심신이 더욱 황난ᄒ여 밧비 금ᄎ롤 거두어 ᄉ미의 넛코 져로
　　더브러 언어롤 통코ᄌ ᄒ되 상거(相距)ㅣ 멀믈 한ᄒ더니8)

이 첫 만남 이후 화경과 호소저는 서로 戀戀해 마지 않는다. 화경

---

8) 장서각본, 권1: 양서각 영인본, 상권, 5~7쪽: 한국정신문화연구원 활자본, 권1, 4
　쪽.(이하 양서각 영인본은 '양서각'으로, 한국정신문화연구원 활자본은 '정문연'으
　로 略稱한다. 인용문의 띄어쓰기, 문장부호, 괄호 안의 한자 표기는 한국정신문화
　연구원 활자본을 참조하여 필자가 덧붙인 것이다)

이 다른 여자와 定婚하였음을 들어 호소저에게 다른 婚處를 알아 보자고 권유하는 호부인에게, 호소저는 화경을 향한 자신의 決然한 뜻을 피력한다. 再室이 되더라도 화경을 따르겠다는 것이다.

> "쇼질(小姪)이 임의 공문 규슈로 화싱을 셔로 보와 비례(非禮)의 힝시 잇스니, 이셩의 합근(合巹)ᄒ미 아니오 미작(媒妁)의 신을 통ᄒ미 업스나, 마음의 허ᄒ여 부부의 의 잇스니 엇지 ᄎ마 다른 셩을 셤기리오. 니시 식용이 비록 졀츌ᄒ여 화싱의 은이롤 쳔ᄌ(擅恣)ᄒ나 쇼질은 화가 셩명을 의지ᄒ여 장강(莊姜) 반비(班妃)의 ᄌ최롤 쌀와도 타인을 셤기지 아니리니, 바라건더 슉모ᄂᆞᆫ 어엿비 너기쇼셔."9)

그 후 화경이 外舅 한어사 댁에 다시 이르렀을 때, 화경은 아름다운 호소저의 모습에 매혹되어 '심신이 황홀ᄒ고 졍혼이 비월ᄒ여 금시의 다라드러 안고 츈졍을 풀고 시브되'10) 禮貌를 잃기 어려워 참는다.

화경이 科擧에 壯元及第한 후, 호각로가 다시 화운에게 請婚하고 이소저의 아버지 이상서가 再娶를 권유함으로써 화경과 호소저는 비로소 婚姻을 이룬다. 두 사람은 '평싱 쇼원을 일운' 것인데, 그 첫날밤의 淫佚한 모습은 "참ᄋ 긔록지 못홀" 정도이다.

> 싱이 눈을 드러 호시롤 보니 화용월티 젼ᄌ 쥬렴 ᄉ이로 보든 바와 비승ᄒ여 광염이 찬난ᄒ여 쵹광이 무식ᄒᆫ지라. 싱이 심신이 산난ᄒ여 몸이 이ᄂᆞᆫ 줄 모르게 쇼져의 압희 니르러 집기슈(執其手) 년기슬(連其膝)ᄒ여 갈오ᄃᆡ,

---

9) 장서각본, 권1: 양서각, 상권, 26쪽: 정문연, 10쪽.
10) 장서각본, 권1: 양서각, 상권, 29쪽: 정문연, 권1, 11쪽.

　"누년 상모지졍(相慕之情)을 금일이야 셔로 펴니 둑히 평싱 쇼원을 일운지라. 희힝ㅎ믈 엇지 다 셩셜ㅎ리오."

　쇼졔 념용 디왈,

　"쳡이 무용누질(無用陋質)노 군ᄌ의 고렴(顧念)ㅎ시믈 닙어 밍셰코 타문을 허치 아니터니, 텬졍인연이 즁ㅎ무로 니셩지친을 일우고 젼일 밍약을 셩취ㅎ오니 엇지 다힝치 아니리잇고"

　한님이 함쇼ㅎ고 즉시 금션을 드러 쵹을 멸ㅎ고 금니의 ᄂᆞ오가니, 은졍이 여산낙히ㅎ여 원앙이 녹슈의 맛ᄂᆞ고 비취 년니지의 놀미라. 그 음일(淫佚)ᄒᆞᆫ 티도를 참ᄋᆞ 긔록지 못ᄒᆞᆯ너라.11)

이후 家庭에서의 이소저의 처지는 화경의 冷待로 인해 애처로운 모습이지만, 호소저는 화경의 寵愛 속에서 威勢를 더한다. 그러나 이소저를 제거하려는 호소저의 거듭된 謀害가 탄로난 후, 급기야 호소저는 화경에 의해 黜去되고 그 신세는 逆轉된다. 자신의 惡行으로 인해 결국에는 처량한 신세로 전락하지만, 호소저의 이 모든 행위의 밑바탕에는 화경의 愛情을 독점하고자 하는 女人의 所望이 깔려 있다고 할 수 있다. 黜去 후 화경을 간절히 그리워하는 호소저의 심경이 묘사된 대목을 보면, 화경의 玉貌英風과 風流俊采가 눈에 아른거려 "간장의 불의 닐고 흉격의 원이 쏘혀"12) 나날을 보내는 모습으로 그려진다.

「화문록」 작품 속에서 호소저는 이소저를 몰아내고 正室의 자리를 차지하기 위해 여러 가지의 惡行을 거듭하지만, 호소저의 악행에는 남편인 화경을 직접 해치려 하지 않는다는 특이점이 있다. 「사씨남정

---

11) 장서각본, 권1: 양서각, 상권, 51∼55쪽: 정문연, 17쪽.
12) 장서각본, 권6: 양서각, 하권, 199쪽: 정문연, 121쪽.

기」에서 교채란이 동청·냉진과 사통하고 남편인 유연수를 해치려 하
는 것과 대비된다. 호소저의 악행은 화경에 대한 애정에 그 동기가 있
는 것이다.

「사씨남정기」에서 교채란이 娼妓로 전락하고 결국에는 죽임을 당
하는 것에 비해, 「화문록」의 호소저는 다시 花家로 돌아오게 된다. 그
것은 전적으로 이소저의 恩愛에 의한 것이지만, 또한 화경을 향한 호
소저의 순연한 애정에 따른 결과인 것이다. 兇漢에 의한 겁탈의 위기
에 처했을 때 "하늘이 날을 벌ᄒ시니 투싱(偸生)ᄒ여 욕(辱)을 엇지
면ᄒ리오."13)라 외치며 주저 없이 강물에 投身하는 모습에서 貞節을
지키려는 호소저의 태도를 볼 수 있다.

호소저의 가문 복귀는 이소저의 강력한 뜻에 의해 실현되는데, 그
가문 복귀의 중요한 근거는 호소저의 '失節하지 않음'에 있다.

> "군자의 칙교꾀 이의 밋ᄎ시니 황괴ᄒ오나 첩의 농누미질(庸陋微質)
> 이 감히 빈계스신(牝鷄司晨)을 입니니여 넘나믈 본밧고즈 ᄒ미 아니라.
> 싱각건디 호시의 젼후 죄꽤 불과 부귀교ᄋ로 혹식이 너르지 못ᄒ고 좌우
> 의 간악ᄒ 비비 요언암미지스로 그 성정을 흐리워 년쇼 투정을 도앗거늘,
> 상공이 쏘ᄒ 정도로 엄히 계칙지 못ᄒ여 그 교룡ᄒ믈 제어치 못ᄒ신 허
> 물이 업지 아니시니, 엇지 년긔 미셩ᄒ 녀즈롤 홀노 칙ᄒ며, 쏘 만일 돈
> 당의 쵹범ᄒ미 잇스면 첩이 감히 싱의치 못ᄒ오려니와 가국의 우흘 범ᄒ
> 미 업고, 녀즈의 절힝(節行)은 강상(綱常)의 디본이여놀 그 몸을 묘히 ᄒ
> 여 투강닉스(投江溺死)ᄒ믈 달게 넉이며, 이졔 그 집을 파ᄒ고 도라갈디
> 업셔 풍진의 뉴락ᄒ여 산스의 고쵸롤 밧더니, 년긔 장셩ᄒ고 화란을 경

---

13) 장서각본, 권6: 양서각, 하권, 218쪽: 정문연, 126쪽.

넉ᄒᆞ여 반ᄃᆞ시 ᄭᅵᄃᆞ르미 이실지라. 군ᄌᆞ의 관홍ᄃᆡ도(寬弘大道)로ᄡᅥ 엇지 ᄎᆞ마 측연치 아니리잇고."14)

화경을 향한 호소저의 변함없는 愛情과 貞節은 자기를 지키는 명분이 되는 동시에 가문 복귀의 확실한 근거가 되는 것이다.

용서를 받아 돌아온 호소저는 화경이 이소저에게 하는 말을 夾室에서 듣는데, 화경이 자신을 妖女로 취급하는 말을 듣고서 분노한다. 호소저는 자신이 그런 지경에까지 이른 것이 齊家를 제대로 하지 못한 화경의 탓이라고 하며, 화경의 칼을 빼 자결하고자 한다.

> … 도라 평장을 향ᄒᆞ여 ᄭᅮ오ᄃᆡ, "명공의 말이 비록 쾌ᄒᆞ나 홀노 첩의게 다다라 잔혹ᄒᆞ미 심ᄒᆞ도다. <u>셕일의 첩이 허물 지음도 명공이 졔가(齊家)의 편벽(偏僻)ᄒᆞ무로 비로ᄉᆞ미라. 명공이 만일 졔가(齊家)의 공변되고 첩의게 엄졍히 경계ᄒᆞ여시면 첩이 엇지 방ᄌᆞᄒᆞ여 원비롤 희ᄒᆞ리오.</u> ᄋᆞ녀ᄌᆞ로 ᄒᆞ여금 졈졈 교긍(驕矜)ᄒᆞ믈 길너 동노동혈(同老同穴)과 쳥산녹슈로 언약ᄒᆞ니 어린 녀지 독ᄒᆞᆫ 쥴 몰나 졈졈 ᄃᆡ죄의 ᄲᅡ지미 쏘ᄒᆞ 명공의 허물이로ᄃᆡ, 이져 다다라 홀노 쥰졀ᄒᆞ미 이ᄀᆞᆺᄒᆞ니 첩이 원컨더 그ᄃᆡ 압히셔 죽어 마음을 쾌히 ᄒᆞ리니 ᄉᆞ오ᄂᆞᆫ 은의롤 뉴련ᄒᆞ거든 시슈롤 거두어 무ᄃᆞ믈 쳥ᄒᆞ노라." 언파의 다라드러 평장의 찬 칼을 ᄲᅢ혀 ᄲᅥᆯ니 지르니15)

이소저도 앞서 "상공이 쏘ᄒᆞᆫ 졍도로 엄히 계칙지 못ᄒᆞ여 그 교룡ᄒᆞ믈 졔어치 못ᄒᆞ신 허물이 업지 아니시니, 엇지 년긔 미셩ᄒᆞᆫ 녀ᄌᆞ롤 홀노 칙ᄒᆞ며"16)라 하여 화경이 齊家를 잘못하였음을 지적한 바 있거니

---

14) 장서각본, 권7: 양서각, 하권, 272~274쪽: 정문연, 140쪽.
15) 장서각본, 권7: 양서각, 하권, 285~286쪽: 정문연, 144쪽.

와, 작가는 이 작품을 통해 중세 여성의 가문 내에서의 惡行의 所以
然을 제시하며, 궁극적으로 齊家를 제대로 하지 못한 男性의 문제를
제기하는 것이라 할 수 있다.

4. 이소저의 형상과 작가의식

「화문록」의 남주인공 화경은 '當今 英俊'이지만, '긔상이 너모 방
탕'하다는 흠결을 갖고 있다. 이 점은 介潔한 성품의 이부인과 和樂
하지 못하게 되는 결정적인 흠결로 작용한다. 처음 婚談이 나왔을 때
아버지인 이상서는 화경의 방탕한 性情을 염려하여 부인에게 의견을
묻는데, 부인은 이소저의 뛰어난 품성으로 '독히 방탕훈 군즈롤 진압
홀' 것이라고 한다.

> 니공이 쇼호 화공즈의 풍치롤 여러번 본 비라. 그 위인의 발호ᄒ믈 ᄉ
> 랑ᄒ여 젼일 그윽이 동상(東床)을 유의ᄒ나, 긔상이 너모 방탕ᄒ기의 ᄶ
> 가온 고로 발셜치 아녓다가, 화가의셔 통혼ᄒ믈 보고 부인을 디ᄒ여 골
> 오디,
> "이졔 화공이 통혼ᄒ여시니 화공은 금셰 현상(賢相)이요 그 아즈(兒
> 子) ᅵ 당금(當今) 영쥰(英俊)이로디, 싱의 쇼견은 너모 방일(放逸)홀듯ᄒ
> 니 부인의 뜻은 엇더타ᄒ시ᄂ뇨"
> 부인이 함소디왈,
> "녀ᄋ의 상시 상쾌훈 언논과 통달훈 의견이 남즈의 지ᄂ니 독히 방탕

---

16) 장서각본, 권7: 양서각, 하권, 273쪽: 정문연, 140쪽.

훈 군조를 진압홀지라 그는 넘녀홀 비 아니니이다.''17)

　이소저는 호소저보다 훨씬 빼어난 外貌와 品性을 지니고 있어, 화
경도 '지모를 닐너도 호시의 셰번 더으미 잇고, 졀힝(節行)을 일너도
호시의 지느리니, 니 일죽 니시의 식덕(色德)이 져디지 샌혀날 쥴은
뜻흐지 아니괘라.' 하며 감탄하지만, 호소저를 본 후 '일념이 억미여
오미스복흐는' 간절한 생각 때문에 첫날밤에 이소저를 외면한 채 홀
로 잠든다.18) 그리고 이소저 또한 이러한 신랑의 행동을 '심중의 다
힝'19)하게 여긴다. 화경은 이후 이소저의 美貌에 마음이 끌려 同寢하
려고 시도하지만, 이소저는 그 '방탕 호식흐믈 불복흐'여 냉담하게 거
절한다.

　　다시 말이 업셔 원침을 느와 비스기 지혀 니시를 슉시흐니 빗틱쳔염이
　긔묘쇄락흐고 옥골빙협이 쳥오고결흐니 비홀 곳이 업눈지라. 묵연ᄌ실흐
　여 불안훈 의식 이러느니 호시를 위흐여 이룰 바리기 앗가온지라. 침ᄉ
　냥구의 풍심이 이러느니 쇼져를 닛그러 느위(羅幃)의 느으가고ᄌ 흐거늘,
　쇼졔 쳔셩 춍명으로 엇지 싱의 품은 바를 슷치지 못흐리오. 심중의 그 방
　탕호식흐믈 불복흐고 무졍무례흐믈 노흐오미 스긔를 단엄이 흐여 물니치
　미 넝담흐미 상셜ᄀᆺ흐니, 싱이 노왈,
　　"그디 가부를 원지(怨之)흐여 무단이 방ᄌ흐믈 베프니 반ᄃᆞ시 타렴(他
　念)이 잇스미라. ᄎ후는 니 집의 머므지 말나."
　　언파의 ᄉ미를 썰치고 밧그로 나가니 쇼졔 긔탄흐믈 마지 아니흐더라.20)

---

17) 장서각본, 권1: 양서각, 상권, 4~5쪽: 정문연, 4쪽.
18) 장서각본, 권1: 양서각, 상권, 21~23쪽: 정문연, 9쪽.
19) 장서각본, 권1: 양서각, 상권, 23쪽: 정문연, 9쪽.

남편 화경에 대한 이소저의 拒좀는 한결같이 계속되는데, 화경과 이소저의 첫 관계는 곤뇌하여 잠든 이소저에게 가해지는 화경의 威力에 의해 겨우 이루어진다.

일일은 싱이 조다가 찌여 보니 쇼졔 쥬야 근노ᄒ여 잠을 못 조다가 져의 긔운이 느하 취슈(取睡)ㅣ 깁흐믈 보고 쏘흔 쵹풍(觸風)ᄒ여 심히 알푸니 상을 의지ᄒ여 몸을 기우려 좀드럿ᄂᆞ지라. 싱이 ᄂᆞᆨ가 보니 화용이 쵸췌ᄒ고 쥬슌(朱脣)의 혈식이 감고 쳔식이 되여 신음ᄒᄂᆞᆫ 쇼리 잇스니 손을 만져보미 번열(煩熱)ᄒᆞᆫ지라. 쥬야로 구병ᄒ여 약질이 곤뇌ᄒ여 병드믈 더욱 이련ᄒᆞ미 녹ᄂᆞᆫ 듯ᄒ고 쏘흔 은이 뉴동ᄒᆞ미 능히 졔어치 못ᄒ여 평싱 힘을 다ᄒ여 안아 조긔 침구의 ᄂᆞᆨ가 쳔만은이롤 층냥키 어려온지라 쇼졔 놀나 찌여 보니 져의 슈즁의 드러 버셔날 길이 업고 약골이 뇌곤ᄒ여 병이 이러시니 물니치고즈 ᄒᆞ미 잔조리 퇴산을 거음 ᄀᆞᆺ흔지라 상셔의 산회 ᄀᆞᆺ흔 은정이 원앙이 녹슈의 노름 ᄀᆞᆺᄒ니 쇼졔 더경 불안ᄒ여 쳬ᄒ함누(涕下含淚)ᄒ여 믹믹히 은정을 가랍지 아니ᄒ니 싱이 쳔만유셰ᄒ여 무정타 칙ᄒ더라.21)

화경과 호소저가 첫 눈에 반해 애정을 키워가고, 애정의 실현 그 자체가 두 사람에게 至高의 理想이라 한다면, 이소저에게 있어 至高의 理想은 **부부간의 貞潔한 관계, 그리고 온전한 齊家에 따른 가문의 발전**이라 할 것이다.

이소저의 이러한 면이 가장 뚜렷이 드러나는 대목은, 결말 부분에 들어 있는 호소저에 대한 이소저의 용서와 호소저의 가문 복귀 대목

20) 장서각본, 권1: 양서각, 상권, 35~36쪽: 정문연, 13쪽.
21) 장서각본, 권5: 양서각, 하권, 97~98쪽: 정문연, 94쪽.

이다.

이소저가 유배생활을 끝내고 본가로 돌아가는 도중 예운암에서 하루를 묵게 되고, 이소저와 호소저의 극적인 만남이 이루어지는데, 호소저는 이소저의 寢所에 불을 지른다. 이소저는 現夢을 통해 겨우 위기를 벗어나는데, 이소저는 오히려 호소저에게 몰래 금품을 전달하여 위로한다.

홀연 니부인 잇든 쵸막 압뒤흐로 묘츠 불이 이러나니 졔승이 황황망됴흐여 급히 물을 기러 뿌리며 쳥원도 놀나 부인의 일힝을 불 먼니 잇는 당스의 안둔흐고 불을 구흐더니, 화광(火光)이 년쳔(連天)흐여 스롬은 상치 아니흐엿스나 여러 간 졀이 다 타고 눌이 밝으미 불을 잡으니 졔승의 몸 뿐이요 아모것도 업시 다 쇼화(燒火)흐엿는지라. 모다 발 굴너 우는 통곡흐는 쇼릭 텬지 진동흐더라. 이즁의 호시도 춍망즁 니시롤 살나 쥭이려다가 니시는 쥭지 아니흐고 도로혀 거쳐홀 곳도 업스니 쳥원을 쓰라 술기롤 구흐거늘, 니부인이 밝은 안춍과 맑은 혜♡림으로 엇지 호시의 미골을 몰나 보리오. 일안의 추악히 녀기나 굿흐여 알은 체 아니흐는 즁 …… 니부인의 힝되 산문의 느려 다시 금은을 가져 쳥원을 쥬고 금빅을 후히 흐여 호시롤 쥬라 흐니, 쳥원 빅비칭스흐고 니부인의 힝츠롤 젼별흔 후 도라와 금빅으로 호시롤 쥬고 니부인의 은덕을 칭숑흐니, 호시 디경흐여 실싞냥구의 문득 회한흐고 감동흐는 마음이 좀간 잇셔 비로쇼 실스롤 디강 니르니 쳥원이 추탄흐믈 마지 아니흐고 야간 화변(禍變)이 호시의 작스(作事)ㄴ가 의심흐고 니부인의 셩덕을 더욱 항복흐더라.22)

---

22) 장서각본, 권7: 양서각, 하권, 239~242쪽: 정문연, 131~132쪽.

이소저는 결국 호소저를 花家로 복귀시킨다. 누명을 쓰고 많은 고생을 했음에도, 이소저가 호소저를 궁극적으로 용서하는 것은 어떠한 인식의 기반 위에 있는 것인가?

그것은 이소저 본연의 '선한 품성' 때문이라고도 볼 수 있겠지만, 이 모든 불행의 근원이 남성의 잘못된 齊家에 있다고 보는 이소저의 認識 때문이 아닌가 한다.

> 쇼졔 안식을 슈렴ᄒ고 념임디왈,
> "첩이 부모의 교이로 ᄌ라나 녜의롤 엇지 다 알니잇고마는 녀ᄌ는 삼동지탁(三從之託)이 잇ᄉ오믄 아옵는지라. 빅년 의탁(依託)을 군ᄌ긔 의지ᄒ왓습더니 군지 박디ᄒ시고 호시 모힝ᄒ오니 다시 누롤 의지ᄒ오며 만분 다힝으로 ᄌ식이 잇ᄉ오미 다시 바랄 거시 업는지라. 이밧 다힝이 업는가 ᄒ엿더니 스룸을 참ᄋ 결박ᄒ여 놈의 너허 길희 바리오니, 이런 분한이 뉘게 도라가리잇고 첩이 홀노 군ᄌ롤 탓ᄒ미 아니라. 첩의 팔지 괴이ᄒ여 군ᄌ와 화락ᄒ미 업셔야 잔명을 보젼ᄒ올지라. 원컨디 군ᄌ는 타문 슉녀롤 취ᄒ시고 첩으란 영졀ᄒ소셔. ᄯᆞ흔 ᄌ식됴ᄎ 허치 아니실진디 다려가시고 첩의 뉴무롤 싱각지 마쇼셔.…"23)

이소저가 花家에서 쫓겨나 친정에 머물 때에 화경이 찾아가 이소저에게 용서를 구하지만, 이소저는 이처럼 완강히 거부한다. 三從之託을 좇아 남편에게 의지하려는 자신을 박대하니, 자신은 '군ᄌ와 화락ᄒ미 업셔야 잔명을 보젼'할 수 있을 것이라고 한다.

중세 시대에 여러 아내가 공존하는 가정 내의 갈등의 근본 문제는

---

23) 장서각본, 권4: 양서각, 하권, 63~64쪽: 정문연, 84~85쪽.

남편에게 있을 따름이며, 惡行을 행하는 여인도 또한 시대와 제도의 희생물이라는 인식이 이소저의 言明을 통해 드러난다. 그리고 그러한 인식이 궁극적으로 작가의 인식의 基底에 깔려 있는 것이 아닌가 한다.

5. 맺음말

「화문록」은 7책 분량의 유일본이 전하는, 비교적 편폭이 작은 가문소설의 한 작품이다. 「화문록」은 중세의 閥閱家인 花家에서 벌어지는 妻妻갈등을 축으로 하여 다양한 사건이 전개된다. 그런데 「화문록」의 진정한 가치는 두 여주인공의 인물형상을 통해 드러나며, 여기에 작품의 주제 및 작가의식의 요체가 있다.

「화문록」에서 특히 주목되는 것은 惡女 이소저의 형상이다. 正室인 이소저를 끊임없이 질투하고 모해하는 副室 호소저는 妻妻間 혹은 妻妾間 갈등을 그린 爭寵型 소설에 흔히 나오는 惡人型 인물의 하나로 일견 보일 수 있겠으나, 「화문록」에서의 호소저를 바라보는 시각에는 조금 다른 관점이 필요하다.

화경과 호소저는 첫 만남을 우연히 가진 이후 서로 애틋하게 戀慕하여 기어코 결혼에 이른다. 화경의 寵愛 속에서 威勢를 더해가는 호소저는 이소저를 제거하려다가 거듭된 謀害가 탄로난 후 급기야 黜去된다. 자신의 惡行으로 인해 결국 처량한 신세로 전락하지만, 호소저의 이 모든 행위의 밑바탕에는 화경의 愛情을 독점하고자 하는 女人의 所望이 깔려 있다. 특히 호소저는 남편인 화경을 직접 해치려 하지 않는다는 특이점이 있다. 호소저는 축출되었다가 다시 花家로 돌

아오는데, 그것은 화경에 대한 호소저의 순연한 애정에 따른 결과이
다. 호소저는 兇漢에 의한 겁탈의 위기에 처했을 때 주저 없이 강물
에 投身하여 貞節을 지키려 한다. 호소저의 가문 복귀는 이소저에 의
해 실현되는데, 그 가문 복귀의 중요한 근거는 호소저의 '失節하지
않음'에 있다. 화경을 향한 호소저의 변함없는 愛情과 貞節은 자기를
지키는 명분이 되는 동시에 가문 복귀의 확실한 근거가 되는 것이다.
용서를 받은 호소저는 돌아와, 화경이 이소저에게 하는 말을 夾室에
서 듣다가 자신을 妖女로 취급하는 데에 분노하여, 자신이 그런 지경
에까지 이른 것이 齊家를 제대로 하지 못한 화경의 탓이라고 외치며
자결하고자 한다.

작가는 이 작품을 통해 중세 여성의 가문 내에서의 惡行의 所以然
을 제시하며, 궁극적으로 齊家를 제대로 하지 못한 男性의 문제를 제
기하는 것이라 할 수 있다.

이소저는 호소저보다 훨씬 빼어난 外貌와 品性을 지니고 있지만,
화경은 호소저에 대한 생각 때문에 첫날밤에 이소저를 외면한 채 홀
로 잠들고, 이소저도 이러한 신랑의 행동을 다행하게 여긴다. 화경은
이후 이소저의 美貌에 마음이 끌려 同寢하려고 시도하지만, 이소저는
냉담하게 거절한다. 화경과 호소저에게 있어 애정의 실현 그 자체가
至高의 理想이라 한다면, 이소저에게 있어 至高의 理想은 부부간의
貞潔한 관계, 그리고 온전한 齊家에 따른 가문의 발전이라 할 것이다.
성정이 방탕하여 齊家를 못한 남편 화경에게 이소저는 지속적으로 냉
담히 굴고 단엄하게 꾸짖지만, 누차에 걸쳐 구체적인 피해를 끼친 호
소저에게는 거듭 자비를 베푼다. 이소저는 결국 호소저를 花家로 복
귀시키는데, 그것은 이소저 본연의 '선한 품성' 때문이라고도 볼 수
있겠지만, 이 모든 불행의 근원이 남성의 잘못된 齊家에 있다고 보는

이소저의 認識 때문이 아닌가 한다.

중세 시대에 여러 아내가 공존하는 가정 내의 갈등의 근본 문제는 남편에게 있을 따름이며, 악행을 행하는 여인도 또한 시대와 제도의 희생물이라는 인식이 작가의 인식의 基底에 깔려 있는 것이라 할 수 있다.

「화문록」은 이처럼 화소저와 이소저의 인물형상에 대한 섬세한 彫塑를 통해, 중세 시대에 노출시키기 쉽지 않은 강렬한 애정관을 담아내는 동시에, 중세 시대 가정 내에서의 여성의 존재와 남성의 문제를 여성 중심적 시각에서 다룬 작품으로 높이 평가될 수 있을 것이다.

「위씨오세삼난현행록」의 특이성

송 성 욱(가톨릭대학교)

1. 서론

「위씨오세삼난현행록」[1]은 아직 연구가 되지 않은 작품이다. 김기동에 의해서 간략한 줄거리가 소개된 바 있는데,[2] 그것마저 소략하여 작품의 대강이라도 알 길이 없다. 정신문화연구원에서 기획한 『장서각고소설해제』에서도 해제가 이루어진 바 있으나 위의 내용과 대동소이하다. 「위씨」는 27권 27책으로 총 길이가 688장인 작품으로 장서각에 원본이 소장되어 있다. 매면 10행, 각 행당 25∼29자, 궁체로 상당히 깨끗하게 필사되어 있다. 보존 상태가 상당히 양호하며 꽤 고급스러운 紙質을 가지고 있어, 일반 여염가의 소설책이 아닌 듯한 인상을 한 눈에 받을 수 있다.

異本으로는 표제가 「衛氏賢行錄」이고 권수제가 '위시셰디록'으로 되어 있으며, 27권 27책으로 구성된 작품이 있다. 전체적인 장수는 「

---

1) 以下 「위씨」로 지칭함.
2) 김기동, 『한국고전소설연구』, 교학사, 1981.

위씨」보다 많지만 매면이 9행, 13~14자로 되어 있어 사실상 큰 차이가 없다. 내용은 완전히 동일한데, 궁체가 아닌 일반 여염체로 조악하게 필사되어 있다.

「위씨」는 상당히 특이한 작품이다. 얼핏보면 일반적인 대하소설과 다름이 없어 보이는데 실상은 그렇지가 않다. 중간 중간에 불쑥 튀어나오는 특이한 장면 묘사, 혼란스럽기 짝이 없는 인물의 출현, 기대되는 진행 방향과는 전혀 다른 방향으로의 작품 전개 등 특이한 곳이 하나 둘이 아니다. 습작이 아니면 대하소설의 새로운 경향을 추구하려 했던 작품이 아닌가 한다. 그러나 새로운 경향을 추구하려 했다고 해도 그것이 제대로 매듭을 맺지 못했다는 인상을 주기 때문에 습작과 같은 특이한 작품으로 남아 있다. 다만, 여타의 대하소설에서는 전혀 볼 수 없는 장면 구성이 이루어지고 있어 자료적인 가치를 충분히 인정할 수 있는 작품이다. 나아가 조선시대 궁궐 종사자가 직접 소설의 창작에 가담했을 것이라는 조심스러운 짐작을 할 수 있어 관심이 가는 작품이다.

「위씨」에 대한 기존의 연구가 전혀 없는 까닭에 이 글에서는 「위씨」의 전반적인 특징과 성격을 밝히는 데 초점을 둔다.

2. 제목, 분권, 회장

「위씨오세삼난현행록」은 우선 제목부터가 특이하다. 이것만 보아서는 무슨 뜻인지 알 수가 없다. 표제에는 '魏氏五世三難賢行錄'이라고 되어 있다. 한자를 본다면 위씨 집안의 오대에 걸친 여러 사건을 서사화한 것으로 짐작할 수 있다. 그러나 이것은 작품의 내용과 부합하지

않는다. 작품 내용은 위현의 8남매 이야기로만 구성된다. 이들 8남매
는 세혁, 세영, 세창, 세병, 세황, 옥난, 경난, 금난 등이다. 그렇다면
'오세삼난'이라는 것은 5子 3女로 구성된 이 남매들을 지칭하는 것이
며 '세'와 '난'은 이름의 항렬자를 고려한 것이다. 여자 이름의 항렬
자로 '難'을 사용했기 때문에 이런 혼란이 왔다고 할 수 있다.3)

「위씨」는 회장체 소설의 형식을 충실히 지키고 있다. 전체 37회로
구성된 작품이다. 회장 제목은 6장의 「표」에서의 같이 8언대구인 경
우와 7언대구인 곳이 혼재되어 있다. 그리고 아래의 예와 같이 한 회
장이 끝날 때마다 다음 회장의 내용에 대해 호기심을 유발하는 부분
이 있어 애초부터 회장체 방식으로 기획된 소설임을 짐작하게 한다.

    아지못게라 요인의 쟉얼이 이러툿 흉참ᄒ니 널부의 방신이 쟝ᄎᆞᆺ 평안
    ᄒᆞᆫ가 챠간하회분 ᄒᆞ라4)

    아지못게라 군흉의 죄악이 바야흐로 베프러 쟝ᄎ 엄문ᄒᆞ여 ᄒᆞ니 아지
    못게라 군흉의죄악이 바야흐로 나ᄐᆞ나니 숨인의 원왕이 콰히 신셜ᄒᆞᆫ가
    ᄒᆞ회 셕남ᄒᆞ라.5)

흥미로운 것은 분권과 회장이 일치하지 않고 있다는 점인데, 한 권
이 3개의 회장으로 구성되는 경우도 있고, 한 권이 1개의 회장으로만
구성된 경우도 있다. 혹은 한 회장이 여러 권으로 구성되기도 한다.

---

3) 이본에는 표제가 '衛氏賢行錄', 권수제가 '위시셰딕록'으로 되어 있다고 했는데,
   이 「위씨」에서도 권4, 권11의 경우는 권수제가 '위시셰딕록'으로 되어 있다.
4) 「위씨오세삼난현행록」 권8.
5) 「위씨오세삼난현행록」 권10.

뿐만 아니라 6장의 <표>에서 정리했듯이 한 권의 끝이 회장의 끝이 아닌 경우가 더 많다. 그다지 중요한 사실이 아닐 수도 있지만 원래는 회장으로 기획되고 창작된 작품을 다시 권의 체제로 재편했을 가능성을 시사하고 있어 흥미롭다. 한 예로 권7, 권8, 권18의 시작 부분을 살펴보기로 하자.

> 권7: 지셜 초공이 더왈 이는 우리 문호의 영만ᄒ미 극진ᄒ고 셩은의
>   호탕ᄒ시미 과도ᄒ 연괴라.
> 권8: 지셜 하양궁 놉흔 동산의 ᄉ위 명공이 엇게를 굴와
> 권18: 지셜 위공 등이 신방으로 퇴귀ᄒ니 소졔 단의홍군으로 슈병을
>   의지엿ᄃ가

모두 '재설'로 시작된다. '재설'이라는 장면 부호는 대개 새로운 사건이나 시간적으로 큰 변이가 있을 때 사용되는 비교적 큰 장면 부호이다. 그런데 권7은 권6에서의 대화 내용을 그대로 이어 받으면서 시작되고 있다. 권8은 권7에서 설정된 잔치 상황의 연장이다. 또한 권18은 전권에서 설정된 혼인 장면의 연장으로 혼인식이 끝나고 신랑이 신방으로 행차하는 대목이다. 이런 대목에 모두 '재설'이라는 장면부호가 사용되고 있다. 상식적으로 본다면 장면부호가 들어갈 부분이 아니며, 권이 나누어질 부분도 아니다. 특히 권18의 경우는 위의 인용문 7행 뒤에 다시 '재설'이 나온다.

> 지셜 셔소졔 주긔 더긔롤 지니미 속졀업시 삼년이 훌훌ᄒ야 네졔롤 임의 무촌디라 소져 남미 확연이 비통ᄒ며 추년이 감샹ᄒ미 이써 더 시로온디라.

상당히 오래 전에 설정된 사건을 다시 거론하고 있는 부분이다. 완전히 다른 사건으로의 전이라 할 것이다. 정상적인 분권이라면 바로 이 부분부터 새로운 권이 시작되었어야 했다. 그 끝과 시작에 분명한 매듭이 있는 회장과 큰 대조를 보이는 부분이다. 따라서 회장체로 기획된 것을 막연히 분권만 한 것이 아니라 '재설' 등의 부호를 삽입하여 형식으로나마 분권의 체제를 갖추려고 한 흔적이 보인다.

한편 작품의 내용과 말미 부분에는 이 작품의 파생작과 속편이 있다는 말을 한다. 후술되겠지만 권12에는 삽화적 인물인 경어사의 딸이 장생의 딸과 혼인한다는 내용이 있다. 여기에 대해서는 별도의 사건 설정이 없이 "후일의 경댱낭문이 셔릭 혼쥐ᄒ야 층층훈 인친과 겹겹훈 혼취훈 힝젹은 **경쟝양문록** 즁의 잇ᄂ니라"라고만 서술되어 있다. 「경쟝양문녹」이 실제로 존재한 소설인지에 대해서는 현재로서는 알 길이 없다. 그런가하면 말미 부분에는 다음과 같이 후록에 대한 기록이 있다.

각노 오형뎨 작위 졈졈 슝고ᄒ야 인인이 퇴졍의 올나 황비롤 웅거ᄒ고 초공과 참졍이 여러번 츌졍ᄒ야 긔이훈 공을 만히 셰워 왕작을 봉ᄒ던 ᄉ젹과 층층훈 ᄌ녀들의 혼취ᄒ던 셜화ᄂ 다 후록의 잇ᄂ고로 드시 긔록 디 아니ᄒ노라

위의 내용을 따른다면 후록에는 「위씨」에 등장했던 인물들의 본격적인 활약상과 그 자식들의 이야기가 포함되어 있다고 한다. 그러나 후록이 있다고만 하고 그 제명은 언급하지 않고 있어 이 작품을 창작하거나 필사할 당시, 실제로 후록이 존재했을 가능성은 희박하다고 할 수 있겠다. 이 점을 미루어 본다면 「경쟝양문록」에 대한 부분도, 「명

주옥연기합록」에서 전혀 근거가 없는 작품인 「소현성록」을 파생작으로 언급한 것과 같이, 대하소설 서술과정의 한 관행으로 보아야 하지 않을까 한다.

3. 서사 구조의 성격

1) 갈등 구조의 특이성

「위씨」 역시 여타의 대하소설과 마찬가지로 부부 사이에서 벌어지는 문제를 중심으로 서술되고 있는 작품이다. 위씨 집안 8남매 중, 비교적 많은 비중을 차지 있는 인물은 세영, 세창, 세병이다. 장남인 세혁 부부에 대해서는 권1에서 소윤의 딸과 혼인 후 금슬이 좋아서 8자 7녀를 두고 백년해로했다는 요약적 제시만 나오고 있다. 이후에 세혁이 등장하지 않는 것은 아니지만 그 존재가 미미하다. 그러면 세영의 경우부터 차례로 살펴보기로 하자.

제2자인 세영은 일찍이 태우 경철의 딸인 경소저와 혼인을 하지만 아무런 이유없이 사이가 좋지 않다. 그러던 중 기생인 향월을 첩으로 맞이하게 되고, 우여곡절 끝에 소경화의 딸 소소저를 재취로 맞이한다. 소경화는 소주 사람으로 양선이란 도적의 난을 맞아 의병을 일으켰다가 양선에게 잡혀 죽은 사람이다. 소소저는 남복개착하여 숨어 있다가 도적의 난을 진무차 내려온 세영을 만나게 되고, 경사로 올라와 혼인을 한다.

이러한 내용은 대하소설에서 흔히 발견할 수 있는 전형적인 이야기이다. 특히 지방 출장 중에서 남복개착한 여인을 만나고 그 여인의 신원이 확인된 다음 혼인을 하는 이야기는 상당히 정형적인 단위담 중의 하나이다. 그런데 「위씨」에서는 이러한 이야기의 진행 과정에서 마땅히 있을 법한 갈등이 보이지 않는다. 세영이 경소저를 박대한다는 것은 앞으로 있을 갈등을 예고하는 것임에도 불구하고 이 불화는 본격적인 갈등으로 발전하지 않는다. 세영은 단지 아무 이유없이 경소저를 박대하고, 경소저는 이에 대해 아무런 원망이나 한을 품지 않고 있다.[6] 특히 세영이 기생 향월과 같이 지내는 과정에서도 별다른 갈등이 설정되지 않는다. 작품에서는 이것을 단지 하늘이 정한 운수라고만 하고 있다. 뿐만 아니라 소소저를 재취로 맞이하는 과정에서도 별다른 갈등이 없다. 이런 이야기는 대개의 경우, 혼사를 둘러싼 부자갈등이 있거나 여성이 윤리적 혐의로 인해 혼인을 기피하는 내용이 있기 마련이다.[7] 「위씨」에서는 오히려 세영 자신이 소소저가 여성이었음을 알지 못했다는 자책감을 느끼며, 그것을 부친이 위로하는 쪽으로 이야기가 전개된다. 물론 이 혼사를 먼저 주장하는 사람도 부친인 위형이다.

제3자인 세창은 조현승의 딸 조소저와 혼인을 한다. 조소저는 소소저를 남자로 알아 서로 혼인을 한 여자이다. 그리고 소소저가 세영을 따라 경사로 오자 같이 올라온 여인이다. 뒤에 소소저가 여자임에 밝혀지자 부친이 직접 나서서 세창과의 혼인을 주선했다. 세창은 형 세

---

6) "소데 경시로 버부러 임의 가회 셩닙 일이 업스미 반드시 셔로 스랑ᄒᆞᄂᆞᆫ 정의 이시미 덧덧훈 일인지라 소데 ᄯᅩᄒᆞᆫ 엇지 아디못ᄒᆞ리잇고마ᄂᆞᆫ 홀연 혼ᄎᆔᄒᆞᆫ 후로 의식 낙낙ᄒᆞ야 비록 강잉코져 ᄒᆞ나 무가닉하라. 소데 경시의 ᄌᆞ식이 염미ᄒᆞ미 소시의셔 승ᄒᆞ며 경시의 덕셩이 뇨됴ᄒᆞ미 소시의셔 승훈 줄은 모릭디 아니 ᄒᆞ디 소데의 ᄆᆞ옴을 소데 강잉코져 ᄒᆞ나 ᄆᆞ옴이 강잉치 아니ᄒᆞᄂᆞᆫ지라."(권3)
7) 「위씨」에서는 소소저가 자신의 행동에 대해 윤리적 혐의를 지니고는 있지만 혼인을 기피하는 상황까지 나아가지 않고 있다.

영과 소소저와의 혼인이 결정되자 빨리 혼인을 하고 싶어 안달이 나기도 한다. 형에게 혼인을 주선해 달라고 조르기도 한다. 이런 세창에 대해 한 차례의 꾸지람도 없이 곧바로 조소저와 혼인이 이루어지는 것이다. 동성끼리의 혼인이라는 상당히 특별한 사건이 내재되어 있음에도 불구하고, 이 역시 아무런 갈등 없이 손쉽게 해결되는 혼사로 설정된다. 세창은 이후 가시랑의 딸인 가추월을 재취로 맞이하게 되는데, 이 역시 별다른 갈등없이 혼인이 이루어진다.

「위씨」에서는 갈등의 부각을 통한 흥미보다는 혼인 信物에 대한 기묘함을 부각시키는 쪽으로 이야기가 진행된다. 소소저와 조소저는 장오라는 장사치에게서 비취환과 황금팔찌를 구입하게 되는데, 모두 짝이 맞지 않는 것들이었다. 그리고 가시랑의 모친 하씨는 하태후의 친동생이었는데, 하태후가 옥천동 가문 중의 제3자의 부실이 되면 좋다는 꿈을 꾸고 옥린 한쌍을 주며 짝을 찾아 혼인하라고 하였다. 이 신물들은 모두 위씨 집안의 세전지보로 자식들의 혼인 신물로 삼고 있는 물건들이었다. 작품에서 세영과 세창의 혼인은 모두 이 신물들이 기묘하게 결합했다는 것 외에는 별다른 의미를 지니고 못하고 있다.

제4자인 세병 역시 신물이 매개가 되어 병부상서 여양와 딸과 정혼을 하게 된다. 특히 이 경우는 "형의 집 길ᄉᆞᄂᆞᆫ 엇지 이러틋 공교히 회합ᄒᆞᄂᆞ뇨"와 같은 주위 사람의 평가가 따를 정도로 신물의 기묘한 결합에 초점을 두고 있다.

그런데 세병은 여소저와 정혼을 한 후 하양공주의 부마로 발탁된다. 주인공이 정혼 후 부마로 발탁되는 늑혼담 역시 대하소설에서 설정빈도가 높은 단위담 중의 하나이다. 이런 이야기에는 당연히 정혼녀와 혼사를 물리칠 수 없다는 심각한 군신갈등이 따르게 되고, 공주와 혼인을 한 후에는 심각한 부부 갈등이 수반된다. 그러나 「위씨」에

서는 천자가 세병을 부마로 지목하면서 아예 공주와 혼인 후 여소저
와 다시 혼인하여 부실로 삼게 하라는 명을 같이 내린다. 그러니 군신
갈등이 개입될 여지가 없어지고 대신에 신하의 처지를 잘 헤아리는
천자의 덕성만 강조될 뿐이다.

　혼사의 과정은 순조롭지만 혼인 후 부부갈등이 설정될 수도 있다.
세영, 세창, 세병이 모두 복수의 처를 거느리고 있는 만큼 쟁총형 갈
등의 여지는 얼마든지 있다. 조선시대 소설에서 복수의 처첩을 설정
하는 이유 역시 이 쟁총형 갈등을 만들어서 가부장제와 관련한 어떤
문제의식들을 보여주기 위함이라고 보아야 한다. 그런데, 「위씨」에서
설정된 위의 여성들은 한결같이 빼어난 미모와 현숙한 부덕을 지니고
있는 존재들이다. 일처와 이처 사이에 사소한 다툼도 없이 서로 아끼
고 사랑할 뿐이다. 위씨 집안 여성들 중 유일한 첩인 세영의 첩 향월
의 경우도 나중에는 세영의 죽을 위기를 몸소 구하는 은인으로 설정
될 정도이다.

　이와 같이 「위씨」에서는 적어도 주인공 가문 내부적으로는 한 명의
악인형도 설정되지 않는다. 작품의 이러한 성격은 다시 천자의 성격
으로까지 이어진다. 앞서 세병의 혼사를 처리하는 과정에서도 잠시
언급했듯이 천자는 조정에서 간신이 있으면 그것을 미리 간파하여 주
인공 가문에게 해가 가지 않도록 방지한다. 강남에서 수적이 창궐하
여 세영의 출장을 결정짓는 자리에서 정창호란 위인이 세영을 참소하
는데 천자는 충신을 참소한다고 하여 오히려 정창호를 유배가게 한다.
　그런 까닭에 작품의 시대적 분위기는 항상 태평성대로 기술된다.

　　티악파쳥슈젼냥ㅎ니/ 화션경긔슉원앙이라// 시년귀러보옥졔홀싀/ 시쳔
금누봉두혜라//

계젼젹두의남초ᄒᆞ야/ 소슙황금십이ᄎᆞ라// 니고종두ᄉᆞ무의ᄒᆞ니/ 일번시
박일번의라//

직인특지신장니ᄒᆞ니/ 요최츈삼화유지라// 관현셩급만종디ᄒᆞ니/ 궁녀장
구야연시라//

호시셩인친착득ᄒᆞ시니/ 변졍뇽묵소빵미라.8)

이런 태평성대를 맞이하여 천자가 여러 신하들과 태호에서 수상유
람을 하고 있는 풍경을 작가 스스로 위의 인용과 같이 제법 긴 시로
써 표현하기까지 한다.

한편 수적을 평정하기 위해 강남으로 내려간 세영은 한 차례의 격
문을 통해서 적장 기호준을 교화시킬뿐더러 아예 탁용할 것으로 천자
에게 권한다. 그리고 천자는 병수상서로 제수한다. 아무런 공이 없는
도적의 괴수에게 이런 대우를 해준다는 것은 상식밖이다. 그리고 이
적장 기호준은 위씨 집안의 맏사위가 된다.9) 따라서 작가는 철저하게
갈등을 억제하는 방향으로 작품을 이끌어 가고 있음을 알 수 있다.

물론 완전히 갈등이 없는 작품은 있을 수가 없다. 그러나 위와 같
은 구성으로 인해서 「위씨」에서의 갈등은 지속적인 긴장감을 유발하
지 못한다. 이로 인해 갈등의 해소 과정마저도 단순하게 처리되어 전
혀 극적인 느낌을 주지 못한다. 「위씨」에서 본격적인 갈등은 세창 부
부의 갈등과 외부인의 음모에 의한 위씨 가문 전체의 위기로 구분할
수 있다. 세창 부부의 갈등도 사실은 외부인의 음모와 관련이 있다.
그러나 외부인의 음모는 원인만 제공하고 있으며, 이후의 갈등 전개
양상은 부부 자체의 문제이다. 외부인에 의한 음모에 대해서는 다음

---

8) 「위씨오세삼난현행록」 권16.
9) 이 역시 신물이 매개가 되어 있다.

절에서 다시 고찰하기로 하고 우선 여기에서는 세창 부부의 자체적인 갈등 양상만 살펴보기로 하자.

　세창은 미희에게 홀려서 조소저를 구박하고 음란한 여자로 오인하게 된다. 이때부터 이들 부부의 불화가 시작된다. 그러나 그 불화가 장면화되지는 않는다. 이후에 조소저의 부친이 역적으로 몰려 유배를 가게 되고, 조소저 역시 음란한 여자라는 누명을 쓰고 유배를 가는 사건이 발생한다. 불화의 본격적인 장면화는 조소저의 누명이 벗겨지는 순간부터 이루어진다. 조소저는 적소에서 다짐하기를 향후 시가에 가지 않을 것이며 평생 친정 부친을 모시고 수절할 결심을 하게 된다. 그러나 시아버지의 편지 한 통으로 인해 마지못해 시가로 돌아온다. 「위씨」는 이 시점부터 상당히 많은 지면을 할애하여 세창과 조소저의 내적 고민과 갈등을 기술하고 있다. 따라서 불화의 장면화가 본격적으로 이루어진다고 하겠다. 이 불화는 다시 세창이 본의 아니게 가소저를 재취로 맞이하면서 더욱더 깊어진다. 조소저는 그동안 세창에게 쌓인 원망과 친정 부모에 대한 사친지회로 인해 병에 걸려 며느리로서의 최소한의 도리도 저버리게 된다. 조소저는 주위에서 '투기'라는 혐의를 받는 지경까지 처함으로써 더욱더 곤란한 지경에 이른다. 시어머니가 와서 경계를 하고 세창이 자신의 잘못을 사죄하고 뉘우쳐도 조소저는 태도를 바꾸지 않는다.[10]

　이 정도가 이 작품에서 설정된 유일한 부부갈등이다. 여타의 대하소설에 비한다면 갈등의 정도가 깊지 않음을 알 수 있다. 이 갈등은

---

10) 조소저가 입장을 바꾸지 않는 이유는 다음과 같이 요약될 수 있다.
　　① 세창이 자기를 천하게 여겼다. ② 여자의 귀양살이는 남자와는 달라 더 힘들어서 죽으려고 했으나 부모 때문에 못 죽었으니 이제는 부모 곁에서 종신하겠다. ③ 여자는 몸에 조그만 죄가 있어도 문제인데, 하물며 자기의 죄는 막중한 것이다. ④ 이미 가중 대사인 두 건의 혼인을 폐했으니 이제 다시 처신할 낯이 없다.

황태후의 생신잔치를 맞이함으로써 해결된다. 황태후가 위씨 집안의
모든 여자들을 잔치에 초청했는데, 세창이 조소저에게 이 사실을 전
했다. 그리고 조소저의 냉담함이 가소저와의 혼인 이후 더욱 심해졌
다고하자 조소저가 두말도 하지 않고 이전의 태도를 바꾸어 버린 것
이다. 어떻게 보면 상당히 허망한 갈등 해결 국면이다. 조소저는 자기
가 단지 '투기녀'로 몰리는 것이 싫어서 태도를 바꾼 것인데, 조소저
의 행동이 투기인지 아닌지에 대해서는 이미 앞에서도 여러 번 거론
된 바가 있다. 그런데 새삼스럽게 '투기녀'로 몰리기가 싫어서 태도를
바꾼다는 것은 구구절절한 조소저의 내적 고뇌에 비하면 설득력이 없
는 논리이다.

「위씨」에서 갈등의 설정이 이런 방식으로 이루진다는 것은 애초에
갈등을 억제하면서 작품을 구성한 것과 연관이 있을 것이다. 그러나
보다 근본적인 이유는 이 작품의 서사적 구성이 대단히 삽화적이라는
경향과 관련이 있다고 보여진다.

2) 삽화적 경향의 극대화

우선 「위씨」에 설정된 가장 큰 갈등이라 할 수 있는 외부인의 음모
에 의한 위기를 살펴보자.

첫 번째 음모는 세영을 참소했다가 도리어 유배를 가게 된 정창호
의 식객, 경욱의 등장과 더불어 설정된다. 경욱은 정창호의 원한을 풀
고자 시어사 김현, 윤석 등과 모의하고 하양공주의 상궁인 경낭을 동
참시켜 위씨 가문 전체를 도모할 계획을 세운다. 경욱이 자객이 되어
직접 세영을 죽이고자 했다가 발각되어 실패한다. 한동안 망설이다가
세창 부부를 음해하려는 쪽으로 가닥을 잡는다. 이에 조소저를 음란

한 여자로 몰기 위한 간부서 사건을 만들어낸다. 그것도 여의치 못하자 경낭으로 하여금 세창을 유혹하게 하고 미혼단을 먹여 정신을 홀린다. 그리고 개용단을 먹고 세영으로 변하여 동생의 처인 조소저를 사랑하는 것으로 꾸민다. 그런가하면 위씨 집안의 맏사위인 기상서와 조소저의 부친을 역모로 몰아서 유배를 가게 한다.

대하소설에서 가장 일반적으로 확인할 수 있는 음모의 설정 방식에 충실하다. 다만 음모의 동기가 너무 박약하다. 정창호의 원을 풀기 위해서라고 했지만 이후에 정창호는 한번도 문면에 등장하지 않는다. 경욱이 처음으로 접근한 김현과 윤석은 아무 이유없이 위씨 가문의 영화가 싫은 인물이다. 따라서 음모의 대상도 특정인으로 고정되지 않는다. 이로 인해 음모의 과정에서 맛볼 수 있는 긴장감이 삭감된다.

두 번째 음모는 권23에서부터 간신 엄숭의 득세와 더불어 설정된다. 갑작스러운 등장이다. 정치적 배경에 대한 아무런 설명이 없이 간신 엄숭이 등장하고 그토록 총명하던 천자가 갑자기 총명이 흐려진다. 이때, 권15에서 등장했던 가추옥이 다시 등장한다. 가추옥은 세창의 2처인 가추월의 언니로 동생의 혼인을 시기하고 있는 여자이다. 무려 8권의 내용이 진행될 동안 한번도 거론되지 않던 인물이, 엄숭의 설정과 더불어 다시 등장한다. 어떻게 보면 교묘한 구성이라고 할 수도 있겠지만 아무래도 작위적이라는 느낌을 지울 길이 없다. 가추옥은 김현의 여동생인 김씨와 더불어 가추월을 모해할 계교를 마련한다. 그럼으로써 자기가 세창의 처가 되겠다는 의도이다. 그런데, 이 음모에 조소저는 완전히 빠져 있다. 세창의 처가 되기 위해서는 조소저 역시 방해물인데, 동생인 가추월만 문제 삼고 있는 것이다. 바로 이때, 엄숭의 아들 엄세번이 미희를 구하고 있었는데, 김씨가 엄숭의 문인인 조문화와 결탁하여 가추월과 세황의 처인 서소저[11]를 탈취하게 하는 것이다. 그러나 이 계교는 위현이 미리 방지함으로써 무산된다. 엄숭은 이 화를 풀기 위해 곧바로 위씨 집안 모두를 역모죄로 논핵하여 국문을 열게 한다. 그리고 위씨 제공들은 역모죄로 몰리고 이중 세영은 유배를 가게 되고 나머지는 본향에서 軟禁 생활을 하게 된다.

그런데 이 사건은 천자가 갑자기 총명이 돌아와 신하에게 엄숭을 탄핵하라고 하고, 엄숭을 국문함으로써 해결된다. 어느 날 밤에 하양공주가 보고 싶다고 말한 황태후의 말이 천자의 마음을 움직였고, 이에 경연에 참가한 신하가 세영의 충심을 말한 것이 계기가 되었다. 그리고 엄숭을 논핵하는 상소장이 올라 왔을 때, 마침 자리에 있던 가소저의 부친 가시랑이 엄숭의 미녀 탈취 사건을 말함으로써 연루된 죄인들이 모두 잡혀오게 된다. 그리고 가추옥은 이때 이미 삶의 목표를 상실하고 사망한 상태였으며, 김씨는 개관천선한 상태였다. 설정된 음모의 양과 그로 인한 주인공 집안의 위기도에 비해서는 해결 과정이 너무 단순하게 처리되어 있다. 따라서 경욱의 사건과 마찬가지로 이역시 서사적 긴장감이 상당히 떨어지는 갈등 구성이라고 할 수 있다.

이러한 갈등 구성과 아울러 작품 중간 중간에는 전체적인 내용과 유기적인 관련이 없는 지엽적인 사건들이 설정되기도 한다. 물론 간단한 사건은 얼마든지 삽입될 수 있지만 그것이 많은 지면을 할애하여 서사의 전행을 방해하는 방향으로 가고 있다는 것이다.

대표적인 경우가 경어사의 존재이다. 경어사는 암행어사의 임무를 지니고 지방을 순찰하고 있는 존재로 위씨 집안과 필연적인 인연을 맺는 인물이 아니다. 경어사의 부친인 경공에게는 소부인과 경부인이

---

11) 김씨는 서소저의 부친인 서시랑의 후처인데, 서소저 남매를 쉴 새 없이 구박하고 있었다. 한편으로 위씨 집안은 자기의 오라비인 김현을 죽인 원수의 집안이기 때문에 그 원한이 고스란히 서소저에게 가 있는 것이다.

라는 두 처가 있었는데, 이중 소부인은 위혁의 처인 소소저의 고모이
다. 경어사는 경부인의 소생이다. 위혁의 처 소소저는 권1에서 혼인을
했다는 사실 외에는 이제껏 한번도 문면에 등장하지 않는 여인이다.
많이 등장한 소소저는 세영의 처 소소저이다. 그리고 세영의 1처인
경부인과는 아무런 관계가 없다. 따라서 이 경어사의 설정은 독자들
에게 상당한 혼선을 불러오게 만든다.

경어사는 순무 도중 두 차례의 옥사를 해결한다. 권12의 내용 전체
와 권15의 두 번째 회장부터 권16까지의 내용이 모두 경어사가 옥사
를 다스리는 과정으로 채워져 있다. 두 차례의 옥사는 모두 복잡한 사
건으로 구성되어 있다. 그러면서 전체 이야기 진행과는 어떤 유기적
결합을 지니지 못한 독립된 삽화로 머물고 만다.

한편 기호준은 유배를 갔을 때, 적소의 태수인 석태수의 양자 석공
자가 세병의 둘째 처인 여소저의 동생임을 밝힌다. 이 이야기 역시 상
당히 비중 있게 다루어지고 있는데, 이 과정에서 이미 자기의 본성을
찾은 여공자(석공자)가 석태수와의 문제로 고민하는 장면이 설정된다.
그런데, 이후로 석태수의 존재는 더 이상 설정되지 않는다. 양육한 부
친과 낳아준 부친의 문제는 대단히 심각한 문제임에도 불구하고 양육
한 부친을 이후 서사적 문면에서 삭제하고 있는 것이다. 그렇다면 여
기에서 석태수의 존재 역시 하나의 삽화로 머물고 만다.

물론 삽화적 구성은 소설을 구성하는 하나의 방식일 수 있다. 명말
청초의 중국소설 중 「巫山艶史」 등의 염정소설이나 「警世陰陽夢」와
같은 時事小說은 구성이 산만하고 인물이 많이 등장하는데 이중 처
음부터 끝까지 일관되게 출현하는 사람은 극소수이며 대부분 일회적
으로 등장했다가 사라진다고 한다.[12) 그러나 이런 소설들은 복잡하기
만 하고 통일성이 없다는 평가를 받기도 한다. 삽화적 경향의 소설이

인정을 받기 위해서는 각기 동떨어져 보이는 삽화들이 어떤 동기에
의해서 묶일 수 있어야 한다. 이를테면 주인공이 암행어사 집단이라
거나 경어사와 같은 단일한 주인공이 순무를 하는 과정이라는 일관된
동기가 마련되어야 한다는 것이다. 그러나 「위씨」에서는 그러한 동기
가 보이지 않는다.

「위씨」의 이러한 삽화적 경향은 인물의 이름이나 벼슬이름을 설정
하는 방식과 맞물려 더욱더 심해진다. 우선 작가 스스로가 인명을 혼
동하는 경우가 발생한다. 대표적인 경우가 위씨 일문이 엄숭에게 역
적으로 몰려 국문을 받는 대목이다.

> '세영이 엄엄훈 긔운으로 줌간 정신을 거두어 옥졸의게 붓들여 나와
> 도로혀 죽지 못ᄒᆞ므로ᄡᅥ 불쾌히 너기고 …(중략)… 티시 <u>승상</u>의 댱체 모
> 이 상ᄒᆞ야 형식이 위급ᄒᆞ믈 보고 심식 츄연ᄒᆞ여 승상ᄃᆞ려 닐러 ᄀᆞᆯ오디
> …(중략)… 사룸이 젼ᄒᆞ야 이룬디 텬위 샬니 더ᄒᆞ샤 장춫 초공을 형츄ᄒᆞ
> ᄃᆞ ᄒᆞ니'[13)

밑줄 친 '세영', '승상', '초공'은 모두 같은 사람인데, 다르게 지칭
하고 있다. 특히 '세영'과 '승상'은 좀처럼 사용하지 않던 인명인데,
갑자기 사용되고 있다. 게다가 '승상'이라는 명칭은 어디에서 기인한
것인지 필자로서는 알 길이 없다. 위씨 제공들 중 가장 먼저 국문을
받은 사람은 위세혁이었고, 그 나머지의 국문에 대해서는 내용이 대
동소이하다고만 하였다. 그리고 이 세혁의 초사 내용이 곧바로 엄숭
을 공격하는 내용이기 때문에 천자와 엄숭의 큰 분노를 유발시켰다.

---

12) 최수경, "명말청초 소설 형태의 변화", 『중국소설논총』 12집, 2000, 참조.
13) 「위씨오세삼난현행록」 권25.

그런데 그 다음 대목에서 이 강개한 초사로 인해 죽을 위기에 놓이는 사람은 세혁이 아닌 세영으로 설정된다. 이때부터 작가는 인명 사용에 줄곧 혼선을 가져온다.

뿐만 아니라 조정 신하들을 거론하는 자리에서 이름과 벼슬명이 단 한번만 거론되는 사람들이 무수히 많으며, 병부상서 직함을 받는 사람도 상당히 많다. 기호준이 병부상서로 제수된 이래 여러 사람들이 이 벼슬을 제수받는다. 이로 인해 병부상서라고 했을 때, 어떤 인물을 지칭하는 것인지 분명하게 알기가 혼란스러울 정도이다.

이런 결과들을 종합한다면 「위씨」는 확실히 삽화적 경향이 농후한 작품이라고 평가할 수 있으며, 습작기의 작품이 아닌가 하는 의문이 든다. 그런데, 이렇게 평가만 하고 말 것은 아니다. 대하소설에서 일반적으로 보이지 않는 대단히 독특한 장면구성이 이루어지고 있기 때문이다. 물론 이 특이한 장면구성 역시 작품의 통일성을 흐리고는 있지만 작가가 노리는 새로운 창작 경향의 일단을 읽을 수 있게 해준다는 점에 큰 의의가 있다. 이에 대해서는 다음 절에서 소상히 논하기로 한다.

4. 장면 구성의 특이성 - '儀軌'류의 적극적 활용

「위씨」의 장면 구성은 읽는 사람을 당황스럽게 할 정도로 독특하다. 앞 뒤 내용과 관계없이 갑자기 끼어들어 오는 單役이 많은 것도 그 이유일 것이다. 그러나 여기에는 어떤 다른 기획의도가 내포되었을 가능성이 있다. 다시 말해 장면 묘사가 아무런 기획의도 없이 즉흥적으로 이루어진 것은 아니라는 것이다.

① 친문ᄒ실시 좌우의 시위훈 갑시 뉵쳔인이오 창디보졸이 일만인이오 니외 작문의 환위훈 보군이 삼만인이오 금의 위관 십이인이 나졸 삼쳔인을 거ᄂ려 뎐계 아리 버리시며 좌우 승상과 좌우 통졍과 한님흑ᄉ와 시독흑ᄉ와 즁셔샤인과 집현뎐 흑ᄉ와 시강흑ᄉ와 한님검토와 한님젼슈와 감찰어ᄉ와 뎐듕시어ᄉ와 십삼셩도어ᄉ와 지금의위ᄉ 등이 ᄎ례로 시립ᄒ야눌 샹이 문ᄉ랑을 명ᄒ야 문묵을 쓰여 귤ᄋ샤디14)

위 인용문은 국문장의 모습이다. 호위대의 종류와 나열된 군졸의 수, 참여하는 신하들의 벼슬명이 기록되어 있다. 국문하는 천자의 주위 모습에 대한 세밀한 묘사가 이루어지고 있음을 확인할 수 있다. 이후에는 천자의 추문장 내용과 죄인의 모든 초사 내용이 별행으로 기재되어 있다.

② 샹이 본디 신묘ᄒ신 긔국지슐을 졔왕 귀쳑으로븟터 아리로 니시 졔관이 막감앙망이어날 금일 여명이 쏘한 감당치 못ᄒ리로디 여명이 쏘훈 긔슐이 쏘훈 등한치 아닌지라. 슙가 쥬텬도수를 안ᄒ여 의장을 빙포ᄒ며 긔셰롤 셩년ᄒ야 년ᄒ야 셰판을 이긘지라. 샹이 크게 긔이히 너기샤 이의 여명드려 닐ᄋ샤디 딤이 쏘훈 만긔지가의 혹 긔국을 시험훈 비 이셔 일즙 텰오환뉴과 요슙지칠ᄒᄂ 슐을 알미 잇ᄂ지라15)

이 인용문은 천자가 수상유람을 할 때, 신하들과 내기 바둑을 두는 장면인데, 내기 바둑이라는 사건 설정도 특이할뿐더러 바둑 자체에 대한 묘사도 이루어지고 있다. 이런 방식의 장면 묘사는 비단 이것만

---

14) 「위씨오세삼난현행록」 권27.
15) 「위씨오세삼난현행록」 권16.

이 아니다. 과거장의 모습, 장원급제 행렬 장면에서도 위와 비슷한 방식의 묘사가 나온다. 아울러 편지, 상소문, 비답내용, 격서 등 다른 서식들도 어김없이 그 내용이 소개되고 있으며, 대개가 별행의 형식으로 기재된다.[16]

그런데 이러한 장면 묘사는 여기에서 그치지 않는다. 우선 세영의 처 소소저가 남복개착하고 있을 당시 물건을 팔러온 보부상의 행장에 대한 묘사를 보자. 다소 장황하지만 특이한 장면이라 인용을 하기로 한다.

③ **디랑 왈 보쇄 이러틋 ᄒ면 ᄒ번 구경ᄒ기를 원ᄒ노라 당외 즉시 힝니를 열고 보화를 너여 뵈거ᄂ 대랑이 보니** 상모 일빅 오십팔근 소파리쥬쟈 오빅환 마뢰쥬아 일빅환 호박쥬ᄋ 일빅환 슈정쥬ᄋ 일빅환 산호쥬ᄋ 일빅환 금픠쥬ᄋ 일빅환 밀화쥬ᄋ 일빅환 상아쥬ᄋ 일쳔환 화ᄉ쥬ᄋ 일빅오십구환 셔각ᄋ 십근 상아 숨십근 진남셕 이십근 침셕 십오근 디침 오만봉 중침 오빅구십봉 셥ᄌ 일빅기 돈목 오만근 젼모 팔십부 도쳡종 일빅개 호박징쟈 일빅개 결총모ᄌ 일빅개 면분 일빅개 면년지 일빅기 납년지 일빅기 우각합ᄋ 일빅기 슈침 일빅본 녹각합ᄋ 일빅개 조목소ᄌ 일빅개 황양목소ᄌ 일빅개 디비ᄌ 일빅개 밀비ᄌ 일빅개 샤퓌침통ᄋ 일빅개 눈도ᄌ ᄉ십개 디도ᄌ 일비개 쏘ᄌ 일빅개 은장도 일빅개 금장도 일빅개 잡습픠도ᄌ 쳔개 지지도ᄌ 오쳔개 쌍갑도ᄌ 일빅팔십구개 오건젼지도ᄌ 십부 상긔 십부 쌍뇨 십부 디긔 십부 소쥬금낭 오쳔개 젼츠 오빅개 인도 오빅개 츄ᄌ 일빅개 빅근칭ᄌ 오십병 디포 일빅필 소단ᄌ 일빅필 화양단ᄌ 일빅필 당녕 오빅개 면경 일빅개 디ᄉ경 일빅기 명마 오십필

---

16) 특이하게는 공주의 혼인을 알리는 천자의 告書 내용까지 들어가 있다.

마녕 일빅과 감털됴환 일빅개 빅양피 일빅영 슈달피 십오영 우피 오빅영
졔피 빅녕 촉모피 오십영 화털 일빅개 넌ᄌ 오빅면 면묵 오쳔파 모시 상
셔 쥬역 논어 밍ᄌ 쇼혹 즁용 녜긔 팔더가한문뉴문 통감강목 ᄌ치통감
졍관졍요 숨국지 슈호지 표졔소혹 어빅단 오십통 총빅단 오빅통 월빅단
십필 쳔졍단 십필 셕쳥단 십필 뉴쳥단 십필 초록단 십필 잉가녹단 십필
흑녹단 십필 남송단 십필 북송단 십필 관녹단 십필 압녹단 십필 아쳥단
십필 아쳥녹단 십필 뉴록단 십필 분홍단 십필 박은홍단 십필 도홍단 이
십필 더홍단 십필 진홍단 십필 웅비필단 십필 회식필단 십필 장식필단
십필 지추필단 십필 침향식필단 십필 션황필단 십필 아황필단 십필 쥬황
필단 십필 뉴황필단 십필 익갈피단 십필 밀갈필단 십필 오복화당 오십근
팔보당 팔십근 빙당 ᄉ십근 ᄌ당 오십근 건포도 십오근 과쇄ᄂ포도 십오
근 셤나포도 십오근 공작우 오빅개 관빅우 오빅개 공작 오**ᄥ** 텬아 오**ᄥ**
금계 팔십슈 녀오 십필 나오 십필 원 십오필 잉무 오**ᄥ** 빅ᄌ 팔십건 화
살 오십건 젼납 오십부 필통 오십부 필산 오십부 초오 오십개 습젼 오빅
파 왜션 오빅파 호로 오빅포 빅반 오쳔근 경더 팔십건 금지환 오십더 옥
지호나 십긔 밀화지환 오십긔 마뢰지환 오십긔 금퍼지환 오십긔 파려지
환 오십개 슈졍지환 오십긔 호박지환 오십더 초피 오년 인숨 오십근 황
년 오십근 샤향 오십근 녹용 오십근 빅복영 오십근 웅담 오십근 셕뉴황
오십근 텬쳥 오십근 쥬샤 오십근 쥬홍 오십근 경면쥬ᄉ 오십근 도황 오
십근 셕우황슈말 오십근 금녕 오십긔 황금이당 오십긔 봉관 이십부 하리
이십부 퓌옥 이십부 납촉 오십봉이오 기즁 황금팔쇠 한 **ᄥ**과 비취지환
훈 **ᄥ**이 졔양이 긔교ᄒ고 광치 찬란ᄒ야 진짓 희귀훈 보물이어늘[17]

---

17) 「위씨오세삼난현행록」 권1.

보부상이 팔기 위해 가지고 다니는 물건에 대한 목록이 세밀하게 조목조목 정리되어 있다. 보부상 장오는 행상이기 때문에 실제로 이와 같이 많은 물건을 가지고 다녔을 리는 없다. 따라서 다소 과정된 물목이라 하겠다. 이 장면은 다 읽지 않아도 밑줄 친 부분만 알면 앞뒤 내용 파악에 전혀 지장이 없다. 후술하겠지만 이 물목들은 아마도 어떤 '儀軌'류에 기재된 물록 조항을 부분적으로 옮기고, 여기에다가 작가가 알고 있는 다른 품목들 예컨대 인용문에 나오는 '삼국지' 등의 책명을 덧붙여 작성된 것이 아닌가 한다.

④ 능허호 가온디 군스롤 모와 향오롤 편츠ᄒ여 디롤 지을 시 오만군졸ᄂ 오부단영과 오스오초로 준ᄒ니 좌영의 젼스 후스 즁스 우스 좌스요 즁영의 젼스 좌스 즁스 후스요 젼영의 즁스 젼스 좌우 스후 스요 우영의 좌스 즁스 후스 젼스 우스요 후영의 즁스 우스 좌스 후스니 미 스의 각각 최 잇고 미 최의 각각 디 잇고 미 디의 각각 긔이시며 호쥰은 그 가온디 거ᄒ여시니 년긔 계유 이십의 지략이 츌뉴ᄒ며 각영 밍장이 진즁의 포렬ᄒ여시니 그 슈를 혜미 굴온//(필자 주: 행이 바뀜) 젼영쟝 긔호쥰은 년이 이십이니 젼영 휘ᄒ군 일만슘쳔인이오 즈슐군 슘만인이오 쳔즁군 오쳔스빅인이오 파즁군 일쳔뉴빅인이라 젼영좌부쳔총 즈젹홍은 연이십구요 우부쳔총 원쳥운 년이 이십구요 즁부쳔총 됴마는 년이 이십오요 젼부쳔총 가격은 년이 이십뉴이요 후부쳔총 쥬황은 년이 이십구요 젼영좌부젼스파총 마병은 년이 이십팔이요 후스[18](후략: 이하 각 휘하 진영의 군사 수가 장황하게 나열됨)

이 장면은 강남의 수적 기호준의 군영에 대한 묘사이다. 대열의 배치 상태와 각 휘하 장수의 이름과 나이, 그리고 이후에는 각 하부 대열의 군사 수가 장황하게 나열된다. 기호준은 중요 인물 중의 한 사람이니 그렇다 하더라도 서사의 진행과 전혀 관계가 없는 장수의 이름과 나이까지 소개되고 있다. 이 부분 역시 어떤 진법서의 내용을 그대로 옮기고 여기에 가상의 인명을 부여하여 구성된 장면일 가능성이 있다.

한편 하양공주가 혼인을 하는 장면은 114장에서 159장까지 무려 45장(90쪽)에 걸쳐 묘사가 되어 있다. 혼인행렬, 신부의 복식, 공주를 옹위한 상궁들에 대한 설명, 하객들의 자리 배열 상태, 합환례 절차, 현구고지례 절차 등 혼인에 관한 의궤 한 대목을 그대로 보는 듯한 느낌이다. 혼인 장면이 시작되는 첫 부분만을 인용하면 다음과 같다.

⑤ 시긱이 니르미 스레틱감이 공쥬의 교비위롤 곤졍던 셔벽의 동향호야 비셜호고 부마의 교비위롤 동벽의 셔향호야 비셜호고 상영위를 동셔 합외의 베플고 수쥬뎡을 동셔 계상의 비셜호고 화륜을 뎡계상의 비셜호미 상이 잇고 찬안위롤 영니 동셔의 비셜호고 찬안을 영니 좌우의 비셜호디 져기 남녁으로 호야 셔르 향호게 호고 촉디롤 동셔의 비셜호디 뉵향으로 호고 산호상을 냥위젼의 비셜호고 옥동을 좌우의 비셜호디 드 남향호야 동으로 우흘 호고 모란비취병을 북벽의 비셜호고 홍개 훈 雙은 동셔 계 우희 비셜호고 혼산훈 雙은 던니 좌우의 셰우고 봉션 네 雙을 그 동셔의 베플고 작션 네 雙은 그 좌우의 잇고 곡개 십 雙은 던뎡 좌우의 잇고 현무당 빅호당은 우편 길의 버려 세우고 쳥뇽당 쥬작당 등 스당은 좌편 길의 버려 세우디 드 십 雙이오 은월부 금월부는 던뎡 좌우 길의 각각 십오 雙이오 은닙과 금닙과 각 오 雙과 금작즈 은작즈 각 십 雙

은 좌우의 잇고 금황과 음횡과 각 오 雙은 동서의 잇고 금장도 은장도도
동서의 이시더 쏘흔 오 雙식이오 금우관등도 쏘흔 좌우의 이셔 흔가지로
미등의 버려 셰웟고 고악헌가롤 던뎡 동서의 베플며 녀령집ㅅ위는 계상
동셔의 베프더 드 거듧쥴 노북으로 우흘ㅎ고 진국공 봉ㅎ는 고명과 공쥬
비필 뎡ㅎ는 됴셔 악츠롤 던 계상의 비셜ㅎ더 동향ㅎ고 부마 공쥬 비위
를 졍 계상의 비셜ㅎ더 당 즁ㅎ여 동으로 우흘ㅎ고 향안을 졍계상의 비
셜ㅎ고 황양산 ㅎ나흘 자편 길의 비셜ㅎ고 황개 일 雙은 좌우의 셰우고
의장도 좌우의 버리고 빈긱위는 동서 계상의 비셜ㅎ고 찬안위는 동 계하
의 (비셜: 생략)ㅎ고 찬상위는 동 계상의 (필자 주: 비셜)ㅎ고 던인위는
동셔 계하의 (필자주: 비셜)ㅎ더 드남의 이시나 져기 믈너가게 ㅎ고 거안
쟈위는 동셔 계ㅎ의 ㅎ고 궁관궁녀궁노궁기궁비 참ㅎㅎ는 위는 동셔 계
ㅎ의 비셜ㅎ고 통창위는 동셔 계하의 비셜ㅎ고 던늎거휘위는 계상의 비
셜ㅎ더 동으로 우흘ㅎ야 비셜ㅎ기롤 계유 드ㅎ미 시긱이 임의 니론지라.
쎠의 승상이 종족과 즈부롤 거느려 니ㅅ는 부인이 쥬장ㅎ고 외ㅅ는 승상
이 쥬장홀시 이눌의 부인이 공쥬 의표덕용을 밧비 보고져 원ㅎ믄 목모론
것 ㅈ틀분이 아니러니 찬녜관 상궁 소경난은 공쥬 악츠의 나아가 취위ㅎ
믈 쳥ㅎ고 티감 됴됴용은 부마 악츠 압히 나아가 취위ㅎ시믈 쳥ㅎ여 합
분 외의 니르러는 찬녜관 장손 치란은 부마를 인도ㅎ고 찬녜관 동방 미
향은 공쥬를 인됴ㅎ여 비셕위의 니르미 승상은 됴복을 ㅈ쵸고 부인은 명
복을 ㅈ초와 노릐의 풍광이 소년을 불워아니 ㅎ는지라 동셔를 뎡ㅎ야 셔
미 찬례궁 상궁이 고셔를 놓덩의셔 밧드러 오고 고악이 압히셔 인도ㅎ야
계하의 니르러는 악이 그치고 향안을 졍던 당즁ㅎ야 비셜ㅎ고 던인이 봉
명흔 티감과 봉명흔 상궁을 인ㅎ야 압히 셰우더 동향ㅎ고 셔로 우ㅎ로
ㅎ게 ㅎ고 던창이 ㅅ비롤 부르니 부마와 공쥬 국궁ㅎ미 악작ㅎ고 ㅅ비ㅎ
미 악지ㅎ며 션고녀관 찬례관 녀츈옥이 셔향ㅎ야 고셔를 닑을시 던창이

궤를 부릭니 냥인이 다 궤ᄒ고 승샹 부인 이희 ᄃ 좃ᄎ 궤ᄒ믹 션고ᄒ야
굴오딕(후략)[19]

의궤와 같은 서적을 옆에 놓고 소설을 짓거나 의례의 절차를 작가
가 외우고 있지 않다면 이러한 장면 구성은 가능한 일이 아니다. 이
장면을 꼼꼼히 읽다보면 궁중 혼례의 실제적인 상황에 대해 소상하게
파악할 수 있을 정도이다.

「위씨」에서 이와 같은 장면 묘사의 절정은 천자가 태황태후, 황태
후, 장황태후 등을 모시고 궁중연회를 베푸는 장면이다. 장황태후는
천자의 친모인데 이 장황태후의 壽宴이 벌어진다. 여기에 대해서는 아
예 별도의 회장과 권을 마련하여 장장 2권(권21과 권22)에 걸쳐 서술
되고 있다. 따라서 장면이라고 말하기에는 너무 긴 서술이다. 그러나
연회에 대한 절차가 의궤식으로 나열되고 있어 장면임에는 분명하다.
아래에 인용되는 대목은 연회에 대한 첫 묘사가 시작되는 부분이다.

⑥ 기일 명신의 녀관이 틱황틱후어좌를 진셜ᄒ시 북벽남향ᄒ고 황틱
후어좌는 동벽셔향ᄒ고 황뎨어좌는 황틱후 좌편이오 황후어좌는 황태후
우편이며 향안은 단지 남녁히 베플고 그날 녀관이 의장을 단폐 동셔와
단지 동셔의 난화 비셜ᄒ고 녀관의 밧들며 집ᄉᄒᄂ 자는 어좌 좌우의
셔고 녀악을 단폐 동셔의 진ᄒ디 북향ᄒ고 젼안을 젼 동문 밧긔 셜ᄒ고
반슈 비위롤 즁도 동셔의 셜ᄒ고 명부 비위롤 단지의 셜ᄒ디 북향ᄒ고
ᄉ찬위롤 단지 동셔의 셜ᄒ고 ᄉ빈위롤 명부 묵녁히 셜ᄒ야 동셔로 향ᄒ
고 닉찬이인위 뎐니 동셔의 셜ᄒ야, 명뷔 궁문 박긔 니릭러는 ᄉ빈이 명

---

19) 「위씨오셰삼난현행록」 권6.

부롤 인흐야 입취비위흐고 연관이 장복을 ㄷ초교 반지의 시위흐믄 상히
거동과 가치흐고 녀시관이(후략)[20]

이 장면은 조선시대의『進饌儀軌』나『進宴儀軌』,『豊呈都監儀軌』
등 의궤류의「儀禮」부분을 보는 듯한 느낌을 준다. 실제로『豊呈都
監儀軌』에서 의례의 절차를 밝힌 부분은 "其日尙寢率其屬設…"로
시작되고 있어 '기일'로 시작되는 문구까지 같다. 그리고 아래에 인용
한『풍정도감의궤』의 부분과 비교하면 거의 비슷한 방식으로 설명이
이루어지고 있음을 알 수 있다.

　　상침이 그 소속 인원을 거느리고 대왕대비의 자리를 정전 북쪽 벽에서
남향으로 설치하고, 보안을 자리 동쪽에서 가까운 곳에 차리고 향안 둘
을 궁전 밖 좌우에 설치한다. 전하의 자리를 대왕대비 자리 동쪽에서 서
향이 되게 설치한다. 왕비의 자리를 대왕대비 자리의 서쪽에서 동향이
되게 설치한다. 전빈이 왕세자의 자리 …(중략)… 女伶이 풍악을 궁전의
계단 위와 殿庭에 평사시의 같이 진설하고 왕비의 배위를 전영 안의 서
쪽에 가까운 북향에 설치하고 典贊은 왕세차 배위의 전정길 동쪽에 설치
한다.[21]

이러한 경향은 이후에 서술되는 모든 연회의 설명 부분에서 확인이
되는 바이다. 다만「위씨」의 장면이 조선시대의 "의궤"류에서 밝히는
있는 것보다 진설되는 항목이 더 많이 첨가되어 있을 뿐이다. 한 대목

---

20)「위씨오세삼난현행록」권21.
21)『豊呈都監儀軌』. 송방송,『한국음악사논총』, 민속원, 1999, 339쪽에 이 부분이 번
　　역되어 있는데 이것을 재인용한다.

만 더 예를 들어 보기로 하자.

⑦ 젼빈이 공쥬롤 인ᄒᆞ야 비위의 나아가 궤ᄒᆞ고 딕치ᄉ관이 틱황틱후 좌젼좌편으로 진당ᄒᆞ야 궤ᄒᆞ고 딕치ᄉᄒᆞ야 굴오딕 공쥬등(은:현토형식) 공우가졍십년졍월초일일(ᄒᆞ야) 초츈원졍(이오) 만슈셩졀(의) 공진휘회(ᄒᆞ고) 겸거화상(ᄒᆞ니) 경일구우(ᄒᆞ고) 환균됴야(라) 흠유ᄌ슈소셩강혜안인 틱틱후폐ᄒᆞ(ᄂᆞᆫ) 예지총명(ᄒᆞ시고) 직장즁졍(이숫다) 슉찬니어궁위(ᄒᆞ시니) 즁희누흡(ᄒᆞ고) 국아승어텬권(ᄒᆞ시니) 경운홍긔(라) 복념신등(은) 직슈심 원ᄒᆞ고(직명이 심슈동산의 붓그럽습고:주쌍행) 셩졀황가(라, 졍셩이 황가의 간졀ᄒᆞ옵도다) 환츄긔졀(ᄒᆞ니) 슌악(은) 화뉴늇지츈(ᄒᆞ고) 옥녁발샹(ᄒᆞ니) 셩셰(의) 계쳔영지운(이숫다) 신등이 불승셩환셩변(ᄒᆞ야) 계슈계슈(ᄒᆞ고) 샹만만셰슈(ᄒᆞ나이다) 치ᄉᄒᆞ기롤 뭇ᄎᆞ미 부복홍강복위(ᄒᆞ고) 공쥐 부복홍평신ᄒᆞ미 젼빈니 공쥬를 인ᄒᆞ야 강복위(ᄒᆞ고) 샹의 틱황틱후 좌젼 의 진당ᄒᆞ야 승지ᄒᆞ오믈 궤계ᄒᆞ고 던츙문을 말미아마 나가 노딕샹의 남 향ᄒᆞ여 셔고 유지ᄒᆞ시믈 일ᄏᄅᆞ미 인ᄒᆞ여 션지 왈 여공쥬등 동경이라 ᄒᆞ고 션지ᄒᆞ기롤 뭇ᄎᆞ미 동문으로 말미아마 환복위ᄒᆞ고 틱황틱휘 작을 드 ᄅᆞ시미 __악작ᄒᆞ야 소장군곡을 쥬ᄒᆞ고__ 샹식이 진ᄒᆞ여 뷘 작을 밧ᄌ와 슈쥬 뎡의 복ᄒᆞ미 __악지ᄒᆞ고__ 공쥬 이ᄒᆞ 드 부복홍평신ᄒᆞ미 샹식이 공쥬 쥬뎡의 나아가 죤을 줍고 슐르 부어 공쥬 젼의 진ᄒᆞ고 악작ᄒᆞ여 경풍년곡을 쥬 ᄒᆞ미 공쥐 바다 샹식을 쥬시면 샹식이 바다 틱황틱후 좌젼의 궤진ᄒᆞ면 틱황틱휘 잔을 바다 샹식을 쥬시고 샹식이 공주 젼의 진ᄒᆞ미 공쥐 췌ᄒᆞ 고 쥬존ᄒᆞ여 거음ᄒᆞ믈 뭇고 죤을 ᄌ은 지 부복홍편싱ᄒᆞ미 이히 드 부복 홍평신ᄒᆞ고 쥬뎡의 니ᄅᆞ러 샹식은 죤을 밧고 공쥬ᄂᆞᆫ 췌좌롤 시 이ᄒᆞ도 드 췌좌ᄒᆞ고 악지ᄒᆞ미 좌우 샹궁이 황데롤 인도ᄒᆞ와 황틱후 슈졍뎐의 나 아가 북향 입ᄒᆞ시미 샹식이(후략)22)

태황태후에 대한 공주의 헌작지례가 시작되는 부분이다. 여기서 설
명되는 의례의 절차는 『풍정도감의궤』에서 밝히고 있는 헌작지례의
절차와 완전히 동일하다.23) 樂作과 樂止의 절차, 代致詞의 절차, '부
복흥평신'을 창하는 것 등이 그대로 일치한다는 것이다. 또 치사의 내
용까지 서술되는데, 이 부분은 번역하지 않고 현토를 하거나 어떤 구
절은 주쌍행의 형식으로 번역까지 달아 놓았음을 확인할 수 있다. 그
렇다면 이 권21과 권22의 내용은 어떤 '의궤'를 가져다 놓고 중간 중
간에 작품과 관계된 인물을 삽입하면서 그대로 번역하여 옮긴 것일
가능성이 있다.

이 외에도 이 부분에서는 악기의 배치 상태와 악기의 종류와 수,
文·武舞의 명칭과 모희의 복식과 상태, 연회에서 불려지는 28개 악
곡의 악명과 가사가 모두 기재되어 있다.24) 어떤 의궤를 참고한 것인

---

22) ( )는 다른 글씨체로 기제되어 있는 경우인데, 현토에 해당하는 부분을 다르게
　　보이도록 했다는 것 역시 대단히 특이한 구성이다.

23) 『풍정도감의궤』의 헌작지례에 대해서는 사진실, 『공연문화의 전통』, 태학사, 2002,
　　312~316쪽 및 송방송 외, 『국역 풍정도감의궤』, 민속원, 1999, 참조.

24) 참고로 악기 진설 장면을 인용하면 다음과 같다.
　　"단폐상중화소악을 단지 동서의 버리니 휘 일과 박 일과 축 일과 어 일과 교방고
　　이오 장고 십과 편경 일과 편총 일과 반향 일과 현금 십과 가야금 십과 비파 십과
　　흥뮤금 삼십과 수이십과 디금 숨십과 통소 삼십과 필튤 일빅이요 등화소악을 단지
　　아러 버리고 휘 일과 박 일과 축 일과 어 일과 건고 일과 삭고 일과 응고 일과 교
　　방고 이와 장고 이십과 편경 오와 편종 오와 방향 오와 현금 삼십과 가야금 삼십과
　　비파 삼십과 아징 삼십과 희금 오십과 싱 오십과 대금 오십과 당젹 오십과 통소 오
　　십과 필튤 오빅이오 셰악을 폐상의 버리고 고 일과 장고 십과 박판 삼과 소 소와
　　징 칠과 비 칠과 희금 삼과 싱 십오와 필튤 숨십과 젹 오십과 방향 뉴이오 녀악을
　　젼너의 버리니 교방고 일과 장고 이와 젹 십과 가야금 오와 희금 십과 현금 십과
　　비파 십과 아징 십과 싱 십과 디금 십과 당젹 십과 통소 십과 필튤 오십이오 디악
　　을 단폐 아러 버리니 휘 십과 박 십과 축 십과 어 십과 건고 오와 응고 오와 교방
　　고 오와 장고 오십과 편경 십과 편종 십과 방향 십과 현금 오십과 가야금 오십과
　　비파 오십과 아징 오십과 희금 일빅과 싱 오십과 디금 십과 당젹 오십과 통소 오십
　　과 필튤 팔빅이오 황문고취를 버리니 고 십과 소 팔십과 진 팔십과 훈 팔십과 지

지는 모르겠지만 당시 조선시대 궁중 연회에서는 불려지지 않던 악곡
들이 정리되어 있어 중국쪽 의궤를 참고하여 이루어진 장면일 가능성
도 배제할 수 없다.

이러한 정황들을 종합해 본다면 「위씨」는 소설로서는 실패한 작품
이라고 보아야 한다. 의궤식 장면 묘사가 있다는 것은 작중 상황에 대
한 사실감을 부여할 수 있다는 점에서 긍정적인 기능을 할 수도 있다.
그러나 이 부분의 길이가 너무 길고 장황해서 오히려 서사 전개의 흐
름을 방해하고 있다.

5. 창작 의식과 작가층

이상의 고찰을 통해 본다면 「위씨」는 상당히 특이한 작품임에 틀림
이 없다. 제목에서부터 장면 설정과 서사 구조에 이르기까지 모든 것
이 독특하다. 이때, 「위씨」의 특이함은 작품의 개성이나 독창적인 주
제와 연관되는 것이 아니라 창작 과정에서 발생하는 어떤 문제점을
드러내고 있다. 갈등을 설정하지 않고 있다는 점, 전체적인 서사의 흐
름과는 전혀 딴 방향으로 달려가는 지엽적인 삽화들이 빈번하게 삽입
된다는 점, '부분의 독자성'이라 해도 될 정도의 의궤식 장면 묘사나
단순 나열에 불과한 일회성 인명이 나열되고 있다는 점은 억지로 생
산된 소설이 아닌가 하는 느낌을 주기에 충분하다. 어떤 초보 작가에
의해 창작된 습작일 가능성이 있다는 것이다.

팔십과 젹 팔십과 딕금 구십과 필늘 곽빅이오 츔추는 쎼를 딕샹딕훙와 던뎡 좌우
의 버리니 문뮈 팔빅이며 무뮈 팔빅이오 무를 진훙미 돗번의 기일은 굴온 평졍텬
흥디무니(이하 나머지 무용과 악곡 28개의 가사가 모두 기재)"

그러나 다른 가능성을 따져 볼 필요가 있다. 이에 우선 생각해 볼 수 있는 것은 「위씨」의 작가는 사실성에 입각한 소설을 창작하려고 했을 가능성이다. 다시 말해 보다 합리적이고 인과적인 논리가 지배하는 소설을 의도했을 가능성이다. 그런 의도를 달성하기 위해서 배경이나 상황을 묘사함에 있어 의궤식 구성을 고안하고, 나아가 실제 '의궤'류를 참조하면서 창작을 했을 수 있다. 상소문이나 추문장 등 서식이 있는 글의 경우 반드시 별행 처리를 하여 기재되어 있다는 것도 이러한 창작의식의 일환으로 생각할 수 있을 것이다.

어린 아희 어뮈 품의 돌입ᄒ야 능히 쎄앗지 못ᄒᄂᆫ디라 오슬 붓들고 부르지져 울며 어미로 더부러 ᄒᆞᆫ가지로 가고져 ᄒᆞ니 소졔 ᄯᅩᄒᆞᆫ 무익ᄒᆞ고 달니여25)

이 인용문은 가소저와 서소저가 엄숭의 간계에 속아 경사로 올라가는 장면이다. 어린 아이들이 모친의 품을 떠나지 못해 매달리는 상황이 서술되고 있다. 실제 현실을 감안한다면 이러한 장면은 당연한 구성이다. 그렇지만 부모 자식의 관계가 항상 엄정한 분위기 속에서 설정되는 대하소설에서는 좀처럼 보기 힘든 장면이다. 또 세영이 엄숭의 참소를 만나 유배를 떠날 때, 어린 자식들을 어떻게 데려갈 수 있을 것인가를 놓고 위현과 며느리가 걱정을 하는 대목도 이와 마찬가지이다. 비록 이런 부분이 빈번하게 삽입되는 것은 아니지만 「위씨」의 어떤 현실성을 읽을 수 있다.

그런가 하면 유배에서 풀려난 조소저가 경사로 다시 올라갈 때, 정

---

25) 「위씨오세삼난현행록」 권24.

작 조소저 자신은 깊은 원한 속에서 망설이고 있지만 시녀들은 "됴토
와 아미롤 두스리고 시로 의상을 졍졔ㅎ야" 매주 분주하고 설레이는
행동을 한다.

또 奸人 경욱이 하양공주의 시녀인 경낭을 자기편으로 유인할 때,
경낭은 쉽게 넘어가지 않는다. 이에 경욱이 궁중 생활의 외로운 처지
를 장황하게 늘어 놓자 비로소 경낭이 마음을 움직인다.

> 낭지 십팔 쳥츈으로 궁중의 속졀업시 늙으리니 시즘셩의 원앙과 길즘
> 셩의 그린이며 스룸의 부부는 텬리의 덧덧ㅎ미오 외로온 난초의 혼 쭉은
> 인졍의 슬희여ㅎ미 쏘 봄희와 녀룸 낫이며 가을밤과 겨울밤은 무미창즈
> 롤 슬오며 マ음을 슷는 쑨지라 즈고로 녀즈의 물식을 감동ㅎ며 졍흥을
> 품으미 어나 사룸이 그러치 아니리오마는 낭즈 졍경은 싱각건디 울격ㅎ
> 기 더욱 심ㅎ리로다26)

악인들끼리의 동모 과정은 별다른 망설임이 없어 이루어지는 것이
일반적인데 「위씨」에서는 그렇게 설정하지 않았다. 주동자의 끈질긴
설득과 그런 소행에 동참할 수밖에 없는 동조자의 처지를 서술하고
있는 것이다.

이런 부분들은 결국 의궤식 장면과 더불어 「위씨」의 작가가 사실성
을 확보하려는 방향에서 작품을 구상했음을 의미한다 하겠다. 갈등이
좀처럼 설정되지 않은 것도 이러한 창작의식의 일환으로 해석될 수
있을 것이다. 갈등을 설정하다 보면 결국 악인에 의한 음모의 과정이
설정되기 마련일 것인데, 이 과정은 많은 환상성을 내포할 위험이 있

---

26) 「위씨오세삼난현행록」, 권7.

기 때문이다.

그러나 작가가 작품에 대한 이러한 의식, 즉 사실성과 합리성에 기반한 소설 창작 의식을 정말 지니고 있었다 하더라도 그 결과로서 생산된 작품이 어색한 것은 부인할 수 없는 사실이다. 장면 자체가 아무리 사실에 기초하고 있다 해도 그로 인해 작품 전체의 서사 과정이 유기적 통리성과 인과성을 잃어버리고 있는 것이다.

그렇다면 이 「위씨」의 작가는 어떤 부류의 존재였는지가 궁금해진다. 4장에서 확인한 바에 의하면 이 작품을 구성하는데 참고가 된 텍스트는 적어도 여러 종류였을 것으로 짐작된다. 다른 소설 작품과의 교류가 있었음은 당연한 전제라고 하더라도 이외에 상당히 많은 종류의 서적들과의 직접적인 연계가 있었다는 것이다. 일차적으로 거론할 수 있는 것이 의궤이다. 「위씨」의 장면 구성에서 가장 많은 지면을 차지하고 있는 것이 연회나 혼례의 절차이고, 해당 장면들은 의궤의 직접적인 번역이라고 볼 수 있기 때문이다. 이외에 진법과 관련된 문헌, 궁중의 조회나 국문 상황을 밝힌 문헌이나 그림들, 각종 직제에 대한 사항을 알 수 있는 문헌[27] 등이 모두 직, 간접적인 관계가 있었다고 볼 수 있다.

이러한 문헌들을 쉽게 접할 수 있었던 사람은 궁중 종사자였을 가능성이 있다. 진법의 경우는 『병학지남』과 같은 서적들이 광범위하게 유포되었고, 언해까지 이루졌지만 그 외의 문헌들의 유통은 제한적이었다. 게다가 일반인들이 보아서 별 도움도 되지 않을 것들이다. 「위씨」와 관련해서는 궁중 종사자 중에서도 상궁의 부류였을 가능성이 큰 것으로 짐작된다. 이런 서적을 쉽게 접할 수 있고 또 반드시 접해

---

[27] 궁중 장면 묘사 시 상당히 많은 벼슬명들이 나열되고 있다.

야만 했던 부류가 이 상궁들이다. 특히 궁중 혼례나 연회 장면의 묘사가 다른 장면에 비해 압도적인 분량을 차지하고 있는데, 이것은 상궁들의 직접적인 관심사이기도 한 부분이다. 또 지엽적이기는 하지만 상궁의 외로운 처지가 부분적이나마 언급된 것은 본다면 「위씨」의 작가가 상궁이었을 가능성이 인정된다 할 것이다.

6. 결

이상에서 고찰했듯이 「위씨」는 대단히 특이한 작품임에 틀림이 없다. 소설적 구성으로 본다면 엉성하기 짝이 없는 습작에 가까운 작품이다. 그러나 장면 구성 방식에 있어서는 여타의 작품에서 좀처럼 찾아 볼 수 없는 새로운 면모를 보여주는 작품이다.

이를 통해 당시 대하소설의 실제적인 창작 과정을 읽어낼 수 있음은 물론이고, 새로운 작가층의 존재 가능성을 짐작할 수도 있다. 주지하듯이 대하소설은 작가의 치밀한 구성 하에 상당수의 다른 텍스트들과의 교섭을 통해서 창작된다. 그렇지 않다면 그렇게 긴 작품이 생산될 수 없었을 것이다. 대하소설이 교섭을 시도하는 텍스트는 일차적으로 다른 소설이겠지만 역사서나 사상서도 주요한 교섭의 대상이었다.

「위씨」는 '의궤'류를 적극적으로 활용하고 있는 작품이라는 점에서 어떤 의미를 부여할 수 있다. 의궤류를 작품으로 재구성하는 측면에서는 서툰 점이 있지만 오히려 이로 인해 대하소설과 다른 텍스트와의 교섭 과정이 더욱더 확연히 보인다. 이와 아울러 궁중 종사자 특히 상궁의 부류가 직접 소설을 창작했을 가능성을 짐작할 수 있다. 따라서 「위씨」의 장면 구성 자체에 대한 분석이 보다 세밀하게 이루어질 필요가 있다.

이 글에서는 「위씨」의 전체적인 성격을 서술했기 때문에 의궤식 장면 구성에 대해서는 충분히 논의하지 못했다. 다만 특이한 장면의 일부를 보여주는 데 그쳤다. 이에 대한 연구는 앞으로의 과제로 삼는다.

7. 회장 및 순차단락정리

1) 〈회장 제목〉

권지일		상부위금영슉녀	간인샹계희현부
옥천동니북한거	소공부즁우화란		권지팔
금월옥졀계동행	긔천보환령남흔	긔무던졍친신국	긔됴부즁조대화
호타하젼파뉴젹	조샤방즁토졍화	환초공열부함원	우셔부가랑뎡약
	권지이		권지구
삼군개가환장안	일쌍슉녀예위부	일초례호ᄉ다마	냥덕힝간인작용
은배원수대사마	긔봉부믈영낭부	퇴슈의구됴시화	신인단거초공질
	권지삼		권지십
이낭슘낭雙영비	즁언부언낭위부	운남부형데긔봉	하양궁슈슉징난
권지사(위시셰디록)		용텬토군흉복죄	환은파일문신영
의격取즁능허호	원슈진무강남현		권지십일
원슈작셔화의군	긔장회심귀텬됴	경어ᄉ승명안츌	위참졍슈계회심
농누가림편영은	봉차연합졍비우	장금월관홍찰쇽	봉옥졀반샤션고
	권지오		권지십이
농셩봉관관낙츄경	금지옥엽비우랑	냥디쥐결초함쥬	오공ᄌ반계명옥
	권지육		권지십삼
곤영졔관치경ᄒ	냥낙퇴후ᄉ슈돈	화형데우이여구	현부부호합ᄌ금
긔공진츌토간젹	윤셕간계희졍인		권지십사
	권지칠	잉뉴당금방슈박	셔령현춰니쥬룐
감누셜졔소공묘	신졍환흡십ᄌ데		

권지십오	윤소져왕의방츄관 위참정즁환됴부인
디월식녀상셔근심 설텬연가시랑증몽	권지이십
신명어스일탄악 절의녀인낭신원	권지이십일
권지십육	장낙궁유양칙보 탁눙문진녈노부
아미만부즈봉괴부 틱익디군신의가혼	권지이십이
위녜부승명영슉녀 가쇼져웅상싱긔남	장만슈길상요숩젼 진구쟉셩효슌스희
권지십칠	권이십삼
장원낭낙연신혼 공규녀셔슈유명	구화난간비헌계 동심장악인모사
권지십팔	권지이십사
황첩여득셔도혼 위샤인츌의구명	권지이십오
권지십구	권지이십칠
하양쥬호신인셔화 소부인쳥졔져음시	염라스명회김시 동문시현류엄젹

권수를 오른쪽에 기재한 경우는 위 아래의 회장 내용이 연결되는 부분임.

2) 순차단락

1. 옥천산 백운담 옆 옥천동에 승상 위형은 부인 진씨와의 사이에 5자 3녀를 두었다.

2. 장남 위세혁(자는 자첨)이 소윤의 딸과 혼인하고, 15세에 과거급제하여 한림학사 어사태우가 되었다. 이들 부부는 금슬도 좋았으며 8자 7녀를 두고 백년해로했다.

3. 차남 위세영(자는 자휘)은 태우 경철의 딸과 혼인했으나 이유없이 부부금슬이 좋지 않다.

4. 위세영이 14세에 과거급제하여 한림학사로 제수되었으나, 형인 세혁이 한림학사인 이유로 병부시랑을 제수받았다.

5. 세영, 경소저를 멀리하고 기생인 월향을 사랑하나 경소저는 더욱 행실을 단정히 하여 시부모가 경소저를 사랑한다.

6. 강동 소주 양곡현에 소경화란 사람이 있었는데, 부인 유씨와의 사이에 딸 난교를 두었다. 부인이 일찍 사망하자 소공이 난교를 애지중지하여 기르니 미모가 뛰어나고 총명하다.

7. 도적 양선이 민란을 일으키자, 소공이 의병을 모았다. 이에 소공의 집에 쳐들어와 가족을 죽였는데, 난교와 시녀 월앵만 살아남았다. 동네 사람들이 소家의 참변을 한탄하며 공의 시체를 거두어 묻어주었다.

8. 도적 양선의 악행이 조정에 알려지고 병부시랑 위세영이 정동대원수가 되어 출사한다.

9. 이때, 소소저의 나이는 14세로, 월앵과 함께 남복하고 주막집에서 얹혀 살고 있었다.

10. 주막집 진대랑의 권유로 단오절을 맞아 소소저, 월앵과 함께 추천놀이 구경을 갔다가 현승 조황의 딸 지유를 만난다. 조소저가 남복을 입은 소소저를 보고 반한다.

11. 장사치 장오를 만나 소소저는 비취지환을, 조소저는 황금팔찌를 각각 구하게 된다.

12. 위세영이 강동 소주부 양곡현에 도착하여 양선의 난을 진압한다.

13. 위세영이 강동에 머물며 군대를 정비하던 중, 산 속 진대랑의 집에서 소소저를 만나 신분을 속이고 지기가 된다. 이때 소소저는 본명을 밝히지만 여자라는 사실은 숨긴다.

14. 위세영이 소소저의 사연을 들어 알고, 소소저의 요청에 의해 자기의 신분을 밝히며 도적 양선을 죽인 경위를 말한다.

15. 위세영이 입신양명을 권하며 같이 경사로 갈 것을 원했고, 소소저는 망설인다.

16. 한편 소소저를 보고 조소저는 상사병에 걸려 있었는데, 이에

조현승이 소소저에게 청혼하여 혼인이 성사된다.

17. 위세영이 고을 태수의 빈 공관을 신방으로 정해준다.

18. 소소저는 여자의 몸으로 신랑 행세함을 부끄러워하며 혼인을 치루고, 조소저와 3일을 함께 지내며 여자의 신분을 감추기 위해 노력한다.

19. 위세영이 조현승의 비범함을 보고 부도독으로 임명한다.

20. 혼인 후 3일째가 되자 위세영이 소소저와 함께 경사로 돌아가고, 조소저는 후에 따라오기로 한다.

21. 위세영이 경사에 도착하자 황제 기뻐하며 하례하고, 위원수에게 병부상서 겸 진국공을 제수한다.

22. 소소저는 월앵과 함께 위府로 가서 위승상을 만나 그간의 사정을 사실대로 고한다.

23. 위승상이 소소저의 열행을 칭찬하며, 위세영과의 혼인을 이루게 한다.

24. 위가의 제3공자 세창은 자는 자영으로 형의 혼인을 대단히 부러워한다.

25. 이때 조소저가 경사에 도착하여 소소저의 거처를 찾아 가서는 일의 전말을 알고 대경하지만 소소저의 행실에 대해 충분히 이해한다.

26. 위부에서 소소저에게 빙물을 보낼 때, 가보인 비취지환을 같이 보내니 소소저의 비취지환과 짝이 맞았다.

27. 위승상이 또 다른 가보인 황금팔지를 빙물로 조소저를 세창과 혼인하게 하니 또한 빙물의 짝이 맞았다.

28. 소소저와 조소저 같은 날 혼인식을 거행하다.

29. 진부인이 세영의 일처인 경씨의 처지를 안타까와 했으나 혼인

후 세영은 여전히 경소저를 박대하고, 위승상이 이런 세영을 준책하고 소소저에게도 가지 못하게 하자 세영은 독수공방한다.

30. 이때, 천자가 춘경을 유람하다가 세혁과 세영을 불러 칠보시를 짓게 한다.

31. 이후, 위승상은 세영의 소소저 침실 출입을 금하자 세영은 마지못해 경씨에게 가지만 보기가 싫어 다만 월향에게 정을 붙여서 세월을 보냄.

32. 강남에서 수적의 난이 일어난다.

33. 수적 기호준은 열사의 기풍이 있는 사람이라 부자집만 도적질함.

34. 출전시 강남 태수의 장계를 보고 수적의 인물이 좋다고 판단하여 덕으로 교화할 것을 주장했다가 정창호의 참소를 입는 사건이 일어나는데, 천자의 현명함으로 인해 도리어 정창호가 유배를 가게 된다.

35. 세영이 강남에 도착하여 기혼준을 덕으로 교화시키고 천자에게 탁용할 것을 권유하는 장계를 올린다.

36. 한편 위부에서는 경, 소소저의 외로운 경상이 계속된다.

37. 위승상은 구룡옥천과 쌍봉차두를 하사받아 후일 신물로 삼고자 했다.

38. 위부의 제4자 세병이 등장한다.

39. 세영 일행이 경사에 도착하자 천자가 기호준을 보고 인물에 반하여 병부상서로 제수하고, 세영은 초공에 봉한다. 또한 기호준의 부하 이여명은 시어사에 화여발은 병부시랑에 조자연은 태학사에 제수된다.

40. 위승상이 기호준의 소식을 듣고는 놀라고, 진부인은 혹시 딸 경난소저의 배필이 될까 은근히 기대한다.

41. 위세영이 비로소 부친의 허락을 얻어 소소저의 침소로 가나 소소저가 경소저에 대한 박대를 이유를 잠자리를 거부하다.

42. 위세영이 기혼준과 담화하다가 구룡옥천에 대한 말을 하자 기호준이 또한 자기의 것을 보여준다. 짝이 맞음을 확인하고는 경난소저와 혼인을 한다.

43. 천자가 과거를 시행하자 세창과 세병이 응과하여 급제한다. 세창은 중서사인에, 세병은 시강학사에 제수된다.

44. 장원급제 축하잔치에 병부상서 여양이 참석했는데, 부인은 진씨이고 삼자 일녀 중 필녀 명란소저가 덕용이 빼어났다.

45. 여양이 위승상에게 청혼하고, 여부에도 쌍봉차두가 있어 짝이 맞음을 확인하고 혼인을 성사시키다.

46. 이때, 천자의 필녀 하양공주의 재용이 뛰어났다.

47. 하루는 천자가 위부 제 공자들을 불러 칠보시를 짓게 했는데, 이를 계기로 세혁은 이부상서, 세병은 추밀사, 세창은 태중태우 참지정사로 승진한다.

48. 천자가 세병을 부마로 택하고, 공주와의 혼인후 여소저와 혼인하여 부실로 삼게 했다.

49. 조소저의 시비 옥매의 사촌인 경욱이란 자가 정창호와 결탁하여 위씨 집안을 모해하기 위해 비수를 품고 위가에 잠입한다. 기호준이 뱀으로 변하여 잡아서 대령하자 위승상이 문초하려 할 때 경욱이 달아난다.

50. 이후 경욱은 서울에 머물며 간험한 윤석(시랑)을 사귐. 윤석은 위세혁의 부귀영화를 이유없이 시기하며 원망하고 있었다.

51. 선시에 윤석에게는 색덕이 출중한 누이가 있었는데, 이 누이를 위가에 혼인시켜 일을 성사시키려 했다. 이에 윤석의 모친 방

씨의 언니인 방첩녀에게 혼인 주선을 부탁하자 방첩녀가 거절
한다.

52. 하루는 조정에서 윤석이 꿈을 빙자하여 누이와 기호준과의 혼
사를 천자에게 간청하자 기호준이 거부하고, 대신들이 윤석을
방자하다고 하여 삭직시키다.

53. 윤석은 분기탱천하고, 윤석의 동생 윤소저는 이미 자기의 혼인
이 조정에서 거론되었다 하며 평생 기씨를 위해 수절할 결심을
하다.

54. 경욱은 조소저를 탈취할 계교를 꾸미고, 하영공주의 궁녀 경낭
과 동모하다.

55. 이때, 초공이 여전히 소소저와 운우지락을 나누지 못해 전전긍
긍하던 차에, 기세한 장인 소공의 사묘를 빨리 말들러 소소저
의 마음을 기쁘게 하려고 한다. 서둘러 사묘를 완성하고 소家
를 새로 지으니 소소저가 대단히 기뻐하고, 이를 계기로 운우
지락을 나눈다.

56. 소소저가 아들을 낳아 이름을 '혜'라고 함.

57. 기상서와 경난소저의 금슬이 화락한 중, 경난소저 남두성을 삼
키는 태몽을 꾸고 8달만에 득남하다. 이름을 '춘광'이라 함.

58. 참정, 조소저 부부가 득남하다. 이름을 '용'이라 함.

59. 위부마와 여소저가 혼인하여 부부가 화락하고 여소저와 하양공
주가 또한 화락한다.

60. 공주궁에서 잔치가 열렸는데, 경낭이 상을 들고 나오며 참정에
게 추파를 보낸다.

61. 참정이 미색에 동하여 다음날 경낭을 처소로 불러 정을 통하고
는 이후 경낭에게 탐닉한다. 이로 인해 조소저와의 사이가 벌

어진자.

62. 하루는 참정이 조소저의 침소로 향하다가 조소저와 오생이란 자가 정을 통하는 내용이 담긴 간부서를 발견한다. 또 하루는 간부서에 등장했던 오생이란 자와 조소저의 시비 춘앵이 수작하는 장면을 목도하게 된다.

63. 이에 참정은 조소저를 죽일 마음을 먹고 있던 중, 다시 조소저의 방에서 간부서를 발견한다.

64. 한편 윤석이 시어사 김현에게 청탁을 해서 황문 경황과 결탁하고는 기호준과 조도독을 역모죄로 참소한다.

65. 이로 인해 기호준과 조도독이 유배를 가게 된다.

66. 하루는 경욱이 개용단을 먹고 초공의 모습이 되어 초공이 참정의 조소저를 사랑하는 사건을 연출한다.

67. 위부의 제 5공자 세황은 자가 자명이고 시재가 특출하다.

68. 예부시랑 서명은 일찍 상처하고 남매를 약육하던 중 김현의 동생 김씨를 후처를 맞이했다.

69. 김씨가 남편의 총애를 믿고 남매를 무수히 박대한다.

70. 서명이 위부를 방문하여 세황과 딸 옥주와의 정혼을 성사시키자 김씨가 이를 시기하여 더욱더 남매를 구박한다.

71. 서명이 혼인날을 손꼽아 기다리던 중 홀연 병이 걸려 사망한다. 이로인해 혼인이 삼년상 뒤로 미루어지게 되고 김씨의 남매에 대한 박대가 더욱 극심해진다.

72. 이때, 경욱이 조소저의 시비 옥매를 매수하여 다시 김현에게 초공을 참소하는 상소를 올리게 한다.

73. 시비 옥매가 국문장에서 초공을 참소하니 초공과 조소저가 유배를 가게 된다.

74. 선시에 경낭이 미혼변심단을 구해 참정에게 지속적으로 복용시
킴으로써 이때는 이미 참정의 성격이 완전히 바뀐 상태이다.

75. 기호준이 유배지에서 태수의 양아들 석공자를 만나 이가 곧 여
상서의 아들이자 여학사의 동생임을 밝힌다.

76. 경욱이 조소저의유배 행렬을 탈취하고자 했으나 마중나온 여태
수에게 일당이 잡힌다. 여태수가 사건의 진상을 알아 천자에게
보고하려 했으나 부친의 만류로 그만둔다.

77. 윤석이 이 일을 알고는 여태수를 다른 곳으로 보내 버린다.

78. 초공이 적소인 운남에 도착하여 평안히 거거한다.

79. 경욱이 날이갈수록 안하무인이 되어, 시비의 형용이 되어 아예
위부에서 경낭과 같이 기거한다.

80. 또다시 부마를 모해하려고 계교을 꾸민다.

81. 여창이 운남에 도임하여 잃어버렸던 동생을 만난다.

82. 위부에서 경낭이 부마와 참정 사이를 이간질하고, 참정이 공주
에게 욕을 하는 사건이 일어나자 위승상 경낭과 경욱을 잡아
문초하여 모든 사건을 실상을 밝힌다.

83. 암행순무를 하고 있는 경어사가 공궁랑이란 자를 만나 억울한
사정을 듣다.

84. 이때 강동에 천자의 사면령이 당도하자 조소저가 탄식하고, 운
남에서는 기상서의 적소에 여태수의 주선으로 초공과 조독이
모두 모여 담화를 한다.

85. 한편 경어사가 관아에 가서 몰래 동정을 탐지하고 암행어사 출
도를 하여 억울한 옥사를 해결한다.

86. 천자가 설과하여 위세황이 장원급제하고, 경부인의 제남 경춘
과 소부인의 아우 소백옥이 급제함. 위세황이 중서사인, 경춘이

한림검토, 소백옥이 한림시강에 제수된다.

87. 이때, 서씨 남매는 김씨가 김현이 죽은 후 더욱 분함을 품어 더욱더 심한 구박을 받고 있다.

88. 유배갔던 일행이 동시에 귀경하고 위부 형제가 마중을 나가나 참정만 나오지 않았다.(승상이 아직 부자의연을 허락하지 않은 이유)

89. 여공자(석공자)가 부친 여상서 및 누이를 만나다.

90. 유배에서 돌아온 세영이 소소저의 방으로 향하자 위태사가 준책하여 경소저의 방으로 가게 하니 드디어 운우지락을 이룬다.

91. 조소저는 경사에 도착하여 친정에 돌아가 평생 부모를 모시고 살 것을 다짐하지만 위태사의 경계가 이어진다.

92. 참정은 자기의 죄가 있어 조소저에게 가지도 못하고 또 가지 않을 수도 없어 주저하고 있으며, 조소저의 참정에 대한 분은 날로 더해간다.

93. 참정이 괴로운 심정을 여상서에게 털어놓고 담화하던 중, 수풀 사이에서 한 여자가 화전을 던지고 달아난다.(가소저라는 사람이 참정에게 구애하는 내용)

94. 태학사 가춘환의 아들 가연은 병부상서라. 나이 30인데, 부인 진씨(여소저 모친의 아우) 슬하에 4자 2녀: 장녀 추옥은 미색이나 덕이 없고, 차녀 추월은 경국지색으로 요조숙녀임.

95. 가시랑의 모친 하씨는 하태후의 친동생인데, 전일 하태후가 옥천동 중의 제3자의 부실되면 좋다는 꿈을 꾸고, 옥린 한 쌍을 주며 짝을 찾아 혼인하라고 함. 그러나 위태사의 거부로 혼인이 성사되지 않음.

96. 추옥소저는 동생을 시기하여 참정의 마음을 떠보고자 화전을

지어 던진 것임.

97. 경어사가 계속 순무를 하던 중, 난주 지방에 도착하여 민심을 탐지하다가 억울한 옥사가 있음을 알고 해결함.(추환이라는 자에게는 부인 화씨와 첩 벽씨가 있었는데, 벽씨가 화씨를 시기하여 내완이하는 자와 동모하여 태수의 애첩이 되어 화씨와 자식들을 죽이려 한 사건임)

98. 경어사가 이 일을 해결한 후, 추환을 아들 추앙을 경사로 데리고 감. 경사에 도착하여 이부상서겸 도어사에 제수됨.

99. 추앙은 기호준의 집에 기탁하고 있는 부친 추환을 만남.

100. 유례없는 태평성세를 맞이하여 천자가 태호에서 수상유람을 즐기다.

101. 이 자리에서 천자가 신하들과 내기 바둑을 벌이는데, 가시랑이 소원을 말하자 그것은 바둑으로 결정할 것이 아니라고 하며 즉각에서 참정과 가소저와의 혼인을 주장함. 그리고 참정에게는 예부상서를 제수함.

102. 이에 참정과 가소저가 혼인을 하니 조소저의 외롭고 고단한 신세가 더욱 심해진다. 이로 인해 조소저는 병이 들어 혼인식에 참석하지 못한다.

103. 혼인 후, 참정은 전일 화전을 던진 여자가 혹시 자기의 신부가 아닌가 의심하지만 여상서와의 대화를 통해 추옥일 가능성이 있음을 짐작한다.

104. 이후 참정이 조씨를 사렴하나 차마 발걸음이 떨어지지 않고 이로 인해 조소저의 한은 더욱 깊어진다.

105. 참정이 조소저를 방문하여 자기의 죄를 말하며 사과하지만 조소저는 참정을 매몰차게 거부한다.

106. 세월이 흘러 가소저가 득남한다.

107. 천자가 과거를 열고, 여상서의 아들 여공자(석공자)가 무과 장원으로 뽑힌다. 여공자는 추밀직사로 제수된다.

108. 이때, 위부에서 옥난소저가 여공자 신과 혼인한다.

109. 서소저가 삼년상을 마치자 위태사가 혼인을 재촉하니 김씨가 앙앙불락하여 남매를 박대한다.

110. 서공자가 비밀스럽게 주선하고, 외숙모인 황씨가 동생 황첩녀에게 부탁하여 사혼서를 받아낸다.

111. 이로 인해 서공자가 김씨에게 구타당하고 독약까지 먹게 되어 죽을 위기에 처했으나 위세황이 구해준다.

112. 우여곡절 끝에 위세황과 서소저의 혼인이 거행된다.

113. 하양공주가 위부 제 여인들을 초청하여 잔치를 베푼다.

114. 이때, 위부 제3녀 금난소저가 경학사의 아들 경어사 '학'과 혼인을 한다.

115. 한편, 윤혁의 동생 윤소저는 모친 방부인이 사망하자 외삼촌인 방추관의 집을 찾아 소주로 간다.

116. 위부에서 참정과 조소저의 불화가 계속되던 중, 진부인이 참지 못해 조소저를 찾아가서 길게 준책한다. 그러나 조소저의 참정에 대한 분은 쉽게 풀리지 않아 이들 부부의 불화는 계속된다.

117. 또 한해가 지나고 장태후의 탄일이 다가오자 천자가 위씨 제 부인을 모두 들라고 명한다.

118. 이에 참정이 다시 조씨에게 가서 부드러운 언어로 설득하여 조소저가 연석에 참석하겠다고 한다. 이를 계기로 조소저와 참정이 화해한다.

119. 이때, 황제가 선릉에 행차하던 중, 방추관이 길에서 원정을 올려 윤소저의 혼인을 주선하자 천자가 사혼서를 내려 기호준과 혼인하게 한다. 이후 기호준과 윤소저 사이는 화목하다.

120. 장성태후는 천자의 친모라. 정월초하루를 맞아 수연을 배설하니 위부 제 부인들이 참석한다.

121. 이날 궁중연석의 상황이 두 권에 걸쳐 묘사된다.

122. 잔치가 끝나고, 태황태후, 황태후가 위부 제부인들에게 많은 하사물을 내림.

123. 이후 위부의 태평이 이어짐.

124. 이때 엄숭이 득세하여 천자의 총애를 받게 된다.

125. 이에 위부 제인과 기호준 등이 모두 벼슬을 사직하고 남경으로 내려간다.

126. 한편 추옥은 시비 향월, 김씨와 모의하여 동생을 해치고 참정과 혼인할 계교를 생각하다.

127. 엄숭의 아들 세번이 재살을 삼기 위해 미희를 구하고 있었는데, 김씨의 사주를 받은 엄숭의 측근인 조문화가 가소저와 서소저를 천거한다.

128. 조문화가 남경으로 두 통의 편지를 보내, 가소저의 모친과 서소저의 아우가 사망했다고 한다.

129. 위태사는 이 편지의 내용을 의심하여 미리 액을 방비하여 두 소저를 경사로올려 보낸다.

130. 두 소저가 경사로 향하던 중 한 객점에서 습격을 받아 엄부로 잡혀 간다.

131. 위태사가 준 편지를 보고는 탈신하여 성호도사를 찾아 간다. 가는 도중에 이미 위태가 보낸 하인들을 만나 동행한다.

132. 엄숭이 이에 화가 나서 위씨 제인들을 역모죄를 참소하여 국
    문이 열린다.

133. 국문장에서 세영이 강개한 말을 했다가 엄숭의 노를 만나 곤
    장을 맞아 죽을 지경에 이른다. 이때, 월향이 등문고를 치고
    원정을 올려 죽음을 면하고 유배를 가게 된다. 그 나머지는
    남경에서 근신하게 된다.

134. 가, 서소저가 성호관 입구에서 엄숭의 방을 보고 나온 포정사
    에게 잡힐뻔 했으나 갑자기 나타난 성호도사의 도움을 위기를
    모면한다.

135. 초공에서 태수의 극진한 대접을 받는다.

136. 진태수의 딸과 초공의 2자가 정혼을 한다.

137. 엄숭이 진태수에게 초공을 죽이라는 전갈을 보내나 진태수가
    거부한다. 이로 인해 진태수도 삭탈관직된다.

138 명춘을 당하여 명부들이 조회할 때, 태황태후가 하양공주를 그
    리워 하자 천자 역시 비감해 한다.

139. 천자가 시어사 여경과 임윤을 불러 治亂에 대해 담논하던 중,
    여경과 임윤이 엄숭의 죄상과 세영의 충직을 고한다.

140. 천자가 뉘우쳐 임윤에게 엄숭을 논핵하는 표를 올리게 한다.

141. 추옥소저가 일을 도모했다가 오히려 첨정이 역모죄를 입자 다
    른 묘책이 없어 식음을 전폐하여 병이 나서 사망함.

142. 김씨가 잠이 오지 않아 전전반측하던 중 추옥소저가 울며 저
    승사자에게 잡혀가는 광경을 목도하고는 개과천선하다.

143. 이때, 엄숭을 탄핵하는 상소가 오르자 마침 가시랑이 엄숭의
    가, 서소저 탈취 사건을 고한다.

144. 엄숭 부자에 대한 국문이 열린다.

145. 이에 엄숭 부자는 참수되고, 조문화, 향월은 유배를 간다. 김 씨는 서공자와 친한 조신들이 그 개과천선을 고함으로써 용서를 받는다.

146. 이로 인해 천자의 총명이 다시 돌아오고 위씨 제인들이 사면된다.

147. 백성들이 다시 백성들이 다시 태평성세를 누림.

148. 가, 서소저가 이 기별을 듣고 위부로 돌아온다.

149. 자손 사항에 대한 간략한 정리와 아울러 '후록'이 있다는 말로 전체 이야기가 종결된다.

「천수석」 연구

송 성 욱(가톨릭대학교)

1. 서론

「천수석」은 장서각에 소장되어 있는 9권 9책을 제외한다면 이본도 거의 발견되지 않는 작품이며, 80권 80책의 장편 거질인 「화산선계록」과 연작의 관계에 있는 작품이다. 몇몇 연구 성과가 제출되었지만 작품의 제목이 지닌 유명세에 비한다면 연구 성과는 부족한 편이다. 「천수석」은 여타의 우리소설과는 상당히 다른 내용을 지니고 있는 까닭에 독특한 작품으로 인식되었다. 그러나 이 특이성이 중국소설의 번역에서 기인했을 가능성이 있다는 암묵적 동의로 인해 별 다른 주목을 받지 못했다.

이 작품은 중국의 실존인물을 대거 주요 인물로 설정하고 있으며, 부분적으로는 「잔당오대사연의」와 같은 연의소설과 유사한 부분이 많이 발견되는 작품이다. 당장 주인공 위보형과 동창공주, 이들의 장모 격인 곽숙비 등이 실존인물이며 그들의 실제 행적과 비교해 보아도 크게 다름이 없다. 또한 이러한 인물들과 연관된 사건을 구성하는 방식 자체가 우리소설의 전형적 모습에서 벗어나 있는 것도 사실이다. 그런 까닭에 중국 소설의 번역일 가능성이 제기되는 것은 당연하다고 하겠다.

그러나 아직까지 「천수석」과 직접적인 관계에 놓여 있는 중국소설은 발견되지 않았다. 우리나라에서 번역되었을 작품이라면 적어도 그 제명만이라도 밝혀져야 하는 게 순리인데 사정은 그렇지 못하다. 게다가 이 작품을 꼼꼼하게 들여다보면 중국소설의 창작 관습과는 다른 일면을 발견하게 된다.

그 다른 일면은 우리 소설의 전형과 맞닿아 있다. 다시 말해 중국소설의 번역이나 번안이 아닌가 생각할 수도 있지만 중국소설의 전형적 모습에서도 많이 비껴나 있다. 어떻게 보면 우리 소설과 중국소설의 중간 형태에 해당하는 것으로 생각할 수 있다. 따라서 「천수석」은 중국소설의 일대일 번역은 아닌 것으로 판단할 수 있다. 이 속에서 중국소설의 영향에서 완전히 벗어나지 못했지만 그것을 우리소설의 전통 속에서 새롭게 개작하려고 했던 의식의 일단을 읽어낼 수 있을지도 모르겠다. 조동일의 지적대로1) 「잔당오대사연의」와 같은 중국 연의소설을 가져와서 영웅소설, 가문소설과 같은 우리 소설의 전통에 근거해서 창작된 작품일 가능성이 높다는 말이다.

「천수석」은 중국소설과 우리소설의 경계를 보여준다는 점에서 주목할 수 있는 작품이다. 그런데 두 발을 걸치고 있는 만큼 독특하다고는 할 수 있지만 작품의 완성도를 따진다면 대단히 어설프다고도 할 수 있다. 선행연구에서는 무엇이 같고 다른가를 말하면서도 다르게 만드는 과정에서 어떤 문제점이 발생했는가를 말하지 않았다. 구체적

---

1) 조동일, 『하나이면서 여럿인 동아시아문학』, 지식산업사, 1999, 496쪽.

인 비교 연구를 수행하지 않았기 때문이다. 중국소설을 의식적으로 변용하려고 했다는 점에서 소설사적 의의가 인정되지만 그 과정에서 많은 결함이 발생했다면 그렇지 않은 다른 장편소설과 비교해서 어떤 평가를 내릴 수 있는지 다시 따져 보아야 할 것이다.[2]

「천수석」의 이러한 성격은 이미 초창기 연구에서 지적된 바 있거니와[3] 박순임에 의해서 보다 상세하게 언급되었다. 박순임[4]은 「천수석」과 중국의 실사, 연의소설 등을 비교하여 유사점과 차이점을 찾아내고 그 차이점이 우리소설의 전통과 부합되는 면이 있다고 했다. 「천수석」에 관한 단연 돋보이는 연구 성과라 할 수 있다. 그러나 이 논의는 「천수석」의 우리 소설적 측면을 영웅소설과 비교해서 추출하고 있다는 문제점을 지니고 있다. 「천수석」은 장편소설이다. 「천수석」의 우리 소설적 특징을 언급하려면 우선적으로 장편소설의 전형과 비교를 해보아야 할 것이다. 또한 영웅의 일생에 의거한 영웅소설적 구성은 반드시 우리 소설의 고유한 특성이라고 언급할 수도 없다. 전형적인 영웅소설인 「설인귀전」이 중국소설 「설인귀정동」의 축약된 번안이라는 사실을 감안한다면 「천수석」은 장편소설과 비교되어야 할 것이다.

다른 연구 성과들은 대개가 「천수석」의 독특한 작품 성격과 그 주제에 대해 관심을 기울이고 있다.[5] 이런 연구 성과들은 대개가 「천수

---

2) 기존의 소설과 다른 소설을 창작하려고 했다면 우리 기존의 소설들은 이미 중국소설과 경쟁하면서 독자적인 구조를 창안했다. 「천수석」의 작가가 새로운 소설을 쓴다고 했을 때, 왜 기존의 우리소설과 대항하지 않고 중국소설을 변용하려고 했는지 의문이다. 「천수석」은 이본이 없는 작품이며, 「화산선계록」이 대단한 장편이라는 점, 19세 후반 세책의 목록에서 제명이 보이지 않는다는 점을 감안했을 때, 이 작품은 초보 작가의 습작일 가능성 있다.

3) 이상택, "「천수석」 해제", 영인교주 『천수석』, 이화여대, 1972.

4) 박순임, "「천수석」 연구", 한국정신문화연구원 학국학대학원 석사학위논문, 1981.

5) 강은혜, "「천수석」의 서술구조와 묘사담론 연구", 『국어국문학』 113, 1995.

석」의 근대적, 진보적 성향을 읽어내는 데 주안점을 두고 있다. "기존의 소설과 맞서는 소설론을 소설로 전개하고 소설이 바로 역사철학이게 했다"6)는 조동일의 평가는 이러한 연구 성과들을 집약해서 말해준다. 뿐만 아니라 「천수석」과 후편인 「화산선계록」과의 연작 관계를 분석하여 전편과 후편의 관계가 서로 대응적 위치에 있다고 한 연구결과도 최근 나온 바 있다.7)

그런데 이와 같은 연구 성과들은 「천수석」의 특이한 면모만을 부각시켰지 작품이 가지고 있는 어떤 미숙성 즉 텍스트의 결함에 대해서는 언급하지 않았다. 「천수석」은 확실히 많은 결함을 지니고 있는 작품이다. 본고는 이러한 결함이 왜 발생했는지에 대해 우선적으로 관심을 기울일 것이다. 물론 텍스트의 결함으로 인해 고유한 작가의식이 없어지는 것은 아니다. 그렇지만 결함을 결함으로 인정하지 않고 그것을 오히려 작품의 특이성으로 간주하여 주제의식과 연관시키는 것에는 다소 문제가 있을 수 있기 때문이다.

2. 텍스트의 축약 정도

현존하는 「천수석」은 읽기가 상당히 어렵다. 전후 맥락을 잡아 나가기가 쉽지 않다는 말이다. 이야기가 복잡해서 그런 것이 아니라 인물들이 갑자기 불쑥불쑥 튀어나오거나 명칭의 일관성이 없거나 전후

김은혜, "「천수석」 연구", 한양대 석사학위논문, 1996.

김재웅, "「천수석」 연구", 『한국학논집』 23, 계명대 한국학연구원, 1996.

6) 조동일, 위의 책, 같은 곳.

7) 서정민, "「천수석」과 「화산선계록」의 대응적 성격과 연작양상 연구", 서울대 석사학위논문, 1999.

맥락을 충분히 고려하지 않은 채, 설정된 사건으로 인해 이런 현상이
생긴다. 따라서 현존하는 「천수석」은 텍스트 상의 결함이 심하다고
할 수 있겠는데, 이것은 아마 어떤 모본을 축약해서 이루어진 이본이
기 때문인 것으로 짐작할 수 있다.

> 디당 선종 년간의 일위 명환이 광하 짜히 잇스니 셩은 위요 명은 광미
> 요 ᄌᆞ는 문쳡이라 당나라 긔국공신 위징의 후예요 형양 졀도ᄉ 왕슈신의
> 외손이라. 위시 동독이 광하 ᄯᆞ의 복거ᄒᆞ여 동중의 연장 졉옥ᄒᆞ여 십니
> 의 버렷더라 광미 쇼년 등과ᄒᆞ여 **형졔 슘인이 편모롤 효봉ᄒᆞ고 냥졔로** 우
> 익ᄒᆞ여 **벼슬이 즁낭장의 니르고** 실즁의 원비 한시 요됴ᄒᆞ여 ᄉ덕이 슉연
> ᄒᆞ니 동쥬 뉵칠지의 냥ᄌᆞ를 싱ᄒᆞ고 기셰ᄒᆞ니 장은 원형이요 ᄌᆞ는 경형이
> 라 공이 다시 엄후 니원의 녀랄 취ᄒᆞ니 니시 현쳘슉요ᄒᆞ여 화월지풍이 겸
> 젼ᄒᆞ되 티부인이 본디 호샤변화를 닉이 본 비요 공이 호식 장뷔라 위박
> 졀도ᄉ 양스의 녀롤 취ᄒᆞ니 양시 용모 아름답고 민쳡 다지ᄒᆞ여 소진의
> 변과 왕망의 구밀복검을 겸ᄒᆞ여 내외 현격ᄒᆞ나 효봉구고ᄒᆞ고 승슌군ᄌᆞᄒᆞ
> 여 무블ᄒᆞᄌᆞᄒᆞ니 티부인이 ᄉ랑ᄒᆞ여 슈족ᄀᆞᆺ치 알며 공이 졍즁ᄒᆞ더라8)

「천수석」이 시작하는 권지일의 첫 부분이다. 여느 장편소설과 별 차
이가 없는 서두의 형식을 지니고 있다. 위광미에게는 형제가 세 사람
이 있다고 하고는 벼슬이 중랑장에 이른다고 했다. 이밖에는 형제에
대한 다른 구체적인 소개가 없다. 그런데 작품의 서술 과정에서 이 형
제들 즉 주인공의 숙부가 불쑥불쑥 나온다. 때로는 주인공의 심정을
위로하기도 하고 때로는 위광미가 없는 집안을 지키는 역할을 하기도

---

8) 「천수석」 권1.

한다. 또 주인공 위보형의 조강지처인 설소저는 숙모인 설부인의 조카
이다. 애초에 숙부의 이름도 숙모가 설씨라는 사실도 설정되어 있지
않으며, 벼슬명도 밝히지 않았다. 그러니 그때마다 서술되는 '위시랑',
'위공'이 숙부라는 사실을 전후의 문맥을 고려해서 짐작해야 한다. 이
로 인해 때로는 주인공의 숙부인 '위시랑'과 부친인 '위공'이 혼동되
어 읽히기도 한다. 또 서두에서는 위광미가 위징의 후예이고 형양 절
도사 왕수신의 외손이라고만 밝혔지 부모에 대해서는 언급을 하지 않
았다. 그런데 태부인 즉 모친이 계속 작품에 등장하고 있다. 이 역시
독자를 당황하게 할 뿐만 아니라 서술의 일관성을 의심하게 하는 부
분이다.

조선시대 장편소설의 관습으로 미루어 본다면 이 작품의 서두에서
는 위광미 집안의 내력에 대해서 상당히 많은 지면을 할애해야 했다.
아니면 이미 위광미 세대에 대한 본격적인 소설이 있었고, 그것에 대
한 후편으로 이 「천수석」이 창작되었을 가능성을 의심하게까지 한다.
앞 세대에 대한 이야기는 이미 전편에 있으니 후편에서는 대강 요약
만 하고 시작하겠다는 의도라는 것이다. 이런 경우는 이미 「유효공선
행록」의 후편인 「유씨삼대록」에서 발견된다. 그런데 「천수석」은 전편
이 없거나 아직 발견되지 않았다. 보다 긴 모본이 있었는지 아니면 전
편이 있었는지 확언할 수는 없다. 그러나 다음 인용 부분을 고려한다
면 축약의 가능성에 무게가 실린다.

진퇴감이 셜부의 니ᄅ러 전후곡졀을 견ᄒ니 지셜 셜공이 취옥ᄒ고 녀
이 궁중의 슈계ᄒ니가중이 황황ᄒ여 일변 공의게 고별ᄒ고 쇼져의 스셩
을 몰나 ᄒ더니 진퇴감의 말을 듯고 쇼져의 지혜롤 미더 다시 넘녀치 아
니터니 슈일 후 위공부ᄌ와 셜튜밀 노ᄒ신 됴셰 ᄂ리니 셜공이 집의 도

라와 부친긔 현알ᄒᆞ고[9)]

'재설'은 큰 장면이 바뀔 때 주로 사용되는 용어인데, 문장의 중간에 갑자기 나온다. 설소저가 궁에 감금되었다가 기지를 발휘해서 나오게 되는데, 궁에서 논의된 것은 이극용을 용서하는 문제와 설소저를 나가게 하는 문제였다. 그런데 수일 후에 위공부자와 설추밀을 방면한다는 조서가 내린다고 했다. 본부로 돌아온 위공과 설공은 "아등이 도라오미 숙비 명이니"라 하여 이 조서를 내리게 된 이면에는 숙비의 힘이 작용했음을 짐작하게 한다. 그러니 축약되지 않은 모본에는 앞에서 이런 문제에 대한 충분한 언급이 있었을 것으로 짐작할 수 있다.

본 ᄉᆞ젹은 본뎐 텬슈셕의 히비이 긔록ᄒᆞᆫ 고로 ᄎᆞ젼의는 위 현의 ᄉᆞ젹만 긔록ᄒᆞ고 다른 ᄉᆞ연은 번다 불긔ᄒᆞ다[10)]

이것은 후편인 「화산선계록」의 권2에 나오는 부분이다. '본 사적'이라고 함은 사원의 아들 위복성에 대한 이야기를 말한다. 「천수석」에서 사원은 원래 위보형의 친자였으나 이극용의 양자가 되는 인물이다. 그런데 현존하는 「천수석」에 이 이복성에 대한 이야기는 없다. 그렇다면 후편의 저자가 상투적으로 이런 설명을 했거나 현존하지 않는 다른 작품에는 이 이야기가 있다는 말이다. 선행 연구에 의하면 「화산선계록」은 철저하게 「천수석」의 내용을 숙지한 작가에 의해서 대응적으로 창작된 작품이다.[11)] 그런 만큼 후편의 작가는 「천수석」에 관해

9) 「천수석」 권3.
10) 「화산선계록」 권2.

속속들이 알고 있었을 것이다. 따라서 원래의 「천수석」에는 이 위복성에 대한 이야기가 있었을 가능성이 있다. 만약 그렇다면 원래의 「천수석」은 상당한 분량이었을 것으로 짐작된다.

뿐만 아니라 현존 「천수석」은 어딘지 모르게 서둘러 창작된 듯한 인상을 주는 부분도 다수 있다.

옥쥐 경심 추악ㅎ여 니로샤디 히으는 니 으지니 주식을 히ㅎ여 눈상 죄인이 되리오 부미 약관이 넘도록 수속이 업고 니 질약다병ㅎ니 수속의 넘네 더옥 큰지라 히으롤 구ㅎ여 부지 완취ㅎ고 모지 단원ㅎ여 부인 삼종을 일워 금슬 희지은 원을 샤례ㅎ고 도위로 무신 무의ㅎ믈 더으지 아니리라 ㅎ샤 첩을 명ㅎㅅ 유도 풍족ㅎ 뉴룰 갈히여 공주의 유모롤 정ㅎ여 이룬과이다 언푸의 유모롤 불너 히으롤 졋 머이니 ■ 어시의 셜쇼졔 누쉬 옥빈의 종횡ㅎ니 감탄 샤 왈 첩의 명되 사사의 긔구ㅎ니[12]

■를 기점으로 권4와 권5가 나누어진다. 권4의 마지막이 '언푸의 유모롤 불너 히으롤 졋 머이니'로 되어 있으며, 권5의 처음이 '어시의'로 되어 있음을 확인할 수 있다. 문맥상으로 본다면 동창공주의 심부름을 온 양상궁이 설소저와 대화를 나누는 부분이니 연결이 자연스럽다. 그러나 끝나지 않은 부분으로 권을 나누는 것은 납득이 가지 않는다. 권4와 권5의 분량은 비슷하다. 그렇다면 모본에서 축약하는 과정에서 각 권의 분량을 조절하기 위해서 이런 분권이 이루어졌을 가능성이 있을 수 있다. 여하튼 축약되었다는 사실을 다시 한번 입증해 주는 부분임과 동시에 그 축약의 과정이 상당히 서둘러 이루어졌음을

---

11) 서정민, 위의 논문 참조.
12) 「천수석」 권4~권5.

시사하는 부분이라 할 것이다.

3. 텍스트의 결함과 그 이유

축약된 형태의 작품은 그다지 새로운 것이 아니다. 조선시대 소설 창작의 관행상 흔히 있을 수 있는 일이다. 그러나 「천수석」은 축약의 정도가 대단히 심하고 엉성하여 앞뒤 맥락을 잡기가 힘들 정도이다. 따라서 「천수석」은 그 자체로 텍스트의 결함을 지니고 있다고 할 수 있다. 여기에서 한가지 더 짚어보고 넘어가야 할 것은 축약의 과정에서 비롯된 것인지 아니면 작가의 혼동에서 온 것인지가 불분명한 몇 가지 부분이다.

「천수석」은 당 의종에서부터 후당의 명종에 이르는 역사를 시간적 배경으로 구성하고 있다. 작가는 이러한 역사적 시간을 제시할 때면 어김없이 '함통 팔년 추구월', '함통 구년 춘정월', '함통 십일년 추칠월 하순' 등과 같이 매우 구체적으로 시간적 배경을 밝히고 있다.[13] 그리고 이러한 시간적 배경은 물론 실제 역사와 완전히 일치하는 것은 아니지만 대개가 일치하고 있다. 어떻게 보면 작가가 『신당서』나 『구당서』와 같은 역사서를 펼쳐놓고 이야기를 구성하고 있는 듯한 느

---

13) 다음은 보형이 조모인 왕부인이 기세한 후로 위광미의 병세가 위중했다가 차도를 얻고 이후 왕부인의 장례를 마치는 과정을 정리한 대목이다. 이 대목에서도 시간에 대한 철저한 작가의 의식을 알 수 있다.
　가) 위보형이 위태사를 간호하여 하 오월에 이르자 태사가 차도를 얻다.
　나) 조정에서는 신비 이초혜가 위보형을 음해하는 계략이 지속적으로 작용한다.
　다) 이때 위태사의 병이 나아 하 유월에 왕부인을 장한다.
　라) 추 팔월은 공주의 삼년상이 끝나는 날이라 제사를 올린다.

낌마저 들 정도이다. 그러나 이런 부분에 있어서는 철저한 작가가 등
장인물을 설정하는 데에서는 치밀하지 못함을 보여준다.

이미 선행 연구에서도 주목을 하고 있거니와[4] 문익현과 이극용을
혼동한 부분이 그 대표적인 예이다. 설소저가 탄 혼인 가마가 간옥지
로부터 습격을 받는 사건이 일어난다. 이때 길가던 어떤 장수가 있어
간옥지 일당을 혼내주게 되는데 이 장수가 바로 문익현이다. 이 대목
에서 설소저는 물론이고 설소저의 부친인 설추밀도 문익현을 전혀 모
르는 상태이다. 그런데 이 문익현은 이 장면 외에는 더 이상 작품에서
등장하지 않는다. 문익현은 이극용으로 바뀌어 버린다. 설소저의 위기
를 구한 사람이 이극용으로 대신 설정되는 것이다. 그리고 이극용은
원래부터 설추밀과 친분이 있는 존재이다. 이후 이극용은 지속적으로
위, 설 집안과 관계를 맺게 되며, 설소저의 주선으로 유소저와 혼인하
기에 이른다. 이 부분은 적어도 축약과는 관계가 없는 부분이다. 작가
의 혼동이 분명하다고 볼 수 있다.

조선시대 장편소설의 경우, 등장인물의 제시만큼은 한치의 오차도
없는 것이 일반적 모습이다. 이 때문에 장편소설의 작가는 집필 이전
에 이미 주인공 가문과 주변 인물에 대한 가계도와 관계도를 미리 마
련하고 있었을 가능성을 짐작하게 한다. 그런데 「천수석」에서는 이와
같은 큰 혼선이 빚어지고 있는 것이다.

「천수석」에 등장하는 인물들 상당수는 실존 인물이다. 주인공 위보
형을 비롯해서 동창공주, 곽숙비, 이극용, 이사원 등 중심 인물뿐만
아니라 유행심, 한문약 등 환관들까지도 『신당서』에 그 사적이 보인
다. 그리고 위보형과 동창공주에 얽힌 기본 이야기는 역사적 사실과

---

14) 박순임, 위의 논문 참조.

도 부합되는 일면이 다분히 있다. 그러나 문익현은 아직 실존 여부를 파악할 수 없는 인물이다. 만약 문익현이 실존 인물이 아니라면 작가는 원래의 역사적 이야기를 놓고 작품을 허구적으로 변형하는 과정에서 혼동을 했을 수가 있다. 작가가 역사적 사실에 대단히 관심이 많은 존재였다면 이러한 혼동은 충분히 가능성이 있다.

　이러한 혼동은 부분적인 것이라 할 수 있다. 「천수석」의 결함은 여기에서 머물지 않는다. 작품을 구성하고 있는 전체적인 구조에서도 몇 가지 문제점을 드러내고 있다. 「천수석」을 읽는 과정이 산만해지는 것도 이러한 구성과 관계가 있을 수 있다. 그리고 이 구성은 주인공 위보형에 대한 선행 연구와도 어떤 관련성이 있다. 「천수석」에 대한 선행 연구들은 한결 같이 주인공 위보형의 성격이 소극적이라고 평가한다. 그 이유를 초월지향적 성격 혹은 현실 도피적 성격 등에서 찾고 있다. 위기가 있을 것이라는 예언을 하면서도 그런 위기에 적극적으로 대응하지 않는다는 점에서 위보형에게 내려진 이런 평가는 일면 타당성이 있을 수 있다. 그러나 이러한 위보형의 성격이 작품의 구성적 산만함에서 비롯되었을 가능성도 충분히 있다.

　위보형은 어려서 외숙인 이처사에게 수학을 했는데 벌써 이때부터 현실에서의 현달을 기피하려는 의지를 피력했다. 자신이 그렇게 살 수 없는 운명이라는 것을 알게 되어 현달의 길을 걸었다. 현달의 길을 걸으면서부터는 백운의 길에 대한 동경을 적극적으로 보이지 않는다. 다만 자신에게 결정적인 위기가 다가왔을 때 선계로 들어가는 것뿐이다. 선계로 들어간 후 위보형은 명목상의 주인공이지 실제적인 주인공 역에서는 멀어진다. 봉래산이라는 선계로 들어간 위보형은 이미 오래 전에 세상을 떠난 부인 동창공주와 함께 생활을 한다. 위보형의 죽음을 설정하지는 않았지만 죽은 사람과 같이 산다는 것은 이미 현실 세계의 삶이 다했음을 의미한다.

은일의 길을 동경하는 주인공은 여느 소설에서나 찾아볼 수 있는 것이고, 현실에서의 삶을 마감하는 순간에 선계로 들어가는 모습 역시 그다지 특별한 것은 아니다. 그렇다면 위보형의 성격이 소극적이거나 도피적으로 읽히는 이유가 무엇인지를 다시 생각해 보아야 한다.

소설에서의 치열한 갈등과 대립은 주인공에 맞서는 뚜렷한 반대세력이 설정되었을 때 이루어진다. 반대세력은 작은 음모를 기획했다가 그것이 실패로 돌아가면 애초의 목표가 달성될 때까지 점점 더 큰 음모를 기획하고 자행한다. 그러다가 주인공 개인에 대한 증오가 증폭되어 주인공 주변의 사람들까지 해치려는 쪽으로 일이 확산된다. 이에 맞서는 주인공도 처음에는 예후를 주시하다가 일이 커지면 적극적으로 대응하여 반대세력과 맞서 싸운다.

「천수석」에 설정된 사건은 이러한 구성과는 거리가 멀다. 물론 위보형을 음해하는 사건은 실로 다양하게 설정되어 있다. 그러나 그렇게 다양한 사건들을 응집시킬 수 있는 구심점을 마련하지 못했다. 위보형의 부친은 세 명의 처를 두고 있었는데 1처인 한씨가 일찍 죽고 2처인 이씨와 3처인 양씨와 같이 살고 있다. 위보형은 이씨의 소생인데, 가문의 총애를 한 몸에 받고 요조숙녀인 설소저와 혼인하자 양씨가 이를 시기하여 일을 벌인다. 양씨는 친정 모친과 이 일을 상의하고 자매인 곽국구 부인, 간국구 부인 등이 이에 동조했다. 이 음모의 과정에서 등장하는 인물이 이초혜, 간옥지이다. 이초혜는 이보형과 간옥지는 설소저와 혼인하기 위해서 온갖 악행을 자행한다. 양씨에 의해서 일이 생겼지만 이후에는 이초혜, 간옥지가 일을 벌인다. 이초혜, 간옥지 역시 각기 다른 목적을 가지고 각기 다른 방법으로 일을 꾸민다.

이 과정에서 양씨는 전혀 개입을 하지 않는다. 가문 내부의 자궁갈등이 재자가인의 애정갈등으로 변한 것이다. 또 위보형이 동창공주와 혼인을 한 후에는 동창공주의 모친인 곽숙비가 설소저를 죽이려 한다. 물론 이초혜가 뒤에서 일을 꾸민 것이지만 곽숙비에게 사주한 것뿐이지 모든 일은 곽숙비가 나서서 전개한다. 이후 곽숙비가 위보형의 편으로 돌아서자 이초혜는 의종의 환심을 사서 新妃가 됨으로써 곽숙비와 이초혜 사이에서 권력의 암투가 벌어진다. 간옥지는 전혀 다른 쪽에서 일을 도모하고 있다. 이와 같이 위보형을 음해하려는 인물과 사건은 실로 다양하다고 할 수 있지만 점진적이고도 계기적인 방향으로 구성되지 못했다. 각 사건들이 유기적으로 결합되지 못해 산만하다는 느낌이 들 정도이다. 이런 까닭에 위보형 역시 대응력을 결집하지 못하는 성격으로 서술될 수밖에 없었다.

작가 역시 이러한 산만한 구성을 어느 정도 인정했을 수 있다.

슬푸다 니시 님군을 미혹ᄒ고 간격을 결납ᄒ여 군즈 슉녀를 함ᄒ희ᄒ여 ᄉ화를 비져너여 큰 뜻이 계졔ᄒ기의 미첫더니 일조의 구족이 ᄃ 망하고 ᄯᅩ한 몸이 심궁의 갓치며 양시 투긔의 ᄆ음이 것잡지 못ᄒ야 긴 혀를 놀녀 옥지를 달너여 승상의 업슨 원슈를 밋고 위문을 난ᄒ며 ᄂ라흘 어지러이니 녀즈의 간악이 두렵지 아니리오 신비의 이권이 즁하믈 양양즈득ᄒ여 은연이 모녀갓더니 이의 이르어 크게 겹ᄒ여 그윽ᄒ 근심이 되엿더라[15]

위에서 작가는 그간 있었던 음모가 이초혜와 양씨의 손에서 나온 것임을 요약적으로 제시하고 있다. 그러나 양씨가 간옥지를 달랬다는

---

15) 「천수석」 권8.

내용, 신비(이초혜)가 왕의 총애를 입자 서로의 관계가 모녀같다는 내용은 앞에서 서술되지 않았다. 특히 이초혜와 양씨가 직접 만나는 대목은 전혀 설정되지 않았다. 물론 현존하는 「천수석」은 상당 부분 축약된 것이어서 확언할 수는 없지만 축약 정도를 감안한다 하더라도 설정된 사건들이 삽화적인 것만은 틀림이 없다.

이런 삽화적 구성은 위보형이 선계로 들어간 후에 더욱더 극대화된다. 이때부터는 중심 인물이 이극용과 이사원으로 완전히 바뀌기 때문이다. 이극용의 양자가 이사원이 위보형의 친자이기 때문에 앞 부분과 연관이 되지만, 이극용의 존재가 크게 부각되고 있어 이전의 내용과 유기적 통일을 이루지 못하고 있다.[16] 또한 이때부터는 작품이 마치 「잔당오대사연의」와 같은 연의소설을 요약했다는 느낌이 들 정도로 내용이 유사할뿐더러 역사적 사실을 나열하는 데 치중하고 있다. 다음 인용은 이를 가장 잘 보여주는 부분이다.

> <u>소종 십이년 츈의 쥬은이 소종을 시ᄒ고 소션데를 셰우다</u>. 딘왕이 발샹 거이ᄒ고 군무를 졍졔ᄒ여 변양을 치니 쥬은이 왕언댱으로 ᄡᅥ 막으라 하니[17]

이극용은 설소저의 위기를 구출하다가 간국구와 싸움이 났는데 이 과정에서 간국구가 죽고 간옥지는 다리가 부러지는 중상을 입는다. 이 일로 이극용은 죽을 위기에 놓였는데 설소저가 기지를 발휘해 구

---

16) 이극용의 부각에 대해 조동일은 위보형 같은 군자는 이제 가망없게 된 다른 한편에서 이극용처럼 행동하는 인물이 나타나 역사의 위기를 극복하기를 바라면서 작품을 그렇게 전개했다고 설명했다.

17) 「천수석」 권9.

하고, 외사촌 유소저와 혼인하게 했다. 이극용은 유소저를 데리고 먼 유배지로 떠났다. 그리고 "후리의 니극용이 딘왕이 된니라"고 하여 이 문제는 일단락을 짓고 있다. 따라서 독자들은 이 일에 관한한 「잔당오대사연의」나 이극용과 관련된 역사적 기록을 떠올리게 된다. 그런데 후반부에 다시 이극용을 본격적으로 등장시키는 바람에 작품의 유기적 통일성이 크게 저하되었다. 작가의 과욕이 불러온 것인지 아니면 미숙함인지 모를 노릇이다.

「천수석」의 이러한 삽화적 구성은 위에서 고찰한 문익현과 이극용의 혼동의 이유와 마찬가지로 실제 역사 혹은 모종의 연의소설을 놓고 그것을 다른 방식으로 변용하는 과정에서 빚어졌다고 볼 수 있다. 「천수석」이 배경으로 삼고 있는 역사는 당 의종에서부터 후당의 명종 때까지의 기간이다. 중국의 연의소설은 이극용과 황소의 난이 아니면 현종과 안록산의 난을 집중적으로 다룬 작품들이 대부분이다. 그런데 의종 년간을 다룬 소설은 좀처럼 발견되지 않는다. 미처 다 찾아보지 않았을 수도 있지만 이극용과 현종을 다룬 작품들이 상당수 있음을 감안한다면 이 부분은 별 관심사가 아니었다고 판단할 수 있다. 작가는 일차적으로 잔당오대 계통의 연의소설에 관심이 있었고, 이것을 우리의 전통에 맞게 변용하기 위해서 의종 년간의 위보영에 관심을 기울이게 되었을 것이다.

우리 장편소설에서 가장 중요한 단위담 중의 하나가 늑혼담이다. 다양한 늑혼담 중에서도 주인공이 공주와 결혼하여 부마가 됨으로써 발생하는 문제를 다루는 이야기는 옹서갈등담과 더불어 가장 서술 분량이 많은 단위담에 속한다. 뿐만 아니라 공주와의 늑혼담은 설정빈도수에 있어서도 상당한 정도를 차지하며 「구운몽」, 「소현성록」에서부터 비롯되는 긴 연원을 지니는 단위담이기도 한다. 잔당오대 계열에 다룬 내용과 가장 가까운 시기에 발생한 사건이면서 부마의 정치적 시련과 연관될 수 있는 것이 바로 위보형과 동창공주의 혼인 사실일 것이다.

　실존인물 위보형은 동창공주와 혼인을 한 후 여러 가지 정치적 시련에 시달렸던 것 같다. 이로 말미암아 재상직에서 자사직으로 좌천되기도 했고 결국에는 사형을 당했다. 그런가하면 동창공주는 함통 십년에 죽었는데 황제의 슬픔이 극도에 달했으며 태의들을 잡아서 징치하도록 했다.18) 또 동창공주의 모친인 곽숙비는 황제의 총애를 받다가 황소의 난을 만나 피란가던 중 민간을 떠돌다가 어떻게 되었는지 나중을 알 수 없는 존재이다. 위보형과 동창공주, 곽숙비에 얽힌 사적은 충분히 늑혼담을 구성하기에 좋은 재료가 될 수 있다.

　작가는 이런 위보형을 중심으로 장편소설을 창작하기 위해 우리 장편소설의 일반적인 서두 형식을 그대로 따르고 있다. 주인공 가문에 대한 소개는 물론이고 복수의 자식을 설정하였다. 또 처처갈등에 이은 자궁갈등을 암시하는 여러 명의 처와 그 소생들을 설정하여 「창선감의록」식의 서두 구성을 따랐다.

　그러나 작가는 위보형에 너무 주안점을 둔 바람에 이런 서두 구성에 따르는 복수 주인공의 구성을 취하지 않았다. 우리 장편소설은 서

---

18) 國文 懿公主, 郭淑妃所生. 始封同昌 . 下嫁韋保衡. 咸通十年薨. 帝旣素所愛, 自製挽歌, 君臣畢和. 又許百官祭以金貝, 寓車, 廞服, 火之, 民爭取煨以汰寶. 及葬, 帝與妃坐延興門, 哭以過柩, 仗彌數十里, 冶金爲俑, 怪寶千計實墓中, 與乳保同葬. 追封及謚. 『신당서』.
　同昌公主薨, 懿宗捕太醫韓宗紹等送詔獄, 逮繫宗族數百人. 瞻喩諫官, 皆依違無敢言, 卽自上疏固爭:「宗紹窮其術不能效, 情有可矜. 陛下徇愛女, 囚平民, 忿不顧難, 取肆暴不明之謗」帝大怒, 卽日賜罷. 『신당서』.

두에 설정된 주인공 가문의 자식들이 제 각기 다른 사건을 빚어내면서 그것들이 서로 얽히는 방식으로 소설이 전개된다. 그런데 「천수석」은 위보형이 이들 자식들 가장 뛰어나다고만 하면서 다른 자식들과 연관된 사건은 단 하나도 설정하지 않았다. 있다면 설정된 자식들 몇 명이 간단한 혼인을 하는 것뿐이다. 그러면서도 간간히 형제들이 지엽적인 보조적 인물로 등장하는 탓에 독자들은 그 인물이 보형의 형인지 동생인지, 누구의 소생인지 도무지 알 길이 없을 정도로 작품이 산만해진다. 작가는 우리 장편소설의 형식을 가져올 의도를 지녔으면서도 그렇게 하지 않았다는 말이다. 새로운 창작 의도라고 할 수도 있겠지만 그 결과가 작품의 구성을 해치고 산만하게 만드는 쪽으로 기울어지고 말았다.

4. 늑혼담의 진행 과정과 그 특이성

이제 앞 절에서 언급한 위보형과 동창공주, 설소저를 사이에 두고 벌어지는 늑혼담의 구체적인 진행 과정을 살펴보기로 하자. 작품의 구성이 산만하고 삽화적이라는 것이 지속적인 갈등을 창출할 수 없는 작품이 된 것과 마찬가지로 이 늑혼담의 진행 과정 역시 석연치 않은 부분이 있기 때문이다. 따라서 우리 장편소설의 전형적인 모습과 비교를 할 필요가 있다.

우리 장편소설에서 공주와 관련된 늑혼담은 상당히 많은 작품에서 다루어지고 있다. 「구운몽」을 제외한다고 하더라도 「유씨삼대록」, 「명주기봉」, 「옥린몽」, 「하진양문록」, 「소현성록」 등 본격적인 장편소설에서 가장 주요한 단위담 중의 하나로 설정하고 있는 것이 늑혼담이다. 이 중 가장 전형적인 형태를 지니고 있다고 판단되는「유씨삼대록」
의 늑혼담을 살펴 보면 다음과 같다.

가) 유세형이 이부상서 장준의 딸과 정혼을 한다.
나) 하루는 세형이 장소저를 직접 만나고 애정을 느낀다.
다) 세형이 진양공주의 부마로 간택된다.
라) 세형이 장소저에 대한 애정으로 인해 강력히 반발하여 부친의
     화를 산다.
마) 유세형이 장소저와 절혼하고 공주와 혼인을 한다.
바) 혼인 후, 유세형은 공주를 박대하고 장소저에 대한 상사병이
     걸린다.
사) 공주가 중재를 하여 장소저와 다시 혼인을 한다.
아) 장소저가 세형의 총애를 믿고 공주를 음해한다.
자) 유세형이 공주를 무수하게 박대하던 중 장소저의 악행이 발각
     되어 장소저가 축출된다.
차) 공주가 궁으로 돌아가고 세형이 자신의 과오를 깨닫는다.
카) 공주가 다시 돌아오고 장소저를 설득하여 개심하도록 한다.
타) 이후 병이 들어 공주가 죽는다.

「유씨삼대록」의 이 이야기와 비교하면「천수석」의 늑혼담도 어느
정도는 전형에 닮아 있음을 알 수 있다. 정혼한 여자가 있었는데 부마
로 간택되는 장면, 이 혼인이 부당하다고 하여 부자가 동시에 황제에
게 상소를 올렸다가 하옥되는 장면, 원래 정혼녀와 절혼하는 장면 등
은 두 작품에서 공통되는 부분이다. 사실 이 부분은 우리나라 소설의
늑혼담이 모두 가지고 있는 전형이라고 볼 수 있다. 그런데「유씨삼

대록」을 비롯한 대다수의 작품에서는 공주와 혼인한 후 주인공이 원래의 정혼녀를 사랑하여 공주를 박대한다. 그리고 정혼녀는 공주를 시기하여 온갖 악행을 자행하여 갖은 사건을 만들어낸다. 정혼녀가 공주를 음해하는 과정은 처첩갈등의 전형적 진행양상과도 상당 부분 닮아 있다.

그런데 「천수석」에는 바로 이 갈등 부분 즉 주인공과 공주의 갈등, 공주와 정혼녀와의 갈등이 빠져 있다는 것이다. 위보형이 이 늑혼을 어쩔 수 없는 일이라고 인정하고 나아가 공주를 사랑하고 존경하게 되기 때문이다.

도위 공쥬의 말을 듯고 ♀조를 보니 심중의 미쳣던 심위 너갓치 훗터져 공쥬를 향ㅎ여 거슈칭샤 왈 옥쥬 셩덕이 여초ㅎ시니 싱과 셜시 무슨 스룹이라 감당ㅎ리잇고 슈연이ᄂ 옥쥬는 금지옥엽이오 쳔승 왕희시니 황샹과 낭낭이 허ᄃ호 신쟝즁 유쳐호 위ᄌ슌의게 하가ㅎ시고 셜시는 니의 결혼ㅎ여 너치시니 쳥츈녀지 공규 니부되여심도 가련커ᄂ 낭낭이 셩지로 간ᄀ의 슈혼ㅎ시고 쏘 ᄃ시 호원의 너허 ᄉ셩이 위위커ᄂ 화쳥궁 슈향ㅎᄂ 도ᄉ를 만드니 ᄎᄂ 안희를 앗고 쏠을 쥬시미니 싱이 비록 젹은 신ㅎ나 엇지 항복ㅎ며 무죄한 조강지쳐를 ᄂ리워 ᄉ지의 밀치니 일심이 분앙ㅎ여 샹명을 밧ᄌ와 옥쥬로 화락홀 뜻이 업더니 밋 **귀쥬**를 더ㅎ니 **현슉호지라 박ᄃ호 즉 셜시를 위ㅎ여 황야를 원ㅎ미라** 부부지도를 일우ᄂ 어슈지낙이 환흡지 아냣더니 공쥐 능히 업드러진 것슬 붓들고 투긔를 먼니ㅎ샤 갈담의 풍치를 밧ᄂ시니 혹셩이 ᄇ야흐로 불평ㅎ믈 ᄃ 프러 옥쥬의 **현심슉덕을 항복ㅎᄂ니 엇지 구구히 고인을** 싱각ㅎ리오 싱이 셜시로 만난지 긔년의 실노 부부지락이 슈삭이 넘지 못ㅎ여시니 희잉ㅎᄆ 의외요 가업ᄉ 박명교초를 ᄇᄃ미 위ᄌ슌의 죄라 **옥쥬 셩덕으로 부지 완취**ㅎ니

감ㅅ천만이로쇼이다[19]

위보형은 처음에는 죄 없는 조강을 내치게 만든 공주가 미웠지만 이제는 공주의 숙덕을 존경하니 구구하게 조강인 설소저를 생각하지 않겠다는 내용이다. 이렇게 서술은 되어 있지만 사실 위보형과 공주 사이의 갈등은 서사의 표면에 전혀 부각되지 않았다. 설소저가 겪는 고통은 전혀 엉뚱한 방향에서 설정되어 있다. 설소저는 자신을 겁탈하려는 간옥지의 음모, 그리고 공주를 끔찍하게 사랑하는 곽숙비의 음모에 휘말려 갖은 위기를 겪는다. 곽숙비는 설소저가 살아 있으면 끝내 공주에게 해가 될 것이라고 생각했던 것이다.

이 늑혼담은 서사 진행의 당사자인 위보형과 동창공주, 설소저의 갈등을 축으로 진행되는 것이다. 설소저와 간옥지의 대결, 설소저와 곽숙비의 대결로 진행되고 있다. 이 과정에서 위보형과 동창공주는 오히려 관찰자의 입장에 지나지 않는다. 동창공주가 설소저의 소식을 듣고 또 설소저가 아들을 출산했다는 소식을 듣고는 자기가 데려와서 아기를 돌보는 것으로 이 갈등이 수습된다. 따라서 전체적인 구성과 마찬가지로 늑혼담 자체의 진행 과정 역시 갈등이 없는 것은 아니지만 그것이 여러 방향에서 산발적으로 설정되는 바람에 심화되지 못하는 결과를 낳았다. 이것은 여타의 장편소설과 비교해서 큰 차이라고 할 것이다.

한가지 특이한 것은 동창공주가 죽는다는 점이다. 「유씨삼대록」에서도 진양공주는 도중에 병에 걸려 죽고 만다. 그런데 동창공주는 자식을 남기지 못하고 진양공주는 자식을 남긴다. 「유씨삼대록」에서 진

---

19) 「천수석」 권4.

양공주는 죽기 전에 유서를 남겨서 향후 국가와 유씨 집안에 다가올 큰 재화를 예고하고 방비하도록 한다. 이로 인해 진양공주는 비록 죽었다고 하지만 중요한 고비마다 그 존재를 기억하게 한다. 등장인물 역시 이러한 진양공주의 생전의 모습을 생각하면서 감창에 잠기곤 한다. 이와는 달리 「천수석」에서는 동창공주의 친모인 곽숙비가 끝까지 등장한다. 곽숙비는 궁중에서의 여러 가지 사건에 휘말린다. 바로 이 곽숙비로 인해 동창공주에 대한 서사적 계기는 확보되는 셈이다. 이 점은 상당히 특이한 점이라고 할 수 있겠다. 그리고 설소저의 친자인 사원이 동창공주의 제사를 받들게 되며, 나중에는 곽숙비를 태후로 모시게 된다. 그런 까닭에 오히려 사원의 친모이자 위보형의 조강지처인 설소저에 대한 존재는 후반부로 갈수록 서사의 이면으로 사라지게 된다. 위보형이 선계로 들어갈 때도 설부인의 행적은 전혀 서술되지 않는다. 나중에 이사원이 꿈을 꾸었을 때는 동창공주가 나타나 위기에 처한 곽숙비를 구하라고 하기까지 한다.

사실 혈연에 대한 강조가 두드러지게 서술되는 것이 우리소설의 전통적인 관습이다. 이 점을 염두에 둔다면 위보형과 동창공주, 설소저를 둘러 싸고 벌어지는 늑혼담 역시 특이한 구성이라고 하지만 친모에 대한 부분은 희석시키고 동창공주와 곽숙비를 부각시킨 것은 석연치 않은 구성이라고 할 수 있다. 게다가 위사원은 다시 이극용의 양자가 되어 이사원으로 성이 바뀐다. 동창공주의 양자가 되었다가 다시 이극용의 양자가 되는 셈인데, 친 혈육을 완전히 무시하는 듯한 서술이라 할 수 있다. 양자 모티프가 핵심 내용인 중국소설을 번역한 「월봉기」를 감안했을 때, 이러한 구성은 아무래도 우리 소설의 전통과는 거리가 멀다는 느낌이다.

5. 작가의식과 소설사적 의미

1) 작가의식

이상에서 고찰한 바를 토대로 한다면 「천수석」의 작가는 확실히 우리 소설의 전통보다는 연의소설의 전통에 더욱더 길들여진 사람이라고 볼 수 있다.[20] 작가가 실제 역사를 소설화하는 과정에서 역사와 허구 사이에서 얼마나 많은 고심을 하고 있었는지를 보면 알 수 있다.

주인공 위보형은 위조된 황명에 의해서 죽을 위기에 놓이는데 이를 직감하고 선계를 찾아 길을 나선다.[21] 앞에서도 언급했듯이 이것이 위보형의 현실 세계에서의 마지막 모습이다. 선계의 길은 곧 역사적으로 본다면 죽음을 의미한다. 작가는 주인공 위보형이 실제로는 사사되었다는 사실을 부정하지 않기 위해서 이와 같은 서술을 했다고 볼 수 있다. 위보형의 아들이자 이극용의 양자되는 후당 명종 이사원은 『신당서』의 기록에 의하면 원래 姓이 없는 존재이다. 부모를 알 수 없다는 말이다. 이사원은 위보형이 중심이 되는 의종 년간과 이극용이 중심이 되는 소종 년간의 불통일성을 이어주는 가장 중요한 동기가 되는 인물이다. 위보형은 없지만 그의 아들인 사원으로 인해 앞과 뒤가 연결되는 것이다. 이런 인물로 작가는 본래의 성을 알 수 없는 이사원을 택했다. 만약 이사원의 원래 족보를 알 수 있다면 위보형의 아들로 설정해서 앞뒤를 잇는 인물로 설정하지 않았을 것이다. 그

---

20) 연의소설의 영향이 직접적이라고 볼 수 있는 후반부를 제외해도 시대적 배경의 구체적인 제시나 주변인물까지 실존인물을 등장시킨 점으로 볼 때, 「천수석」은 전체적으로 연의소설을 의식해서 창작된 소설임에 틀림이 없다.

21) 이 부분은 「구운몽」에서 양소유의 부친 양처사가 길을 나서 신선이 되는 장면과 상당히 흡사하다.

리고 이사원은 명종이 된 후 곽숙비를 태황태후로 봉한다. 이 역시 역
사서에서 곽숙비의 종적을 알 수 없다고 한 것과 연관이 되는 부분이
다. 이러한 인물 설정 방식은 작가의 치밀한 구성에 의한 것임과 동시
에 실제 역사를 상당히 의식한 결과였을 것이다.

동창공주의 죽음과 관련해서도 이러한 추정을 가능하게 한다. 동창
공주가 죽은 이유에 대해서는 알 수 없다. 다만 그녀가 죽은 후 의종
이 슬퍼하면서 태의들을 잡아 가두었고, 이 일이 부당하다고 상소하
는 신하들 역시 파직한 것을 알 수 있다. 작가는 왜 태의들을 잡아 가
두었다는 사실을 소설적으로 형상화하고 있다. 「천수석」에서는 이초
혜와 결탁한 무리들이 태의를 매수하여 공주의 약에 부작용을 일으키
는 약재를 넣어 공주의 병세가 악화되게 하는 사건을 설정하였다. 의
종이 태의들을 벌한 역사에 대해 작가는 이 정도의 허구를 삽입하고
있다. 역사와 허구의 교묘한 만남이라고 할 수 있다. 그러나 작가는
이 둘 사이에서 왔다 갔다 할 뿐이지 나름대로의 확실한 창작 태도가
없었다.

작가의 역사에 대한 관심은 여기에서 그치지 않는다. 당시의 제도
에 대한 구체적인 설명이 필요 없는 부분에 대해서도 굳이 구체적인
설명을 덧붙이고 있다.

　가) 과거는 국가의 공긔어늘 국강이 그룻되여 시관ᄒᆞᆫ 신하들이 ᄉᆞ정
쁘기롤 심히 ᄒᆞ여 진짓 지죠와 실훈 학문이 다 산님쵸틱의 슘고 년쇼 권
문ᄌᆞ졔들이 일홈을 어드니 니번 과거의 견규롤 곳쳐 이품 이하로 벼슬ᄎᆞ
례로 말고 청명정직ᄒᆞ여 믈망잇눈 신하 십인을 갈희여 십셩의 하ᄂᆞ식 보
니여 흑문이 실훈 ᄌᆞ롤 ᄲᅢ 경ᄉᆞ의 모도여 사월노 회시롤 보게 하ᄅᆞ[22]

나) 함통 구년 춘 정월에 모든 군현이 동자를 샌 일쳔 쇼년이 장안의 오니 네부의셔 경화쥬졔룔 두 드려 간션ᄒ고 외방동주 중의 일등인물을 두시 굴힐ᄉᆡ 숩빅인을 샌니 월 상순의 텬지 친히 어람ᄒ시게 ᄒ니 니놀 샹이 쥬규텬의셔 인지룰 간션ᄒ실ᄉᆡ 슉비로 더부러 탑을 혼가지로 ᄒ여 동주 오빅 여인을 두 불너 보시니 그 쇼년들이 두 의관이 션명ᄒ고 (중략) 빅의 열흘 굴히고 열희 ᄒᄂᆞ식 샌 오십의 쏘 두슷술 갈히고 두슷셰 셰흘 갈히시니 이 이른바 겸금과 장옥ᄀᆞᆺ흔 텬하 인지로[23)]

가)는 과거제도를 개정한다는 의종의 말이고,[24)] 나)는 부마를 간택하는 과정에 대한 서술이다. 모두 제도나 절차에 대한 부분인데, 상당히 구체적인 서술이 이루어지고 있다. 당시에 시행되었던 제도와 절차에 대해 해박한 지식을 가지고 있다고 해도 이러한 정도의 서술은 불가능할 정도이다. 이 부분은 마치 작가가 이에 해당하는 어떤 텍스트를 직접 보면서 서술을 했다고 보여질 정도이다. 이러한 서술은 당시의 실상에 대한 정확한 언급이라는 측면에서는 의의가 인정될 수 있지만 이로 인해 서사적 흐름은 산만해진다. 작가가 서사적 흐름에 지장을 주면서까지 이러한 서술에 집착하고 있음은 작가의 역사에 대한 관심이 지대했음을 의미한다 하겠다.

---

22) 「천수석」 권2.

23) 「천수석」 권2.

24) 이는 위보형의 과거제도에 대한 비판에 의해서 이루어진 것이다. 애초에 위보형은 과거에 뜻이 없었다. 영달을 꺼리고 은일의 삶을 지향하는 그의 성향 탓이었다. 이런 위보형이 과거제도를 불공평한 부분이 있다고 거론하자 의종이 그 뜻을 받아들인 것이다. 이로 인해 위보형이 영달의 길을 싫어해서 과거에 소극적이었는지 아니면 그 제도에 불만을 품어서 처음에 거절했는지 모호해진다.

2) 소설사적 의미

그런데 이러한 「천수석」의 작가 의식과 관련해서 주목이 가는 사실
은 장서각본 소설 중에 유일본으로 존재한 작품들 중에 이러한 양상
과 다소 유사한 작품이 있다는 점이다. 실제로 「청백운」, 「낙천등운」
등도 모두 유일본인데 하나같이 중국소설의 번역이 아닌가 하는 의심
을 불러일으킨 작품들이다. 그만큼 보편적인 한국소설과 거리가 있으
며, 중국소설적 요소가 많이 보인다는 것이다. 「천수석」도 이러한 점
에서는 예외가 아니다. 그러나 아직까지 중국소설의 번역이라는 확증
이 없는 이상 국내에서 창작된 특이한 작품군이라고 결론을 내려야
할 것이다.

이와 관련하여 「위씨오세삼난현행록」을 살펴보는 것은 흥미로운 일
이다. 이 작품 역시 장서각 유일본이라고 볼 수 있다. 여염체로 필사
된 이본이 발견되기는 하지만 이 역시 장서각 소장본인 만큼 당시에
일반적인 유통은 되지 않았다고 볼 수 있다. 이 작품은 갈등을 설정하
지 않고 있다는 점, 전체적인 서사의 흐름과는 전혀 딴 방향으로 달려
가는 지엽적인 삽화들이 빈번하게 삽입된다는 점, ‘부분의 독자성’이
라 해도 될 정도의 의궤식 장면 묘사나 단순 나열에 불과한 일회성
인명이 나열되고 있다는 특징을 지니고 있다.[25] 따라서 초보 작가에
의해 억지로 생산된 습작이 아닌가 하는 느낌을 주는 작품이다.

전형적인 우리 장편소설의 이야기를 가지고 서술하면서도 갈등을
좀처럼 설정하지 않는다는 점은 「천수석」과 일치하는 모습이다. 그리
고 인명의 혼동이 발생한다는 점,[26] 지엽적인 인물들의 일회적 등장[27]

---

25) 이에 대해서는 졸고, “「위씨오세삼난현행록」의 특이성”, 『정신문화연구』 통권 92
호, 2003에서 상세하게 고찰한 바 있다.

등도 「천수석」의 특징과 분명하게 일치한다. 이런 점을 감안한다면 「천수석」이나 「위씨오세삼난현행록」은 우리소설의 전통을 이어받으면서도 전체적으로는 구조가 산만한 엉성한 작품이 되고 말았다는 점에서 공통점을 보인다.

다만 차이가 있다면 「천수석」은 『신당서』와 같은 역사서에 많은 부분 의존을 하면서 창작되었고, 「위씨오세삼난현행록」은 어떤 '儀軌' 類에 절대적으로 의존해서 창작되었다는 점이다.28) 따지고 보면 이 두 차이점은 차이점이 아니라 창작 과정에서 어떤 공통점을 드러내고 있는 셈이다. 특히 「위씨오세삼난현행록」은 작가가 궁중의 상궁이었을 가능성이 농후한 작품이다. 따라서 한정적인 독자층을 위해서 소

---

26) 「위씨오세삼난현행록」에서 대표적인 경우가 위씨 일문이 엄숭에게 역적으로 몰려 국문을 받는 대목이다.

　　　세영이 엄엄훈 긔운으로 줌간 졍신을 거두어 옥퇼게 붓들여 나와 도로혀 죽지 못ᄒ므로뻐 불쾌히 너기고 …(중략)… 티시 승상의 댱쳬 몬이 상ᄒ야 형식이 위급ᄒ믈 보고 심시 츄연ᄒ여 승상ᄃ려 닐러 ᄀᆞ오ᄃᆡ …(중략)… 사롬이 젼ᄒ야 이ᄅᆞᄃᆡ 텬위 쌜니 더ᄒ샤 장ᄎᆞᆺ 초공을 형츄ᄒᆞᄃᆞ ᄒᆞ니

밑줄 친 '세영', '승상', '초공'은 모두 같은 사람인데, 다르게 지칭하고 있다. 특히 '세영'과 '승상'은 좀처럼 사용하지 않던 인명인데, 갑자기 사용되고 있다. 게다가 '승상'이라는 명칭은 어디에서 기인한 것인지 필자로서는 알 길이 없다. 위씨 제공들 중 가장 먼저 국문을 받은 사람은 위세혁이었고, 그 나머지의 국문에 대해서는 내용이 대동소이하다고만 하였다. 그리고 이 세혁의 초사 내용이 곧바로 엄숭을 공격하는 내용이기 때문에 천자와 엄숭의 큰 분노를 유발시켰다. 그런데 그 다음 대목에서 이 강개한 초사로 인해 죽을 위기에 놓이는 사람은 세혁이 아닌 세영으로 설정된다. 이때부터 작가는 인명 사용에 줄곧 혼선을 가져온다.

27) 조정 신하들을 거론하는 자리에서 이름과 벼슬명이 단 한번만 거론되는 사람들이 무수히 많으며, 병부상서 직함을 받는 사람도 상당히 많다. 기호준이 병부상서로 제수된 이래 여러 사람들이 이 벼슬을 제수 받는다. 이로 인해 병부상서라고 했을 때, 어떤 인물을 지칭하는 것인지 분명하게 알기가 혼란스러울 정도이다.

28) 가령, 「위씨오세삼난현행록」은 황태후의 생신 축하연을 거행하는 장면은 아예 '의궤'를 그대로 번역했을 것으로 짐작된다. 그리고 이 서술 분량은 장장 2권에 달한다. 이런 부분이 이 외에도 상당수 발견된다.

설을 양산해야 될 필요성을 지닌 사람들이 다수의 소설을 서둘러 생산하되, 자신들이 접하기 용이했고 익숙했던 주변의 텍스트들을 적극적으로 활용했을 가능성이 있다. 한정된 독자라 함은 궁중의 사람을 뜻하는 것이며, 이 궁중의 사람에게 적합한 소설의 내용이란 역사나 의례와 같은 교육적 효과가 있는 것이었을 것이다. 이런 소설을 창작했던 사람은 전문적인 작가라기보다는 번역이나 필사에 참가한 부류였을 것으로 짐작된다. 이들은 중국의 소설을 번역하거나 다른 소설을 필사하면서 얻은 경험을 바탕으로 새로운 소설을 창작했을 것이다. 왜 그러한 소설을 창작하게 되었는지에 대해서는 알 수가 없지만 궁중에서의 특별한 수요가 있었을 것으로 판단된다.

6. 결론

이상에서 살펴본 「천수석」은 확실히 특이한 작품이다. 중국소설의 번안이나 번역은 분명 아니다. 다만 조선시대 소설 창작의 새로운 면모를 보여준다는 점에서 큰 의의가 있는 작품으로 판단된다. 물론 「천수석」은 잘된 작품이 아니다. 산만한 구성과 지나친 축약 그리고 역사를 소설에 억지로 끼워 맞추어 놓은 습작성 등으로 인해 상당히 어설픈 작품이 되고 말았다. 그러나 중국의 역사를 가지고 와서 우리 소설의 전통과 접목시키려고 한 작가의 노력은 충분히 인정할 만하다.

문제는 이러한 성격을 지닌 작품이 「천수석」만으로 한정되지 않는다는 점이다. 앞에서 거론했듯이 「위씨오세삼난현행록」과 같은 작품 역시 창작 과정에 있어서는 「천수석」과 대단히 유사한 일면을 보여주고 있었다. 그리고 이들 작품은 모두 일반적 유통이 되지 않은 것으로

짐작되는 장서각 유일본이다. 즉 궁중에서 창작되고 궁중에서만 읽혔
던 것으로 생각되는 작품이다. 그렇다면 이들 작품의 특이성과 궁중
유통 사이에는 어떤 관련성이 있는 것으로 짐작된다.

물론 「천수석」과 「위씨오세삼난현행록」만으로 이러한 추정을 하는
것은 위험하다. 그러나 이들 작품이 보여주는 여러 가지 특이성과 구
성의 미숙함 등으로 미루어 본다면 당시 궁중에서 소설과 창작에 관
한 모종의 움직임이 있었을 가능성은 충분히 인정된다. 이에 장서각
유일본으로 존재하는 다른 작품 중 이러한 구성을 보이는 작품이 있
는지를 다시 한번 탐색하는 일은 대단히 의의가 있을 것이다. 만약 이
러한 성격에 부합하는 작품이 다수 발견된다면 이들 작품군 자체가
조선시대 소설 창작의 또 다른 관행을 보여주는 것이 될 것이다. 그리
고 궁중과 소설과의 연관성이 구체적으로 밝혀질 수 있을 것으로 짐
작한다.

〈부록: 권별 순차단락〉

권지일

- 당나라 성종년간에 위광미라는 한 명환이 있었는데 3처를 두었다. 1처 한씨의 소생은 원형, 경형이고 2처 이씨의 소생은 보형, 월아이며, 3처 양씨의 소생은 진형, 중형, 설아이다.
- 이중 보형은 오작 중 봉황이요, 주수 중 기린인데, 7세에 외구 이처사에게 수학을 했다.
- 설추밀이 보형을 보고 반하여 구혼하자 허락하다.
- 이런 보형을 본 양부인이 시기하여 친정 모친과 상의한다.
- 보형이 관례를 일우고 채례를 보낸다.
- 이때, 곽국구의 생일을 맞아 간국구 부인, 이금오 부인 등이 참가한다.
- 이에 설소저를 간부인의 며느리로 만들 계교를 획책하다.
- 곽부에서 양부인이 갑자기 관격증을 일으켜 위부 제자들이 와서 구호함
- 보형이 곽부에서 한 미인은 만나다.
- 보형이 어떤 묘계가 있는 줄을 짐작하고 또한 양부인의 병세도 의심한다.
- 이초혜가 보형을 보고 넋이 달아난다.
- 이부인이 보형에게 연고를 묻고는 후일을 걱정하다.
- 양부인과 취정의 모계를 딸 설아가 듣고 숙모 설부인에게 알린다.

- 설부인이 설추밀에게 이 사실을 편지로 통보하니 설추밀 부부가 간씨를 욕하고 위공 형제와 대책을 논의한다.
- 간가에서 설부의 혼인행렬을 도중에서 습격, 탈취한다.
- 이때 설추밀이 금위교위 이극용에게 미리 방비를 지시한다.
- 위보형이 설소저와 혼인하자 양부인이 분해함을 참지 못한다.
- 잔칫날, 간국구의 아들 간옥지가 남화위여하여 들어 왔다가 보형에게 발각된다.
- 선시에 설소저의 가마를 습격한 간부에서 교자를 열자 그 속에서 이극용이 나와 간국구와 설전을 편다.
- 이 일을 두고 위, 설이 상소하자 간귀비가 황제를 유혹한다.
- 황제가 간국구에게는 1년 녹봉을 삭감하고 간옥지에게는 대리사에서 한 달 감금의 죄를 내리자 간국구 부자의 위, 설에 대한 원망이 더욱 심해진다.
- 이초혜가 이 소식을 듣고 낙담하여 병이 나고, 이에 심복 시녀 분도와 계교를 획책한다.
- 이초혜, 육파와 더불어 술먹고 거문고를 탄다.
- 육파(육정낭), 위부에 가서 명호를 사라고 하자 보형이 그림을 보지 않는다.
- 육파가 오는 길에 함파를 만나 이 일을 상의하고는 간옥지와 이초혜를 속여 맺어주자고 합의한다.(함파는 간옥지가 설소저를 설득하라고 파견한 노파임)
- 육파가 이초혜를 유인하여 간옥지와 동침하게 한다.
- 익일 아침 서로 바라는 사람이 아님을 알고 혼비백산한다.

권지이

- 딸이 행방을 찾던 중, 이초혜와 간옥지의 동침 현장을 이금오 부부가 발각한다.
- 간옥지, 이금오에게 욕하며 이초혜의 음란한 행실을 고하고 실상을 밝히라고 한다.
- 금오가 간옥지를 결박해 가고, 간국구가 와서는 할 수 없이 이, 간의 혼사를 결정한다.
- 이초혜와 간옥지가 서로 한탄하고, 서로 위보형에게 깊은 한을 품는다.
- 이때, 간국비의 딸 간귀비가 갑자기 병이 들어 죽는다.
- 간국구가 분하여 태감 누자량을 매수하여 위, 설 양가를 해치라고 한다.
- 누태감이 황제에게 미인을 새로 뽑으라고 권하여 어지를 받고는 위부로 향해 가서 설소저를 강제로 입궐시킨다.
- 위, 설공이 곧바로 상소하려 하자 보형이 그것은 오히려 간국구의 함정에 걸려드는 것이라고 하여 말리고는 계교가 있음을 암시한다.
- 양교주가 딸 취란에게 편지를 써서 딸 양상궁에게 전달한다.
- 양상궁이 곽숙비에게 가서 일의 전말을 고하자 곽숙비는 설소저가 황제의 눈에 띄기 전에 일을 도모하려고 마음을 먹는다.(숙비가 다른 미인으로 설소저를 대신하게 하려고 작정한다. 아울러 누자량을 황제의 곁에서 벗어나게 하려 한다.)
- 양상궁이 설소저 곁에 있던 나인을 곽숙비와 자신의 권세를 이용해서 협박하고 계교를 이른다.(궁녀가 설소저의 시비 설아에게 설소저의 옷을 입혀 대신하게 하고 설소저와 채란을 설부로 빼돌림.)

- 설소저가 부중에 돌아오고 곧이어 설아가 돌아온다.
- 위보형이 과거에 응시하여 장원급제한다.
- 이때 설소저가 이부인 처소의 협실에서 같이 기거하기를 청하여 그렇게 한다.
- 곽숙비 소생 동창공주의 신랑을 뽑는 교지가 내린다.
- 이때, 이초혜, 간옥지의 사이가 좋지 않아 이초혜는 외조부 곽국구의 집에 와서 있었는데, 곽국구의 아들 곽축양이 무과에 급제한다.
- 곽국구 집에서 과거 축하연을 하자 보형도 참석한다. 이때 이초혜가 보형을 보고 반하여 눈물을 흘린다.
- 곽국구의 권유에 못이겨 보형 형제가 술을 많이 먹고, 기생이 보형에게 정을 품는다.
- 보형 형제 대취하여 인사불성이 되고, 보형은 잠이 든다.
- 보형이 잠이 깨었다가 시중 드는 창녀에게 차를 얻어 마시고 다시 잠을 청하려 하는데 어떤 여자가 은밀히 들어와 얼굴을 맞추며 곁에 눕는다.
- 보형이 이를 보고 분을 참지 못하고 자리를 박차고 일어나간다.

권지삼

- 간국구집 시비 계섬이 또한 이 광경을 보고 간옥지에게 고하자 이 참에 예부에 고하여 그런 음란한 여자를 내치려고 작정한다.
- 예부에서 일의 실상을 파악하여 천자에게 고한다.
- 위씨 집에서 이 일을 두고 한바탕 희언을 한다.
- 함통 8년 추구월에 서주에서 도적이 창궐하자 대장군 강승훈, 이극용이 출전한다.

- 이때 천자가 흉흉한 민심을 전혀 생각하지 않고 공주궁을 화려하게 지으라 하자 누자량이 백성을 고충을 살피지 않고 공주궁을 호화롭게 짓는다.
- 설연경 등이 이 일을 간하자 하옥시킨다.
- 보형이 천자에게 조용히 간하여 공주궁을 감하게 한다.
- 함통 9년, 춘 정월; 부마 택서를 본격적으로 실시한다.
- 위보형이 부마로 간택되자 위, 설 양공이 놀라고, 위시중은 상소하려 하나 설추밀이 말린다.
- 간옥지가 꾀를 내어 곽숙비에게 설소저를 자기에게 사혼하라고 청한다.
- 설소저가 친정으로 가는 날 왕태부인과 이부인이 슬퍼한다.
- 왕부인이 자기의 심복 시녀 대선을 딸려 보내고, 이부인이 보경과 패도를 내어 주다.
- 설소저의 행차가 도중에서 습격을 받아 강탈당하다
- 설소저 가마 안에서 자결하려 하자 대선이 혹 벗어날 길이 있을지 모른다고 말린다.
- 설소저 도중에서 병마벌제사 표기장군 문익현 군대의 행렬을 만나 구해달라고 한다.
- 문익현이 가마를 호위하여 설부에 도착한다.
- 문익현이 간적(간옥지)의 머리를 베러 가겠다고 하자 대선이 나와 말린다.
- 간국구가 이 소식을 듣고 사병을 데리고 가서 설소저를 빼앗고, 이절제를 치려한다.
- 길에서 이극용과 간국구의 대결가 대결하다가 간국구가 죽는다.
- 이국용이 술을 먹고 간국구를 죽인 죄로 천자 앞에서 자수하자 곽

숙비가 노하고, 이국용을 가두어 사형하라 한다.

- 곽숙비가 양상궁을 불러 설소저를 제어할 생각을 말하고, 궁녀를 보내어 설소저를 잡아 궁에 가두라고 한다.

- 설소저 옥차가 이공에게 있을 때 꿈에 군왕의 명을 구한다는 내용 이 있었는데, 이제 보니 이장군의 상이 왕자의 기상이라. 이에 은 혜를 갚기 위해 숙비에게 옥차를 바쳐 목숨을 구하려고 한다.

- 설소저가 유추관(외삼촌)의 딸 유소저를 이장군에게 시집보내라고 한다. 유소저는 어려서 부친을 잃고 도관에서 자라다가 설공이 데 려와 기른 여자이다.

- 이때, 궁중에서 태감과 상궁들이 들이닥쳐 설소저를 데리고 호원 에 내 팽겨친다.

- 설소저는 조마경의 덕분으로 겨우 호랑이의 급습을 피할 수 있었다.

- 이때, 곽숙비는 작은 연분을 위하여 당 천하사를 곤케한다는 내용 의 꿈을 꾼다.

- 진태감이 숙비에게 옥차를 전달하며 이국용을 사할 것을 간청한다.

- 진태감, 양상궁 등이 간곡하게 청하여 설소저를 호원에서 강향원 으로 이동시켜 점등하는 도사로 삼는다.

- 이극용이 적소로 갈 새 설공의 처질 유소저와 혼인한다.

권지사

- 천자와 숙비가 혼일이 얼마남지 않아 공주궁을 구경한다.
- 위보형과 동창공주가 혼인하다.
- 위공 부부 공주가 애애요조하여 어여뿐 체용이 불수록 사랑스럽지 만 너무 호치함을 불열하고, 명이 짧을까 염려한다.

- 공주는 온건, 요조하여 보형과 화목하게 지낸다.
- 이금오가 초혜의 후일을 염려하여 사위를 고를 때, 이초혜는 여전히 보형을 잊지 못해 동창을 따라 보형과 연분을 이룰 속셈으로 곽숙비에게 조현하고 공주를 위하는 척한다.
- 이초혜가 숙비에게 말하여 공주 곁에 있겠다고 하여 궁녀의 복색으로 공주궁으로 향한다
- 이초혜가 오자 동창은 별로 좋아하지 않는다.
- 동창의 사부 장상궁(채운)이 이초혜의 전일 행실을 세세히 고하며 머물게 하지 말라고 한다.
- 동창이 이초혜의 행실을 알고는 놀라는 한편 설소저의 행적을 물어 알고는 낙누한다.
- 설소저를 구할 계교를 장상궁에게 묻는다.
- 위씨 형제들이 보형과 더불어 설경을 구경하고자 하자 이초혜가 이 말을 엿듣고 계교를 생각한다.
- 주방 상궁 매설옥에게 풍악과 주찬을 성비하여 공주의 성덕을 빛내라고 한다.
- 이초혜가 양부인 유모 취정을 만나 의기투합하여 양부인을 만나고, 양부인이 이초혜를 부추겨 계교를 정한다.
- 위씨 형제가 공주궁에서 풍류를 즐길 새, 궁관 섭태감을 불러 기생들을 모아 즐긴다.
- 이 틈에 이초혜가 보형을 겁탈하려 했으나 오히려 욕을 당한다.
- 이초혜가 다시 입궐한다.
- 선시에 동창공주 입궐하니 상과 숙비가 무애. 동창공주가 설소저에게 편지를 보낸다.
- 설소저 순산생자 후 기운이 다하여 기절한다.

- 설소저의 위중지경 중 꿈에 현종을 만나 병 고칠 차를 받아 마시고 위보형의 전생과 아들의 미래를 알게 된다.
- 동창이 설소저의 소식을 듣고 장상궁에게 묘책을 구한다.
- 동창이 천자와 숙비에게 설소저는 본가로 보내 보형과 인연을 끊게 하고, 그 아이는 자기가 기르겠다고 애걸한다.
- 숙비가 처음에는 거절했지만 마지못해 그 뜻을 받아들인다.

권지오

- 이초혜가 숙비에게 오자 숙비가 사혼을 하겠다고 하나 한사코 거절하며 사문에 나아가겠다고 한다.
- 공주가 출궁하여 보형을 대하여 아이 얻은 소유를 말하며 보형의 부부지의를 훼방한 죄를 청죄한다.
- 위보형이 이 일을 알고 공주를 존경하며 감동한다.
- 보형이 이초혜의 일을 공주에게 말하자 공주가 이미 숙비에게 고했다고 하며 급한 것은 설소저와 같이 보형을 섬기는 일이라고 한다.
- 아이의 이름을 사원이라 하고 자를 원기라 하다.
- 보형이 공주와 화락하던 중 하루는 경형과 더불어 설소저를 찾아간다.
- 동창과 보형의 화락이 지속되자 숙비와 천자가 보형을 총애하고, 이초혜와 간옥지, 양부인 등이 음모의 틈을 찾지 못한다.
- 이초혜, 궁중에 있은지 오랜지라 의종을 유혹하고, 의종이 즉석에서 데리고 가서 운우지락을 맺는다.
- 의종이 눈이 두려워 빨리 나가라고 하며 유행심으로 하여금 인수

궁에 두어 여름에 찾을 것이라고 한다.

- 이금오 부부는 이초혜가 승은을 입은 것을 알고는 대희하며 보형
의 원수 갚기를 고대한다.
- 황제가 유태감을 보내 이초혜를 옮긴다.
- 하 사월 공주 중에 모란이 무성하자 위씨 제 여인들을 초청하여
잔치를 연다.
- 이때, 양부인이 계교를 얻지 못하던 중, 이금오가 천하의 간신인
간의태우 고만, 예부낭중 위당, 이부낭중 양지, 어사태우 두악 등
을 사귀는데, 이중 양지는 양부인의 오라비이다.
- 이때 의종이 초혜를 총애하나 숙비가 두려워 자주 찾지 못한다. \
- 초혜가 숙비마저 도모하려고 하여 우선 동창을 헤코져 한다.
- 천자의 거동을 수상하게 생각한 숙비가 탐문하여 이초혜가 승은을
입었음을 알게 되자 분노한다.
- 이금오 집에 편지하여 초혜가 보고 싶으니 입궁하라고 하자, 이금
오는 초혜가 이미 출가했고 또 지금은 병들었다고 한다.
- 인수궁에서 천자와 초혜가 같이 있을 때 숙비가 달려들어 이초혜
를 욕한다.
- 숙비가 울면서 한을 삭이지 못하자 천자가 이초혜를 감노전으로
내친다.
- 양서 지방에 흉년이 들어 도적이 창궐. 이에 두악이 상소를 올려
보형을 순무사로 보내라고 하여 보형이 병부상서 겸 대사마 대장
군삼로 도순검을 맡아 길을 떠난다.
- 공주가 보형을 대하여 때때로 정신이 아둑하고 마음이 불편한 것
이 살아볼 수 있을지 모르겠다고 한다.
- 공주와 보형이 이초혜의 간계로 간인들이 동모하여 자기를 내치는

것임을 알고 걱정한다. 또한 공주는 천자의 마음이 변했음을 걱정
한다.
- 분명 간인들이 음모를 꾸밀 것이니 공주는 돌아올 때까지 각별히
  조심하라고 한다.

권지육

- 보형이 설부를 찾아간다.
- 설추밀과 간인들의 계교를 걱정한다.
- 위보형은 자기가 떠난 후에 혹 공주가 설소저와 같이 있자고해도
  보내지 말라고 당부한다.
- 공주가 설소저를 데려오려 하나 보형이 말리며 공주가 생산한 후
  에 천자의 뜻을 돌려 그렇게 하자고 한다.
- 공주가 눈물을 흘리며 살아서 보지 것을 염려하자 보형이 정색하
  며 그런 말을 하지 말라고 한다.
- 숙비가 공주의 입궐을 명하자 공주가 보형의 말을 듣고 가지 않으
  려 했으나 마지못해 입궁한다.
- 숙비와 천자가 사원을 총애한다.
- 간옥지 부친을 잃고 부상을 입어 일년 여를 병상에 있다가 설소저
  를 도모하려 누자량을 사졌으나 누자량이 죽자 뉴행심에게 부탁
  한다.
- 간옥지 유행심의 양자가 되어 재물로 행심을 농락한다.
- 유행심이 간옥지와 동모하여 감노전에 내친 이초혜에게 접근하여
  간옥지와 사통하고 간, 이가 위, 설을 도모하기를 결심한다.
- 간옥지가 고향으로 떠나는 이초혜를 겁탈하려는 계교를 정한다.

- 이때, 공주가 잉태한 지 3-4달에 병이 든다.
- 태의 양경은 양지의 친척이라 뇌물을 받고 공주에게 독한 약을 처방한다.
- 공주가 점점 위태해지고 숙비가 궁중으로 데리고 가서 친히 치료하니 약간 차도가 있다.
- 이경중이 두악, 고산과 더불어 태의 감회, 방여회 등을 유혹하여 두어 가지 약을 더 넣어 약을 다리게 한다.
- 공주가 차도를 보였으나 약을 다시 먹고는 목숨이 위태로운 지경에 도달하여 다시 살아나지 못할 줄 알고 일단 사원을 보호하여 존고 이부인에게 보낸다.
- 태의들을 하옥했으나 감, 방은 변란에 들어 모든 죄를 양경에게 미루고자 한다.
- 공주가 낙태함.(의원이 붉은 꿀과 백원유가 효험이 있다 하여 그것으로 약을 달이게 하고 명천에 기도하도록 한다.)
- 차설, 위보형이 순무 직임을 무사히 마칠 쯤 사신이 도착하여 공주의 위병을 알리자 급히 귀경을 재촉하여 함통 십일년 추 칠월 하순에 당도한다.
- 공주, 보형에게 자신의 죽음은 간인이 약을 잘못 만들어서 그렇게 된 것이라고 한다. 이후 보형이 친히 공주의 병을 간호한다.
- 천자가 보형에게 제문왕 작을 내리자 보형이 식음전폐하고 거절하니 천자가 왕작을 거두고 좌승상 태사령에 봉한다.
- 동창 공주가 사망한다.
- 천자가 모든 어의와 약 쓴 자들을 경조윤 뉴순임으로 하여금 문초하게 한다.
- 천자의 꿈에 나한이 나타나 각, 반, 양 세 사람이 공주를 죽였다고

한다.

- 이에 천자가 각이량, 반기휘 양경을 문초하게 한다.
- 이경중, 두악이 상소하여 의원의 죄 없음을 고하고, 각, 반, 양 삼인이 위당에게 받은 명주와 옥대를 순임이게 뇌물로 바치자 순임이 죄상을 명백히 밝히지 않는다.
- 천자가 친국하여 모든 죄인들을 잡아 처단한다.
- 설소저가 외로운 심회를 달래며 모친 장부인과 담화하던 주 회오리 바람이 불어 비녀가 땅에 떨어져 깨어진다. 이에 설소저가 설어사에게 점을 치라고 하니 대화(화적)가 일어날 징조니 방비하라고 한다.
- 철통같이 방비하니 일주일이 지나도록 도적이 없자 점차 경계가 풀린다.
- 설소저는 더욱 걱정을 하며 시비들과 경계를 늦추지 않으며, 한 노복의 딸(장님이자 팔병신)을 단장하여 항상 곁에 둔다.
- 갑자기 화재가 일어나 온 집이 불타고 도적에게 시비들이 맞아 죽는 중, 도적이 유모를 죽이고 맹인 소녀를 설소저로 알아 잡아간다.
- 미리 위보형이 보내 놓은 철총병이 설공 부부와 설소저를 구한다.
- 간옥지가 맹인을 업고, 심복 추우경이 옥난을 업고 추병을 피해달아나던 중, 심복 주우경이 추병에게 잡히고 옥지는 회계 마령촌 깊은 산골에 도달한다.
- 간옥지가 어둠으로 인해 진가를 구별못하고 맹인과 운우지락을 일운다. 맹인이 간옥지의 행사를 어리석게 여기며 기지를 발휘하여 자기를 깊히 숨기라고 한다.

권지칠

- 하루는 간옥지 산속에서 깊은 수렁에 빠지고 이 틈에 맹녀는 도적
  을 잡으러 온 사람들에게 자기의 정체를 말하며 구해진다.
- 수렁에 빠진 간옥지는 탈출한 주우경을 만나 구해진다.(주우경을
  통해 설소저를 납치하지 못했음을 알게 됨.)
- 주우경을 놓친 설추밀 진영은 회계 태수와 철계진이 주우경의 얼
  굴을 그려 방을 부친다.
- 이후 설추밀은 운몽에서 은거한다.
- 시세 동 십이월에 공주를 위공 선영에 귀장하고 공주의 시호를 문
  의라 한다.
- 천자와 숙비 위보형의 외로움을 위로하고 공주의 뜻을 이어 설소
  저를 맞아 공주궁에서 기거하도록 한다.
- 숙비가 계속 권하여 설소저를 맞아온다.
- 하 사월 성지가 내려 설소저가 위부로 돌아온다
- 천자와 숙비, 설소저의 어짐을 듣고 또 승상이 예를 지켜 설소저와
  화락하지 않음을 듣고는 더욱 감동하고 경중이 여긴다.(화락하지 않
  는다는 사실은 여기가 처음, 이전에 이 상황이 서술되었어야 했다.)
- 숙비가 이에 양상궁을 보내 설부인을 궁에 거하라 한다.
- 차시, 양부인이 유행심, 한문약 등으로 뇌물을 행사하여 원수를 갚
  고자 한다.(간옥지는 숨어 지내고, 이초혜는 궁에서 틈을 엿보는
  상황임.)
- 세월이 흘러 왕태부인이 사망한다.
- 왕씨의 죽음을 애통해 한 나머지 위태사가 병에 걸리다.
- 곽숙비가 공주의 죽음 이후 병이 잦아 전같이 천자를 모시지 못하

고, 이초혜는 장신궁에서 외롭게 잇으면서 천금을 흩어 유행심 한
문약 등과 결탁한다.

- 유행심의 주선으로 천자가 이초혜를 서원에 감추고 총애한다.
- 이초혜가 궁녀를 시켜 숙비의 화를 부추기자 숙비가 어화원으로
  찾아와 이초혜를 질욕.
- 술에 취해 자던 천자가 놀라서 깨어나 숙비를 진정시킨다.
- 유행심, 한문약이 곽숙비를 투부라고 하고 신비(이초혜)를 온화하
  며 임신기운이 있다고 하며, 곽숙비는 위보형의 권세로 인해 위태
  로움이 없지만 신비는 외롭우니 위태롭다고 한다.
- 이후 천자는 더욱더 신비를 총애하고 숙비를 멀리한다.
- 신비는 이후 천자를 유혹하여 황음하게 하니 천자는 정사를 아주
  폐하고 신비와 더불어 주색에 탐닉하며 사치를 일삼는다. 조정이
  다 놀라고 숙비는 점점 위중해진다.
- 위보형이 위태사를 간호하여 하 오월에 이르자 태사가 차도를 얻
  다. 이때 비로소 조정의 일을 알고는 운수가 기울어짐을 짐작하나
  도리를 지켜 백관을 모아 간한다.
- 천자가 보형의 열렬한 말을 듣고 일변 신비의 일을 뉘우치고 일변
  노하여 자리를 떨치고 일어난다. 보형이 천자의 옷깃을 붙들고 다
  시 간하자, 천자가 마지 못해 두 이궁을 다시 수하는 것을 폐하게
  한다.
- 보형이 신비를 내치라고 하자 천자가 다시 생각해 보겠다고 한다.
- 신비가 이 일을 알고 천자에게 이제 위보형의 말을 따르니 천자의
  흠과 위보형의 덕만 남을 것이라고 한다.
- 천자가 그러나 위보형은 자기가 애지중지하는 사람이니 그럴 리
  없을 것이라고 한다.

- 이에 신비가 유행심와 계교를 의논한다.
- 이때 위태사의 병에 나아 하 유월에 왕부인을 장하고 추 팔월은 공주의 삼년상이 끝나는 날이라 제사를 올림,
- 신비의 계속된 참소로 위보형이 위기를 직감하고 설소저에게 행장을 차릴 것을 부탁하는 한편 장상궁에게 공주가 남긴 것들과 나라에서 사급한 전결 같은 것을 분명하게 목록을 만들어 잊어버리지 말 것과 후일 천자가 찾음을 기다리라고 당부한다.
- 위보형을 폄하며 화주자사로 내려 보내고 이 일로 상소하는 자는 모두 벌을 내리겠다고 명한다. 이에 벼슬을 사직하는 사람이 수십 인이 나온다.
- 곽숙비가 장상궁을 통해 이 일을 알고는 천자에게 갔으나 천자가 만나기를 거절하고 돌려보낸다. 곽숙비가 공주를 부르며 울자 천자가 듣고는 공주를 생각하고 주저한다.
- 위태사가 단양 이공이 은거한 곳으로 가 여생을 보내겠다고 한다.
- 이부인이 험한 곳에 사원을 데려가는 것이 좋지 않고, 자기 또한 외로우니 두고 가라고 하자 사원을 두고 가기로 한다.

권지팔

- 사원이 자기를 데려가라고 애원하지만 끝내 이별한다.
- 위태사가 단양 니공의 집으로 갈 새, 양부인이 가지 않겠다고 발버둥을 쳐서 남다.
- 선시에 이초혜, 보형이 멀리 감을 좋아하고 양부인이 글을 부쳐 풀을 벨 때 뿌리를 같이 없애라고 한다.(사원을 헤치라고 한다.)
- 양부인이 간옥지의 행방을 수소문한다.

- 명년 춘 이월에 왕부인 초기를 지내고 단양으로 향한다.
- 도중에서 적당을 만나 사원을 탈취 당한다.
- 위보형이 도달한 화주는 당나라의 마지막 지계요 달관의 나라와 접하여 사악하고 예도 없는 땅인데 보형이 부임하여 교화를 일으킨다.
- 선시에 이초혜 보형을 축출하고 두 환관과 더불어 모든 간흉한 당류를 모은다.
- 천자가 간신들에 미혹되자 도처에서 도적이 창궐한다.
- 이초혜의 무리, 천자가 다시 위승상을 찾을까 두려워 하여 아예 죽이고자 허물을 찾았으나 허물이 없자, 이초혜가 울면서 아비의 원수를 갚아 달라고 하는 한편 모든 환관이 위승상을 참소하니 천자는 혼암한 사람이라 이 일을 계속 유예한다.
- 이에 사림이 앙앙하여 유생 수십인이 궐문에 와서 승상을 신원하자 환관들이 이를 틈 타 위승상이 역심을 품고 세를 모운다고 하자 천자가 그 가족을 몰살하라고 한다.
- 공주궁을 불태워 없애자 숙비가 주야 통곡하다가 이 소식을 듣고 천자에게 신세를 한탄하자 천자가 숙비를 애처로워 하며 위로한다.
- 유행심 등이 공주중의 물건들을 거두어 대궐로 들어간다. 채운이 전에 승상이 한 말을 생각하고 공주를 안장할 때 같이 묻지 않았던 공주의 기물을 다 기록하여 책을 만든다.
- 이날 밤 천자의 꿈에 공주가 나타나 허물을 말하며 개심을 간청하고, 또 금갑신장이 나타나 충신을 알지 못하고 골육을 해한 군주라고 하며 쇠채를 들어 때린다.
- 천자가 이에 공주궁의 문서들을 보고 위보형의 청검함을 알고 잘못을 뉘우친다.

- 이초혜는 계속 곁에서 보형을 참소.한다.
- 한편 화주의 승상이 사원 잃은 소식을 알고는 슬픔에 못이겨 부부
  가 병들어 눕는다.
- 꿈에 한 노인이 나타나 사원의 무사함을 알리며 걱정말라고 한다.
- 머지 않아 설소저가 아들을 생산하고 명을 사현이라 한다.
- 정시랑과 진형이 화주에 도착하여 조정의 일을 전하고, 위승상 부
  부 다시 애주로 길을 떠난다.
- 주위에서 주는 것을 다 물리치고 애주 성밖 백은산 옥포동에 작은
  집을 구하여 거처한다.
- 위승상의 거처에 적당이 돌입하여 황명으로 보형을 잡으러 왔다고
  하며 불을 지르자 이미 이 전에 화주에서 만난 노옹이 나타나 길
  을 인도하며 구해준다.
- 노옹이 신술을 부려 위승상 부부를 화산으로 보내 은신하도록 한다.
- 승상이 화산 노옹의 집에서 조모를 만난다.
- 황제가 꿈을 꾼 후 병이 위중하자 이초혜가 병을 잘 돌보지 않고
  진왕으로 왕위를 계승하려 계교를 정한다.
- 함통 십삼년 추 구월 황제 붕한다.
- 간적들이 거짓 조서를 만들어 진왕 환으로 태자를 삼고 초상을 치
  르게 한 후 즉위시킨다.
- 희종이 선제 말년에 들인 후궁으로 태후를 삼는 것이 부당하다고
  생각. 그러나 말을 듣지 않으면 환관들이 가만 두지 않을 것이니
  걱정이라고 충신 전영재에게 들여놓는다.
- 전영재가 군사를 매목하여 간당을 적몰하고 선제가 부린 구신을
  다시 중용하라고 하니 희종이 좋아한다.
- 이초혜가 거짓 조서를 만즐어 위보형을 죽이라는 명을 내리는데

이미 유행심이 간옥지에게 이 일을 명령한 상태이다.

- 이초혜가 두 환관을 명하여 황제를 재촉하여 자기를 태후에 봉하라고 한다.

- 두 환관이 이 일을 위해 장락궁으로 가다가 매복한 전영재에게 잡혀 죽는다.

- 전경재가 환관의 가속을 다 참하고 다시 이경중의 처자를 잡아 죽인다.

- 이초혜가 이 일을 알고 우물에 빠져 죽으려 하자 황제가 보고 잡아 후원에 가둔다.

- 이때 전영재가 국권을 잡아 정사가 그 손에서 나오고 황제가 혼암하니 인심이 흉흉하여 전일 위승상의 어진 덕을 생각한다.

- 선시에 간옥지 주우경 등이 사원을 강탈하여 달아나다가 우왕좌왕. 도적이 사원이 가진 금은보화에 눈이 어두워 잠시 한 눈을 파는 사이 어떤 장수가 사원을 데리고 간다. 이 장수는 이극용의 부하 소줄인데, 옛 대장을 찾아 직하로 간다.(도적들은 사원이 큰 범에게 물려 죽었다고 간옥지에게 말함.)

- 선시에 이극용이 자기를 따르는 북방 호걸들과 함께 오랑캐를 토벌하고 궁궐과 대사를 일우어 나라를 만들어 진왕이 된다.

- 사원을 만나 신분을 안 뒤, 위승상 부부가 죽은 것으로 알고는 아들을 삼아 태자로 봉한다.

- 이때 희종 4년에 조주에서 도적 황소의 난의 일어난다.

- 희종이 정경사(화주에 갔다가 언제 왔지?)를 보내 진왕으로 하여금 황소를 치게 한다.

- 진왕이 황소의 병사들과 대진하고 있을 때 포의를 입은 위보형이 나타나 군영에 충수하기를 청한다.

- 부자가 상봉하고 위보형의 신기한 전술로 승리한다.
- 사원이 궁녀를 만나 숙비의 소식을 묻자 숙비, 황소의 난을 피해 도망가고 종적이 없다고 답한다. 또한 신비의 소식을 묻자 황소가 귀비로 삼았다가 패하는 바람에 난군 중에 죽었다고 한다.
- 위승상이 공주궁을 청소하고 정리한다.
- 사원의 꿈에 공주가 현신하여 숙비의 곤궁을 구하라고 한다.
- 위승상이 이존효, 정경사와 함께 피난 간 황제를 모시러 간다.
- 사원이 보계산 아래에서 숙비를 만난다.

권지구

- 사원이 태수에게 고하여 숙비를 모시게 하여 경사로 돌아온다.
- 이때 경혜 공주에게 딸이 한 명 있었는데 사원을 보고 반하여 진 왕에게 청혼하자 왕과 숙비가 기뻐하며 정혼하게 한다.
- 황제가 위보형을 만나 그간을 듣고는 자기의 잘못을 뉘우치고, 보 형을 동평장사 초국공에 이존효를 호국대장군 용남공에 제수 한다.
- 양부인이 승상이 금의귀환함을 보고 또 자기 아들들이 죽은 것을 생각하고는 슬픔에 잠긴다.
- 진왕으로 태원에 도읍하게 한다.
- 사원과 조소저가 혼인한다.
- 위승상이 나라에 표를 사직하고 희종이 사송한 것을 양부인과 여 동생 등에게 나누어주니 양부인이 심술이 풀어져 감사한 뜻이 솟 아나 위승상을 떠남을 슬퍼한다.
- 사원이 잠든 틈을 타서 위승상이 길을 떠난다.
- 진왕이 위승상이 떠난 후 나라가 다시 어지러워 질 것을 염려 하

여 이존효에게 순무를 부탁하고 자기 또한 지방 순무를 나선다.

- 이때 사원에게 가속을 맡겨 먼저 태원으로 가라고 한다.

- 사원이 가솔을 거느리고 태원에 가서 다른 형제들과 무예를 익히다.

- 선시에 진왕이 주은의 계략에 말려 곤핍을 당하다. 이에 정경사와 곽경사, 사경사가 모두 죽는다.

- 사원이 두 숙부의 죽음을 듣고 슬퍼한다.

- 명년에 진왕이 사원으로 하여금 표를 올려 쥬은을 정벌함을 청한다.

- 이때, 양부인은 정, 사 이공이 죽자 두 소저와 강보의 아들이 있어 집을 지킬 길이 없어 단양으로 가니, 이때 단양에서 황소의 난을 피하여 각기 헤어진다.

- 이때 사원이 위부에 당도하니 황폐해진 상태이다.

- 다음 날 사원이 황제에게 표를 올리려 하자 외국 사신의 표는 승 상부에서 먼저 보아야 한다고 하며 막자 의심하여 경혜공주를 찾 아가 조정의 사정을 탐지한다.

- 주은이 전영재와 밀통하여 황제를 속여 거짓 조서를 꾸며 양왕이 된다. 이에 진국 사신이 오면 그 실상을 알까 두려워 먼저 죽이려 고 한다.

- 사원이 다시 표를 가지고 전영재를 찾아가서 전하나 황제의 비답 이 없자 사원이 정전과 대책을 의논 한다.

- 이때 진왕이 군사를 이끌고 황성을 치러온다는 급보가 들리는데 이것은 모두 주은의 계교이다.

- 전영재가 황제에게 상황이 급박하다고 하며 강박하여 기주로 데리 고 간다.

- 사원이 일이 다급하여 필마단기로 태원으로 행하던 중 기갈이 심 하여 한 촌막을 찾아가서는 도적을 만나 시간을 허비한다.

- 진왕이 군사를 일으키고, 전영재가 기주 보계산에서 희종을 굶겨
  죽인다.
- 진왕이 전영재를 잡아 죽인다.
- 의종의 9째 아들로 황제를 삼았는데 이가 바로 소종이라.
- 사원이 전에 갔던 촌막의 노고를 잡고 도적의 처자와 보화를 거두
  어 군중으로 온다.
- 도적을 잡아 문초하니 그 도적은 간옥지요 그 아내는 이초혜라. 이
  들을 소종에게 바쳐 문초하게 한 후 이 둘을 모두 죽인다.
- 사원이 곽숙비를 만난 후 본국으로 돌아오니 조비가 딸을 출산한다.
- 소종 십 년, 사원이 부모가 그리워 찾아 나선다.
- 사원이 한 곳에서 노옹과 계원을 만나고 노옹의 인도로 위공, 설부
  인, 동창공주와 영혼으로 만난다.
- 선시에 소종이 혼용하여 간신에게 농락당하고, 주은이 강성하여 천
  하를 앗고자 한다. 다만 진왕이 병강하여 함부로 대적하지 못한다.
- 이때 진왕이 군무를 힘쓰지 않고 탐주하며, 신하들 사이에 시기의
  조짐이 보이자 조비가 이를 사원에게 경계했으나 사원이 듣지 않
  는다.
- 이때 이존효가 반한다는 소식이 들리자 액면 그대로 믿지 않고 유
  비와 사원이 개유하려 한다.(이존효는 진왕의 아들)
- 유비와 사원이 존효를 가서 보고 강군, 이존신의 간교함을 파악
  한다.
- 이 틈을 타서 강군, 이존신이 가짜 조서를 만들어 용남공을 죽인
  다. 이때 이존효도 당한다.
- 유비가 술에 취한 진왕을 보고 크게 분노한다.
- 진왕이 간당을 잡아 죽인다.

- 주은이 이존효가 죽음을 듣고 관을 앗으려 하다가 대패하고 이후
는 다시 태원을 치지 못한다.
- 부인이 연하여 두 딸을 생한다. 소종 십년 춘 삼월에 생남: 명을
복성이라 한다.; 동창공주의 제사를 받들고자 한다.
- 진왕이 주은을 치다가 년이 84세에 기운이 쇠진하여 피를 토하고
죽는다. 이때가 소선제 이년이다.
- 사원이 여러 세력들의 도움을 얻어 주은을 대파하고 제장군이 진
왕의 장자 존욱을 세워 황제(장종)를 삼는다.
- 사원이 장종에게 청하여 아들 복성에게 위씨 성을 주어 동창공주
의 제사를 받들게 하라고 청하여 그렇게 한다. 이에 곽숙비를 찾
아가서 만난다.
- 이때 복성의 나이 13세라. 한림학사 설창선의 손녀와 혼인한다.
- 이때 장종이 주색에 탐닉하여 정사를 폐하자 인민이 실망하고 제
후들이 이반하고 처처에 도적이 창궐한다.
- 장종이 사원을 불러 도적을 치라고 하자 사원이 출병한다.
제장군들이 장종을 비판하며 사원이 즉위하지 않으면 모두 흩어지
겠다고 협박하지만 사원이 이 청을 거절한다.
- 장종이 적군의 화살이 맞아 죽는다.
- 사원이 즉위하여 명종 황제가 된다. 이에 곽숙비를 태황태후로 삼
는다.
- 곽숙비가 붕하고, 명종과 조비가 붕하여 선계로 들어간다.